杨 刚

2016

若无其事

致那些孤独的青涩着的 24 岁

24岁

若无其事

杨刚 著

新华出版社

那天，是 3 月 27 号。

早上醒来，我就接到了银行催收债务的电话，言辞极其激烈。他们告诉我银行已经向法院申请立案，并告知了我立案号。

来到公司，我看到楼下的大门上被加了一把新锁，楼门口也已经贴上了"对外招租"的字样，房东已经下了逐客令。楼下的信箱里，我看到另一家银行发来的律师函，还有合作公司发来的债务催告函。

我走上楼，那几个人依然凶神恶煞地坐在公司前台，一见我到公司，便冲我大吼大叫，让我还钱，完全不顾及在旁边的人。我听着他们的吼叫，直到物业、房东又给我来了一通电话，话说得很难听，又一次强调我们必须在 4 月 1 号前走人。

回到办公室，我刚放下包，就有五六个同事敲门进来，集体向我讨要薪水，言辞异常激烈。他们刚走，紧接着就是银行追债的人上门催收。手机一个劲儿地响，是催债公司的电话轰炸，我又不能不接。

时间到了下午，教务部门汇报，申请退费的学生已经高达20%了，如果再不有效遏制，会出大问题。然后网络部负责人给我发来一条消息：广告费已经全部用完了，如果再不充钱，广告今天晚上就会停。我知道，广告停下来，就意味着公司不会再产生新的业务了。

傍晚，我看到同事们都走了，前台那几个凶神恶煞的人也走了，电话也稍微消停了一点。我起身离开办公室，锁好门。

回家的路上，妈妈给我来了条微信，是一个红包，上面写着"生日快乐"。我才突然意识到，今天是我的生日。我停下车，拿着妈妈给我发的那188块钱红包，买了一个生日蛋糕和一瓶啤酒。

回到家，妈妈来了电话：

"生日快乐，儿子，最近过得怎么样？"

"好着呢，妈！买了蛋糕，正过生日呢！"

放下电话，我换上一套平时不舍得穿的西装，在镜子前打上了领带，戴上那两颗我最喜欢的袖扣，对着镜子最后整理了自己的头发和衣服。

我打开蛋糕，给自己插上生日蜡烛。

我走到房间门口关了灯，屋子里一片黑暗。我望向窗外，冷清的月夜，我看到天上稀稀落落闪烁着的星星。我打开打火机，点燃了蜡烛……

写在前面

　　自从决定写这本书后，我一直在想这本书的名字，一个什么样的名字可以概括我的经历和状态，表达我对生活的情绪。我想了很多。后来有一次独自开车在路上的时候，突然想到，这本书是我的自传，那它的名字应该叫杨刚才对，那我的态度呢？想到这儿，手机铃声响了起来，我接起电话，是办公室助理的声音，紧接着就是一个重大噩耗，放下电话，我慢慢地把车停在路边，打开手机备忘录，写下了"若无其事"四个字。

　　在决定写这本书之前，我小范围地宣布了这个消息，目的是想间接地通知公司多帮我拒绝一些不必要的会面，在我的日程里多给我留出一些时间来写这本书。然而我并没有得到我想要的结果，就在我宣布了这个消息的一个星期里，我收到了来自各处的礼物，而且都出奇的一致——企业家、明星们的自传，让我参考。后来我特地在我的书架上腾出一个角落来放置这些礼物，却一本都没有打开阅读。因为我并不是想把这本书做得有多好，只是想写一本自传，纪录这些年来我的生活、状态和心路历程，我并不觉得有多精彩，但却是我的切身体会。既然是自传，干吗要在乎那么多的条条框框，想怎么写，就怎么写吧。

Contents 目 录

我是谁

　　我叫杨刚，开始写这本书的时候，我 24 岁。听到我的名字，熟悉我的人可能会感到很奇怪：这小子生意不好好做，改写书了？很多同行抑或是关注者，都对我有着这样或那样的评价。我承认，创业以来，接受过太多的赞美与批评，昧着良心拿过很多奖，虚情假意地接受过很多采访，逢场作戏地出席过很多活动，让我的生活一直处于不安宁的状态，各类称号像是把我冠名了，甚至让我自己都分不清我应该叫什么。当然，还有一个原因就是叫这个名字的人太多了。中学那会儿，我曾经加入过一个叫"杨刚"的俱乐部，俱乐部里的每个人都叫杨刚，甚至还有女孩。这样的名字也曾让我感到困扰，但我信奉名字是父母给的，取换不得。我一米九的身高，周围人都说我长着一张娃娃脸，好了，你现在可以想象我的样子了。你也可能在某个节目或采访中看到过我，但相信我，还是要以你想象的为准。不知道我会不会为了这本书去拍套写真，姑且想象着吧。

　　我做着自己喜欢做的事情，对，是喜欢做的。我并没有实现财富自由，却也没有被财富束缚，我认为我可以通过做喜欢的事情实现我的财富理想。不要相信一些人对你说的那些创业有多艰苦、事业有多困难，相信我，你会乐在其中。从刚创业到现在，经历的是是非非、悲欢离合暂且不提，我依然认为我很快乐。从对策划服务的小试牛刀，到误打误撞地进入动漫行业，从公益事业到转型进入教育行业，从成立昕丽到开始整合教育产业生态，从对电影的投资再到在行业的风口浪尖上成立昕影影业，我的创业与投资从未离开过文化行业这片热土，是因为我热爱，由衷地热爱。

很多时候，一些媒体人士问得最多的一句话就是为什么执着于这个行业，我总会一本正经地从行业现状、经济发展、政策导向等各种方面云云一大堆。其实，那都不是真正的原因，真正的原因只有一个，就是我喜欢，我喜欢这项事业。我一直认为每代人都有时代赋予一代人的机会，而我们这代人的机会就在影视、文化、教育行业，即使有一天，我热爱的这个行业不再站在风口浪尖，我依然会选择这个行业，我依然会坚守在这个行业，因为这是时代赋予我的，也是我的热爱赋予我的。我在自己喜欢的行业给自己一个梦想，我每天奋力奔跑着追逐这个梦想，这让我感到快乐。

我一直认为，事业是人生的一部分，它往往占据着我们生命中的一大部分时间，而人生中最痛苦的事情之一就是从事自己不喜欢的事业，就像每天都被迫在做着什么。即使你曾想过在这个行业中闯出一番天地，即使这是你唯一的选择，但这是你不喜欢的事情，热情就很难存在。而热情是成功过程中一个太重要的元素。常常有人问我，怎样才能知道自己是不是真的喜欢某个行业？我的爱好是画画，那我是不是喜欢美术行业？听着，爱好与事业不同，爱好是收获，而事业是付出。你爱好音乐给你带来的愉悦，却无法为弹琴创作熬夜付出，因为那不是你的事业。你希望爱好能给你带来愉快、舒适，你可以向你的爱好无限索取。而事业呢，事业是你甘愿付出，它会给你带来热情，这样的热情催促着你更多地付出。所以，判断自己是否热爱一项事业的时候，只要一个条件就够了，就是它是否给你带来热情。

当然，当有一天你愿意为你的爱好付出全部的时候，它可以成为你的事业。但当你已经有了自己喜欢的事业和不同的爱好时，尽情地享受它们吧，不要想着用你的爱好代替你的事业，那会毁了你的爱好，让它不复存在。那会让你在本该索取愉悦的爱好中一无所获，只剩付出，那样的生活就少了幸福。所以不要信奉爱好当职业有多幸福的谎话，爱好，就让它静静地做你的爱好吧，在你累了的时候给你愉悦，在你苦了的时候给你力量，这些都是爱好能给我们的，不是吗？不好吗？就像有些人把自己最喜欢的歌当起床铃声，不久后就会发现自己有多厌烦那首歌曲；就像你和喜欢的姑娘在一起生活，有一天你们互相为对方身上的某些缺点恼火；就像有些关系永远不能戳破一样，在你下定决心为自己的爱好付出一切之前，爱好和你的关系，永远不要戳破。

在我二三年级的时候，我特别喜欢写作文，喜欢用文字描绘自己的想象，我的作文常常在当地获奖。于是我的班主任老师就想培养我写作，让我未来从事写作方面的工作。她也曾找我我妈妈谈过，妈妈听了当然开心，班主任老师利用课余时间给我开小灶，主动辅导我，这是多难得的事情啊！她认为，未来从事写作工作，是一个特别好的选择，于是一口答应了班主任。从那以后，悲惨的日子来了。我每天都要被强行布置一篇几百字的作文，要知道，在那个年龄，有时候一个晚上的作业就是抄十个生字，而我每天要面对比其他小朋友多出的几百字的作文作业，每天看着其他小朋友开开心心地放学回家而我还要去班主任办公室接受作文辅导，这让我异常痛苦。我机械地写着每一篇作文，机械地听着班主任和其他老师对我的赞美，机械地完成着每一天的任务。那段时间，我突然发现，我好像不喜欢写作文了，因为写作文再也无法给我带来愉悦，反而给我带来了压力和痛苦，可我不敢跟妈妈和老师说，怕她们失望。

痛苦的日子一天天过去，直到面对作文，我甚至开始感到厌恶。那时候，我心里清楚地知道，如果长大后我从事了写作工作，每天写作文，那样的日子一定苦不堪言。有一天，班主任老师像往常一样放学留下我给我点评作文，又给我留了第二天要交的作文，题目叫《最想说的悄悄话》。回到家，年幼的我深思熟虑了一整晚，写下了那篇可能改变了我一生的文章。文章的内容我到现在还都记得很清楚。大意是：老师，我不想再写作文了，我原本以为我喜欢写作文，可现在，写作让我痛苦不堪。咱们一个星期才学一篇几百字的课文，你一天就让我写一篇几百字的作文，我的阅读量实在是跟不上啊，能想到的全用尽在作文里了，你再这样让我写下去，我很快就江郎才尽了，我不想这么小就江郎才尽啊！

第二天，我把写好的作文折起来，趁老师不在的时候，我把作文放在她的桌子上。放学后，我做好了面对所有的心理准备，来到老师办公室，老师像往常一样，给我讲解了这篇作文的优缺点，全然没提里面的内容。讲解完后，她没有再给我布置下一篇作文。

就这样，老师和妈妈想让我从事写作工作，差点毁了我的写作爱好，而年幼的我，几乎用出了全部的勇气，终于拯救了这个爱好。一晃快 20 年过去了，写作这个爱好一直陪伴我到现在，它给我带来愉悦的同时，也在我事业的基础上给我带来了不小的价值。

对了，我小时候还曾经喜欢过数学，不过这个爱好最终败给了父亲买给我的一本《奥林匹克数学竞赛题目大全》，不知道是不是又是一次改变人生的经历。

第一份热爱

少年时期的我对打篮球的喜爱，几乎到了狂热的地步，每个周末无球不欢，总会约上一波好友去学校操场打篮球。那时候的我还很小，但关于篮球的一切，我还是记忆犹新。那时的我个子不高，身体也不壮，无法在内线进攻，所以我就喜欢在外面投篮，我甚至记得我在哪次打球时投中了几个三分球。那时候网络刚刚普及，街头巷尾都是些大大小小的网吧，我的小伙伴们几乎都是一夜之间从篮球场转战到网吧的，那时的网吧环境也没有现在这么优雅和正规，一个房间，牵条网线，几台电脑，就是个网吧了。当然，也没有实名制登记，都是一群小孩子在里面玩。所以，好像一瞬间我的球友都去给别人做网友了，我只好自己去打，一个人打球，没有人配合也没有人争抢，却还是能体会到其中的快乐。我至今还记得，有一天，下着大雨，我一个人在一整片篮球场上疯跑，自由自在、无忧无虑。那时觉得，幸福就是这样了吧。那时的我 12 岁，还没经历过初恋。

后来，父亲看我这样着迷打篮球，也觉得我似乎有几分天赋，就想培养我做专业的篮球运动员。那年暑假，父亲把我送到市青

24 岁　若无其事

年篮球俱乐部，让我接受专业的篮球训练。起初，我热血沸腾，因为终于可以每天和我最爱的篮球在一起了。渐渐地，我对打篮球有了追求，我很喜欢四号位，并一直为之努力，但由于身高的考量和教练对我控球能力的认可，我一直被安排在一号位，这让我很苦恼。教练一直认为我不会再长高了，是的，即使190cm的身高在职业队中也不足以胜任四号位。就这样，那段本应快乐的篮球时光，我只能每天做着我不喜欢的动作，听着我不爱听的战术，跑着我根本不想去做的跑位。虽然我依然能够努力做好，但渐渐地，打篮球这件事从爱好变成了一种对自己的要求，球场上快乐的汗水也变成了逼自己努力训练的劳累。我不再因为篮球而快乐，也不再纠结自己到底打几号位，因为我知道，为了赢得比赛，我必须做出让步。每一次比赛都倍感压力，我必须要做到最好才对得起自己的努力。打篮球就这样从快乐，变成了必须赢，当一件事从我爱做变成了必须做好，那么从抗拒到厌烦，根本用不了多久。

　　让我彻底放弃职业篮球的那一刻，我到现在都记忆犹新，毫不夸张，只是一刻。那时候的我已经读初二了，白天在学校读书，晚上和周三、周末全天要去训练场练球。从家到训练场非常远，要一个人乘坐很久的交通工具才能到。那时的我，觉得这些都无比痛苦。那是一个星期三，球队因为要搬去新的训练场临时放假。说实话，那时球队放一天假就像过年一样值得庆祝，我轻松无比，待在校园里享受着阳光和难得的假期。那时流行MP3，现在的孩子可能会以为那东西只是一种音频格式的名称，其实那是数码音乐逐渐代替磁带后，短暂流行的一种代替随身听的小设备，那时确实很流行这种小设备，我就有一台。无论在走路还是在看书，喜欢时不时地把耳机挂在耳朵上，追追潮流。

我清楚地记得，那天我穿着白衬衫，坐在学校的喷泉旁，戴着耳机听着 MP3 里王力宏刚刚发行不久的新专辑《盖世英雄》，"迫不及待看见我的未来，对什么都期待"那句歌词，让当时的我感触很深。我要好的几个同学拍着篮球从教学楼里走出来，看到我在学校，离着很远就高兴地冲我喊：

"杨刚，要不要去玩篮球？"

说真的，那一瞬间，难得球队放假的我，真的很想逃避。不知道从什么时候开始，本该快乐的篮球变成了任务，本该轻松的篮球变成了压力，从前一听到别人叫我去玩球就兴奋的我，现在竟然想逃避，我呆坐在那里，脑子很乱。几个同学走近了，抱着篮球站在我的面前，又问了同样的话：

"杨刚，坐这儿干吗呢？要不要一起去玩篮球？"

玩篮球，那个我几乎都快忘了的词语，在我的篮球字典里，"玩"早已被"练"代替。听到他说这句话，不知道什么原因，我莫名地感动。

我们一起走到球场，分阵营、分位置，我说我要当大前锋，没有人否定我，他们也分别挑好了自己喜欢的位置，才不管谁高谁矮，谁投篮准，谁跑得快。球没打进，没有人怪我，没有人呵斥我犯规，更没有人在旁边大喊着指挥。整片球场只有欢声笑语。

24 岁　若无其事

那一天，我真的很开心，开心的不只是我如愿以偿地打上了大前锋，而是因为"玩"篮球，因为篮球又一次带给了我快乐。我的白衬衫被弄花了，也出了一身臭汗，但那种快乐，让我至今都难以忘怀。

第二天，我没有跟父母商量就自己跑到教练办公室，跟教练说我想退出了。我知道，无论我做什么决定，父母都会支持我，所以我的目标很明确，就是说服教练。然后，我找了一大堆让我决定退出理由，也终于说服了教练。但其实，我退队的原因简单到或许只能说服我自己，我根本不想赢什么狗屁比赛，也不想学什么所谓的战术，我想要的只是篮球给我的快乐。后来，很长一段时间我没有去打球。再后来，一直到现在，我依然每个月都会抽空去投投篮，去球场耍耍酷，去快乐地打打比赛，但那些，都与前程无关，与利益无关，与荣辱无关——只有单纯的快乐。

那一年，我 14 岁。

初恋

　　我的初恋，发生在我 15 岁的时候。嗯，是真正意义上的初恋。在这之前，我有过两段不算相恋、却记忆犹新的"恋爱"。一段是在三年级，同班级有个女孩，长得特别粉嫩，怎么形容呢，记得小时候，大我两岁的表姐喜欢玩一种玩具叫作芭比娃娃，就是各种各样的女孩的模型，可以梳头发、换衣服什么的，那个女孩长得就和芭比娃娃一模一样，经常穿一套紫色或是粉黄色的衣服。模糊的印象里，只记得她很爱笑，很外向，她叫刘妍黎。那时候我连情窦初开几个字怎么写都不知道，只单纯地觉得她好看，想多看着她，多保护她。记得那时，每天放学我都会送她回家，印象里我好像牵过她的手。我是一个小学六年转过五个学校的小学生，就在我牵过她手后的不久，我又要转学了。我记得她哭了，现在每每想起都觉着幼稚好笑。那是我最后一次去这所学校上课，放学后，我也最后一次送她回家，路上，我告诉她明天我就要转走了，然后她哭了，问我，说我走了她怎么办，我告诉她，等长大了我就会回来娶她。哈哈，不知道后来她怎么样了，不知道她还记不记得三年级的我，不知道她是不是已经结婚生子了，不知

24 岁　若无其事

道她长大后是不是变成了一个大美人，不知道她如果回忆起这段童年往事是否也忍不住想笑，不知道在她印象里我是不是个不负责任的小孩。哈哈，太多的不知道，太美好的童年回忆。后来，我梦里也出现过这样的场景，因为这是我为数不多的，无论何时想起来都会笑的回忆。

　　还有一次是在我 14 岁那年，放弃职业篮球后，我的时间突然多了起来，除了必要的学习之外，听听歌，看看书，生活非常空闲。那年暑假的天气出奇地燥热，我不想去室外活动，于是就找来一款有关篮球的电脑游戏，叫《街头篮球》，以此来填补空闲的时间，也弥补一下那一整段时间对篮球的空白。直到现在，十多年过去了，我依然偶尔打开电脑里的《街头篮球》，玩玩那款少年时的游戏。那时的我几乎每天都有一两个小时的游戏时间，然后结束游戏，登录 QQ，和游戏好友聊聊心得，侃侃大山。后来好友邀请我进了一个 QQ 群，那是我第一次知道有 QQ 群这个东西。在 QQ 群里，我认识了更多的朋友，也开始聊些游戏之外的更多话题。突然有一天，一个小女孩走进了我的视线，她叫魏文妮，江苏人，她是那个群里最小的女孩。她很爱开玩笑，很爱笑我土，说我的头像和我的主页都很土。后来我们就相互加了好友，我把我的 QQ 密码给了她，她帮我装扮主页和头像，那时的我觉得她很"贤惠"。后来我们经常聊天，聊些有的没的，她是个很爱吐槽的人，总爱跟我吐槽生活中各种各样的事情，我也总是被她逗得在电脑前哈哈大笑。我少年时是个性格特别内向的孩子，但那时候，却被她

初恋

完完全全地打开了心扉。后来有一天，她笑我说我的QQ名太土了，要帮我换一个，我就让她登录我的QQ去换，等她换好我再打开的时候，我发现她把我QQ里的她单独分到了一个分组，分组名称是"女朋友"。那是我第一次在自己的世界中遇到女朋友这个词，心扑通扑通就跳了起来，我看到她把我的QQ名改成了"主角"，点开分组，看到她把自己的QQ名改成了"配角"。我问她，为什么我是主角而她是配角，她只说了句好听，可能她自己也不知道为什么吧。后来，要面临中考，学习忙碌起来，我渐渐开始很少上网。那时的她还没有手机，就常常偷偷用父母的手机打电话给我，跟我分享生活中的趣事。记得有一次，我们很久没联系了，有一天我突然接到一个来自江苏的电话，我没听出她的声音，她说她是文妮，她刚刚被球砸到了头，然后就很想打个电话告诉我，我问她为什么被球砸到了想打电话给我，简单的关心后，就挂了电话。后来，联系就渐渐少了，我觉得她可能已经把我抛到脑后了吧，我也渐渐忘记了这件事。那年我15岁，她12岁，可当时的我怎么也不会想到，后来的后来，当她再出现的时候，会对我的人生产生那么大的影响。人和人之间，真的很奇妙……

来说说我的初恋吧。

初三那年，我转到一个新的学校，这是一所因严格而闻名当地的学校。因为父母工作的原因，我的学生生涯几乎都是在转学中度过的，所以，那时的我，已经全然习惯了一次次去适应新的集体，认识新的朋友。那时通信没有现在发达，因为常常转学，

24岁　若无其事

我几乎没有一个超过两年的朋友，这甚至造成了我在与人长久相处方面能力的缺陷，但也因此，我有很强的适应能力，能够很快适应新的集体。每当我转到新的学校的时候，第一次进班级都会被要求做自我介绍，所以那时的我，在自我介绍这项技能上有一套自己的体系。

那是我准备转进新学校的前一天，我去理发店剪了个头发，那是一款新发型，用北京的土话讲叫"毛寸"，当然这款发型现在来看已经很土了，但放在当时还是相当具有突破性的。晚上，我挑出了一件高领毛衣、一件拉链外套和一条工装裤、一双白色的耐克球鞋。我是比较少见的从很小就必须要自己去买衣服的孩子，所以，我小时候的穿着还都是按自己的品位。转入新学校的当天早上，我特地早起了半小时，洗漱过后，我换上了准备好的搭配，照照镜子，感觉不错。然后我用发胶把自己的头发都立了起来，油亮亮的，让自己看起来更加一丝不苟。

妈妈领着我去学校报到，还没走进班级，就被教导主任撞见，拉到了办公室。妈妈跟她解释了半天说我是新学生，还没有校服，教导主任依然严厉地训斥了我，让我抓紧去领校服。她板着一张脸，明确地告诉我，这个学校不能穿奇装异服，不能留奇怪的发型，必须用双肩书包……果然是以严格而闻名当地的学校啊。当时的我心里非常不服，所以后来，我和这位教导主任的斗争一直持续到我初中毕业……经过妈妈再三承诺以后一定会把我"装扮"好再来学校，教导主任才勉强答应让我当天先到班级报到。

一走进班级，同学们纷纷起哄起来，一是那所学校所有的学生都穿着校服，鲜有见到我这样的打扮，二是因为我当时还比较前卫，总爱学周杰伦耍酷。这对学生们心里学校既定的规矩，一下子产生了挑战。简单地自我介绍后，我被安排在班级后排靠右的位置，同桌是个黑黑胖胖的小男孩，这让我很失望，因为去之前我曾经多次幻想过自己新同桌的样子，长发还是短发？高个子还是矮个子？可我从没想过我的新同桌居然是个胖子。我失望的表情直接写到了脸上，这导致小胖子最开始不太敢和我说话，当然后来我们成了中学时代的死党。

到这所学校的第二天，我早上出门前被妈妈强制换上了校服，那是一套深蓝色的运动服，穿在我身上，还有些显小。我很憋屈，就在校服里穿了一件胸前印着明星头像的套头卫衣。一出门，我就挽起了校服的一条裤腿，脱下校服外套挂在肩上，后来觉得不太对劲，就把外套拿下来又系在腰上，觉得不错，就嘚嘚瑟瑟地上学去了。到了学校，新奇的打扮又吸引着大家的目光，这让我更嘚瑟了，可还没走到教学楼，就又被那个教导主任撞见了，她几乎是拎着我进的办公室，又是一顿批评。教导主任让我在办公室把校服穿成规矩的样子，迫于她的威严，我把校服穿好了。一走出办公室门我就直奔厕所，又把校服穿成了我喜欢的样子。现在想想，那时的我还真是执着。

进到班级里，我坐在自己的位置上，书包一扔，就拿出MP3，戴上耳机，听起 MP3 里最新下载的周杰伦的《霍元甲》。

那时候，网络还没走进家家户户，下载歌曲还没有那么多的渠道，想听一首歌，都是要先去买了专辑，然后再拷进自己的 MP3 里。如果没有买到专辑，就去 CD 店里，每首歌 3 块钱，让老板帮忙拷进 MP3 里，就能一直听了。那时的 MP3 容量特别有限，我记得我的 MP3 里只能存放 20 首歌曲，所以每删除一首歌拷进另一首歌都是一个重大的决定。突然，"啪"的一声，我的桌子被拍了一下，往旁边一看，是一双白球鞋，我慢慢抬起头，一个校服穿得非常干净规整的女孩：不算长的头发，皮肤白得像煮熟的鸡蛋清；大大的眼睛，水汪汪的，好像风一吹就会泛起波纹；红红的嘴唇，和白嫩的皮肤相互映衬，显得格外好看。清晨的阳光从教室的大窗户照进来，让我能特别清楚地看清她的表情，真的好凶。

"杨刚！就差你的作业了！"天哪，我怎么知道有作业，我的逆反心理被瞬间激起。

"作业？你不知道我是新同学吗？！"我有理有据。

"新同学也要交作业！快把作业拿出来！"她毫不示弱。

我故意把 MP3 举得高高的，然后用很夸张的动作把声音调到最大，假装在听音乐听不见她说话。我用余光看到她生气的模样，眉头轻皱，还嘟着嘴，心里想笑又努力忍着。

后来，我的同桌小胖子介绍说她叫李天怡，是我们班的班长，也是我们班主任的侄女，所以没人敢欺负她，她是我们班公认的班花。"班花？我看是斑马吧！"我和小胖子笑得前仰后合。中学年代，我和小胖子经常开各种各样无聊的玩笑，不知道为什么，当时就觉得那么好笑，经常上着课两个人趴在桌子上笑得肚子抽筋。

来说说我们那个班主任，她在学校里是出了名的严厉，她姓郭，同时也是我们的语文老师。学校里经常有关于她的严厉的传说，让学生们闻风丧胆。当然，她也是一个很优秀的老师，但直到现在，我恐惧不减。郭老师在我心里至今还保留着一个王母娘娘的形象，她各式的阻挠手段，给我的初恋留下了种种阴影，是我初恋里的大 BOSS。

没到这个班级多久，我就被列入了学校最难管学生名单，也是学校里的话题人物。但对于我们的班长呢，在我入学第一天她就凶我，我当然和她过不去。除了常常故意不交作业为难她一下，还时不时地想办法让她难堪。有一次，我们语文的摸底考试结束后，老师给我们讲评试卷，要求我们课后回家把错题订正在卷子上，第二天再交上去。第二天上学，她很认真地到每个同学的位子上收卷子，检查订正情况。卷子收完，她把收好的卷子放在自己的桌子上，然后去办公室询问老师早读内容。看到卷子都在她桌子上，我便心生一计，趁她在老师办公室，我偷偷到她桌子旁，拿走了半打卷子，藏在我的桌柜里。回来后她发现卷子少了，四处询问，但我的保密工作做得不错，又对旁边的同学"威逼利诱"，同学们纷纷摇头说不知道。上课了，老师要收卷子，她只好拿着半打卷子低着头交给老师。我们严厉的语文老师一看卷子少了，便当着全班同学的面质问她为什么没收齐，她红着脸说不出话。老师的语气更加严厉了，又问了一遍她为什么没收齐，她更紧张了，

　　　　　24 岁　若 无 其 事

低着头也不敢说话，老师"啪"的一声拍了一下讲桌，桌子上的粉笔瞬间被震到地上摔得粉碎，老师问全班同学：

"昨天留的订正卷子的作业，谁没做？！没做的给我站起来！！"

同学们没有人站起来。老师又问她："是谁没交？说！"

她紧张得左手紧紧握住右手："都……交了……"

老师又问："都交了？那卷子呢？！"

她被吓得支支吾吾半天，好不容易挤出一句话："丢了……"

老师本来就已经很生气，听到这话更是雷霆大怒："让你当班长收个作业你都做不好！！收上来的作业还能弄丢！干不干了？！干不了趁早说！"

她被吓得瑟瑟发抖。

"给我到墙边站着！"

老师罚她站在进门的墙边，她一直是个好学生，从来没有被老师这样骂过，她委屈地哭了。本想看她笑话的我还在幸灾乐祸，但没想到后果这么严重。看到她哭，我心里突然有种罪恶感，很不是滋味。

可能因为不想欠她人情，我就从抽屉里拿出卷子，举着站起来说："老师，你误会她了，卷子在我这儿。"

老师凶狠的目光马上瞄准我，我似乎都能听到老师咬着牙齿发出的咯吱咯吱的响声，老师问："卷子为什么在你那儿？！"

"我偷的。"我淡淡地说，当下的我，突然有一种"风萧萧兮易水寒"的豪迈感，突然觉得自己像个英雄。

老师觉得很没面子，更生气了，愤怒地问："你为什么偷卷子？！你今天必须给我解释清楚！！"

"就看到了，然后就偷了。"我故作平静。

老师气得都快把牙咬碎了："你！过来！"

我走过去，老师让我伸出手，拿着戒尺一连狠狠抽了我十下，火辣辣的疼痛瞬间从手心钻到我的全身。虽然快疼得流眼泪了，我还是咬牙维持着自己豪迈的样子。

"你也给我过去站着！"

老师罚我和她站在一起。做了这么出格的事，我心虚得不敢抬头看她，所以不知道她是一副仇视的眼神还是因为我主动承认错误而稍微有些原谅，或者觉得我大义凛然的样子很帅？哈哈，总之，那时候不敢再抬头多看她一眼。后来下课了，她也看都没看我一眼就径直走回自己的座位上，坐下，也没有再讲话。我很明显地看到她的眼眶还是红红的，我深知自己闯了祸。

后来的很长一段时间，她都没有跟我说过话，我也不敢主动跟她说，我还是那样每天想着办法耍帅扮酷来上学，我深知她已经很讨厌我了。为了避免尴尬，我每天都准时交作业，遵守纪律。每次她经过我身边，本就狭窄的教室过道，她都低着头走过去，好像对我视而不见，我也不再敢上前打招呼。

时光没心没肺地往前走着。有一次学校举行篮球比赛，我本来就有参加过专业篮球队的经历，再加上那时候也长了点个子，就顺理成章地加入了班里的篮球队。还记得那时班里球队的队服是深红色的，我穿着7号球衣。我们班的平均身高都比较高，再加上我还算是个比较会打球的队员，我们班很顺利地进入了决赛。可是决赛遇到的球队无比强悍，他们是学校的体育生，班级里全部都是体育特长生，有长跑、短跑、跳高、跳远什么的。他们本身在运动素质上就强于我们，再加上每天训练，在体力上更是优于我们，所以在比赛之前我们就知道这场比赛一定是一场殊死搏斗的艰难战役。我们的体育老师兼教练告诉我们，这场比赛输赢不要紧，重要的是保护好自己，别受伤。由于实力悬殊，其实在所有人眼里，胜负已经有了。

但我从小就是不服输的性格，别人越是这么说我就越想赢。我告诉球队要积极一些，不要胆怯，对手跟我们玩技术我们就跟他们玩命，肯定能赢。我那时的日记里，记录了这场玩命比赛的全部经过。

比赛一开始，因为我们的积极防守和全队的活跃进攻，比分咬得很紧，第一节结束后，比分是23∶28，我们稍稍落后。第二节开始，受到第一节的激励，我们拿出更大的劲儿，积极地防守和进攻，狠狠咬住比分，紧追不放。第二节结束前我出手了一记三分球，命中！第二节结束时我们的比分到了激动人心的42∶42，追平！休息期间，我们非常激动，相互打气。我嗫嗫瑟瑟地在队员休息区望向观众席，看看有没有人在为我加油助威，我看到她坐在观众席，也正向这边望着，不知道是不是在看我……

初恋

第三节开始了，我异常兴奋，上来就给对方中锋一记四川火锅，球被队友拿到，又传给我。我带球冲向对方家里，对方来不及回防，为了嘚瑟，我高高地跳起来，扣篮得分。在中学时期能扣篮是一件非常值得嘚瑟的事情，因为很少有人能做到，而我刚好可以，所以只要一让我抓住机会，我就会用扣篮来嘚瑟。我们第一次把分数反超，观众席一片欢呼，我特地看向她，她在笑，我更来劲了。对方乱了阵脚，又一次被我们抢断，然后我上篮得分。对方教练示意让两名球员来防我，就这样，我们来来回回打了好几个回合，比分也咬得很紧。突然，对方出现了失误，球掉了，被我的队友拿到，这是能拉开比分的好机会，我快速冲向对方篮筐，向队友要球，队友把球长传给我，对方篮下没有人在防守，我想，那我就再扣一个出出风头。一、二、三，我奋力跃起在空中，右手抓住球，拉开一道漂亮的弧线。突然，我感觉背后有一股巨大的力量撞向我，我瞬间在空中失去了平衡，还没等我再调整好姿势找到平衡，我已经重重地摔在地上。瞬间，脚踝处传来的剧痛疯狂向全身涌来，我一动不敢动，观众席的同学和队友也跑过来，围向我。教练安排同学去叫医务室的医生，问我情况怎么样，我的脚踝处鼓起了一个大大的包。可当时的我，只有一个赢的信念，我让队友把我拉起来，扶我走上场去，教练一个劲儿地劝我不能再继续比赛了，但出于耍酷的目的，再加上真的想赢，我还是毅然决然地站到球场中央。那一刻，真觉得自己像一个孤胆英雄，脚下很痛，但心里得意扬扬。

重新开球，可我刚一想动，脚下的剧烈疼痛感就传了过来，我还是重重摔倒在地上。比赛随即停止，我望向观众席，很怕大家会失望，我看到了她，她也望着我，似乎有点着急，我无法从她的眼神中确定，她是失望我无法继续打球，还是关心我扭伤的脚。

教练安排替补席上的队友和一个同学一起把我架去医务室，她叫了那个同学一声，示意我放在场边的手表和毛巾还没帮我拿，同学正架着我，她就拿起我的那些东西，一块跟了过来。

医务室里，医生检查了我的脚，然后抬起头来，对我说："今天的比赛你就别想了，再上场你就残了。我先把你送去附近的医院拍 X 光，看看是骨折还是扭伤，再决定治疗方案吧。"

一听医生这话，我还没怎么样，先把她吓到了，"哇"的一声就哭了出来。我望着她哭着的脸，第一次感受到被同龄人关心的感觉，一股热流涌上心头。那个年纪的我并不知道那是什么，也不知道自己该做什么，好像条件反射似的帮她擦了擦眼泪，然后故作轻松地说："哭什么呢，我没事，人在江湖走，小伤……小伤……"

她又"噗"的一声笑了，泪汪汪的大眼睛下面，弯得像月牙一样的笑唇。多年以后，那个画面在我脑海中变成了美好的代名词，我才能理解纳兰性德的那句"当时只道是寻常"。

后来她陪我去医院，拍了 X 光片，软组织损伤，没有大碍，但是医生说至少 2 个月不能下地走路。于是，我就过上了被各种优待和照顾的生活：上课回答老师的提问，被特批不用站起来；课前的"老师好"和课后的"老师辛苦了"，都可以坐在椅子上说；

初恋

放学不用打扫卫生；课间操可以理所当然地不去做；当然还有中午老师安排同学打好饭给我吃，去哪都有人扶着，走在教室的走廊里大家自觉让路……哈哈，活生生地觉得自己没有通过努力，而是通过扭伤脚走上了人生的巅峰。当然还有她，自从我扭伤脚以后，她好像对我冰释前嫌了，主动帮我打水，问我作业有没有难题不会做，然后课下别的同学都出去玩，她怕我一个人无聊，就过来陪我聊天。

对了，忘了说，在我的日记里，最后我们输了那场比赛。但我却成了全校的名人，篮球队成员纷纷对我倍加尊重，学校里的同学也经常讨论那个爱嘚瑟的我。还有她在医务室的那一哭，被那个送我去医务室的同学看到后，回到班级里形容得神乎其神，讲成了琼瑶故事。一时间流言四起，关于我和她，说什么的都有。要知道，那个年代，在中学时代谈个恋爱，可是件新鲜事儿，不但是家长眼里的逆天大罪，被学校发现也是要开除的。但不知道为什么，我不抗拒这种流言，她也并不在乎。

直到后来的一次体育课。那个年代我们最爱上的就是体育课，平时烦闷的课程，像是把头埋在书堆里过日子。突然有一节体育课，并且没有被班会、年级会、校大会、考试、班主任过生日等事情霸占，那感觉，就像闷热天气里的一听冰镇可乐，一饮而下后，打嗝都是冰凉的。

一到体育课，大家就像放风一样，一下子全都涌出了教室，都没有人管我这个"为班级奉献"的"名人"了。一下子，整个班级就剩下我一个，我趴在楼上的窗台边，看着他们在楼下操场集合，稍息，立正，然后解散，自由活动。心里除了羡慕，还有一点儿落寞。就在我刚准备感天慨地的时候，教室的门突然开了，她走了进来。我有点儿惊讶，又按不住心里的高兴，就问她："你怎么没去自由活动啊？""我就是在自由活动啊！"她说。我笑了，她也笑了。她反坐在我前桌的椅子上，看着我，我也看着她。我什么也没说，也不知道该说些什么，只顾着傻笑，她也什么都没说。印象里我并没有觉得尴尬，反而觉得很舒服，午后的阳光从窗户照了进来，照到桌子上，窗户上半拉着的窗帘，将教室分成了两半，一半阴凉，一半阳光。我坐在阴凉的那一半，阳光透过针织窗帘的缝隙，斑斑驳驳地洒在我的胳膊上；她坐在阳光的那一半，阳光照在她白蓝色的校服上，泛起暖暖的光。

我拿出 MP3，把其中一只耳机挂在我的右耳上，然后用手轻轻拨开她左耳旁的头发，将另一只耳机挂在她的左耳上，点了随机播放。我们都没有说话，也不知过了多长时间，直到刺耳的下课铃声响起，我们才突然反应过来，然后紧张地坐回自己的位置。像是做了一场美梦，然后从梦中醒来。后来，无论我怎么努力，都无法与当时的自己感同身受。直到现在，我还是记不起那时的切身感受，却也忘不掉那像是美梦醒来后的模糊美好。

那时候没有手机，上课不能说话，就流行传小纸条。小纸条是那个年代特有的产物，也是伟大的发明，是同学们智慧的、协作的结晶。我们把想说的话写在小纸条上，然后折起来，折好后在纸的最外面写上想传给的人的名字。然后根据她所在的方向，趁老师不注意，交给自己身边目标所在那个方向的同学，那个同学拿到纸条，趁老师不注意再交给下个同学，就这么依次传下去，最后集大伙之力传给想要传给的人。然后对方看完小纸条，把想回复的话写在上面再原路传回来。这样的通信方式在当时已经超越了人际关系的鸿沟和人们内心的隔阂，无论是不是一个你喜欢或讨厌的同学，无论有没有别的什么江湖恩怨，纸条到你手里，你就会把它传下去，大家就这样乐此不疲地保持着默契。还记得中学毕业那会，我同桌那个小胖子很难过地跟我说，自己做了三年的通信"义务兵"，只勤勤恳恳地帮别人传纸条了，自己从来没有收到过纸条。哈哈，扯远了。

　　确认我们初恋关系的是那一次，我又忘了写作业，早上到学校的时间太晚了，也来不及补。我想，顶多就是老师罚我抄，刚好练练字，就有恃无恐地安心早读了。这时候传来一张小纸条，字很漂亮，上面写着："作业我暂时没交给老师，限你早读下课前补完！"我一看就知道是谁传给我的，我心里暗笑："还知道关心我？为了我压着作业，冒这么大风险？"我向她望去，她皱起眉头狠狠地瞪了我一眼。我拿起笔，犹豫了一下，然后在小纸条上写下："做我女朋友好不好？"就传了回去。可纸条传出去的那一刹那，原本自信满满想看她笑话的我，突然紧张起来，不敢抬头看，像做了什么亏心事一样。我觉得一股热流涌上我的脸，瞬间把我的脸烫得通红，像是脑子里的水烧开了，由内而外地冒着水蒸气一样，滚烫滚烫的。我开始手足无措，不知道该把手放在桌子上还是垂下来，我开始后悔自己怎么会做这么蠢的事，她一定不会回，真想抽自己。我很想抬头看看她有没有收到纸条，有没有看，看完什么反应，有没有在回。但是我的头就像被什么重东西压着，怎么都抬不起来。就当我觉得自己死定了的时候，前桌突然一个急转身把一张纸条"啪"的一声拍在我的桌子上，然后又迅速转回去继续一副认真听课的样子。纸条传回来了！我看着桌子上那张折好的纸条，几乎不敢动手去碰，也不敢看她，只觉得脸烫得快着起火来。我长长地呼了一口气，经过激烈的心理斗争，我终于鼓起勇气拿了那张纸条，却还是没有勇气打开。不知道是不是怕被拒绝，还是别的什么。虽然周围没有人在看我，但我还是觉得不好意思打开看，就这样，我攥着纸条，直到下课铃响起。

　　我一手攥着纸条，一手拿起书包飞快地跑出教学楼。我把书包挎在肩上，把纸条揣进怀里，捡起我的自行车就冲了出去。一直骑一直骑，也不管校门口的保安拦我，也不管红灯绿灯，就是一直骑一直骑。一直骑到学校远处的一条小河边，小河后面有一片密集的小树林，我把车子丢在树林外，一头冲进树林里，直到冲到树林的深处，才觉得安全。然后停下来，背靠着树，坐在地上气喘吁吁。稍微缓过劲，我把纸条从怀里拿出来，可怜的小纸条已经被我的汗水浸湿了。我鼓起所有的勇气把纸条打开，我似乎能听到我的心在胸腔里乱撞的声音。我用两只手把纸条平摊在

初恋

我的眼前，在我歪歪扭扭的"做我女朋友好不好"几个字下面，工工整整地画着一个心的形状。

我们好像就那样在一起了，好像就那样确定了关系，我时常放学送她回家，她时常带好吃的给我，体育课我教她打球，英语课她教我念英语。时光就这样漫无目的又毫不留情地走着，那时候的我们真的不知道，这些时光，过去了，就再也不会回来。

其实初恋带给我的真的很多。我第一次体会到周末无法见面，被关在房间里坐立不安的感觉；第一次体会到看到别的男生送她回家，醋意满满的感觉；第一次体会到把一个女孩的脸捧到眼前，仔细端详后忍不住狠狠亲下去的感觉；第一次体会到，其实爱情，不是努力就有收获的无助感。

24 岁　若 无 其 事

第一座山

　　要中考了，那几乎是我们这代人生命中肩膀上扛的第一座大山，第一次面对的巨大压力。压力毫无预告迎面而来，来自家人的、学校的、老师的。一时间，大家都像是变了一个人，丢掉了自己所有的爱好，原本热闹的篮球场开始变得冷清，原本吵闹的课间十分钟也变得像上课一样安静，原本阳光可以铺满的书桌，被高高叠起的复习材料遮挡得满是阴影，就连小纸条这种默契的通信方式，也被迫暂停。大家第一次知道，自己的命运是可以用一场考试来决定的。我和她也是这样，我们开始没有了体育课一起听歌，没有了放学后的单独相处，没有了自习课的小纸条打趣，周末更是难得见上一面，但我们心里都知道，我们会一起努力，考到同一所高中，然后就能一直一直在一起。直到，那场雨的来临。

　　我实在想不出任何一个美好的词去形容中考来临前的那一个下午，它既不静谧，也不安详，充斥着的是满满的紧张，和那个年龄的我们本不该承受的压力。我埋在题海里，像机器一样一刻不停地刷着题，突然有同学走过来跟我说班主任找我，让我到教研室。那时的老师们都是坐在同一间大办公室，有时候训斥学生不方便，就会去隔壁的教研室，所以其实那间教研室的本质就是挨骂专用室。去教研室之前，我努力地回忆，我应该没犯什么事儿啊，为什么突然找我。我摸不着头脑，只好战战兢兢地过去了。教研室里，班主任郭老师在正对着门的椅子上正襟危坐，体态有些臃肿，盯着我。

"把门关上。"

班主任不慌不忙的语气里，却透出一股能杀人的气息，有点儿吓人。直到现在，我每次看到影视作品里的王母娘娘，脑海里都会浮现出郭老师那时的样子。

"杨刚，听说你最近很活跃啊？"妈呀，一上来就用审问犯人的招式，让我自己先招。

"还好……还好……学习嘛。"我尴尬地边笑边说。

"学习？学习需要每天晚上送李天怡回家吗？！"班主任直接质问，问得我说不出话，我低下了头。

"我问你呢！"

班主任一拍桌子，吓得我连忙后退了半步。我感到一双凶神恶煞的眼睛正瞪着我，她一字一顿地说："如果再被我看到你和李天怡说一句话，我一定先开除你，再开除她！"

我被吓得一句话都说不出来，也不敢抬头看。

这次挨骂结束得很快，但却在我和她之间筑起了一座高高的墙。这座墙很高很高，高得以中学时代的我们，根本没办法突破。谈恋爱是学校里的大忌，也有过谈恋爱双双被开除的先例，我那

24 岁 若无其事

时不知道班主任为什么不直接开除我，想来想去，觉得可能是因为临近中考，怕我被开除后，更有时间去骚扰她的侄女吧。我也不知道班主任跟她说了些什么，从那天开始，我明显地感觉到她在刻意躲着我，她几乎断了一切和我的联系，就连迎面走来，也刻意躲避和我的目光接触。可我就是感觉她在关注我，就是感觉她在关心我，就是感觉我每次晚交作业她就晚把作业送进办公室是故意的。我趁班级里没有人的时候去她旁边跟她说话，她像是没听见一样不理我，我不断地给她写小纸条，她看都不看就放进自己的垃圾袋，我故意在走廊上遇到她，她侧过身子走过去，把我留在原地……

终于有一天，我实在受不了了，我当着全班同学的面，走到她的桌子面前，大声问她："李天怡！你为什么不理我？！我不怕开除，可你为什么这样对我？一句话都没说清楚，这算什么？！"

她看着我，那是那时长久以来我们第一次眼神相遇，我也望着她，说不出话……她的眼神很复杂，复杂到我无论如何也无法解读那双眼睛里透露出的深邃情感。然后，她没说话，低下头，拿出一张纸，我看着她一字一句地写上去："马上中考了，我想认真学习，别再打扰我。"

她的字还是那么好看，却字字割心。

我甚至还清楚地记得那一刻的所有细节。我强忍着眼泪，上课铃响了，是化学课，我清晰地记得我看着化学老师走进教室，眼前越来越模糊，直到我感到眼泪滴在手上的温热，我不顾一切地冲出教室，我没看老师，也没看同学，低着头往外冲。我向楼下跑，看到楼梯上有人，又转身向楼上跑，跑啊跑……跑啊跑，直到跑上顶楼的露台。平时学生是不允许上露台的，我脑子里一片空白，打开露台门，就冲了上去。冲上去后我才发现，外面下着雨，淅淅沥沥的小雨。我靠在露台的护栏旁，直到现在，这时常是我噩梦中的场景，却是我真实经历过的。一节课的时间不长也不短，而我却被这淅淅沥沥的小雨浸得浑身湿透。我仰头看着天空，望着这些不知从哪飘来的小雨点，任由它们从天空落下，拍在我的脸上。我不知道该怎么办，人生中第一次体会到如此复杂而极端的情绪，我根本不知道该怎样控制。痛苦、伤心、不解，更多的是无助，迷茫而又绝望的无助。那种无助感像一只很有力量的手，紧紧扼住我的咽喉，让我不能说话。又好像痛楚笼罩在我的鼻尖，让我一直流泪。

过了一会儿，我在露台上看到下面像是我同桌小胖子举着雨伞出来找我，然后篮球队的兄弟们也三三两两地出来找我，都打着伞，无法看清是谁。我极力向下望着，心里有所期待，却也不知道在期待什么。我觉得他们不可能找到我，我仰起头，冰凉的雨水打在面颊，伤心的眼泪也不停地滚落，让我分不清哪些是雨、哪些是泪……就这样，不知又过了多久，我的眼睛模糊至极，我不想去擦，就任由这样。我开始觉得好累，头很晕……突然，天台的门被打开，有个人影跑了过来，这个人影越来越近，我看不清楚，但能清晰地感受到，这是我的同桌小胖子，他过来扶住我，然后向后大喊："找到啦，人在这儿呐！"后面的人也跑了进来，然后拥过来扶住我。在跑到我身边来的人群当中，我模糊地看到一双熟悉的白色球鞋，我已经没有力气擦干眼泪抬起头去确认是否是她。我被架到医务室，离开露台的那一刻，我竟对这雨产生了眷恋，是它在陪我熬着吧……后来，我在医务室里大睡了一觉，醒来时手上正打着点滴。我生了场大病，病得很重，我没法上课，没法复习，整日发烧。那场雨，把我淋病了的雨，我并不怪它。

再后来，我的病好了，也已经临近中考。我积极地备战这次人生中的重要考试，同时，也配合着她冰冷的表演。我心里总念想着等以后再说，可那时的我并不知道，人一生当中有很多看似寻常的见面，其实是他们的最后一面。

后会无期

那时候的互联网没有现在这么发达，所有考试的成绩都是通过放榜的形式公布，学校会把所有学生的成绩张贴到一个榜上，公布出来，让学生拿着自己的考号去看榜。我清楚地记得，放榜那天是个大晴天，风和日丽的，我换上了一套新衣服，又梳了一个油亮的发型，大家也都打扮得比平常更精神。当时的我们可能并不知道我们为什么要这么做，这可能是人类自然而然对落幕的美给予的仪式感吧！中考放榜，看榜的人乌压压的，一片人山人海，我个子长得高，很有优势。我努力挤到前面，开始仔细寻找，其实我并没有在找自己的名字，而是在找那个我每次看到都会心底咯噔一下的名字。她在4区考场考试，而我在2区。我站在4区榜前一个一个地找，李天怡——498，我看到了她的名字。然后我回过头，想在人海中寻找她的影子，可怎么也找不到。转过身，我看到她站在2区的榜前，正在仔细查看。我想走过去，却又把自己抬起的脚收回来，我努力地告诉自己不要自作多情，她是讨厌我的。我向后退，慢慢退出人群，我走向了那个远处的篮球场，坐在场边。

夕阳渐渐失去了炎热，余晖开始洒向校园，看榜大军也逐渐消散，只剩下三三两两迟到或是有事耽误的人陆续赶过来看榜。我站起身，揉揉自己的腿，走向 2 区的榜前。夕阳把我的影子拉得好长好长，我踩着自己的影子，望着空旷的校园，心里有说不出的滋味。是不是一切都过去了，曾经校园里热闹的我们，曾经球场上热血的青春，曾经教室里的小纸条，还有那一张张充满喜怒哀乐的正在逐渐长大的脸。我又回头看看篮球场，努力回想着……一瞬间，我仿佛又能看到我们在激烈地比赛，我在球场上嘚瑟地灌篮，我的脚扭伤，同学扶着我，她拿着我的东西一起去医务室……我望向医务室的方向，却什么都看不到，只剩下一条空旷的校园大道，夕阳洒在大道上，泛着金光。我走到 2 区的榜前，一眼就看到了我的名字，杨刚——497。

那时候征求志愿的过程还是通过纸质文件，我们需要到学校，分别在第一志愿、第二志愿和第三志愿上填上我们想去的高中，然后由高中根据我们的分数录取。老师介绍完各个学校后，我和她的分数刚好都可以去当时区里比较好的一所高中，我看到班主任走到她旁边，我知道她一定会填那所高中。我看着班主任在她旁边帮她填写，她回头望了我一眼，那一望，是相隔很久后的第一次眼神接触，我不知道该怎么面对，我快速把眼睛挪开，心里说不出是什么滋味。不知怎的，我感觉到了委屈，我想到了班主任对我说的那些话，想到这么长时间以来她对我的态度，想到那场雨。我抓起笔，鬼使神差地填上了一所位于市郊的私立高中的名字。现在回想起来，我真的忘记当时的心情和心里所想了，可能是赌气，是委屈，或是别的吧！总之，我填上了那所私立高中，然后交上去。填完志愿，同学们开始相互写同学录，那时候没有手机，同学录是同学们唯一一个能在对方世界留下痕迹的东西，她被班主任带走，而我的中学同学录，全班 43 人，唯独少了她一个人的名字。

有时候我常常在想，那个雨天她是不是在担心我？那双白色球鞋是不是她的？她是不是怕我被开除才那样对我？她在 2 区看榜是不是在看我的成绩？她那最后一望，是不是在向我确认是否填了那所高中？可是，那一望，却成了我们最后一次相见。直到现在，我脑海里的她依然是那个留着短发、穿着白色球鞋的灿烂女孩，我脑海中依然有她第一次收作业时凶我的样子，有她可爱的哭、温暖的笑。我不知道她是不是长大了，是不是变了样子，是不是留了长发，是不是开始喜欢穿裙子，是不是嫁了个好人。总之，她好像在我的世界里，毫无预兆地来，又不留痕迹地走了。我是一个很喜欢珍藏旧物的人，成长过程中的那些照片、同学录、书本、校服，甚至上课笔记我都一一保留，保存在我最珍贵的箱子里，细心珍藏。而关于她的痕迹，却只能藏在我的脑海中，有时清晰，有时模糊。

高中生活

　　时光荏苒，我已经记不清当初是怀着什么样的心态度过初三毕业那个号称人生中最快乐的暑假，是和她错过的懊悔，还是对新学校的向往？但我记得，那个暑假我每个周六都长途跋涉，换三个交通工具去一个叫中房篮球俱乐部的俱乐部练球，我玩了一款新的电脑游戏叫《诛仙》，我离开了旧的朋友，还没有新的朋友，我无聊的时候一个人听歌，都说无聊会产生爱好，我爱上了研究那些音乐。然后……我开学了，我的高中生活就这样拉开了序幕。

　　那是一所建在半山腰上的学校，山上是林，山下是海，还有三三两两的别墅区，这是当地有名的富人区，这所学校就在这山与海之间。

　　就在那个非比寻常的九月，印象里那天刮着很大的风，我到学校的时候已经快傍晚了。下了车，我拉了拉双肩书包的背带，听着海浪声，走进了那所我即将安放三年青春的学校。学校门口是一池喷泉，洒着漂亮的水花，很漂亮。我站在旁边看了很久，也享受着水雾弥漫在空气当中的清凉感。余晖洒在空旷的校园里，伴着阵阵海浪声，风吹着校园大道两旁的树，还有远处的操场和一切未知的青春……我闭上眼睛，一切的美好瞬间从我的耳朵跳入，钻进我的身体。有时我在想，如果我早就知道从那天开始我将会经历怎样一种刺痛的青春，那时的我，是否还能平静地享受和憧憬；那时的我，是否还有勇气睁开眼睛、拉拉背包，继续若无其事地向前走。

酷暑下的军训，是新同学第一次相互接触的过程。这所学校里有很多外国同学，他们从高中开始就到中国留学，会说不错的中文。那时的我一来到新集体，嘚瑟的本性又开始暴露无遗。不听教官的话，被罚围着全校跑圈儿；军体拳不按教官规定的动作做，导致裤子开裂；身上的迷彩服也被我按照自认为的时尚，改造得不像样子。我们几个男同学常常喜欢在一块儿吃午餐，他们吃得快，我吃得慢，所以每次他们吃完都要等我。有一次午餐，他们先吃完了，围坐在我旁边，一边聊天一边等着我。有个其他班级的女孩走过来，站在我面前，因为我要赶着吃完，正低着头狼吞虎咽，旁边的同学也不知道她要干吗，就坐在旁边看热闹。我用力嚼着嘴里塞满的饭菜，抬头看了她一眼，她的眼神先是躲开了，然后又快速捋了下自己的头发，把头转过来，强迫自己看着我："同学，我想要你的 QQ 号……"我"噗"的一下把饭喷了出来。然后感觉自己很不雅，就僵硬地站起身低着头往外走，还没走出去，我又调头回来，站到女孩面前，说："我记不住自己的 QQ 号。"然后又转身走出门去，小伙伴们就跟在后面边看热闹边嘲笑我。再后来，这就成了全校同学茶余饭后流传的笑话。

24 岁 若 无 其 事

第一次班会留给我的印象很深。经过了军训，大家彼此也都比较熟悉了，我经常行事高调，也有一群小伙伴喜欢跟我一块儿玩。也因为我爱打扮自己，时常把自己收拾得干净利落，班里的女同学也都对我印象不错。记得那次班会上班主任让我们轮流做自我介绍，我又一次发挥了我自我介绍的功底，成功嘚瑟了一把。后来老师让班里的同学们上台表演节目，和我一起玩的一个小伙伴上台唱了首歌，赢得了大家的掌声。第二个节目没有人主动去，大家就开始起哄让我去台上表演，我实在无法推脱，就上了台。当时，我站在台上，看着台下的人，我太怕让他们失望了，原本不会紧张的我瞬间开始紧张起来，脑子里飞速旋转：我要唱什么歌……我要唱什么歌……结果后来，我什么歌也没唱出来，一句"今天还没准备好，下次再唱给大家听"扔到台上，就低着头灰溜溜地下台了。下台后我趴在桌子上，满脸通红，不好意思抬头，恨不得找个地缝钻进去。后来班会结束了，课间，我去洗手间，从洗手间出来，我洗完手对着镜子整理自己的头发，旁边一个不太熟悉的同学走过来，对我说："很期待听你唱歌啊，今天你太让我们失望啦。"虽然听得出是句玩笑话，但这句话依然像一个大锤一样，打中了我的后脑勺，那种头脑嗡鸣，无法抬头的感觉，不知持续了多久。

　　自那以后，唱歌这件事就成了我的心理阴影，从爱听到想唱，练习唱歌、克服心理障碍，也成了我当时最大的心事。那是一个寄宿学校，我们每周五晚上放学离开学校，每周日晚上回去。我几乎每周日都会早出门几个小时，找一间 KTV，把自己一个人关在里面，练习唱歌。那时候我觉得一个人去 KTV 是一件极其丢脸的事情，每次在 KTV 前台开包厢的时候，我都会跟服务生说我们三四个人，他们随后到，然后在唱完歌后，一个人悄悄溜走。在学校住校的期间，我甚至放弃了每天傍晚的篮球时间，一个人，拿着 MP4 和手机——那时候我已经有了自己的手机，记得我的第一部手机是一台翻盖的能拍照的波导，后来换成了摩托罗拉 V3，再后来又换成了一台全键盘的诺基亚，再后来 iPhone 就卖进了中国，扯远了——那时候学校里有一个沙滩球场，沙滩球场的外围就是学校的围栏，围栏和球场外围间有一块儿小空地，我就在那个小空地上面，边听边唱，认真琢磨每一首歌。小时候我有吹萨克斯的基础，所以对流行音乐研究起来也比较快。后来，我极力在各种场合弥补第一次班会时的阴影，我参加学校的元旦会演，参加兴趣小组，参加校内的各种比赛。不知是爱好使然还是那时音乐对我已经变成了一种负担，总之，这些几乎成了我生活的一部分。

直到后来有一次，我一个人去那家常去的 KTV 练歌的时候，看到了那家 KTV 里面正在举行一个比赛，比赛的海报上印着大大的百事可乐的 LOGO，比赛名叫"百事新星"，是海选，海选的场地就在那间 KTV 的一个包厢里。我每周都在为 KTV 的包厢费发愁，看到这个免费唱歌的机会，而且又没人认识自己，就高兴地填了一张报名表，坐在旁边短暂排队等待后，就被安排进了海选的包厢。进到包厢里，我看到有个人在录像，几个海选评委坐在下面，我正准备点歌，对方告诉我要拿着麦克风清唱。好吧，我怀着一种占便宜没占到的失落情绪，唱了一首来的路上听的光良的《双子星》。唱完后我离开包厢，回到学校，然后就把这件事儿忘了。没想到刚过几天，组委会就来了电话，要让我去参加复赛，真是个惊喜。我高兴地去向班主任请假，班主任以我请假理由不充分为由没有批准，然后……高中的生活实在是太充实了，生气还不到两分钟，脑子又被那些填满生活的琐事给抢走了。等我再想起来的时候，复赛时间已经过了。人啊，越是错过的事情就越会萦绕心头，我每天关注着那个比赛的动态，既是悔恨又是懊恼，心里也在逐渐酝酿着一个更大的决定。

少年的梦

那是高一刚刚结束，高二生活刚刚开始的一个特别普通的下午，我正关注着前些日子参加的"百事新星"的比赛动态，突然，一条消息跳进了我的视野，是一家韩国公司正在中国开展练习生选拔活动，活动封面上是我当时最爱的一个韩国组合，他们也是这家公司的艺人。如果选拔成功，就可以进入这家公司做练习生，接受更专业的训练。再仔细了解，我发现这家韩国公司大有来头，那时当红的几个偶像组合都来自这家公司，它旗下的艺人组合在世界各地都有着很高的知名度。我看了比赛的细则和时间，心里一股热浪开始涌动。

眼前的公交车停了下来，301路，我上了车。那是我每周去学校的必经之路，而刚才的消息让我内心激烈涌动，甚至忘了投币，公交师傅大声呵斥，我才反应过来。拿出零钱投币后，我坐到了平时习惯坐的后车厢第一排的位置上，脑子里开始了激烈的斗争：

"我要去。"

"不行，学校不会放我走的。"

"不能再被学校耽误了，受什么处分也得去。"

"不行，我选不上的，会得不偿失。"

"不去试试怎么知道，成功都是在尝试中诞生的。"

"不行，不能去试，父母不会同意。"

"那就说服父母，这是你的梦想。"

"不行，父母会很伤心难过的。"

"如果你选上了，父母就会非常为你高兴。"

"可是，我能选上吗？"

…………

一大堆问题在我脑子里闪来闪去，就像我的左右肩膀上各站着一个小人，两个人都在告诉我方向，一个告诉我往左走，右边是陷阱，一个告诉我往右走，左边是悬崖，我抱着头，不知该往哪走。

突然，一个念头一闪而过，就是这个念头，让我在几分钟后下了车，坐上了返程的车，抱着必死的决心。这个念头，也在后来的每一个日夜引导着我，面前每每遇到高山，我也都不顾一切地翻过去。

"如果我不往前走，我就和大多数人一样被吓退在这里，走上前去和勇敢者竞争，其实并不难，因为大多数人在没有迈出第一步的时候就已经被吓退，而迈出第一步的我，已经变成了勇敢者。"

当这个念头出现在我的脑海里，我立马停止了自己脑中开始掐架的心理斗争，我掏出手机，编辑了两条短信，一条发给我在学校最好的朋友："帮我请假。"另一条发给我的妈妈："我现

少年的梦

在回家。"然后，就在几分钟后，车子到了下一站停车，开门，我跳下车，什么也没想，毅然决然地走到马路对面，坐上了返程的车。

"我想去选秀，我能成功。"

谈判比我想象的顺利，好像我还没开始说我准备的那些企图说服我父母的大道理，妈妈就说："什么时候去，需要什么？"

"我需要两个月的时间准备，我要去学跳舞，帮我在学校请假。"

我并没有想到，这件事最大的阻力不是源于父母和学校的阻止，而是来自外界的闲言碎语和我内心的压力。

自从妈妈为这件事给学校打电话争取请假开始，学校里就已经传开了我异想天开去参加选秀这件事，因为在那个年代，大家生活里没有接触过这样的事，包括我。大家都觉得我是一个自负到极点，把自己看得太高太大的自负狂，不知天高地厚。

回学校办理请假手续的前一天，我登录人人网，这是那个年代在学生中很普及的一个校园论坛。结果刚一登陆上去，新鲜事列表就被我的照片刷屏了，向下拉，满满的都是。照片下面写道："海山校草杨刚，参加韩国选秀。"我的脸瞬间红了起来，不敢再看屏幕，隔着屏幕，我闻到一股浓重的讽刺味道。过了好一阵子，我才又敢打开网页去看，虽然评论里也有帮我说话的同学，但更多的，是对不知天高地厚的我的嘲讽。

那一天，我带着准备好的请假材料，背着我每次来学校都会背但其实并没有装什么东西的双肩书包，来到学校。正好是课间操的时间，操场上同学们站得满满当当，往常像这种时候，我都会很嗫嚅地从人群当中走过去，可是这次，我的自信消失了。我低着头，躲着大家的视线，像做了什么错事一样快步向前走，可还是没能逃过同学们的眼睛。

"看！海山校草！"有同学认出我，指着我说。

我没敢抬头，只听到话音一落后的哄堂大笑。其实我到现在还记得那些笑声，只是感受不像那时那样了。我觉得自己的自信心被重重砍了一刀，瞬间击溃。我更快速地向大楼走去，想赶快躲到别人看不见的地方。我一直在心里安慰自己：这是我成功前最后一次来这个学校了，我会成功，我会成功，我会成功……

就像一个晴天霹雳，就像被送上断头台前的鞭笞，为什么我觉得"被枪毙五分钟"比"被枪毙"更让人痛苦，因为痛苦的是这整个过程。就在我办理请假手续的时候，教导主任跟我说：

"再过3个星期就要会考了，这个关系到你能不能拿到高中毕业证，很重要！必须参加！你的比赛时间还早，参加完会考再走……"

我也记不清他后面说了什么，也记不清我听没听到他说话，只记得耳边隆隆地响，我站在原地，那瞬间，觉得我的世界天旋地转，山在不断地压向我，水在不断地扑向我，天沉重地落下来。

出了教务处的办公室，我飞快地跑到顶楼那个永远不会开灯，写着"禁止入内"的楼梯道里，躲起来。我不知道该怎么面对这一切，该怎么度过这三个星期，怎么应对那些焦虑、无助、不知所措的感觉。如果青春是一场躺在钉板上打滚儿的游戏，那时的感觉也只不过是上钉板前一次不小心用多力气的试探，但对那时的我来讲，却是一次致命的打击。坐在这个白天也会非常阴暗的楼梯道，我甚至想到了放弃。

"如果我不往前走，我就和大多数人一样被吓退在这里，走上前去和勇敢者竞争，其实并不难，因为大多数人在没有迈出第一步的时候就已经被吓退，而迈出第一步的我，已经变成了勇敢者。"

上课铃响了，我拖着沉重的身体，向教室走去。

走进门，班级里瞬间声音爆炸，有带着讽刺意味的"海山校草""韩国明星"，有模仿青蛙的叫声，也有微弱的"别理他们""别说了"的声音夹杂在里面，就像一出毫无章法的刺耳的交响乐。我想逃离，但我不能逃离。我坐在自己的位置上，等待老师的出现，就像一个寒夜里无助的人在等待温暖的黎明。老师来了，他们会安静吧。

老师进来了，喊上课前的第一句话是："杨刚回来啦？明星做得怎么样了？"虽然我知道这是并没有恶意的玩笑话，引来的哄堂大笑却让我起鸡皮疙瘩。"还没，还没。"我努力让自己看起来正常些。

晚餐时间，我一个人呆呆地坐在教室，几个小伙伴一如既往地来找我一块儿去吃晚餐，我让他们先去，因为我实在不知道自

24 岁　若 无 其 事

己该怎样出现在食堂。我最好的朋友提了一大袋子零食和饮料来找我，他知道我肯定不会去食堂吃饭，于是我们就在这个只有我们两个人的教室里拿零食当作晚餐。

他似乎一直在寻找和我说什么的机会，刻意避开选秀的话题，却又想说点儿什么，我知道他想安慰我。零食快吃完的时候，他终于找到机会，因为我说不知道接下来的三个星期该怎样面对，话题到了这里，他很认真又有些疼惜地望着我，对我说：

"兄弟，这些人就是嘴上不老实，你别放在心上，大家很快就会忘记这件事的，你也别魔怔了，这事儿真的不靠谱，别傻了。"

我只记得当时听完这句话的瞬间，确实有一股暖流淌进我心里，因为在这样一种情况下，确实也只有他站在我身旁，陪伴我，安慰我。可是到现在，每每回想起来，我都会觉得震惊，为什么连我当时最好的朋友，都不是在支持我，而是在劝我放弃？我知道他怀着绝对善良的心在对我说那些话，但我也真的很庆幸，我没有被他的善良劝退。我没有因为我背后的善良和温暖而后退，而是选择了面前的冷眼和荆棘。

一个人想要成功有多难？其实并不难，因为做一件事情，只要开始做，坚持去做，不是成功，就是失败。成功只是一个结果，那为什么成功被渲染得如此艰难、遥远、高不可攀？其实，坚持做一件事情，从下定决心到付诸以行动的过程远比成功这个结果来得更加艰难。

梦想从来不会生来就是熊熊烈火，她更像一团小小的火苗，在这样一个阴暗潮湿的环境里，脆弱、迷茫，有时她连萌生的机会都没有。有时一点星火，就会被身处世间的烦恼和担忧浇灭，刚要燃起的火种，就会因柴米油盐而停止燃烧。好不容易点燃梦想的小火苗，要遭受世间规则的暴风和不被理解的骤雨。在你保护她的路上，你会遇到那些冷眼相对的人，他们挥舞着手中的刀，挡在你的面前；你也会遇到一些慈眉善目的人，他们心存善意地拉着你的手，劝你回头。

可我们要相信，这团小火苗的诞生本就是不凡的，梦想从来都是逆风燃烧！当梦想开始燃起熊熊大火，成功与否，其实变得不那么重要，因为成功或失败只是一个结果，而不是结局。

踏上征程

离开学校的时候，没有人送我，离开家的时候，也没有人送我。我一个人，背着那个我常常背着的包，踏上去北京的火车。火车缓缓开动的那一刻，我感慨万千，心中五味杂陈。梦想还没开始，我就已经遇到种种困难，步履维艰，但同时我也在庆幸，庆幸我还在向前走，因为很多人已经被吓退在这里，在这个环节，我已经成为勇敢者。

"如果我不往前走，我就和大多数人一样被吓退在这里，走上前去和勇敢者竞争，其实并不难，因为大多数人在没有迈出第一步的时候就已经被吓退，而迈出第一步的我，已经变成了勇敢者。"

那是一列每排 5 个座位的动车，左边三个，右边两个，中间是走道。每两排座位相对，中间有个小桌板，供乘客使用。我坐在右侧靠走廊的座位上，在我旁边坐着一个女孩，看起来比我要大一些，对面坐着一个男青年和一个身材较胖的中年男子。印象里一共要坐 6 个多小时的动车才能到北京，我是上午坐上车，要傍晚才能到。

到了午餐时间，由于身上没带多少钱，又想着去北京租房子安顿还要花不少钱，再加上动车上的东西又贵，我就计划着先不吃，等到了再吃。动车上推着小车卖盒饭的乘务员很快就来到了我们这节车厢，我侧对面的那个中年男子点了一份盒饭，放在中间的小桌板上，大口大口地开始吃。饭菜的香气扑鼻而来，看着他吃着香喷喷的盒饭，我不禁咽了咽口水，然后不好意思地环顾四周。突然看到旁边的女孩还有对面的男孩也没有吃，他们也眼睁睁地看着那个中年男子狼吞虎咽，垂涎欲滴的表情跟我差不多。我们的眼神好像互相碰到又迅速躲开，现在想想，好笑又尴尬。就在那盒盒饭把我们馋得直咽口水的时候，为了避免尴尬，我们还是聊了起来。

坐在对面的那个男青年是个牙医，到北京去投奔他开诊所的老师，他的梦想是开一间自己的牙科诊所，他说我的牙不是很整齐，等他开了牙科诊所，他免费帮我整牙。我旁边的女孩是一所挺有名的大学刚刚毕业的外语系学生，第一次去北京，想去北京找一份和外语有关的工作，她的梦想是当一名翻译，她说在北京，用到外语的机会多，就业的机会也多。我也毫无保留，我告诉他们我想去北京参加选秀，我的梦想是站在超级大的舞台上，我还把我在学校的遭遇当笑话讲给他们听，我们三个聊得不亦乐乎。原来，每一个心怀梦想的人，都在为自己的梦想勇敢前行。那时候，我第一次感受到梦想的能量和心怀梦想的踏实感，我们三个就这样饿着肚子，一路聊到了北京。

我虽然在北京生活过很多年，但是北京太大了，大多数地方于我而言还是陌生的。下车后，我们三个人站在北京站的广场上，面对四通八达的北京站，我们一脸迷茫。我们凑钱买了一张北京地图，然后三个人花了很长时间找到了那个男青年的老师发来的诊所位置，又在地图上帮他捋清了公交路线。男青年问我和女孩去哪，其实我也不知道我去哪，那个女孩第一次来北京，她更不知道要去哪。"突然觉得自己像个流浪汉。"我说。那个女孩笑了一下，然后指着地图上昌平区的一个位置，说："我就去这儿吧！"我也笑了，我指着朝阳区的某个位置，说："那我去这儿！"我们三个互相留了联系方式，说完再见，然后就各奔东西了。

其实生活中，我们永远不会知道哪一次的再见是再也不见，也永远不会知道哪一次的相见是最后一面。后来？后来我们应该都各自奔忙在梦想的路上吧！很长时间过去以后，当我第一次试着联系那个男孩的时候，他的电话已经打不通了，我猜他已经换了北京号码，他可能已经是北京小有名气的牙医了吧？或许认识了喜欢的女孩？还是没有存够钱，仍在奋力工作？总之，我猜他当初回家去开个小牙科诊所的梦想还没有实现，不然他怎么会不联系我给我免费看牙呢？哈哈。至于那个女孩嘛，其实当我第一次联系她的时候，她的电话也已经打不通了，我想她肯定也已经换了北京的电话号码，但我为她感到开心，因为这说明她还留在北京，这么长时间过去了，她应该已经在北京立住脚了吧，虽然不知道她有没有实现自己当初做翻译的梦想，但她应该已经离梦想不远了。我呢？我的电话没有换，后来我遇到了很多人，很多事，都在一步步地丰满我的青春，那……就从那场比赛开始说起吧。

儿时在北京生活的时候，只是在家或者学校附近，偶尔去故宫、天坛这些著名景点走一走，或是去王府井、西单这些商业中心逛一逛，再加上这么久以来都在外读书，对北京绝对算不上熟悉，应该算是陌生了。但我在北京还有一些能通过 QQ 联系到的小学、中学的同学和当时的好友，我并没有第一时间去联系那些同学好友，因为我不想再像在学校那样，受到嘲讽或劝阻，梦想已经很艰难，我不想再遇到任何可能的打击。我背着包在朝阳区的某条街道上走着，具体是哪条街道我已经记不清了，好像漫无目的，其实是在寻找街边看起来比较便宜的旅店。

我把自己安顿在一个类似招待所的地方，房间里没有窗户，整个房间里除了放下一张仅仅够我躺下的单人床，连站立都很困难。我把包放在床上。因为包占了一小部分床，所以躺的位置就不够了，我只能蜷缩着，半躺在床上。我不知道我接下来该做什么，也不知道该怎么做。我忘记我当时在想什么，但这个画面却极其深刻，就在那个 16 岁，我第一次体会到生活带给我的迷茫和委屈。

那时的手机没有现在这么多复杂的功能，不能像现在这样畅快地浏览网页，我也没有自己的电脑，只能辗转到网吧去查询比赛的具体时间和地点。那时候化妆在我脑子里只是个模糊的概念，只知道人化了妆会更好看，于是就到旅店附近的一个化妆品商店，想要买一些粉底，听说这东西会让人看起来白一些。谁知道这个化妆品商店的老板相当健谈，除了让我带了一瓶粉底液，还向我推销了粉饼、爽肤水、隔离霜、眼线笔、眼影、双眼皮贴、腮红和面膜，并耐心地教会了我怎么用。然后，我就提着满满当当的一袋子化妆品回到旅店，视如珍宝。毕竟这些东西花了我身上一大半的钱，那是我在那个年龄最奢侈的一次消费了。作为男孩，最奢侈的消费不在电子产品和玩具，居然在化妆品，现在每每想起来都觉得很好玩。对了，我还带了自己最喜欢的几套衣服过去，每天都算好日子穿，因为有一件衣服是我打算比赛时穿的，我必须保证比赛那天它没有被洗或弄脏什么的。

比赛当天，我穿上自己最喜欢的衣服，出门前，我想尝试着给自己化个妆，就用之前买来的化妆品在旅店里试着画。画了很多次，每次画歪了都要重新洗脸再画一次，直到时间快来不及了，我干脆扔下化妆品，洗了把脸，直接出门。

海选是在朝阳区一个很有名的商场里举行，到了那个商场，我看到里三层外三层围满了人。挤来挤去，好不容易找到了报名点，填了报名表，被安排在外围排队。排队海选的差不多都是我这个年龄的孩子，有家长带着来的，有几个朋友成群结队来的，还有经纪人陪着来的，像我一样自己来的确实是少数。看着台下形形色色的参赛选手和台上正在表演的选手们，我突然对自己没了信心……现场真可谓高手云集啊——有舞蹈特别厉害的，有唱歌特别好听的，有长得特别漂亮的……相比起来，我真觉得自己普通到了极点。

排在我前面的是一个男孩，陪在他旁边的看起来像是他的经纪人，一直在指导他海选该怎么表现。我盯着那个男孩看了很久，毫不夸张地讲，这个男孩可能是当时我人生中见过的最漂亮的男孩了，嗯，可以用漂亮来形容。像我一样一米九左右的身高，脸蛋儿非常精致，高挺的鼻梁，大大的眼睛，还画着精致的妆。我突然又回想起在学校时同学们都觉得我异想天开的事情了，甚至脑子里也已经开始胡思乱想，如果我失败了该怎么办？回去要怎样面对？正在我愁眉苦脸的时候，我看到一个中年模样的男人在跟我前面的男孩搭讪，好像在说什么重要的事情，神神秘秘的，后来那个中年男人和男孩旁边的人交换了名片。然后又有几个人陆陆续续地过来和前面的男孩搭讪并和男孩旁边的人交换名片。我很好奇，就拍了拍前面男孩的肩膀，弱弱地问了他一句："这些人是……？"他转过身来看着我，不可否认，这男孩的眼神很有魅力。"哦……是其他公司的星探，这家公司在这里办选秀，其他公司也派了星探过来，在场内挖掘有潜质的选手。"我恍然大悟，心想：原来是星探，怪不得都在找他搭讪，这也足够看出他的优秀了。而我，身边冷冷清清，这又一次证明了我的普通，那一刻，我的自信心就像被砍掉一只脚的桌子，怎么也立不住了。但我还是抱着侥幸心理整了整自己的衣角和头发，又挺了挺背，让自己看起来自信些，万一星探们看到我呢。

很快，该我前面的男孩上台了，上台前，他换上了一套很时尚的小西装，有很多配饰，就像我以前看过的 MV 里的男主角的样子。登台后，他唱了一首快节奏的韩文歌曲，边唱边跳，虽然听不懂，但我觉得他唱得很好，舞也相当棒。我开始紧张起来，"杨刚，你真的太普通了"这句话一直在我的脑海里荡啊荡，荡啊荡……直到场务开始喊我的名字："下一位选手，杨刚。"

我抬头看了舞台一眼，又低头看看自己的脚尖。我来不及深呼吸，拿起场务递过来的麦克风，就走上台去。到了台上，我一眼都没敢看台下的评委，开口就唱。我唱了一首旋律很慢的《秋天》，唱了应该有一整段，评委示意我停下来，用韩语跟旁边的翻译说了什么，翻译问我会跳舞吗，我说会。其实那个时候站在台上的我已经有点儿腿软了，但我还是故作轻松地展示了一段我刚学不久的舞蹈，然后头也不敢抬地下台去了。

一到台下，刚才那几个跟我前面男孩搭讪的星探纷纷凑了过来，其中有一个跟我说他们公司就在附近，让我最好现在就过去，他们公司的艺人是杨臣刚。杨臣刚是那时候挺火的一个歌手，有个代表作叫《老鼠爱大米》，虽然那首歌传遍大街小巷也朗朗上口，但怎么想都不是我的风格，于是我拒绝了他的邀请。还有一个中文说得不太好，好像是韩国人，他告诉我他们是韩国的一家艺人公司，也在寻找练习生，觉得我不错，邀请我去公司进一步面试，然后给我留了名片。还有一个，说他们公司在北京，近期他们公司会推出一个叫"爱朵女孩"的组合，让我也去他们公司试试，也给了我名片……

那些名片，我都小心翼翼地珍藏着，直到现在依然保存在那个我用来存放青春的小箱子里，我始终认为，那些名片代表着他们对当时那个我的认可，也是在那个阶段，我努力为自己创造的机会。

梦想照进现实

　　等待结果的过程是最漫长的，虽然心里觉得自己好像没什么可能，但还是想等那个结果真实地出现在眼前。大概是还心存渺茫的希望吧。那几天我几乎每分钟都守着电话，做梦都希望那家公司打过来，一有电话铃声响起我就特别激动，但每次发现不是就又很失望。

　　大约是在选秀后的第五天，正当我觉得自己彻底没希望了准备去其他公司看看的时候，一通电话打进来，是北京的号码——

　　"你是杨刚吗？"

　　"是的，您是？"

　　"我是 XX 公司北京办事处的。"

　　"哦，您好！"我已经开始有点激动了。

　　"上次海选你表现得不错，我们决定让你再到公司来复试一下。"

　　"啊……耶！耶！耶！耶！耶！"我激动地从床上蹦起来，跳到地上，然后又跑出房间，跑到马路上，正高兴地撒欢儿呢，突然想起还没问地址，我看了看手中的手机，电话居然还没挂断，我非常尴尬，赶忙把手机抱到耳旁，故作镇定地继续说："抱歉抱歉，刚才碰到点事儿，请问您那边地址在哪里，我什么时候过去呢？"

对方的语气还是那么冷，告诉了我他们的地址和复试的时间。

挂了电话，我马上记到手机里。突然感觉到脚下有点凉凉的，一低头，我发现我激动得鞋子都还没穿就跑了出来。于是又踮着脚跑回去，到门口，我发现房门被带上了，而我没带钥匙……

其实复试并没有我想象中复杂，准确地说应该就是体检和谈判。当天，也有其他被邀约过去的选手，人不多，但有几个我有印象。工作人员给我递了一杯水，让我先坐在旁边等着，拿着印有这家韩国公司 LOGO 的纸杯，我觉得离梦想好像更近了。

等了没多久，就到我了。在填写了一份非常详细的表格后，工作人员准确地测量了我的身高、体重、身体各个部位的维度，然后检测了视力、音准，还检查了体表疤痕等。进行完这一系列的体检之后，我被叫到一间办公室。办公室里坐着一位看起来像老师一样的韩国人和一位翻译，他们又问了我一些基本信息以及我对未来的想法，然后问我还会不会什么别的才艺，让我把所有会的东西都展示一遍。我从小喜欢模仿动画片里的角色说话，于是我就用动画片里角色的声音说了几段我喜欢的动画片经典台词，然后就又被安排在外等着了。

但这次等的时间很短，很快就又有一个工作人员叫我进了另一个房间，房间里没人，我刚准备坐下，刚才让我表演才艺的两个人推门进来，我吓得连忙站起来。两个人刚才严肃的表情变得略微和蔼了一些，示意我坐下。他们问我监护人在不在，我说不在，他们拿了一份厚厚的合同给我，足足有一本寒假作业那么厚。

那是我第一次看到合同这种东西，那位翻译先生坐在我旁边，一边给我解释合同里的内容，一边给我介绍这里的规则：练习生是淘汰制的，每训练一个周期后都要进行内部考核，末位淘汰。合同内容无非就是不要犯错、保密什么的，还有涉及劳动报酬、未来出道演出等条款。对于这些，当时的我其实也都看不太懂，听他讲也听不太明白。合同后面还附了厚厚的一整本这里的规定：不能打架斗殴、不能谈恋爱、不能带外人进来、不能违法乱纪什么的。我在大脑里把他给我讲的东西又一一过了一遍，虽然不能完全理解，但总结起来似乎就一句话：这里有很多规矩，不听话就给我滚蛋。直到那时我才感觉到，以前我们无比痛恨的学校里的管理规定，原来是那么温柔。他们对我说，如果同意合同内容并且愿意做他们公司的练习生，我和我的监护人就过来签字。我当然愿意做他们公司的练习生，看他们的样子，合同的条款我似乎也不能有什么意见。对于签这份合同，我一万个愿意，但我知道，我出来选秀的事情，父母其实承担了很大的压力，如果他们过来签字，最后我又没成功，那我该多让他们失望啊，所以我不想让父母过来帮我签字。我心里打好了算盘，跟他们说我要带回去给父母签字。

回去的路上，其实我并没有开心起来，而是觉得压力更大了。末位淘汰，也就意味着我随时都有失败的可能。一下被打死还好，现在告诉我有希望，但随时有可能被打死，而且对手都还那么强大，我内心压力非常大，也很怕竹篮打水一场空。所以这个消息我没跟任何人说，我想等真正经历完末位淘汰，走到最后的时候，

　　　　　24 岁　若无其事

再把好消息公之于众。不然，如果中间被淘汰，可能又要面临着一场全世界对我的嘲讽。回到旅店，我毅然决然地在监护人的签字栏上签上了我母亲的名字。

　　这间公司对练习生的管理真的是相当严格，他们一共在亚洲地区办了十几场比赛，一共选了二十个男孩和二十个女孩到北京分公司进行初步训练。我们被分成了几个 Team，然后每个 Team 分别有自己的教官和制作人。我们每天的训练日程被安排得满满当当，由韩语课、声乐课和舞蹈课组成，还穿插了部分的表演课和艺能训练，从早到晚除了吃饭睡觉，几乎所有的时间都在接受训练。对了，当时排在我前面的那个男孩最后没有出现在这二十个男孩的行列里，海选时我在台下看到就暗自敬佩的那几位选手也没能出现在最终人员的名单里。当时我还很奇怪，后来等自己慢慢成熟了，我才开始明白其中的道理。

　　梦想面前，千万不要妄自菲薄。不要因旁人评价而失去信心，也不要被自我评价而干扰。因为这条通往梦想的路，我们都没有走过，所以没有人的评价是对的。要做的，就是努力去做，一往无前。评价这件事，留给这条通往梦想路上更专业的人吧，如果你梦想的道路上没有更专业的人，那就留与后人评说。

　　这段经历，对我影响至深，在后来创业的路上，我依然遵从这个道理，当所有人都认为一条路走得通的时候，其实它已经走不通了；当绝大多数人认为一条路走不通的时候，你坚信一定能走通，并且坚定不移地往前走，这就是你超越别人的机会。

练习生生活

刚进公司开始做练习生，大家都充满了新鲜感，每天起早贪黑地训练也不喊累，可这新鲜劲儿一过，大家就开始想办法偷懒。请假、迟到、敷衍训练，同时为了避免被当成特例处罚，常常都要一群人结伴而行。我深知自己经历了多少压力才能走到这一步，也特别清楚自己想要什么，所以我不愿意偷懒，更不愿意敷衍训练。这导致我在那个集体中的人缘很不好，经常都要一个人走，一个人吃饭，一个人自习，交小组作业的时候也没有人愿意和我一组，经常被轮空。但值得庆幸的是，我在这家公司里，从一个极其普通的孩子，逐渐获得了成长，我顺利地通过了每一次的末位淘汰。淘汰的人越多，剩下的就越强，大家的压力也就越大。慢慢地，留下的人都开始紧张起来。

就在那对我来说连空气都充满着紧张和压力的日子里，在那些终日枯燥的训练中，我遇到了一个女孩。然后，我恋爱了。

她是女孩组的一员，年纪跟我差不多大，当时就有 166cm 的身高，皮肤白白嫩嫩，小小的瓜子脸上一双大大的眼睛，笑起来特别好看，就像日本漫画里的女主角。说实话，其实刚进公司

　　　　　24 岁　若无其事

的时候，我就一直在注意她，看她练舞简直是一种享受。我常常偷偷地看她练舞，呆呆地趴在门缝上看，看着看着就会不自觉地忘了时间，直到被教官发现，用手电筒拍我的头。她的声音很甜美，有一次我们内部考核，我偷偷用手机录下她唱的歌，那时候我们用手机的时间被限制，别人拿到手机除了打电话就是玩游戏，而我，应该把所有能拿到手机的时间都用在听那些她唱歌的录音上了。

她和我一样，也是个目标很明确的人，不会迟到，从不敷衍，所以也时常一个人独来独往。久而久之，早上我们都会很默契地提前到练习室训练，晚上又都是练习到最晚才离开的两个人。那时候公司最大的忌讳就是谈恋爱，从教官每次训导我们的语气中就能听出来，对于谈恋爱，公司的态度是绝不容忍。所以那段时间我们的关系虽然很好，但从来不敢一起走，不敢一起吃饭，每次吃饭的时候我都会坐在离她不远的地方，边吃边看着她，等她抬头，我就扭曲五官对她做各种鬼脸。平常我们很避讳两个人单独相处，怕被别人误会，也怕被公司误会，所以就连晚上自习或训练都要进不同的练功房，只是我还保持着常常去偷看她的习惯，而我知道，每次我偷偷去看她，她都发现了，只是没有说，我们似乎都在享受着这种默契。

后来，我们还是在一起了，说不清什么时候，我们不知不觉地相爱，然后又不知不觉地在一起。我第一次对她说"我爱你"的时候，是在一次内部考核。那次考核我选了一首表白的歌，在舞台上唱完歌后，我深情又刻意地对舞台下面说了一句"我爱你"，制作人觉得我那句"我爱你"的台词很应景，很符合歌曲的情绪。而她默契地知道，我是在对她说，我在舞台上用余光看到她在笑，然后为我鼓掌。考核结束后，到了用手机的时间，打开手机，我收到一条她发来的短信："收到，Me too。"

此后，我乐此不疲地在舞台上、在歌曲里、在语言课上、在舞蹈中，通过各式各样的方法向她告白，她也乐此不疲地回复我"收到"。

练习生们每月都有一天的假期，那次放假，我偷偷地约她出来，我们故意约到离公司很远的一家电影院看电影。我们悄悄摸摸地不敢同时坐车，怕被公司发现，于是分别都坐了一个多小时的公交车，在那个电影院楼下的车站见面。北京的交通真的是令人很难把握时间，到了的时候，我们原先想看的电影已经放映了一半，于是我们只能买下一场。下一场间隔有将近两个小时，我们就坐在电影院聊天，聊梦想、聊当下、聊自己、聊未来，我们是那样志同道合，那样有共同梦想、共同话题，我们都很懂对方，所以我们聊得很开心，我们约定好要共同努力，一起拼出一番天地。

后来，电影看完了，时间也已经挺晚了。还没吃饭的我们都饥肠辘辘。我很想带她去吃饭，但是掏出身上剩余的钱，除了留下回去必要的车费以外，就剩下几枚硬币和几张皱皱巴巴的纸币。没有钱带她去吃饭，我觉得很惭愧，但又不好意思说。她看了看

24 岁　若无其事

我，仿佛知道了我的尴尬，然后又看了看周围，拉着我径直跑向一家面馆。坐下后，她为我们两个人点了一碗面，要了两双筷子。不一会儿，面端上来了。她问我有忌口吗，我说没有，那家店的调味料是自助的，她就抱起调料盒，挖了一大勺香菜和一大勺葱花进去。然后问我吃辣椒吗，我说吃，她又挖了一大勺辣椒进去，搅拌了一下，把面捧到鼻子前，做出一个非常夸张的闻的动作，开心地说："啊，好香！"她拿起筷子，先夹了一大口，放进嘴里吃了起来，低头吃了两口后，她看我没吃，就抬头问我："你怎么不吃啊？你快吃！"我其实有点不好意思，但听她这样说，我就拘束地拿起筷子，夹了一口放进嘴里。"这才对嘛！"她满意地笑了笑，我也笑了。

我们都很爱吃辣椒，吃面的过程中，我往面里加了一勺辣椒，她看着我，露出故作惊讶的表情：

"哇！这么能吃辣？"说完，她又往里加了一勺辣椒。

"那肯定比你强了！"我又往里加了一勺辣椒。

"我不服！"说完，她又往里加了一勺辣椒……

就这样，我们俩你一勺我一勺，把店里的自助辣椒油加了一大半进去。汤面瞬间变成了红彤彤的"辣椒香菜拌面"。我们俩倒是真的不怕辣，把面吃得连一根香菜叶都不剩。吃完，两个人的嘴巴都被辣得通红。我们互相看了对方一眼，然后"噗"的一声笑了出来。说实话，她那张白白的小脸蛋儿上面被辣得红嘟嘟的嘴唇，真是可爱。一走出面馆门，我就把她按在面馆的玻璃门上吻了她，然后牵起她的手向公交车站走去。那是我第一次吻她，也是我第一次牵她的手，在整个青春当中，那天，是被贴上温暖标签的一天。

后来，我再也没有去过那家小店吃面，但在我的印象中，那碗面是我吃过的最好吃的面，无法代替。

选择

如果再让我选一次，我会怎么选？直到现在，我每每回忆自己过去的时候，都会问自己这个问题。

算起来其实也没过多久，我们就进入了热恋期。一拿到手机我们就相互发短信，用一切能和对方说话的时间来互相表达爱意，每到假期我们就会一起去北京的大街上"穷游"，一起听喜欢的歌，跳喜欢的舞，看喜欢的电影。

噩梦终究还是来了。虽然我们保密工作做得很好，但练习生们每天朝夕相处，还是会露出破绽。应该是其中一位练习生吧，向教官和制作人举报了我们，练习生之间谈恋爱是会被马上开除的大过错，在那么残酷的竞争环境当中，确实，少一个人都会安全很多，况且，这会一下少两个。

制作人找我的时候，我看得出他很生气，因为他一直都很看好我，我知道，我让他失望了，所以我就站在那里一句话也不说。可我越不说话他就越生气，他大声地责骂我，连骂娘的句子都用出来了，他抓着我的衣领，眼看就要一拳打在我脸上。他告诉我，另一个制作人也在另一个办公室里找了她，因为那个制作人脾气相当暴躁，所以那一刻我唯一担心的就是那个制作人会不会对她动手。"如果真是这样，我死也不会饶过他！"我心里想。

"你会被开除！！！"直到制作人气得说出这句话，我的心里"咯噔"了一下，虽然知道自己犯的是公司绝对不能容忍的错误，但听到他说这句话，我心里还是像被棍子狠狠敲了一下。这就意味着，这么长时间以来，我付出这么多坚持和努力追逐的梦想要破碎了，眼泪随即涌出眼眶，那些咬牙前行的瞬间一个个浮现在我的脑海，历历在目。我就呆呆地站在那里，眼泪像水龙头一样往外流。这个制作人平时很疼我，看我这样流泪，也不忍心，递了张纸巾给我。我接过纸巾，哭得更凶了，制作人抓了一把纸巾，很用力地在我脸上擦：

"哭！哭！哭！哭什么哭？能不能像个男人一样！"

我任由他在我脸上擦得生疼，看着他，不再哭了。泪水擦干，制作人严肃地看着我，咬着牙狠狠地对我说：

"杨刚，我告诉你，上个月向总部推荐的新人名单，我推荐的是你，你现在出这样的事情，把我的脸都丢尽了！我警告你，别为了不值得的事情断送了自己的前程！你未来会恨死你自己！"

他用手拉着我的领口把我拉得更近，一字一字地继续说：

"我现在给你两个选择！一，现在马上收拾东西滚出去！二，马上跟小四（她练习生时的昵称）分手，不要再有任何联系！我告诉你，在锡（另一个制作人，化名）在另一间办公室也在问她是想滚蛋还是想和你分手，你给我考虑清楚！"

说完，他瞪着我，等待我的回答。我的大脑瞬间乱成了一锅粥，当 16 岁的我面对这样的选择题的时候，还是显得那么的无助和无所适从。我呆站在原地，和她在一起的幸福瞬间一直涌现在我的眼前。

"你未来会恨你自己！！！"制作人的斥责也不断回荡在我的耳边。

"我努力了这么久，我要走下去。"

"你要做一个背叛爱情的人吗？"

"我承受了这么多，我必须实现梦想。"

"梦想只有这一条路能实现吗？没有其他的路了吗？如果我们一起奋斗呢？"

…………

各种各样的声音在我脑子里嗡嗡作响，直到一个声音的出现：

"如果她选择了你，而你选择了留在公司，她该有多伤心。"

我转过身，向外走，一直走出公司，没有回头。

我自信又坚定，我坚定地相信她会和我做出同样的选择。跨出公司，我站在门口等，我觉得她可能很快就会像我一样出来，她可能会哭，我要第一时间去抱她，我甚至想好该怎么安慰她……我就在公司门口等啊等，等啊等……站累了就在台阶上坐一会儿，坐累了就站起来左右走一会儿，一直等到中午，她没出来。肚子已经开始抗议了，想去吃饭但怕她出来后找不到我，于是怎么也不敢离开。

选择

就这样，我站在公司门口，一直等到晚上，依旧不见她的身影。公司大楼还亮着灯，我心想：可能她还在挨骂，她马上就会出来了。

我继续等，一直等到凌晨，眼看着楼上的最后一盏灯终于关了，我又跑到宿舍那一侧，整栋大楼被笼罩在无声的黑夜里，而我也一天没吃东西了，静下心来才感觉头晕目眩，眼前发黑。我摸摸口袋，全部家当都在公司宿舍，身上只有随身带着的钱包和手机，而现在，我也没脸再回公司拿东西。我跑到马路对面的一台ATM机，查到银行卡里还有170多块钱，钱包里也只剩下零零散散的十几块现金。我拿出手机，尝试着用手机打她的电话，关机状态。"对啊，这个点不让用手机，可能她想去收拾一下东西，天太晚了就在公司宿舍再住一天？也可能她跟制作人说再考虑一下？会不会不敢直接跟制作人说离开，要夜里偷偷跑出来？"想到这儿，我用零钱在路边的便利店里买了一个面包和一瓶矿泉水，然后咬着面包，继续在门口等。

不知不觉，穿着橙色工作服的环卫工人们开始打扫清晨的马路，扫到我面前的时候，我把喝完的矿泉水瓶和面包袋扔进了环卫垃圾车里，天已经蒙蒙亮了。我揉了揉眼睛，剧烈的头痛感扑面而来，而公司楼上的窗户还透露着一股黑色的寂静，宿舍那一侧，已经开始有一些宿舍的灯亮了起来，我认为她可能醒来就会出来，便继续跑到大门门口去等。

上午十点多，阳光明媚起来，不见她的踪影，肚子又开始咕咕叫。

十二点多，她还没出来。

我掐着表，数着每天能用手机的时间，掏出手机打她的电话，关机状态。

我开始感觉到有些不对劲，但是能做的也只有不停地拨号，终于，手机上微弱的电量亮起了红灯，而我的充电器在公司宿舍，为了保证手机畅通，让她能第一时间找到我，必须想办法把手机充上电。于是，我用仅剩的电量给她发了条信息：

"别怕，我已经出来了，打我电话。"

我在 ATM 机上取出剩余的钱，在附近找了家小旅店，找老板借了个万能充，充上电，倒头便睡。

再醒来时，已经是晚上了，肚子已经饿得直跟我闹别扭了。我装上手机电池，边开机边走出门，走到公司楼下，还是没有任何动静，没有任何的短信和未接电话。

为了对付饥肠辘辘的肚子，我在附近找了个凉皮摊，点了份凉皮。期间母亲来了个电话，问我过得好不好，说要打钱给我，为了不让她担心，我什么都没说就挂了电话。我觉得我不能每天都在门口干等，我得想办法养活自己，这样等她出来才不至于两个人连住的地方都没有。可我一个人在北京，能干些什么呢？

为爱情谋生

　　我首先想到的是我在北京的舅舅，但我很快放弃了这个想法，因为不想搞得全家人都知道这件事。然后我想到了在北京读书时候的老同学，我通过 QQ 联系到一些当时的小伙伴，约定好在以前的学校门口见面。

　　学校附近的变化可真大，既熟悉又陌生，我找了好一会儿才找到。小伙伴们的变化也很大，但我们还是互相一眼就认出对方，热情地拥抱了好一阵子。小伙伴们带我去学校里见了多年未见的当时很喜欢我的那个班主任，又一起逛了校园，晚上到其中一个小伙伴的家里吃饭。他没搬家，儿时的那些年，就曾常常去他家玩，因此和他父母也很熟悉。傍晚一到他家，他的爸爸妈妈就直呼"杨刚的变化真大"。我确实长高了，当年都差不多高的小伙伴们，现在我几乎都比他们高一个头。吃饭的时候，我说了我来北京的目的是参加选秀，但我也隐藏了我的那段爱情和离开公司的缘由，小伙伴的父母热情地让我不要再住旅店了，就借住在他们家，我没有推辞。

　　第二天，我和几个小伙伴又一起去了我们当时常常聚会的一个公园。在公园里，我们坐在长椅上回忆过去的事，我问大家我该做些什么来养活自己，有人提议去便利店打工，有人提议去街上发传单，更有胆大的提议既然我会唱歌那可以去酒吧驻唱。最后我采纳了那个最大胆的、半开玩笑的提议，去酒吧唱歌。因为，这不但可以赚到钱，还可以得到比在公司更好的锻炼，因为可以直接面对观众，得到观众的反馈。

经过小伙伴们"冒死"向父母打听，我得知北京的后海有条酒吧街，里面很多大大小小的酒吧都有驻唱歌手，也应该有在招歌手的，于是我决定去后海碰碰运气。

第一次到后海，真的被那种灯红酒绿的夜生活氛围给吓到了。灯火辉煌中，人群沸沸扬扬，一整圈的主街道，街旁全是各式各样的酒吧。自古以来，后海周边就是非常繁华的商业区，沿岸处处酒楼歌台、商肆作坊，名声扬传古今中外，直到现在也不例外。走在后海的街上，很多酒吧的推销员会一个劲儿地过来搭讪，拉客户去他工作的酒吧喝酒，可每次当我亮出目的说我是来找工作的时候，他们又出奇一致地忽然变脸，爱答不理。起初在后海找工作的计划，在销售员的热情与冷眼中，宣告失败。

我白天去公司门口等她，晚上就继续去后海找工作，现在想想，还真是挺执着的。后来，我深刻反思了为什么找工作会频频失败，原因是我都在找门口的服务生或者销售员，招聘的事儿根本和他们没有半点关系，他们只顾着多拉客多赚钱就是了，当然不会理会我的事情。专门的事情还是要找专门的人。找到问题后，每次我去酒吧找工作都会直接冲进办公室或经理室，告诉他们我的目的，当然也受过斥责和谩骂，但也碰到很多好心的经理——他们告诉我找歌手的工作都要带着自己唱歌的 CD，因为没有一家酒吧可以让不了解的歌手上台试唱，直接面对观众的；他们告诉我找工作要打扮好自己，保持一个好的精神面貌，因为大多数人其实骨子里还是外貌协会；他们还告诉我不要四处哀求，也不要怨天尤人，当你想得到一份工作的时候，提升自己是最重要的。就这样，我在四处碰壁后，终于在后海街尾一家名叫"银子弹"（如果没记错的话）的酒吧里，得到了一次尝试的机会。

那家店的老板，是一个留着长头发的中年男人。我第一次去那家店找工作的时候，一敲开经理室的门，就被他吓到了。空气中缭绕着呛人的烟雾，我见过烟鬼，但从没见过嘴巴一刻都离不开烟的。抽累了就把烟叼在嘴里，不点着，想抽的时候就点着，跟我谈话的一个多小时里，一根接一根，嘴巴从来都没有离开过烟。

他似乎很厌烦我的打扰，问我是干吗的，我说我想来当歌手，他看着我沉默了一会儿，问我多大了，然后把我带到酒吧天台后面一个较为安静的露台上。他让我拿 CD 给他，我用手机放了我唱的歌，听后，他面露难色，我一直对自己唱歌还挺有信心的，不知道为什么就是不能让各个酒吧经理满意。他告诉我，我歌唱得虽然不错，但是都在唱一些轻快的流行歌曲，不适合酒吧的氛围，来酒吧喝酒的人，更喜欢听一些情绪饱满的民谣歌曲或者激烈的摇滚音乐。听了他的话，我知道自己这次又没希望了，这也已经是后海街尾的最后一家酒吧了。

"再想想别的办法吧。"我心想，然后站起身，给老板鞠了个躬，准备离开。

老板看着我，没有说话，我转身快走到门口的时候，老板突然问我："你想尝试学一些摇滚歌曲吗？"

我激动地马上回过头来："您的意思是，决定录用我了吗？"我兴奋地看着老板。

老板拿打火机点起刚才叼在口中的烟，说："我只是想让你先试试。"

回到暂住地，我拿着老板给我的一张许巍的唱片，找同学妈妈借了一台复读机，边听边想着老板让我一个星期内学会这里面所有的歌和下周去报到的事情。那是我第一次知道，音乐原来不只是我听到的那些，原来还可以有这样的歌词，可以有这样的声音，还可以这样唱歌。其实无论各行各业，它的多样性总比我们想象的多，所以要时刻保持一颗敬畏的心。许巍的那张专辑，也奠定了我后来对音乐的偏好。

那张专辑里有一首歌叫《故乡》，后来的日子里，我每每心情失落的时候就会听这首歌。"在异乡的路上每一个寒冷的夜晚，这思念它如刀让我伤痛，总是在梦里，我看到你无助的双眼……"那些日子，其实我每一天都在想她，想她为什么还没出来？为什么还没联系我？是不是发生了什么事情？其实我心里早就想到了各种可能性，但还是一直坚持在等，坚持每天白天去公司楼下等她，可能是不愿意相信吧。

　　第一次在酒吧里演唱，唱的就是那首《故乡》，我赢得了很多掌声。好像去这家酒吧的都是些爱听歌的人，他们也在向老板不断称赞我，就这样，我终于可以留在这里唱歌，也有了赚钱的途径。

　　酒吧从晚上八点开始，营业到凌晨两点，分两场。有时我唱上半场，有时我唱下半场，有时穿插着唱，就这样，一天能赚80块钱，这对那时的我来说，已经非常满足了。唯一不足的就是下班时间太晚，两点结束营业，收拾一下，到家就要三点半或四点了。有时候我怕回去太晚打扰到同学一家人休息，下班后就去后海的一个巷子里吃几串麻辣烫，然后坐在后海街边的休闲凳上，一直坐到天亮。看到有人出来晨跑，我就会回去，洗漱完睡一觉。中午起来吃完午餐，我就去公司门口等她，然后等到晚上6点多，吃个饭就去酒吧继续唱歌。

　　老板也很照顾我，我理解不了的歌，不会唱的地方，他都言传身教，也会经常送我CD让我回去听，有时候那些CD比我每天的工资都贵。后来我才了解到，这个老板年轻的时候也曾梦想做一名歌手，也曾勇往直前，也曾一度小有名气，但后来为情所伤，颓废了自己，放弃了梦想。再后来就在后海开了这间音乐酒吧，喝自己喜欢的酒，做自己喜欢的事，听自己喜欢的歌。所以，来这里喝酒的人，很多都带着和他一样的心声、故事，爱听同样的歌。

　　其实在那段时间里，我真的很迷茫，没人告诉我该怎么做，我只能一天一天地等。在老板对我说了他的故事以后，有一次，我实在忍不住压力，一口气把我的故事全都说给了老板听。我原本以为他会告诉我该怎么做，没想到他只是看着我，没说话，就是一直看着我，眼神里好像有很多内容，但我一点儿也读不出。他就那样一直看着我，然后我渐渐感觉到一些似是而非的信息，就连喝了几大口酒，转身离开了。

时过境迁的后来，我时常在想，可能他怕他说出任何话或做出任何表情都会影响我本来该有的决定，所以才那样一直看着我不说话吧。那种沧桑、深沉、忧郁、疲惫又坚定的眼神，我至今都难以忘怀。其实我一直都没有彻底明白他为什么这样做，但现在的我，当别人向我咨询生活上的问题的时候，我也都抱有我的回答绝对不影响他应有判断的心态，因为我觉得，每个人都要活得像他本来的样子，去体验他本来该有的体验，经历他本来应该经历的事情。

黑色的梦

这样的日子大约持续了一个月，噩梦发生了。公司每个月都休息一天，我算好时间，那天是公司应该休息的日子。我向酒吧老板请了假，一大早就起来，来到公司门口。我觉得，那天是她最有可能出来的一天。我用手机打她的电话，依然关机。

"她可能是在睡懒觉。"我心里想。

一如往常，我等到了中午。打电话，还是关机。

"说不定在吃饭呢，再等等吧。"我心想着。

到了下午，大约三点的时候，我当时在公司时关系稍好的一个舍友走出来。之前遇到上下班的制作人、老师或是教官我都会躲起来，不让他们看到我在门口。可这次，他出门就看到了我，目光接触到的时候，我知道没法躲了，就主动打了个招呼，他也跟我招了招手：

"杨刚，你怎么在这儿？"

他向我走过来，我站在原地，很怕他问我一些我不好回答的问题，但没想到，他却很关心地问我过得好不好，最近在干什么，完全避开那件事没提。

直到我忍不住了，试探性地问他："小四儿，她……最近怎么样？"

他听完一点儿反应都没有，依旧避开这个话题，硬把话往别的地方上扯："我这刚准备出门买个煎饼吃，听教官说斜对面新来了个很好吃的煎饼摊，每天下午到晚上出摊……"

"我是在等她，这段时间我每天都在门口等她！"我打断了他的话，我似乎感觉到他知道些什么，就直接表明来意。

整个世界好像突然安静了，气氛像凝固了一样。他先是看着我，又低头看看地板，又回头看看后面，好像在做什么心理斗争。我盯着他，几乎所有情绪都定格在心头，等他开口。他又低头看着自己的鞋尖，好像在想什么，然后抬起头，看着我：

"你还不知道呢？这件事儿在公司都传开了，你选择了离开公司，她选择了跟你分手。"

"轰隆隆"的几声，没错，我清楚地记得当时脑子里只听见"轰隆隆"的巨响，像是什么东西塌了一样，然后万物俱静，我的大脑瞬间一片空白，完全没办法思考。我没听到这个舍友后面对我说了些什么，也没听到他跟我告别的话，只觉得他好像对我说了话，然后走了。

我一个人傻傻地站在那儿，那种感觉无法形容，我觉得一直以来，我做的事，我对梦想和爱情的认知，都塌了。梦想塌了、爱情塌了、全世界都塌了。我的眼前一片模糊，不知是眼泪还是大脑的浑浊，过了许久，我才渐渐清醒过来，只听到大脑深处、身体深处，好像全世界都充斥着痛苦疑惑：怎么会这样？她为什么会这样选择？到底发生了什么？我该怎么办？我能怎么办？这些疑惑瞬间挤入我的大脑，我觉得我的大脑就快爆炸了，这大概就是崩溃的感觉吧。

我已经忘了我是怎么回到暂住地，只记得当时天已经黑了，只记得一直流泪以至于衣服的胸口和袖口都被眼泪打湿了，我不知道是没人跟我打招呼还是我根本听不到别的声音，不知道是不饿还是肚子已经被眼泪填饱。我突然感觉一切都失去了意义，吃饭失去了意义，唱歌失去了意义，之前所做的一切都失去了意义，活着，也仿佛失去了意义。

我真的忘了接下来的时间我是怎么度过的，只记得那种绝望、痛苦和从全世界传来的疑惑。对于这些疑惑，那个16岁的我根本找不到答案，我整日蜷缩在房间的一个角落，终日流泪。难受到实在受不了的时候，我就会出去买很多很多的酒，一直喝，让自己睡着。我觉得我没有动力去做任何事情，没有动力去接任何一个电话，甚至没有动力睡着。我不断用酒精麻痹自己，以为这样就可以让自己不那么疑惑。酒吧老板来过一次电话，我没接，他就再也没有打来。家里的父母来过几次电话，我也没接，只是点了有事在忙的自动回复。同学的妈妈过来看我几次，我拧出僵硬的笑容，跟她说我还好。同学在外读书，周末回来，我找理由没和他见面。我仿佛丢失了时间，也不知过了多少个日夜。

直到，最后一滴酒滴进喉咙，再用力倒，却再也倒不出来。拿出钱包，我发现钱包里空空如也。我找出手机充上电，想通过短信查看卡里还剩下多少钱。手机充满电，开机，翻看银行短信

　　　　　24 岁　若 无 其 事

的时候，我看到了几条未读消息，其中有一条是同学的：

"刚，看你这几天心情不好，开心点儿，我挺你。"

另一条是酒吧老板的：

"无论你遭遇了什么，看到信息马上过来找我。"

还有一条是母亲的：

"回家吧。"

好像有什么东西在一下一下地牵着我的心脏，又是一场号啕大哭。哭完，我去洗了个澡，洗了很久，我整理了房间，把瓶瓶罐罐都扔了出去，我穿了一件好看的衣服，把鞋子擦得干干净净。然后，我走出门。

夕阳还未落下，阳光照在我的脸上，一片暖意。我去吃了一碗我平时最爱吃的馄饨，然后去公园逛了一圈。大概觉得自己没流眼泪，状态应该还可以，我就去酒吧找酒吧老板，我有太多不解的事情想问他。到了酒吧以后，我在天台后面找到他，他坐在我第一次来面试的时候坐的那个藤条桌子旁，我在他对面坐下来，我还什么都没说，他先收走桌子上的酒，然后递了一杯酸奶给我：

"估计你这两天没少喝酒，在我这儿，你喝这个。"

我接过酸奶，刚想开口说话，他就打断了我："我能理解你现在的状态，但你别问我，我在感情上也是个失败者，给不了你最好的答案。"

我听着这话，望着他，心里有说不出的感觉，许久，我才憋出一句话："那我该怎么办？"

说完，他笑了："这就对了，要想未来的事，不要总想过去的事。"

他把已经燃尽的烟头扔掉，又动作娴熟地从烟盒里拿出一根烟，放在嘴里："如果你还能继续唱歌，就唱歌，工资每天给你加20块钱！"说完，他交代服务生：

"下一首歌，放《故乡》。"他知道，这是我最喜爱的歌。

我拿起麦克风，走上台，前奏响起的时候，我已经哭成了泪人，话都说不出，更别说唱歌了。我曾经的每一首歌都在向她告白，一切能联想到她的事情，都会让我泣不成声，我根本没办法唱歌，连平静地听都做不到。

后来没过多久，我就向老板提出了辞职，结工资的时候，老板多拿了500块钱给我，跟我说这是奖金，以后还想回来唱歌的时候，随时回来。我拥抱了老板，转身走了。未来的日子里，我再也没有见过这个酒吧老板，更准确地说，我从不敢回去看他，可能是怕想起一段伤心的往事吧。

后来的后来，当我每每回忆起那段日子的时候，我都觉得那些执着等待的过程，那些努力赚钱等她出来的时光，其实是幸福的。因为不管怎样，那些时光中有那么一个目标，有那么一些念想。而后来失去了这些念想，当一切失去意义的时候，才是痛苦的根源。

被那个制作人说中了，在未来的日子里，我恨那时的自己。但我恨的不是自己在最后关头选择了爱情；我恨的，是自己在梦想的道路上过早开始了不该开始的爱情。因为那时的我，能给她的只有那碗辣到嘴唇通红的面，而梦想能给我们的，才是未来。

如果再让我选一次，我会怎么选？这个问题时常出现在我的脑海中，直到今天，这个问题仍没有答案。

触梦

　　时光依然毫不留情地向前走，没有在酒吧继续唱歌的我，总得找个办法养活自己。在这条梦想道路上没有走通的我，发誓一定要通过别的路来抵达梦想的彼岸。

　　有了当练习生和在酒吧唱歌的经验，我觉得自己应该已经有能力做更多有关音乐的工作了，我开始在网上寻找哪里招聘歌手，出乎意料的是，网上有非常多招聘歌手的信息，完全不像我想象的那样难找。一个个点进去，几乎都是偶像包装公司，招聘歌手进去包装成偶像的，无一例外。他们在官网上展示了他们的包装成果，几乎都是国内当红的一些男女歌手，看起来都非常厉害……我选了一家看起来规模最大的，抄下了联系方式。第二天，我按照记录下来的联系方式打电话过去，电话是一个中年男人接的，他要求我去公司面谈，说要看看我的条件。于是，我跟他约了时间，准备去这家公司面试。

　　这家公司是一个办公地址在朝阳区的唱片公司，按照对方给我发来的位置，我提前计划好了坐公交车的路线。到了地方，我绕着马路左找右找，最后才发现这家公司在一个居民社区里面。

来到这家公司，敲开门，是个三室一厅的套房，客厅就是公司的大厅，墙壁上挂满了各式各样的明星照片和演唱会海报，据接待我的负责人介绍，这都是他们公司包装出来的明星。"好厉害！"我在心里暗暗想道。

负责人把我叫到一间卧室改成的办公室里，让我坐下来后，他要我先讲讲我的梦想，他好把我推荐给合适的制作人包装我出道。我说我想用唱歌赚钱，负责人说没问题，接着他又给我讲了他们在行业里的各种资源，还有和各大唱片公司优质的关系，还能输送到国外发展，我听着他说，心里无比激动。

"天哪，这家公司太棒了！"我心里想着，抬头问接待我的负责人："那我怎么样才能成为你们公司的艺人呢？"

负责人看着我，笑了笑："你的艺人卡呢？先拿给我看看。"

"什么艺人卡？"我有些疑惑，又怕问出太不专业的问题被他笑话，于是小声嘟囔，"我没听说过这东西啊……"

这位负责人倒是很有耐心，跟我解释："艺人卡就是你的个人形象卡片，里面记录着你的个人简介、作品、形象照片什么的，你想去见制作人、面试剧组的时候，都是要先递上艺人卡，人家看了艺人卡对你有兴趣，才会叫你去商谈下一步合作。"

"哦……"我似懂非懂地点点头，"那看来这东西很重要……"

"可不是嘛，成败全靠它了！你连个艺人卡都没有，我都没法带你见制作人！"负责人认真地说。

我有些急了，连忙问道："那怎么办？"

"嗯……"负责人托着下巴，若有所思的样子，"这样吧，本来我们这儿只给签约艺人做艺人卡的，看你条件不错，制作人应该愿意包装你，这样，我就先给你做张艺人卡，到时候拿给制作人看，这样制作人看重你的话就可以签约包装你出道了。"

我听他说，觉得幸好还有一线生机，就一个劲地说谢谢，负责人正了正身子，望着斜下方，看起来有点难为情：

"可是，制作艺人卡有成本的……"

我也看着他，没有说话，他把眼睛正过来看着我："这样吧！我也不赚你钱，你就自己付个成本费，我来帮你把艺人卡做好！"

听他这么说，我觉得自己真是遇到了好人，连忙说："太谢谢了，成本要多少钱啊？"

"加上拍照……一千五吧！"他不假思索地说。

之前省下来的钱加上在酒吧唱歌赚的，我身上一共有3000多块钱，按照负责人说的，没有艺人卡我在这个行业确实没法混，况且人家还这么帮忙。

"太感谢您了，那就麻烦您了。"我一边站起来给负责人鞠了个躬，一边道谢。

就这样，几天之后，我拥有了人生中第一张艺人卡。来拿艺人卡的时候，我特意换上一套正式点的西装，负责人告诉我，既然艺人卡已经有了，他会把我推荐给一些优质的制作人和剧组，让我回去等消息。于是，我捧着我的艺人卡，信心满满地搭上了回住处的公交车。在公交车上，捧着艺人卡的我瞬间感觉自己不一样了，似乎觉得拥有艺人卡的自己已然变成这个行业里的人，脑子里还想着是不是该带个墨镜什么的，嘚瑟得不得了。

回到家，兴奋了好几天的我迟迟都没有等到负责人的消息，其间，我发短信问过负责人，负责人说制作人和剧组都很忙，要有时间审核我的艺人卡，让我耐心等待。可每天独自生活在那个小房间里，闭塞的空间使我很快失去了耐心，心想，反正我已经有了艺人卡，就去别的公司也试试，说不定有更好的机会呢。于是，我又在网上和另一家公司取得了联系，一样地，工作人员约我去公司当面看看。

这家公司也在朝阳区，同样，也在一个居民社区里。下了车，找到地方，敲开门。也是一个套房，不同的是，这个套房的客厅是一个摄影室，就是那种拍照片用的摄影室。接待我的是一个留着长头发的男人，见到我，他先是邀请我在客厅一旁的沙发上坐下，然后去另一侧的饮水机接了一杯水给我。

端着水杯，我坐在沙发上好奇地四处张望，这间公司墙上同样贴着很多歌手的照片。不一会儿，那个长发男人叫我去了他的办公室。

"你有艺人卡吗？"没做过多的寒暄，他直接问我。

还好上家公司告诉我面试要带艺人卡，也帮我准备了一套艺人卡，来之前我就带在身上了。

"有的，我拿给您看。"我从包里拿出艺人卡，小心翼翼地递给他。

他接过去，简单瞥了一眼，就把艺人卡往桌子上一扔："你这艺人卡，去哪面试都过不了！"他看着我，表情无比严肃。

我有些疑惑，这明明是刚做的艺人卡啊，于是问："呃……为什么？"

他坐直身子，看着我说："你这个有点太过时了，排版不够专业，而且照片拍的也不好看。你就拿着这个去见制作人，见谁都会把你退回去的！"

我有些慌了，这可是我拿将近一半的积蓄制作的艺人卡啊！"那……那怎么办？"

我说话都有些结巴了。他看了看我，做出若有所思的样子："先跟我说说你的梦想吧。"

被他说完艺人卡的事，我都有些不敢看他了，断断续续地说："我……我就想找个唱歌相关的工作，这是我的爱好，我想用自己的爱好来养活自己……"

他身体后倾，把背靠在椅子的椅背上，望着我，顿了顿，说："哎……你们年轻人也不容易……看你梦想这么坚定，这样，我来安排帮你做个艺人卡吧，艺人卡这东西真的很重要，你这个实在太差了。"

不知道为什么，他说艺人卡这东西很重要的时候，刚好和上家公司负责人的说法一样，这让我对他产生了莫名的信任感，我弱弱地问："真的可以吗？"

"看你这么喜欢唱歌，就当扶持你一把吧！帮你做艺人卡也

触梦

不收你钱了，你就给个成本费就行。"

听他说到钱，我一面觉得自己在上家公司被骗了，给我做了这么差的艺人卡，一面有些紧张，因为身上的钱确实不多了。"那……大概要多少钱？"我小声问。

"我给你算一算啊，加上拍照、排版……就收你一千八吧！"

听到他说的这个数字，我心里既踏实又担心，踏实是因为还好我身上的钱够，担心是因为如果再花一千八做这个艺人卡，我身上的钱就真的撑不了几天了。但是人家都这么帮忙了，不做真的有点愧对人家。

"好吧！那麻烦您了。"我说。

就这样，几天后，我收到了我的新艺人卡，把两个放在一起对比，确实排版不一样，但我真的看不出哪个更好一些。"可能这个只有业内的专业人士才看得出来吧。"我想。

这家公司也让我在家等消息，于是接下来的几天，我每天抱着手机，期盼能来一通电话通知我去见制作人。可日子一天天地过，无论是第一家还是第二家公司，我始终没有接到他们的通知。人在心慌的时候总是会乱想，那些日子，我的脑子很乱，是不是自己不够优秀？还是我根本不是干这行的材料？为什么明明人家帮我做了艺人卡，可我还是没有机会？为了防止自己乱想，也为了多些可能性，我又在网络上选择了第三家公司，这次，我吸取了上两次的教训，我一口气选了两家公司，希望能多一些机会。

我提前和两家公司约好，分别把时间安排在同一天的上午和下午。当天，我一如既往地精心打扮好自己，乘公交车去了上午约好的唱片公司。进了公司，首先映入眼帘的是一个摄影棚，有个人正在拍照，像是在制作艺人卡，这让我感觉怪怪的。这次面试，我把我先前制作的两份艺人卡全部拿来了，可负责人给我的意见是，这两份都不够专业，要我再制作一份新的，可我两份都是刚做的啊，于是我鼓起勇气问负责人：

"这两份都是这段时间其他唱片公司给我做的，难道他们都不专业吗？"

听我这么问，负责人倒是不慌不忙，她井井有条地解释道："确实不专业，你肯定去了那种骗人的公司。"

她这么说，让我心里有点毛毛的，毕竟这两份艺人卡花了我几乎全部的积蓄啊，我继续追问："哪种骗人的公司？"

她说："就是那种专门给人做艺人卡，以此来赚钱的骗人的公司，你去了以后，无论你的艺人卡怎么样他们都会不满意，都会让你做一个新的，然后收你钱，告诉你帮你递给制作人和剧组，你之前去的公司是这样的吗？"

我看着她，点点头，心里很乱，她继续说：

"你看！是吧！他们其实根本没有什么制作人，他们就是赚你艺人卡的钱，是不是做完艺人卡，他们就再也没动静了？"

我听着，又点点头，她向前移了移椅子，坐的离我更近了：

"你说，这样骗人的公司，艺人卡做出来能专业吗？"

我感觉好像都被她说中了，觉得自己好像真的被骗了，有点不知所措。但很快我反应过来，看着她问："那……咱们这边，制作艺人卡要交钱吗？"

她还是那样不慌不忙的语气："咱们这边制作艺人卡是不需要收费的，你只要给个成本费就好了。"

我继续问："那成本费是多少钱呢？"

"不多，一千六吧。"听她这么说，我似乎彻底明白了怎么回事，把包拎起来就往外走，没有打招呼，也没有回头。

走出那家公司，我被自己气得恨不得打自己两拳，我把那两张艺人卡拿在手里，想把它们撕了扔掉，又舍不得。我坐在小路的花坛边，坐了很久，脑子里空空的，什么也没想。直到肚子饿得咕咕叫，我站起身在附近的面馆吃了碗面，心里想着：干什么都没那么容易，下午也约好了，就再去这最后一家公司，如果还是骗子，就彻底放弃。

两家公司离得比较远，下午，我辗转几路公交车来到了已经约好的这家公司。公司在一个办公楼里，一进到办公楼大厅，就感受到恢宏明亮的气场，来往的人都西装革履，像极了电视剧里那种都市精英。

"这个好像靠谱一点……"我心里想着，拨通了公司接待人员的电话，电话是一个女孩接的：

"你好！XX唱片公司！"

"你好，我约了下午来面试，现在已经到公司楼下大厅了。"

已经被骗过两次了，这次我一点都不紧张。电话里，她告诉我这栋大楼管理严格，要她下来接我才能进去，让我稍等片刻。我边等边在大厅里走走看看，大厅保安都穿着统一的制服，腰杆笔挺，电梯厅前是一个大理石做的招牌，上面用金属文字写着这栋大楼里所有公司的名字，"20楼—XX唱片公司"，看到公司名字也写在上面，再加上这栋大楼确实辉煌气派，这让我对这家公司产生了信任感。

"都去了那么多不靠谱的公司了，也该让我遇到一个靠谱的了吧。"我想。不一会儿，接待人员出现在大厅，一眼认出了我，她佩戴着公司的工作牌，看起来很专业：

"请问你是杨刚吗？跟我走吧。"

这间公司位于这栋高档写字楼的第20层。从电梯出来，首先映入眼帘的是一个霸气的前台，前台后面的发光字体展示着公司的LOGO，前台处坐着两位穿着工作服佩戴着工牌的工作人员，接待我的女孩让我在前台填了一个单子，单子上有各项详细资料，包括演出经历什么的，我认真填写完单子后，接待人员把我叫到一间接待室里，跟我详细讲解了这间公司的面试规则：

首先，她会安排声乐、舞蹈、表演三位老师对我进行一个面试，我必须要在面试中展示自己的所有的能力，面试如果没通过，我就可以直接回家，面试如果通过了，经纪人会跟我进行面谈，条件如果合适，经纪人就会带我和制作人见面，一起探讨接下来的合作事宜。

她问我有没有准备才艺，我冲她点了点头，然后她把我带进一个类似舞蹈室的地方，房间里有镜子和钢琴，还有已经在等的三位考官。

在面试的房间里，我竭尽所能地展示了所有我会的东西。我唱了歌，跳了舞，也弹了琴。展示完毕后，考官们又临场出了几道题给我，我也按照自己的理解回答。面试完毕，接待人员先是把我接出房间，然后让我在客厅的椅子上等。

说真的，这一套流程下来，给我的感觉就是，这家公司非常专业，而且有实力，和之前遇到的那些不断给我拍艺人卡的公司根本不一样，我也暗自庆幸，终于遇到一家靠谱的公司。隔着舞蹈室的有色玻璃，我看到几位考官像是在激烈讨论，心里不由得紧张起来。大约过了半个小时，我看到考官们陆续走出房间，目光接触到的时候，还对我点头致意，这让我紧张的情绪更加强烈了。接待人员似乎和他们交流了什么，然后来到我身边，告诉我面试情况还可以，现在要带我去见经纪人。

"那我算是通过了吗？"我问她。

"嗯！"她点了点头，说着，带我到了另一间办公室，是一间看起来很大气的办公室，办公室的桌子上放着笔记本电脑，还有一些文件，桌子前有一个名牌，上面写着"李 XX—经纪人"。

"这次算是见到真的经纪人了。"我想。坐在办公桌旁的椅子上，我有些手足无措。

不一会儿，一个戴着眼镜留着平头的中年男子开门走了进来，我站起来跟他打招呼，他没有理我，低着头走到自己的位置上，把手里的成绩单重重地往桌子上一摔，然后坐下。这把我吓了一跳，我盯着成绩单上的名字看，发现是我刚才面试的成绩单，我有些慌，不敢说话。

"你看看你！怎么表现成这样？！"一开口，他便以生气的语气责问我。

我有些蒙，不知道该怎么应对，嘴角抽动了两下，说不出话。

"唱歌高音不行，舞蹈难度太低，琴也弹得一般，老师们还觉得你可以，让我包装你。你说，就你这样，我怎么包装你？！"

他好像变得更生气了，我低下头，嘴里小声地嘟囔："我会努力的！"也不敢抬头看他。

"努力？哪还有时间给你努力？你看看现在竞争多激烈！你这样，怎么竞争得过别人？我们这么看好你，你太让我失望了！！！"

他声音很大，不知道为什么他会这么生气，之前一直听说当艺人会被经纪人骂，"可能经纪人都是这样吧！"我心里想，正想着该怎么接话呢，他话锋一转，语调降下来：

"你嘛，形象好，个子高，小小年龄就有这么好的天赋，确实也很难得，如果我来包装你，你肯定能大红大火！"

我抬起头，他情绪转变得如此之快，让我更加蒙了，我看着他，从喉咙里小声地憋出一句："那我可以吗？"

他看了看我，站起身来到饮水机旁倒了杯水，递给我："我觉得，如果条件合适的话，你的潜力是非常大的，可以包装出道。"

我端着水杯喝了一小口水，继续问："那需要什么条件呢？"

他转身回到自己位置上坐下，问我："你家里支持你干这行吗？"

我捧着水杯，如实回答："妈妈倒是挺支持的。"

"嗯。"他点了点头，看着我，继续说："做咱们这行啊，你得看清楚，有付出才有回报，你能明白吗？"

我看着他："能明白，我一直在努力。"

他把手放在桌子上："不是你想象的那样，不是自己努力就行的，家里也要跟着努力，明白吗？"

我有些疑惑，但还是附和着"嗯"了一句。

他两只手交叉在一起，拇指相互绕着圈："家里的努力比自己的努力还要重要，你条件这么好，包装一下肯定能行，你家里愿意给你出钱吗？"

听到他说要家里出钱，我端起水杯，吞了一大口水："需要出多少钱？"

他举起手，比了个三："三百万，给你出第一张专辑，够了。"

听到这个数字，我忍不住又吞了一口水，说话都开始结巴了："额……那……我可能得跟家里商量一下。"

"商量好了再来找我吧，我给你包装！"

"额……好……好……"

说完，我给他鞠了个躬，就匆忙转身离开了这家公司。直到后来我才知道，在这个追名逐利的行业里，骗子，也有高低等级之分。

24 岁　若无其事

回到住处，我认真反思了自己，得出了两个结论。第一，我认准这条路，无论如何我都要走下去；第二，我不能再这么急于求成，得沉下心来从基础做起。

在那期间，我无意间得知了北京电影制片厂门口每天都有人在招群众演员，管盒饭还有工资，于是，认准这条路的我，决心从龙套开始做起。

面试龙套倒是很顺利，一下子就接了很多活，我的龙套生活也就这样开始了。我每天起早贪黑，怕打扰同学家人休息，于是搬出了同学家，自己租了个房子住。这里有一个小插曲，因为当时没钱，所以只能找最便宜的房子，当时我在北京的郊区找了一间民房，十几平方米的房间里只有一张床和一盏灯，一个月包水电费要 300 块钱。房间里没有独立的卫生间，洗漱、洗澡和上卫生间都要到房间外面的公共卫生间。我的小伙伴们看房间里什么都没有，就各自从家里拿出闲置的东西给我用，有的搬来了电风扇，有的搬来了电视机，有的搬来了沙发椅，然后，我就在东拼西凑后看起来还不错的一居室里，开始了我的单人生活。

龙套生活很辛苦，也很无趣。我演过背景——主角在前面演戏，而后面需要真实的背景，真实的背景里需要真实的人——这个其实挺难的，因为作为背景你得像、得动，又不能太跳跃，不能超过主角；我还演过观众，就是棚内的电视节目，无论是访谈类的还是综艺类的，都需要观众，这些观众得专业，得在该鼓掌的时候鼓掌，该点头的时候点头，该感动的时候感动，该被逗笑的时候被逗笑，所以这些观众都得请专业的群众演员，这个其实也挺难的，明明节目很无趣，情绪还得一直在里面，有些节目一次录好几期的，一坐就是一整天。

因为住在北京郊区，离市区非常远，有时候拍到太晚，我回不去家，就在北影厂附近的麦当劳里将就过夜。那家麦当劳的面积不算大，但一到深夜就会坐满人，都是一些回不去家或无家可回的人，有时候会坐在一起聊聊天，听着同一个世界里不同境遇的人生，像一个个真实又离奇的故事，却也是每个人心底里最宝贵的财富。麦当劳也不吝于接纳这些暂时寄避的过夜客们，总是有充足的温开水和冷气。一到早上五点，店里就会放起激昂的交响乐，一面鼓励店员们要开始清扫卫生，迎接清晨的第一批客人；一面叫醒过夜客们，天已经亮了，大家可以继续上路了。

后来我发现，我无论怎么努力，怎么起早贪黑，都演不上戏份稍微重一点的角色，每次副导演来选人，但凡稍微有几句词的角色，第一句就会问："学过表演吗？是科班的吗？哪儿毕业的？"是啊，拍戏不是闹着玩，时间就是钱，没有人会拿那么多的时间和钱来给你试错。如果没学过表演，想在拍戏的时候磨炼，有天赋的还好，没天赋的，就算浪费再多的成本试错，可能还是掌握不了这项技能，毕竟表演是门学科，这个时候，学习就成了成本最低的方式，在那样枯燥无味的龙套生活中，我第一次感受到了学习的重要性。

大约是 2 个月后，我决定回学校读书，同时学习表演，参加

24 岁　若无其事

艺考和高考，考一个艺术类的大学。

其实追逐梦想的那段经历对我的成长影响很大，我成长了很多。回到学校后，我完全没有出发前的那些担心了，不再担心同学们问我该怎么回答，不再担心别人用异样的眼光看我，不再担心别人的嘲讽。相反，我竟可以用一种极其平和的态度正面回答这些问题，而当我开始正面回答这些问题的时候，反而可以得到别人羡慕的目光，因为无论成败，这些我经历过的事情，是因为我勇敢地迈出了第一步。

另一条路

正式回到学校开始上课以后，我发现自己原本擅长的数学，变得一窍不通，好在英语和语文的基础扎实一点。经过在学校短暂地调整，刚刚适应学习环境的我，就又要收拾行囊去艺考了。但这次出门的心情和一年前的那次完全不同，因为这次我并不迷茫，我清楚地知道自己想要什么，离开的每一步，我都迈得坚定而有力量。

再后来，我就遇到了我的老师，李钦君。她是我在影视戏剧艺术上的启蒙老师，对我的影响非常深远，也深刻影响了后来我对艺术的审美和态度。虽然现在我和她已经失去了联系，但我认定她是我艺术上的启蒙老师，是她开启了我的艺术之门。

那是 2009 年的秋天，那个秋天留给我的最大印象就是金黄，满满的金黄，整个世界都泛着阳光的金黄。不知是那年秋天的落叶格外多，还是从那时开始我才注意到落叶的美，如果真是这样，那我就太亏了，前 16 年我居然都不懂得欣赏这生命中的至美，错失了 16 年的美丽景象。总之，在印象里，我经常说着各式各样的台词独白，走在满是金黄色落叶的小路上，每走一步，脚踩下去，

24 岁　若无其事

树叶沙沙作响，像是给我的独白配乐，真实又动听，夕阳洒在一片片落叶上，泛起金黄色的光……

表演艺术像一个有磁力的魔法师一样，张开双手，面带神秘地微笑走进我的生活。那天，我背着书包，走进班级里的时候，就好像走进了一个全新种族的世界。虽然每个人都是一个鼻子一张嘴，但是每个人都说来就来，戏精气质一览无余。一群戏精聚在一起，周围的空气都变得戏精味儿浓厚起来，生活也在戏精们无懈可击的信念感当中，变得更多姿多彩。而我，就像茫然间走进了猴子堆的一只呆鹅，任凭猴子们活蹦乱跳抓耳挠腮，我都呆若木鸡地傻看着，完全不受影响。

第一节表演课上，老师让我演一根面条，我绞尽脑汁，怎么才能更像一根面条呢？最后，我趴在地上，表演一根硬邦邦的面条，被放在锅里，被煮软，然后被吃掉，我满地打滚，老师也不喊停，我就一直不停地演。就这样，我的第一次表演没有得到评价。

当时，李钦君老师教我们表演，还有一个男老师教我们发声。那时候的我说话鼻音很重，声音很难听，所以教我们发声的这个男老师就很不喜欢我，该我读的时候，我还没读两句，他就让我停下来，随意点评两句就过了。用他的话说，就是我这样的声音"没救了，还不如把课堂时间留给更有希望的同学"。所以，我的每节发声课都学不到什么东西，声音就一如既往地难听，我自己也觉得很对不起老师，不敢乱问。直到后来，班级里有些同学的发声已经很厉害了，而我还是原地踏步，虽然每天很努力地训练，但怎样也找不到方法。后来，李钦君老师在一次表演课上发现了这一点，下了课就把我叫到隔壁教室，问我为什么不好好练发声，我告诉了她事情的原委，从那天开始，每次表演课下课，她都要花一些时间指导我的发声，虽然她不教这门课，但在她课下的指导当中，我逐渐找到了方法。

有段时间我训练得非常刻苦，几乎每天一睁眼就是练发声，睡觉前的最后一件事也是练发声。有一次表演课上，我在一个多人小品中完成了一段颇有难度的独白，李钦君老师点评我们的作品时，点评完每一个人，最后说了一句："杨刚同学的声音有进步。"就是她轻描淡写地说的这一句，对我来说却是莫大的鼓励，那是我第一次得到发声上的认可，那种激动得想哭，又怕只是被夸一句就哭出来太丢脸，用力憋住不敢眨眼的感觉，直到现在还记得。自那以后，我才又找到自信，主动承担一些大段的高难度独白，重新调整了自己的考试目标，继续过着日复一日训练的生活，从深秋到初冬。

北方的冬天格外寒冷，风很大，那时候，我每天天还没亮就要起床进行晨功训练。有一天早上，冷风嗖嗖地吹，我洗漱好，裹着大衣到门外路边老婆婆的粥摊上喝了一碗粥，吃了一屉小笼包。那家粥摊很早就出来，每天几乎天还没完全亮透就会收摊，在这儿喝粥的，一般是上夜班的出租车司机、上早班的货车司机和偶尔碰到的环卫工人，还有就是我这个艺考生了。本来喝完粥准备摸黑去教室训练，结果一站起来我就感觉一阵剧烈的头痛，眼前一片漆黑，我失去平衡，重重地摔在地上。粥摊的老婆婆马

24 岁 若无其事

上过来扶我，问我怎么样，当时我眼前什么都看不见，脑袋很痛，也什么都没想，就摇摇手，老婆婆让我坐在马扎上休息一会儿，又给我盛了一碗清粥让我喝，我缓了缓，喝了口清粥，才缓过神，突然想到自己已经连续三个多月没好好休息了，每天都是天漆黑的时候起来，深夜的时候睡下去。当下，我做了个决定，我站起身向宿舍走去，关掉手机，头也不抬地倒在床上，睡了下去。

那一觉，对我这个还有一个多月就要参加考试的艺考生来说，睡得可真奢侈啊。醒来的时候已经是中午了，阳光照进房间，映在我的身上，我望望窗外的阳光，幸福就是这样吧。然后我拿起大衣，披上，出门，向教室走去。

李钦君老师的最后一堂课是全面结课的前三天，课上，李钦君老师对我们说："这条路是你们自己选的，既然是自己选的，那跪着也要走完。"我很想哭，但还是强忍住了，我说不出话，因为我只要一张嘴，眼泪就会掉下来。我很感谢她，也不想就在这儿结束我们的师生缘分。我望着她离开教室，下楼。我趴在窗台上望着她走远，直到我看不见她。然后我回到宿舍，收拾好自己的行李，也离开了。

真正背起行囊去艺考的时候，出发前，我编辑了三条短信存在手机的草稿箱里，收件人是李钦君老师。第一条"老师，我过了戏剧学院的初试了"；第二条"老师，我过了戏剧学院的复试了"；第三条"老师，我过了戏剧学院的三试了"。我想在我每次考完试看榜的时候，可以高高兴兴地点击发送键。李钦君老师很想让我去考戏剧学院，一直在鼓励我，所以我想考过戏剧学院，给她对我的付出一个交代。

艺考之旅

　　艺考的旅程真的是人生中一段特别奇妙的旅程，那种离梦想触手可及却又遥不可及的感觉，那些台上的二十秒和台下的艰辛努力，像是一场大型的残酷厮杀，又像一场令人难忘的华丽舞会，一群有着相同梦想和不同经历的人聚在一起，伴着汗和血，伴着笑和泪，起舞翩翩。

　　一个拉杆箱，一件大棉袄，两套运动服，一个保温杯，是我艺考路上的所有装备了。对于那段四处奔考的日子，我的印象只停留在了一次次全国各地的奔波、一个个相同又不同的考场、一次次小心翼翼地看榜和一次次的骄傲与失望。充实到无法思考，疲惫到不知疲惫，记忆碎片会猛地涌出，却又光怪陆离。

　　我能清晰回忆起的大概就是艺考临近尾声时，那次令我终生难忘的戏剧学院三试看榜。也许只有经历过艺考的人，才能有那样的感受吧。

　　那是一个清晨，戏剧学院七点半放榜，几乎所有的考生六点多就到了，我也不例外。虽然已经立春，但北方的早春依然寒风刺骨。我披着棉袄，捧着一只烤红薯，边吃边在戏剧学院的胡同口排队，学院门口出奇地安静，完全不像排队来考试时那么嘈杂，一群人黑压压地排在这里，却鸦雀无声，静得让人后背发麻，偶尔几声鸟叫，显得格外刺耳。越是安静，紧张感就越容易凝固，空气也是这样，像是被冬天的寒风给冻住了，凝结在世界里。直到手拿红榜的人小步疾走来到黑板边，用糨糊把红榜一张张地贴上去，这黑压压的人群才开始攒动起来，涌向戏剧学院那个铁门的门口，铁门还没有开，冰冷的铁门把戏剧学院里面的空旷和外面的拥挤隔绝开来，就像一个大型监狱的内外一样，黑压压的人群一个个迫切地渴望着大门打开，谁也不知道，究竟哪边是监狱里，哪边是监狱外。红榜贴完，贴红榜的人向保安示意，保安这才从窗上满是水汽的保安室开门出来，慢悠悠地搓搓手，把门打开。

人群涌入。

我在拥挤的人群中用力保护着自己的烤红薯，随着人流一块儿进来了。墙上赫然几张艳红的大榜，上面用黑色的毛笔写着最终录取同学的名字和考号，100人。那一个个用刚劲字体写出的名字，令人生羡，像是胜利者骄傲又无声的宣言。人群围在红榜周围，每个人都仔细核对，用力寻找，好像只要找得再仔细一点，再用力一点，就能找到一样。

我把烤红薯捂在手里，努力平息着自己紧张的情绪，艺考学习过往的种种画面在我的脑海里闪现：第一次表演课、那条满是落叶的小路、连吃面都念着台词的自己，还有李钦君老师最后说的那番话。我不想辜负所有的努力、不想辜负我的恩师，红榜上必须有我的名字！等我反应过来，眼前的画面早已变成另一个景象。有人坐在地上痛哭，有人抱着爸妈流泪，有人转身离开又回头看看红榜，面无表情却难掩失落。说实在的，那一刻，我感觉有什么东西紧紧压在我的胸口，我挣脱不开，呼吸困难。

我还是没能直接挤上前去观看，手里的烤红薯已经被我抓得变了形。人群走了又走，令我产生似乎留下的人越少，我的机会就越高的错觉。那一刻，我觉得自己就像薛定谔的那只猫，掀开盖子之前，命运随时都有可能改变。

人越来越少了，好像短短十几分钟，我就见证了所有的大喜和大悲。必须得去看榜了！我把手里烤红薯的皮翻过来，一口塞进嘴里，将烤红薯的塑料袋塞进垃圾桶，小心翼翼地拿出准考证，走上前，看榜。

六张纸，100个名字。我仔细地从第一个名字看起，一个一个地向后看，第一排没有，第二排也没有，第三排也没有……直到看完第一张纸，没有看到我的名字，我的心脏已经快从胸腔跳出来了，耳边好像什么也听不到。我开始看第二张，同样第一行、第二行、第三行……没有我的名字，我的脑子开始嗡嗡作响，准考证被我紧紧攥在手里。我来不及深呼吸，快速把目光转向第三张，我能感觉到我从两腿一直发麻到脸上，脑子里已经开始有了我没考过黯然离场的画面。第三张没有我的名字，我紧张得手已经开始颤抖，我越看越快，完全没有了刚才的仔细，我渴望快点看到我的名字，而第四张上，也同样没有出现杨刚。脑袋里好像翻山

24 岁 若无其事

倒海，眼泪一下子就涌到眼眶。我想，可能是我刚才太不仔细了，我要从头再看一遍。就这样，我强忍住所有的颤抖、眼泪，甚至呼吸，又从第一个开始看起，学号我也一位位认真比对。到第四张，没有我，我很用力地控制情绪，深吸了一口气。第五张，我看得很慢，我觉得眼泪在用力敲打着我的眼眶，我努力不让它流出来，第一行、第二行、第三行、第四行、第五行——杨刚！泪水终于突破了临界点，奔涌而出，眼前突然就模糊了，我用力擦着眼泪，想看清楚我的名字，眼泪却一直不听话地流出来，怎么也擦不干净。我感觉全身失去了力量，我站在我的名字前，一手拿着考号，一手不断抹着眼泪，想让眼前看得更清楚些。我仔细地一个字一个字地核对，然后又一个字一个字地再对一遍，接着又对了一遍……直到我完全确定，这个艳红大榜上的名字，就是我。

　　我掏出手机，翻到草稿箱，把最后一条短信点了发送。

深灰当中的一抹艳红

　　大多数艺考结束返校学习的同学都是有恃无恐的，因为文化课的要求很低，大家可以轻松达到。而我的情况却不是这样，因为高中的经历，文化课对我而言缺失严重，我必须要用剩下的不到 100 天的时间完成高考几乎所有的学习内容，我给自己买了一块电子表，把每天起床的时间定到 5:00，我相信人只要有欲望，就什么都有可能。

　　回到学校，学校已经大变样了，有些同学在艺考之后没有回来，年级里也重新调整了分班，我被调到一个新的班级，是由艺考生组成的，这是一个高考不用考太多分的班级，可能老师们觉得我们这些有恃无恐的艺考生会影响其他同学的冲刺吧。

　　我们这个班级很特殊，桌子是每人一张，没有同桌，座位也不是按身高排列的，是按照男女生排列的，女生靠窗，男生靠墙。据说，每年最让学校管理者头疼的，就是这个赫赫有名的"高三艺考班"。又据说，校长的秃头，就是终日为这个班级抓狂所致。这个传说中的班级有特别多的故事，我们从高一开始就如雷贯耳，而现在的我们，就是这一届的"高三艺考班"。

第一天上课，我正在和新班级的同学相互聊天打趣，一个从没见过的老师走了进来，站在讲台上。亚麻色的披肩长发，发梢有些精致的小卷儿，白得像牛奶一样的皮肤和身后的黑板形成了特别鲜明的对比。格子图案的外衣被卷起袖管，浅蓝色的牛仔裤，白色球鞋。

"同学们好，我是新来的老师，我叫夏梦。我从青岛大学毕业，刚来到这个学校工作，现在受学校委任做你们最后三个月的临时班主任，同时负责你们一小部分的语文课。"

她的声音很温柔，笑起来很甜美。同学们却一下子炸了锅，开始议论纷纷——

"学校也太不重视我们了吧，派个这么年轻的老师当我们班主任？"

"还教我们语文？"

"学校是要放弃我们了吧？！"

一时间，声音"轰"的乱了起来，她依然站在讲台上看着。等下面声音小点以后，她敲敲黑板：

"希望高三最后的日子，和你们相处愉快！"

同样的笑。毫不夸张，那笑，完完全全地迷住了那个十七八岁浑身散发着青春荷尔蒙气息的我。

高三最后那些日子的生活，其实特别矛盾，有些人头悬梁、锥刺股，两耳不闻窗外事，安心读书；有些人摩拳擦掌，没有节制地课外补习，人参当归、食补药补，就像要上战场一样；还有

深灰当中的一抹艳红

些就像我们这个班，家里已经给找好出路的、要出国的、艺考过后已经有了大学的、完全不想学习的；各色各样的学生们汇聚到一起，在同样的校园里，过着完全不同的生活。

而我，自从第一次见到我们的代理班主任，那个直到现在我连写作都无法叫出"夏老师"的女孩，在那个年纪，荷尔蒙已经完全掌控了我对未来的全部渴望。

第二次见到她是在学校的餐厅，应该是开学后第二天的中午，学校餐厅进门后分成左右两个区域，右边是学生用餐处，左边是教职工用餐处，中间没有隔墙，偶尔有一些着急的学生会去教职工用餐处排队取餐。那一天，我在餐厅的学生用餐处排队，正在和同学闲聊，聊的什么我忘记了，突然看到她从餐厅门口进来，在教职工用餐处排队。她穿了一件红白相间的碎花连衣裙和一件素白色的刺绣披肩外套，在人群中，漂亮极了。那一刻，我忘记了聊天，毫不夸张，那个十七八岁的男孩的世界好像瞬间黑了，唯一的亮光处就是她，我就这样盯着她看，不知过了多久，我前面排队的同学落了我好大一截，直到后面的同学摇着我的胳膊，我才反应过来。

从那以后，我开始疯狂地搜集所有和她有关的信息，尽可能地多了解她一点。我会故意找尽各种理由去办公室找她，跟她说一两句话，后来实在找不到理由去找她，我就想尽办法去办公室找座位离她比较近的老师，趁机多看她两眼。那段时间我的所有课间生活，不是去办公室，就是在办公室外徘徊。

24 岁　若 无 其 事

她是 1987 年的，属兔，那一年，她 23 岁。165cm 的身高，白皙的皮肤，大学刚刚毕业。既有成熟女人的温柔体贴，又不失小女孩的刁蛮可爱，对那时的我来说，这就是梦想中的完美女人。

　　其实高中是恋爱滋生的最大温床，那种受到约束又渴望自由，那种无忧无虑又充满目标，那种不考虑任何问题单纯听从荷尔蒙的选择，纯粹、美好。在男生宿舍里，女孩是永恒不变的话题，几乎每天能都听到舍友和心仪女孩的各种故事，每天都相互出主意，互相取经。而我，却没办法跟朋友们分享我的感受，每当朋友们问起我心仪的女孩时，我都用"还没有"来敷衍过去，但其实，那颗十七八岁被压抑住的渴望爱情的心，早已被禁锢得难受至极，蠢蠢欲动。我无法表达，也无法倾诉，更无法告诉她。不知道是不是所有青春期的人都经历过爱无法说出口的压抑，我也清楚地知道，在我那个年纪，爱上一个偶像式的人实属正常，我不能说，也没能力说，谁会认真倾听一个十七八岁的小屁孩说"爱"呢？

　　那是四月的一个星期一，春天的风依旧那么舒适，好像在用力舒缓着每个周一的忙碌。周一的早上学校会举行升国旗仪式，学生和老师会全部到场，下午是老师们的教职工例会，晚上是各班级的班会。我很喜欢周一，因为每周一的晚间，我都可以理所当然地望着她 45 分钟，她对我们的激励、鼓舞、批评甚至发火，我都觉得是在对着我一个人。教职工会议室在教学楼的四楼，靠近走廊这一侧的墙上有高高的几面窗户，在四楼到五楼的楼梯中间刚好可以透过窗户看到会议室里的情形。我当然不会放过这么好的机会，每周一教职工例会，我都会坐在四楼到五楼的楼梯中间，看她在里面开会，然后尽情地犯花痴。就在那个周一，下午的最后一节是班级自习，教职工们则集中在会议室开例会。

学校的副校长是一个看起来30岁左右的男老师，高高帅帅的，每天西装笔挺一丝不苟，有次学校举行联欢晚会的时候还上台唱了一首周杰伦的《东风破》，引起各种尖叫，在学校的女同学眼里，他是男神级的人物，也经常有关于他的各种各样霸道总裁的传言。教职工会议就是他和另一个主任一起主持的。那次教职工会议，我看到他的位子是空的，还奇怪了一下，早上升国旗还在，怎么下午就不见了。但我也不是来看他的，就抛到脑后了。直到教职工会开完，看时间像是准备散会的时候，我看到这位副校长，穿着一身蓝色的西装套装，手里捧着一大束玫瑰花，从走廊走过去。我心想，他可能要跟谁告白了，然后就看着他走进会议室，径直走到她面前，会议室里早已鼓掌起哄，我心里"咯噔"一声狠狠地揪了一下，然后听到自己心跳的声音越来越大，然后就再也听不到自己心跳了。我看到她好像迟疑了很久，然后伸手收下花。我似乎已经听不到任何声音了，我默默地转身走下楼梯，走到三楼，回到教室，坐下来。我无法形容那是一种什么样的感受，就像童年幻想的破灭，或是，像是失去爱情的迷茫吧，我不知道。

接下来的晚餐时间，我没有去，一个人呆呆地坐在教室。晚上的班会，我什么都没听到，我不知道这期间是不是有人跟我打过招呼或者叫过我，我呆坐到放学，同学们都回宿舍了，我还是一个人坐在教室，直到最后清理大楼的保安大叔用手电筒照着我，跟我说教学楼要楼禁了，我才站起身，走回宿舍。

接下来的那段时间，我变得极其叛逆，反抗每一个上课的老师，反抗她对我说的每一句话，反抗学校里所有的规章制度，我变成了一个彻头彻尾的坏学生。不到两个星期，我变成了让学校老师闻风丧胆的班级中的灵魂人物。早上不起床早读，上课带头吃泡面，食堂带头插队，不交所有科目的作业。几乎每个科目的老师都试着找我沟通过，告诉我我很有希望，不要在最后的时间放弃学习。然而，他们也全都被我的反抗和无理取闹弄得摇头叹息，我成了教职工大会时名字被写在黑板上的头号坏蛋。其实她也尝试着找过我，面对她，我总觉得想说什么却又不知道该说什么，我特别生气却又不知道为什么生气，我特别叛逆和狂躁，但她却从来没有对我摇头，只是跟我说，让我等心情好些了再跟她聊聊。

直到有一次，晚上自习课的时候，我带着几个同学旷课翻墙到校外吃炸串，结果外面下起了暴雨，我们等了很久雨都没有停，眼看宿舍就要楼禁了，我们只能淋着雨回来，一个个被淋湿透回到宿舍，然后宿舍熄灯，我们躺在床上就睡着了。结果第二天，我们几个就发起了高烧，头痛欲裂。校医把我们送到了附近的医院挂点滴，其他几个同学都被父母接回家养病，而我却不敢给父母打电话，也不想打。我觉得这都是我自己造的恶果，我要自己承担。高烧一直不退，晚上又开始输液，我感觉头痛极了，甚至有些意识不清晰，身旁没有人，肚子也特别饿。

深灰当中的一抹艳红

模糊间，我看到好像是她，提着一个保温盒走过来，坐在我旁边，摸摸我的额头，我用力把头转向另一边，她用手扶着我的脸，又轻轻把我的头转回来，对我说：

　　"还是有点烧，饿了吧？"

　　那种生气又不知道气什么的感觉又一下子瞬间充满我的身体，我硬撑着说：

　　"不饿！"

　　她把保温盒放在病床旁边的床头柜上，帮我塞了塞刚刚被我踢开的被角，温柔地跟我说："赌什么气呢？"

　　我不知道说什么，被憋得满脸通红。她继续说：

　　"我不知道为什么，你最近心情突然很不好，你对每一个人发火，也对我发火，有时我也很委屈，明明很关注爱护的学生，却一直没理由地讨厌我，还跟我发火。"

　　她看我没说话，就接着说：

　　"我不知道为什么，但无论为什么，你肯定遇到了自己的困难，我能理解你。但我想说的是，你现在十七岁，在这个年纪，没什么比你过得开心更重要的了。"

　　人生病时本来就会很脆弱，听完她说的这一番话，我突然就红了眼眶，我望着她，鼓起几乎所有的勇气，对她说：

　　"你答应他了？"

　　"我吗？答应谁？"她被我问蒙了。

　　"副校长。"

我尽量使自己看起来轻描淡写。

"噗!"她笑出声来,"啊,你说那个啊!"她转头看向我,"那天放学过后,我就到副校长室把花还给他了。"

"是吗?"我把头扭过去,背对着她。她没回答我,我又把头扭回来,望着她:"为什么?"

她看着我,做出一副思考的样子:

"嗯……跟你说了你可能也不懂,他不是我喜欢的类型。"然后她顽皮地笑了一下,"这个回答怎么样?"

我看着她,继续问:"那你喜欢什么样的类型?"

她向右上方看一下:"这个嘛……我喜欢白马王子!"

她调皮地说着。不知道哪来的勇气,我脱口而出:"做我女朋友,好吗?"

后来,我退烧了,出院了,我发疯一样地努力,学习、参加课外活动、配合学校做各种工作,也带着身边的好兄弟努力学习、配合工作。学校特别吃惊,居然在一次升旗仪式的时候对我和我的班级进行了点名表扬。而她好像过得有些压抑,不知道哪儿来的传言,学校里开始流行各种我和她之间的绯闻,学校里很多女生开始抵触她,故意不听她的话,和她做对,老师之间也有点排挤她,我看得出,副校长开始处处为难她。

有一次教职工大会,我和往常一样在四楼到五楼的楼梯中间坐着看她,我听到学校要求组织高三年级高考前的团体活动,每个班自由组织,会上副校长特别要求了我们班组织完活动每个人要写感想，并且要求我们班每个同学都参与，组织过程中他会带其他校领导来我们班参观，并把这次活动列入教师工作的考核。散会后，她一个人呆坐在会议室，我知道，这是副校长又一次故意为难她，因为谁都知道，这是不可能完成的任务。首先在我们那个班级组织团体活动，要求全员参加，本来就是不可能的事情。每次团体活动，我们这个班的同学不是在宿舍睡觉，就是溜出去上网，不然就是一群女孩坐在某个角落研究化妆品，每次都是零星几个无聊到没事做的同学陪着老师敷敷衍衍。更别说让这个作业都交不上去的班级写感想了，还要带其他校领导参观，这明显是故意给她难堪。我走进会议室的时候，她背过身极力掩饰难过，但我还是看到她哭了，她让我赶快回班级念书，我没有走。她哭得更伤心了，我问她怎么了，她只反问我，是不是她做错了什么？

　　我离开会议室，回到班级，我的几个兄弟死党正在教室后面围坐一圈打牌：陈东，一个练体育的壮汉，情商比较低，但是为人仗义，浑身充满了江湖气；小戴，一个戴着眼镜骨瘦如柴个子却又很高的小男孩，终日留着西瓜头，智商很高，但是很胆小，是个美术生；王诚，一个唱歌很好听的编导生，个头不高但是很有才华，在班级里很受女孩们欢迎。我走过去把他们手里的牌抢过来，扔在桌面上，故作严肃地跟他们说：

　　"兄弟们，我们要搞件大事情！"

　　几个人饶有兴趣地问我："什么事？"

　　我环顾着他们每个人脸上的表情，说："团体活动！"

"切！"陈东重重地嘘了一声。

"来，刚哥，你跟我们说说学校雇你开的什么价？"小戴跟着起哄，几个人嘘声一片，转身就要走。

我拍了拍桌子，又郑重其事地说了一遍："我们要搞团体活动！"

几个人看我这么认真，又凑过来，王诚问我："要搞什么样的团体活动，为什么要搞？"

我看着他，又看看大家："别问！搞不搞？"

大家愣了一下，和我最铁的死党陈东先发声："搞！"

"行吧，刚哥说了，来来来！"小戴附和着。

"走起！"王诚也赞同了一下。

但是要搞团体活动，首先得有个主题。这一下把我们都难倒了。

"不然我们篮球赛？"陈东提议。

"班里没几个会打球的，组织不起来的！"小戴接话。

"唱歌比赛怎么样？我们邀请……"王诚也开始提议。

"那估计最后只有你一个人参加！"还没等王诚说完，小戴就打断了他。陈东和王诚转头瞪向小戴，我也看着小戴。

"其实……我也没什么特别好的主意……你们的主意都不错……呵呵……都不错……"小戴尴尬地笑。

"不行！你必须给我说一个！"陈东抓住小戴的后衣领，眼看就要把他拎起来。

"我想想！我想想！额……化妆品大赛，怎么样？"小戴很慌张。

"那男生多无聊！"王诚接道。

"那……那……猜谜语大赛！"小戴拍了下自己脑袋。

"你自己参加吧！"王诚又接道。

"吃货大聚会！"小戴脱口而出。

"这个不错！"还没等王诚反驳，我立马肯定道。

陈东和王诚疑惑地看着我。

"咱们学校的小卖部每天只开两次，每次半个小时，想买点什么东西都要排队很久，不是要买必需品的情况下，大多数人是不愿意去买东西的。即使有人愿意去买东西，学校小卖部的物品也很不全，所以每个同学每周回家最重要的一件事就是要带够来学校一周要吃的零食，大包小包，大箱小箱，装的全是零食饮料。每个人爱吃的东西不同，家庭情况也不一样，所以零食的资源也不一样，很多同学在学校里最有乐趣的一件事就是交换各种不同的零食吃。"我分析得头头是道，"所以，我们就举行吃货大聚会，让大家把自己最得意的零食都拿出来，由老师和几个代表组成评审团，选出的第一名，就可以获得所有的零食。"

"哇，这个好！"王诚插了句话，我没理他继续说：

"然后第一名就负责用赢来的所有零食请大家一起吃，开一个吃货大轰趴，这样输了的人也不吃亏。"

"哈哈，看我多聪明！"小戴很得意。

陈东又狠狠瞪了他一眼，然后转过头来，说："是不错。"

"现在主意有了，怎么保证全班都来参加？"我自言自语。

"什么？！你还想全班都来参加？！"小戴一惊一乍的。

　　　　24 岁　若无其事

"想让全班都来参加，最难的就是那些女生……"王诚分析道。

我和陈东还有小戴你看看我，我看看你，目光又都不约而同地看向王诚。

"你去搞定，用你的美男计迷惑她们！"我说，"还有大昊那几个，陈东去吧。"我觉得那几个每天在学校混的人，也只有陈东能搞定他们。"小戴你去负责把事情张罗大，拉其他同学都来参加。我负责去把班委都组织起来，让大家都开始干活，把活动办漂亮！"我胸有成竹地对大家说。

接着，到了班会课。夏梦走进班里，很明显地能看出她强装出来的能量满满。

"同学们！咱们要举行团体活动啦！我的想法是这样的……"

没等她说完，我举手站起来：

"这次的团体活动我们已经有想法了，我们自己会组织好，你放心，到时候别忘了来参加，我们全班都会参加哦！"

我的发言把她惊到了，她看着我足足几十秒，直到我又补了一句："包在我身上了。"她才反应过来，把目光移开。

团体活动当天，我带领着班委们最后布置教室，王诚负责组织女同学，陈东在班级后面和那几个混学校的同学吹牛聊天，小戴则负责组织班级的其他同学井井有条地进场。夏梦刚走到班级门口，被眼前的场景惊呆了，这是她第一次看到这个班级这么井然有序地在做一件事情。我过去，拉着她的手走到评审席，边走边跟她说："你今天的任务是做评委，品尝每个人带来的零食，

深灰当中的一抹艳红

在其中选出一个最好吃的，我们的投票制度是这样的……"等她坐下，我才意识到，那是我第一次拉她手，我连忙松开。

活动井井有条、如火如荼地进行着，大家都玩得很开心，直到副校长带着其他学校领导和老师们进来，一阵惊讶。她都不敢抬起头来看副校长一眼，我有点心疼，于是站在副校长面前，用很讽刺的语气对他说："不好意思，我们能做到。"副校长更加气急败坏，看了她一眼，然后假模假样地说了句："这个班活动组织得不错。"就转身离开。

活动结束，大家都纷纷离开了，我一个人在班里收拾垃圾，毕竟是我带头组织的活动。她看到我一个人在收拾，也走进来帮我。她没说话，只是默默地帮我打扫教室的另一侧，我们从教室两侧打扫到教室中间，离她很近的时候，我感觉到空气中湿漉漉的，她偶然间抬起头我才发现，她一直在哭，流了好多眼泪。

收拾好已经很晚了，教学楼里没有其他人，我们一起走出教学楼，我先送她回教职工宿舍，再回自己宿舍。这是她第一次允许我送她回宿舍，也不能说是允许吧，只是这次她没有拒绝。

这段路很短，但我们说了很多话，她说她现在在这个学校压力太大了，每天都过得很不开心，她也不知道自己到底做错了什么。她想逃离，但父母一直劝阻她，她从小就是个听话的孩子，家里不支持她，她也不想违抗父母的命令，可是她在这个学校，真的快坚持不下去了。

在教职工宿舍门口，我看着她，她看着斜对面的操场，我说：

"坚持不下去就不要再坚持了，无论怎样，过得开心才是最重要的，不是吗？走，我支持你，我们一起走，马上就走！"

我拉起她就往校门的方向走，她没有反抗，任由我拉着她往前走，走过操场，走过校园，走过喷泉，走到校门口。门卫阻拦我，可他哪拦得住我，我拉着她从门卫室冲出校门。冲出校门的那一刻，我很明显地看到，她又哭了……

我们谁都没说话，上了一辆出租车，我让出租车拉我们去海边。

黑夜笼罩着的沙滩压抑又空旷，我陪着她在海边一直走，一直走……我问她逃离的感觉怎么样，她说不知道。

晚上，我们身上带的零钱只够开一个房间，于是我们就在酒店开了一间房。我让她进去睡，我出去溜达，她让我也进去睡，我说你放心吗，她说我敢有想法就揍死我。晚上，我睡在床边上，她睡在床里面，我一直偷偷地看她，她睡觉的样子好美，轻轻地呼吸，安心，可爱。印象里我一直盯着她看，一直盯着她看，然后就睡着了。模糊中，我感觉她好像为我塞了塞被子。

清晨，当我睁开眼睛的时候，她已经坐在床边了，床头的小桌子上放着豆浆和包子，她让我去洗漱，然后和我一起吃早餐。吃完早餐，我们一起坐在床头，她看着我，眼神干净得像一汪泉水，她问我接下来该怎么办，我说你现在最想做什么？她说想去海边，我说那就走。

刚好我知道一个野生的小海滩，是我在翻山越岭逃课的时候发现的，在学校侧面大山的山脚下，三面环山，一面向海，只有中间这一处小沙滩。很少有人知道，很安静，景色很美。快到的时候，我故弄玄虚地跟她说不要告诉别人，这是秘密基地，然后让她闭上眼睛，学着电影里带人走进秘密基地的样子，拉着她走进来。当她听到海浪声的时候，我看到她锁了许久的眉头，展开了。她笑了，那一笑，真美。她听着我的指挥睁开了眼睛，眼前就是一片蔚蓝色的大海，金色的沙滩上空无一人，和煦的阳光映在海上，波光粼粼，与沙滩上泛起的金光，温柔地交织着。我说，这些都是你的。她笑得更开心了，本来由我拉着她的手，变成她拉着我。她冲到海边，向大海"啊——"的一声喊了出来；我也跟在她后面，"啊——"的一声冲着大海喊。

紧接着，她向着大海大声喊："我要自由！"

我就冲着大海喊："那我们就自由！"

她又对着大海喊："我要做自己喜欢的事！"

我就冲着大海喊："那我们就做喜欢的事！"

然后她又向大海喊："我要活成我自己！"

我就冲着大海喊："那我们就活成自己！"

她停下来，望着我，然后又转过头，望向大海，举起手放在嘴边喊："谢谢你！"

我突然愣住了，我看着她，海风迎面吹来，吹起她的头发，映着金色的太阳，泛着美丽的光。在那时的我的眼里，她才是最美的风景。

后来我们坐在海边聊了很多，一直到正午，一直到黄昏，直

24 岁　若无其事

到把带来的水全都喝完了，也不知饥饿。她说这是她从小到大最疯狂的一次，但是她好像也开始知道她想要什么、做什么。她说她还是想当老师，过段时间事业单位招聘考试要开始了，工作后就一直没复习，她不知道自己能不能考上。我说那就去考，我陪你。她说那你呢，我打趣说你觉得我把一个老师拐出来，学校我还回得去吗？她眼神里突然出现了一丝愧疚，我连忙说，刚好在学校也学不到什么东西，我们一起复习。

对她来讲，学校和家是回不去了。我先是趁父母不在的时候回到家，摔碎了我的存钱罐，再从书里、枕头下、电脑键盘下等地方找出了我这些年藏起来的压岁钱、红包、没用完的零花钱等，一清点，还不少。然后拿了几件换洗的衣服，背了个包，就出门了。我带她到书店，买了我的高考复习材料和她的教师招考复习材料，然后我在市区一个特别破旧的小区里租了一间屋子。打开门，里面除了两架高低床和一个双人床垫以外，就只有一张硕大的蜘蛛网了。站在门口，她怯怯地问我："这样行吗？"我说："没问题，追梦这种事情，我做过。"然后我走进去，把包扔到高低床上，拿出一条毛巾，到水池蘸湿，擦掉了蜘蛛网，然后开始擦床板，整窗帘，她也放下东西来帮我。我把两张床拼在一起，问她，你喜欢睡在上铺还是下铺，她说下铺，我把床垫铺在下铺的床板上，然后把自己的包扔到上铺去："那我睡上面。"

我拿出一张大大的纸，跟她说想实现梦想必须要有计划，我们在纸上写上了每天的起床时间、早餐时间、看书学习的时间、午餐时间、午休时间、下午出去采购生活物资的时间以及晚餐后出去逛逛、回来后复习和睡觉的时间，然后我们约定每周末要出去放松一次。我像模像样地带着她用红色水笔把自己的手指涂红，在刚写好的计划书上按上手印，然后把它挂在了床头墙上最显眼的位置。

起初她可能以为我是在开玩笑，她可能没想到作为一个坏学生的我会这样地坚持，我也没想到她在生活中其实就是个小女孩。我经历过那些追梦的日子，我知道想要成功就必须要坚持。所以我每天清晨 6 点钟一定起床，而她在坚持了一段时间后，开始想尽各种办法耍赖偷懒想要多睡会儿，我就用摇床、捉虫子吓她、放摇滚乐的方法，督促她起床。复习的时候很多我不会的地方，她都会特别耐心地教我，她学习累了，我就唱首歌或跳个夸张的舞逗她笑……

日子一天天过去，我的坚持也感染了她，她偷偷把我的闹钟调到 6:30，而她依然 6 点钟准时起床，准备好早餐。我也习惯性地在每天中午的午休后早起来一会儿，切好下午要吃的水果。直到有一天，我觉得我要做一件大事了。

她一直没敢把离开学校的事告诉父母，那天，她父母叫她周末回家去，她很紧张，觉得是个过不去的坎。我安慰她说没事，我经历过这些。我对她说等你成功了，现在一切过不去的坎都会变成茶余饭后的小笑话。我说你就跟平常一样，安心回去，等你回来，我再带你去看海。她回去了，我悄悄地计划着在高考前，给她一个惊喜。

　　我去网吧卖掉了我经营很久的游戏账号，换来一些钱。然后去首饰店逛，逛了很多家店，我终于挑中了一枚我特别喜欢的戒指。然后我去魔术店买了一个木制的魔术盒，就是那种有简单的物理机关、要靠智商才能打开的魔术盒，为了避免智商不够打不开，我跟店老板学了半天打开的方法。之后，我又跑去买了一个好看的漂流瓶。

　　回到出租屋里，我准备好纸和笔，画了一张第二海水浴场到我秘密基地小沙滩的路线图，我刻意画得很潦草，然后在秘密基地小沙滩角落的地方点了个点儿，又将它放在手里使劲儿地揉搓，让它看起来很旧，就像藏宝图的样子。我把戒指放进魔术盒里，然后里面放了一张纸，纸上我用歪歪扭扭的字迹写了一句话。然后我跑到秘密基地的小沙滩，把魔术盒埋在地图上那个点的位置。最后我把我精心制作的藏宝图放进漂流瓶里，把瓶盖扣好，藏在我的枕头下面。接下来的日子，我一边努力构思着那天的剧本，一边等她回来。

　　她回来的那天，我特意穿了一件比较肥大的衣服，把装有藏宝图的漂流瓶藏在衣服里，去车站接她。放下行李，我按照原本的计划带她去海边。

　　第二海水浴场依旧景色迷人，我们在海边散步，聊天谈心。趁她不注意，我伸手把漂流瓶扔在海边，走出几米以后，又故意拉着她返回来。她突然发现海边的漂流瓶，在水里被阳光照耀得

深灰当中的一抹艳红

闪闪发亮，我故意表现得比她还要激动，拉着她的手，对她说：

"漂流瓶这东西可真不是什么时候都能捡到的啊，说不定是谁在海的那一边许的愿呢！听说，把愿望放进漂流瓶里，扔进大海，如果有一天这个漂流瓶被打开，那这个愿望就可以实现，打开漂流瓶的人愿望也可以实现！"

我故意纠结要不要打开看，同时又故意引导她打开。打开漂流瓶，一张潦草的地图赫然出现在我们眼前，地图上有路线也有标记，我故作兴奋地说：

"哇！藏宝图！"然后偷偷地看看她，她看起来好像也挺感兴趣的，"你说……这里是哪儿呢？"我故意引导着她看那张地图。

"不知道啊，可能不是我们这个城市吧。"她一边看图一边思考着说。

"咦……你觉得……这像不像我们秘密基地那里？你看这条就是从这边去那里的路线……"我佯装自己看懂了的样子，分析给她听。

她慢慢地点点头："好像是……"

"走！我们去找宝藏！"我兴奋地拉着她的手就往外走。

我们坐上一辆出租车，到那片沙滩的山后，然后步行翻过山，来到秘密基地。我装模作样地带着她按照地图上的标记找"宝藏"，然后慢慢靠近那个我埋盒子的点，到达之后，我装作四处确认地点的样子，假模假样地问她：

"你看看地图上，是这个点吗？"

她看看地图，又看看地面，点头："好像是。"

　　太好了，我拉着她蹲下来，开始用手挖那个点上的沙子，一切都在设计之内，一个木头盒子在沙地里若隐若现。"哇！天哪！宝藏！"我的表演天赋让我表现出了标准的"激动"情绪，我偷偷地看看她，她也显得很开心。我更用力地往下挖，直到把盒子拿出来。

　　我把盒子拿在手上，放在她的面前。"天哪，真的有宝藏！"我努力平复着自己激动的情绪，"但是这个盒子怎么开呢？好像有机关，有点难……"

　　我仔细端详着盒子，施以教科书级别的表演。她也很开心，饶有兴趣地接过盒子看看，又还给我。我想，到我脑力爆发的时候了。于是我先按照店老板教我的样子打开盒子的其中一个机关，"我知道怎么开了！"我欢呼道，她也凑得更近来看，然后我接连打开了盒子的第二个机关，紧接着是第三个……直到最后一个机关被打开，我轻轻拿起盒子盖子的那一刹那，里面俨然放着一枚戒指、一张字条。我把盒子端到她的面前，说："你看看写了什么？"

　　她边看边小声念了出来："接受我的戒指好吗？美丽的公主。"

　　再一抬头，我已经举着戒指单膝跪在她面前了。她双手捂住嘴巴，一时间好像不知所措，我又追问道："我最爱的公主，你愿意吗？"

　　她眼眶有点红，点点头。

　　我单膝跪地向前移了一步，慢慢地拿起她的左手，在她中指上戴上了那枚戒指。我站起来，轻轻把她的头靠向我的胸口，然后再深深地拥起她："现在，你算不算是我的女朋友？"

"你好像不是第一次问这个问题了，记得上次我是怎么回答你的吗？"

"我当然记得！可我不明白。"

"是吗？"我把头扭过去，她没回答我，我又把头扭回来，望着她："为什么？"她看着我，思考着："嗯……跟你说了你可能也不懂，他不是我喜欢的类型。"然后她顽皮地笑了一下："这个回答怎么样？"我看着她："那你喜欢什么类型？"她向右上方看一下："我喜欢白马王子。"不知道哪来的勇气，我脱口而出："做我女朋友，好吗？"她沉默了一会儿，然后突然冲我笑起来，轻轻摸了一下我的头，说："傻瓜。"

我回忆着那天的画面，她开始回应我的拥抱，双手抬起环绕在我的脖子后面，深情地看着我，对我说："当时的傻瓜和现在这个傻瓜还真不一样，现在这个傻瓜，抱着自己女朋友自己还不知道呢！"

一股幸福感瞬间涌上来，我跑向大海，激动地对大海说："听到了吗？她答应做我女朋友啦！"我跑回她身边，抱起她，举过头顶，又放下来。我抱着她在沙滩上转圈，夕阳的余晖洒向海面，映着金光粼粼的海浪扑向沙滩，我抱着那时我最爱的人，站在沙滩上，温润舒适的海风吹来，在这样一个别有洞天的小世界中，只有她，只有我。

那段我和她一起努力、一起学习、一起面对这个世界的穷苦生活，直到现在，在我的回忆中都是一段充满着美丽色彩的时光。后来，我参加了高考，拿到一个不好不坏的成绩，有几个大学可以选择。而她呢，我高考后就陪伴她四处考试，参加教师招聘。她的一个成绩比她差很多的大学室友，顺利地考入当地一所很有名的小学做老师，而她自始至终的努力，却没有结果。后来在陪她参加同学婚礼的时候我才知道，她的那个舍友是当地一位领导的女儿。这对那时的我触动很大，我开始明白，这个世界有时是没有什么公平可言的。

她最终选择到一家保险公司工作。而我也到了要填大学志愿的时候，我的成绩能被录取到的学校只有几所，一所在北京，一所在河北石家庄，一所在江苏南京，一所在上海，一所在福建福州。选择在哪座城市上大学，变成了那段时间我和她最大的苦恼。

我们把这几所学校列在纸上，每天拿出来讨论研究。首先，我们排除了河北石家庄，虽然我是以全国第一名的艺考成绩被那所学校录取的，石家庄也是个很棒的地方，但我对这座城市并没有什么特殊的感觉，第一次去的时候觉得有好多军队，庄严肃穆的；然后我们又排除了江苏南京，虽然南京很好，那所学校也是名校，但是上海那所大学在我的专业领域更棒。一直保留着福建福州的选项是成长的原因，我几乎在大半个中国北方生活过，还从未去过那么遥远的中国南方，我特别想去看看，而北京就更不用说了，我在北京生活过、奋斗过，其实那时北京是我的第一选择。

近在咫尺　触不可及

　　从出高考成绩到填报志愿有接近一个月的时间，这让我们有了充分考虑的时间。我每天早上送她上班，然后做些自己喜欢的事情，等她下班再一起研究填志愿，日子过得很开心。有一天，她妈妈打电话来，要到市区来看她，她很紧张。因为当时她常常被家里催着相亲，一冲动就把自己有了男朋友的事情告诉了妈妈，但没说我的具体情况。每次她妈妈让她带我回去坐坐，她都以各种理由推脱了，这次妈妈来市区看她，看来是必须要见我了。

　　"躲不过去了。"她说，"再躲下去也不是办法。"她妈妈来的前一天晚上，很晚了，我们一起考虑了很久。她站在窗口，拉着我的手："见吧！反正我们都在一起了，爱怎么样就怎么样吧！"说完，就拉着我躺下，呼呼大睡了。

　　可整个夜里我都辗转反侧，难以入眠，她妈妈第二天下午三点到，要和我们一起吃晚餐。天还蒙蒙亮的时候，我就爬起床，仔细地收拾好自己，梳了个看起来比较成熟的发型，然后穿上我本来计划成人礼时候要穿的西装，想着晚上该说的台词，坐在床边，直到她醒来。

24 岁　若 无 其 事

"放松点儿，别紧张，我妈是我妈，我是我！"她看我愣愣地坐在床边，安慰道。

我紧张得手心都在出汗，硬挤出一点笑容，开了句玩笑："切，你怎么知道你妈妈看不上我？"

她也噗的一声笑了："对哦！"

等她收拾好，我们就一起出门，要找找附近有没有看起来不错、我们又吃得起的餐厅，晚上招待她妈妈。这天跟她在一起的气氛特别尴尬，我说不出来是为什么，就是觉得特别尴尬，我看得出她不想让我感觉到她的情绪，但我知道她的情绪很不好。

她妈妈三点多的时候到了，她跟妈妈说她住在同学家，今天同学家刚好有事情，不方便过去坐，然后就和妈妈在附近的咖啡馆坐坐。她让我半小时以后进去，再三交代要我装作她约我过来的样子。我其实一直在咖啡馆旁边等着，透过窗户，我看到她和她妈妈一起走进去，在中间的一个位置坐了下来。她妈妈穿着一条很符合年龄的裙子，打扮得也不张扬，当时脑子里觉得很像电视剧里丈母娘的样子，这次算是见到真的了。她们母女俩聊得很开心，我看看表，差不多到时间了，我整了整西装，刻意挺了挺腰板，走了进去。

我进了咖啡馆，直直地冲着她们那个位置走过去，她妈妈先是聊天的时候瞟了我一眼，没太在意，边聊边笑，我走得离位置很近的时候，她妈妈又看了我一眼，然后看看她，目光又转向我，我看得出来，她看着我的时候，边说边笑的脸上表情瞬间僵硬了。

我就站在她们的桌子前，她妈妈也没有邀请我坐下，我就站在旁边，气氛尴尬至极。她为了打破尴尬，跟我说先坐下来，她妈妈盯着我看，然后转过头瞪着她，用近乎生气的语气问她：

"他多大？"

她没有回答，然后她妈妈转过头来，用同样的语气问我：

"你多大了？"

我被她这么一问，也蒙了。我紧张得快要把手上的皮搓下来了，小心翼翼地说：

"阿姨，我是 1992 年的。"说完，我抬起头，看到她妈妈直勾勾地看着她，什么话也没说。时间过了好像有好几分钟，是我先打破了沉默。

"阿姨，我知道我比她小很多，她 1987 年的，我 1992 年的，我知道您一定不放心她跟我在一起，但我一定会好好照顾她的，您放心！"

我不知道我为什么会有勇气用这种近乎乞求的态度说这些，她妈妈从盯着她到转头看向我，表情没有一点儿变化，她用强烈的质问语气说：

"照顾她？好，那我问问你，你现在做什么工作？"

我低下头，又把头抬起来："我高中刚毕业，准备去上大学，我……"还没等我话说完，她妈妈就又问我：

"去上大学？她已经快 25 岁了，要她等你到大学毕业？要她等你到 30 岁？"

"我……"我也不知道该说什么，她妈妈继续说：

"就算等你到 30 岁，你那时候大学毕业，你有什么？你能照顾她吗？你有房子吗？要她再等你奋斗买房子？等你到 40 岁？你知道你现在给的承诺都很不负责任吗？你知道你什么都没有，就给她承诺是一件多么不负责任的事情吗？你什么都给不了她，你为什么要让她等你这么久，她现在已经很大了，要结婚了，求求你别耽误她……求求你……"

她妈妈越说越激动。她过去拉着她妈妈，我看着她，一句话都说不出来。

"她也是独生女，你放过她吧……"她妈妈的声音有些颤抖，她拉着妈妈往外走，只留下我一个人在咖啡馆。

我突然感觉，周围的所有人都在看我，我感到前所未有的自卑，很想找个地缝儿钻进去；我感到前所未有的迷茫，我不知道该怎么办，该怎样面对这一切，我很无助。

从那家咖啡馆走了以后，我就住回了家。后来，也不知道过了多久，她来找我，说已经把妈妈送走了。我看得出她的表情很不对，但她还是说："我妈是我妈，我是我。"我跟她说我想一个人待一会儿，让她先回去。她回去后，我径直走到网吧，开了台电脑，登录到填志愿的网站，填上了那所在遥远的中国南方——福建福州的一所大学。我在北京打拼过，深知在北京我可能需要太多时间沉淀，我知道她等不起；我相信上海那所学校可以把我培养成一个特别优秀的表演者，但四年后我还要从头再来，她等不起；中国南方，我从小听父辈说南方沿海城市经济发达、资本雄厚，但文化产业比较匮乏，我想，我去南方一定能更快找到机会，一定能更快成功，一定能更快有成就，一定能更快赚到钱，一定不需要让她等太久。所以我要去南方，我要去南方创业，去南方淘金，我要更快地赚到钱，给她承诺，为此，我可以放弃一切。

我回到和她的住处，气氛尴尬到极点。她没开口，我也没说话。她倒了杯水给我，说："我妈妈多在这边待了几天，刚把她送回去。我妈妈没有伤害到你吧？对不起。"我接过她的水，捧在手里，沉默了很久，说："我要去福州了。"

其实我把我要去福州这个消息告诉爸妈的时候，爸妈也挺不支持我的。当我说我已经背着他们填了志愿以后，他们也没有责怪我，只是，我看得出他们并不开心，他们认为这并不是一个最好的选择。而我认为，只要有一点机会能够早点成功，早点给她一个交代，就值得我做任何决定。

上飞机的时候，爸妈没有来送我，是她送的我。我托运了一个大的行李箱，手里拎着一个小的行李箱，要过安检的时候，她拉住了我，她问我："那天你刚告诉我你要去福州的时候，我哭得那么伤心，你为什么没有改变主意？"我摸摸她的脸，说："就是因为你哭得很伤心，我才知道我选的是对的，我不想几年后你还会这么伤心地哭。相信我，我会成功，我会变成一个特别成功的男人，回来娶你，我一定会给你交代，明媒正娶。"她又哭了，我也感到异常鼻酸，我捏捏她的脸，哽咽着开玩笑："到时候，我变成一个成熟又成功的男人，我向你求婚的时候，你可不能拒绝我啊！"她也哽咽着笑了："那我要看你表现！"我张开双手把她深深拥进怀里，在她耳边说："相信我，我一定会成功的，等我回来娶你。"我感觉到怀里湿湿热热的，我知道，她已经哭成了个泪人儿，我抱得更紧了，直到机场已经开始叫我的名字，我拎着包去过安检，然后登机。关机前，我发了一条短信给她："要想我，等我成功，记得答应我的求婚。"

新

那是 2010 年 9 月初的一天,飞机降落在了一个全新的城市。已经是夜里十一点多了,这个城市的一切都是这样的陌生,陌生的面庞,陌生的口音,陌生的路名,陌生的环境,连路边的植物都那么陌生,这对于那个 18 岁的我来说,是一种陌生的恐惧。

我跟着人流下了飞机,取了行李,发短信给家里和她分别报了平安。学校第二天才开始报道,现在,在这个陌生的地方,我也不知道我该去哪儿。"还是先去市区吧,市区一定有地方住。"我心想。我询问了机场的服务人员,他们告诉我乘坐机场大巴可以到市区,我走到机场大巴的售票点,售票员问我要去哪个站,我也不知道要去哪个站,就在站牌上随便指了一下。

随着机场大巴钻进这个陌生的城市,停靠的地方是一个叫"阿波罗"的酒店,装修得辉煌大气、富丽堂皇,在门口看一眼就知道我肯定住不起,又怕别人觉得我住不起很没面子,我就假装路过,拖着箱子往外走。酒店外面是一条马路,马路边有个地下通道。快走到酒店外面的时候,突然一个操着南方口音的中年妇女过来跟我搭讪:

24 岁 若无其事

"小伙子，住店不，阿波罗大酒店，我这里便宜。"

　　那时候经常看到各种新闻，抢劫器官，劫财劫色什么的，深夜里突然一个口音奇怪的人找我搭讪，我那个18岁的小心肝哪经历过这些，吓得我头都没敢回，提起箱子就开始跑。跑到路边，看到地下通道入口就一头钻了进去。

　　地下通道里没有人，长长的通道里，只有中间顶上有一盏灯，是个脏兮兮的暗黄色的灯泡，像是电压不稳，一闪一闪的。两侧的墙壁，是那种老式的花瓷砖，上面有很多不知道怎么造成的污渍。夜里的地下通道极其安静，安静得我都可以听到中间那盏灯微弱的电流声。眼前的这一切，像极了恐怖片里的画面，这可把我吓坏了，我低着头往前跑。突然，传来了一阵声响，吓得我腿一软摔倒在地上，没敢多管，爬起来提起箱子就继续跑。跑到地下通道的尽头，一抬头，一扇锈迹斑斑的铁窗赫然出现在我的眼前。"啊！！！"我不由自主地尖叫了一声，转头往侧面的楼梯上跑。等我终于到达地面，才稍稍缓过神，站在通道口气喘吁吁。"南方真的太危险了，"我心里想，"得赶快找个地方住。"

　　我拖着箱子沿着马路一直走，路边倒是有挺多旅店的，可我摸摸口袋里仅剩的钱，很怕进到店里发现钱不够又要灰溜溜地走出来，于是我每到一家旅店门口，不进去，先在网上找到旅店前台的电话，打电话询问价格。不出意料地，几乎每家旅店都很贵。"好的，我再看看。"挂掉电话，我在心里默默地说句"消费不起"，然后继续去找下一家。就这样，我大概走了五六个红绿灯，终于找到一家价格听起来我负担得起的旅店，我这才敢走进门。

踏进旅店大门，拿出我刚刚办了不久的崭新的身份证，满满的自豪感。那时候，我们要到 18 岁才能第一次领一个长期的身份证，所以 18 岁以前去网吧、住旅店、去电玩城买币等，都要偷偷摸摸的，生怕被发现没有身份证，因此刚刚领到身份证的那几个月，每每拿出来都很有自豪感，觉得干什么都能光明正大了，觉得是社会颁发给自己的认可。旅店老板给我办了入住手续，告诉我房间在 6 楼，这栋楼没有电梯，于是我拎着箱子往六楼走。

这栋楼只有一楼、二楼走廊的灯是亮着的，三到五楼的灯没亮，都是黑漆漆的，然后六楼的走廊亮着灯。刚才的"地下通道惊魂"事件，给我留下了阴影，我提着箱子几乎闭着眼睛一口气儿跑到六楼。旅店六楼走廊的灯很昏暗，还有几盏是不亮的，仔细听，不知道哪儿传来的钟表秒针的"嗒嗒"声。"不敢多管，先找到房间吧。"我心想。

这是一个两侧都有房间的走廊，沿着走廊往里走，边走边对房号。快走到走廊尽头的时候，我开始有种不祥的预感。因为一直以来都听过"走廊尽头最后一个房间"的恐怖故事。那一刻，我几乎每一次对过房号发现还要继续往前走的时候，心里都要默念几句：千万别是走廊尽头那一间，千万别是走廊尽头那一间……每走过一个房间就会再默念一次。还剩最后两三个房门号没有对，房间越来越少，也越来越靠近走廊尽头，我越走越绝望。终于，在对到自己的房号的同时，我心里踏实了，很幸运，这就是走廊尽头的最后一间。

　　我站在门口，既害怕又纠结，要不要回去换个房间？可是回去换房间又要经过这整条走廊和那恐怖又黑漆漆的三、四、五楼，真的太恐怖了。可是如果不去换……还没等我想完，突然，我头顶的灯灭了，吓了我一跳，我赶紧把房门刷开，箱子往里一扔，人钻进去，然后把门关上。我背靠着门，才意识到房间里漆黑一片，我不敢开门，着急地摸着用房卡取电的插口，摸不到，面对房间里的未知，我更害怕了。我把手机的手电筒打开，终于看到了取电插口，我急忙把房卡插进去，房间瞬间亮了起来。

　　这是一个很老旧的房间，看得出，这曾经也是风光一时的高级房间，只是岁月让它变得无比陈旧，和"高级"再也扯不上什么关系。房间的四面墙壁都贴着墙纸，由于岁月的侵蚀，有些已经掉了下来，可能是南方天气潮湿的原因，多处的墙纸都已经有了或浅或深的黑色污渍，感觉像是有什么菌类长在上面一样。房间的电视机是那种有大大"屁股"的老式彩电，衣柜的门掉了半个，所以关不上，我伸手打开另外半边，把我吓了一跳——里面挂着一件已经发黑的、看得出曾经是白色的浴袍。床的旁边一边是衣架，另一边是一个床头柜，床头柜的抽屉把手已经掉了，上面放着一台电话。"有救了！"我心里想，"这样我就可以打电话到前台，让前台的人过来帮我换房间了！"于是我赶忙走到床头柜旁，拿起电话，把话筒放到耳边。没有声音，我尝试着在电话键盘上按了好一阵子，依然没有声音。我想把电话拿起来检查一下，发现

新

很轻松就拿了起来，再仔细看，居然是孤零零的一个电话，没有电话线。看看表，已经快凌晨一点了，还有四个小时天就亮了。"算了，不走了，就在这挨到天亮，天亮就好了。"我心想。我走到门前，检查了一下反锁的门，坐上床，把手机充上电，打开房间里一切能亮的东西，包括那个没有信号的电视，然后坐在床上静静地等。

时间一分一秒地过去，突然，一股剧痛从肚子袭来，我这才想起今天从早上出发开始，都还没有吃过饭，唯独吃的就是在飞机上空姐发的一杯果汁和一小袋坚果。我把床边的枕头放在肚子上，捂着肚子继续和时间做斗争。在炎热的夏天，巨大的饥饿感和腹部的疼痛像是寒冬里冷风卷起的海浪，一波一波地侵袭着我。终于，我受不了了，我把肚子上的枕头往旁边一扔，心里暗下决心：与其在这儿饿死，还不如下去找吃的！

我站起身，拿起手机，拔出充电器，不敢让自己做过多的思索。我快速走向门口，拔出房卡，走出房间，然后把房门关上。从走出房间开始，我就不敢回头，心里默念着"不害怕，不害怕，不害怕……"来安慰自己。我不敢跑，就快步往前走，眼睛也不敢到处乱看。走到楼梯旁的时候，我在楼梯扶手的间隙向下看了一眼，中间黑漆漆的，只有一楼、二楼亮着灯。"那就是终点！"我给自己下决心道。

在楼梯上，我一步两个台阶飞快地向下走，来到没有灯的那三层，我越走越害怕、越走越快，总感觉有人在盯着我看。经过每一层的走廊，我不敢往走廊里看，未知更加深了我的恐惧。走到第四层楼梯拐角的时候，我突然感觉我的面前有个人影，我突然心里一紧，抬头一看，果然有个人影！吓得我瞬间退后了几步，"怎么办？"我心里想着，又抬头往人影的方向看，人影没了！天哪，灵异事件该不会发生在我身上了吧！我心里正在想，嘴里不自觉地喊出："有人吗？"没人回应，我试着往前走，"有人吗？"还是没人回应。我的两条腿都是颤抖着的，我再往前一点，仔细一看，发现刚才那个有人影的地方居然是个老式的木制梳妆台，梳妆台上有面大大的镜子，被摆在四楼的拐角处，刚才的人影就是镜子里的我自己。我顿时感觉背后已经开始冒冷汗了，好像恐怖片里的场景，我拔腿就跑，直到跑到一楼。到了一楼前台，我看到服务生正坐在前台，我忍住气喘吁吁，故作平静地走过来。"终于下来了，先去找东西吃！"当时脑子里只有这一个想法，于是，我推开门，终于回到这个灯火环绕、满是霓虹的南方世界。

　　"南方真的好恐怖！"这是我第一次来到中国南方，对南方城市的第一印象。我走在福州凌晨的街道上，回想刚才经历的那一幕幕惊魂事件，心想："天哪，我以后在这个城市要怎么生活？！"

　　这里的夜晚比北方要热闹一些，虽然已经是凌晨，路上还有很多车，身旁也陆陆续续地走过一些人。口袋里的钱不多，正琢磨着去哪吃东西比较消费得起呢，突然看到前面不远处的十字路口，有个热气腾腾的摊位。走近一看，是一辆老式的三轮车，三轮车后面有两个铁桶，都冒着腾腾的热气。铁桶旁是一个小桌板，上面有一些调料，调料旁放着一盒看着像肉一样的东西。三轮车顶上是用铁架焊上去的一个招牌，招牌上写着红色的四个大字"福鼎肉片"。

那是我第一次知道中国南方还有这种叫作"福鼎肉片"的小吃，我好奇地走到旁边，刚好有个大叔在买，我看见老板用铁勺在肉盒里舀了两勺肉，放在一块小小的铁板上，然后用小勺像做刀削面一样，将肉一片片地削进锅里，再盖上盖子，一边煮一边给碗里放调料。也就是一分钟左右的时间，老板把锅盖拿起来，一股热气瞬间腾了起来，锅已经煮沸了，老板用漏勺把刚才削进去的肉片捞起来，放进碗里，再舀上一勺汤，这一碗热气腾腾的福鼎肉片，就交给客人了。

"看着不错，"我心想，"估计也不会太贵，应该消费得起。"我抬起头看看老板，老板正搓着手望着我。

"多少钱？"我问老板。

老板操着一口南方口音熟练地答道："大碗五块，小碗三块。"

"好，给我来份大的。"我说。

老板又熟练地开始了刚才的那一套流程，肉片用小勺削进锅里，盖上锅盖，开始在碗里加调料。

"小弟，要不要加纳？"

我正抬着头研究路口的红绿灯。

"喂！小弟！要不要纳？"

我看了老板一眼，心想，他可能有个帮手，正在叫帮手帮他干活呢。

"小弟！！"老板又大声叫了一下，盯着我看，吓了我一跳。

我疑惑地看了看老板，又看了看四周，没有人。叫谁呢？应该不是叫我吧？这老板再怎么样也不会把顾客叫小弟吧？我正想着，老板直勾勾地盯着我，一字一字地说：

"要不要加纳？！纳！！"我看得出他有些着急。他是不是需要什么帮助呢？我心想。

"老板，怎么了？您找谁？"

"我在叫你啊，小弟。"

天哪，难道进了黑店，遇到了黑道大佬，我一个顾客，居然管我叫小弟，你怎么想的？谁是你小弟？正当我心中一万只草泥马呼啸而过的时候，老板一脸严肃地看着我：

"要不要加纳？"

天哪，什么叫要不要加纳？加纳是那个非洲国家吗？那跟吃的有什么关系？这老板不会对我有什么企图吧？我已经准备好逃跑的姿势了。这时候，老板抓起桌面上的一个透明瓶子，瓶子里装了很多青色的泡椒，拿到我面前：

"小弟啊！你到底要不要加纳？"

"啊……啊？"我呆了一下，又好像有点反应过来了，"你……是问我要不要加辣吗？"

"是啊，你到底要不要加纳吗？"老板也显得有些无语。

"哦，要的要的，多放一些。"

不一会儿，一碗香喷喷的福鼎肉片就交到我的手上，我点了五张一块钱交给那个老板，端着肉片，到一旁路边花丛的台子上，坐下来。

真香啊，我把盛满肉片的碗端到鼻子前闻了闻，舀了一勺，连肉带汤送进嘴里，啊……真是超级 Q 弹爽滑，加上我已经饿了一天，顿时身后好像升起了一道彩虹，觉得这东西好吃到难以形容。不一会儿，就把它吃完了。这是我第一次吃到这种叫"福鼎肉片"的南方小吃，直到现在，每当有机会吃到"福鼎肉片"，我就会想起那时，我第一天来到这个陌生的南方城市时的那些有趣经历，想起老板叫我"小弟"，着急地问我要不要"加纳"。

后来的几年时间，我在福州读书、生活、创业，夜晚，我经常来到这个十字路口，跟老板点一份大份的福鼎肉片，然后跟老板说："别忘了给我加纳！"直到多年后的一个晚上，十字路口变得空空荡荡，这里开始规划修建一个地铁口，那个焊着红色"福鼎肉片"招牌的三轮车，再也没有出现。

我的大学

　　回到酒店，吃饱喝足有了体力的我坐在床上，决心要和时间鏖战到天亮。

　　第二天早上，天一亮我就爬了起来，暖暖的阳光从老旧的酒店窗户照进来，映着房间四处的苍老和破旧，竟显得有些温馨。我开始收拾东西离开酒店。走出房间，我发现白天的酒店亮堂堂的，一点都不像昨天晚上那么可怕。从酒店出来，街上的人群熙熙攘攘，和晚上完全不是一个样。

　　"先去找点吃的，然后去学校。"我一边想着，一边打电话联系了学校负责接待的老师，老师热情地告诉我学校的详细地址，也跟我约了报道的时间。我走过昨晚把我吓坏的地下通道，这个地下通道确实很旧，但也很热闹，通道两侧是一个个小摊贩，有卖小玩意儿的，也有卖吃的，很多是我没吃过的东西。通道里也确实有一个锈迹斑斑的铁窗，原来那是一个值班室，管理员在里面上班。地下通道的喇叭里一直循环播放着"地下通道不要骑行，行人请注意安全"。这大概就是我昨晚突然听到的奇怪声音吧。

　　走出地下通道，我看到马路边上有一个水果摊，水果摊上摆着一个个白色的有大有小的我没见过的水果，我问老板这是什么，老板说这是地瓜，好吧，我是真的第一次见到这么白嫩圆圆的地瓜。于是，这个白嫩的地瓜和旁边小摊的鸡蛋饼，就成了我在福州的第一顿早餐。

吃完早餐，我决定打车去学校。毕竟人生地不熟，第一次来，坐公交车转车要转好几路，很怕自己转丢掉，所以还是奢侈一次打车去吧。那时候，很多出租车会宰外地游客，虽然我很怕打车被宰，但这哪难得倒我这聪明的小脑瓜呀，我拿出手机，看了看学校的详细地址，然后记在心里。随后我站在马路边，伸手拦下了一辆出租车。上车后，我蹩脚地模仿着昨天晚上听到的南方口音，跟师傅说：

"斯湖，我要去文贤怒一号。"

其实我这样做是想表达两个信息：第一是我在这儿生活了很久了；第二是直接说门牌号，说明我知道路。我觉得这样师傅就不会坑我了。司机师傅问：

"文贤路一号？是闽江学院吗？"

我点点头，南方话，说多错多，尽量不说。

"好咧！"师傅说着，在马路上掉了个头，开始上路。

路上，司机师傅在后视镜看了看我，看起来想跟我聊天。不行，不能聊，南方话不会说，说多了就暴露了。我正想着，司机师傅突然问：

"你是北方人吗？"

24 岁　若无其事

纳尼？我南方话说得这么标准怎么还是猜我北方人，天哪，看来对付不了南方的出租车司机了。正紧张的时候，司机师傅又说：

"我也是北方人，你从哪来的？"

啊？老乡啊，哎呀太好了太好了，我紧张的情绪一下子就没了，也算是在人生地不熟的城市遇到北方人，亲切感油然而生。

"我从青岛过来的。"我说。

"哦！青岛吗？哈哈——"司机师傅爽朗地笑了两声，"我在青岛待了十几年，我年轻的时候在青岛当兵。"

"是吗？您在青岛什么地方？"真的是老乡啊，我特别高兴，有种他乡遇故知的感觉。

"团岛。对了，团岛现在什么样子了……"

我们突然就打开了话匣子，聊了一路，聊得很开心。很快，学校门口到了。

"你在这儿上大学啊？怎么自己一个人来？"司机师傅问。

我一边透过车窗望向学校门口，一边用手解开安全带："这有什么，反正都这么大了，身份证儿都有了。"

"哈哈！"司机师傅又爽朗地笑了两声，说："挺好，好好加油吧，大学好好努力！"

"那是那是……"我打开门，下了车，拎着书包走到车子的后备厢旁，师傅也下车走到后备厢旁，边打开后备厢边说：

"小伙子不错，算是缘分，车费就不收你的了！"

"不行不行，肯定要给。"说着我把书包打开，掏钱包，司

我的大学   **143**

机师傅在后备厢里帮我把箱子搬了下来，然后坐进车里，伸出头说：

"说不收就不收了，好好加油！"

说着，他开动车，一个掉头就走了。

我看着车子越走越远，心里暖洋洋的，这是我来到这个城市遇到的第一次温暖。

"闽江学院"。望着这个漂亮大气又充满历史感的校门，我深呼了一口气，这就是我大学四年要奋斗的地方啊，我会遇到哪些人？又会经历哪些事？大学生活会是什么样的？我将怎样实现自己的理想？四年后，当我再走出这个校门的时候，我会变成一个什么样的人？一切的未知与期待在这一刻充满着我的身体，我又深吸了一口气，走了进去。

校门口是一大片方形的绿草地，两侧分别有两个巨大的石雕，绿草地的后面，两排高大的树木夹着一条小溪直直地向后延伸。进出往来的两条道路分别在树木小溪的两侧，我沿着进校的道路向前走，途经一座拱形的石桥，路的右侧绿树成荫，绿树后有一条小河，我迎着阳光，拖着行李箱，怀着一颗未知与憧憬的心，在这个阳光与绿色环绕着的校园里，大步向前。

不一会儿，我走到一个 T 字路口，路的尽头是一个小广场，上面有个象征着学院的雕塑，背后是与刚才那条小溪相连的一整片湖泊。湖岸旁种着垂柳，柳枝轻垂，随着当日的微风轻轻摆动，湖面上铺着一层闪烁着的金光，柳枝上嫩绿的柳叶，也泛着金黄，这裹在柳叶上的一层暖黄，不知是来自天上的太阳，还是来自湖面的金光。道路右侧是跨过湖面的一座小桥，左侧绿树丛生的道路更像是通往一片深林。我沉浸在这美景中不知该往哪走，于是我拨通了辅导员的电话，辅导员让我在那里等，不一会儿，就有个年轻的男孩过来接我。

"你好，你是杨刚吗？"

我回过头看着他："额，是我。"

"我是你的班导生路博。"

他伸出右手，我也伸出右手和他握手。

紧接着，他帮我拉起了行李："走，我带你去宿舍。"边说边向前走去。我这才反应过来，跟在他后面。

"你是……我的辅导员老师吗？"刚才一直晕晕的，还在想大学老师是不是都这么年轻。

"哦，不是。"他的笑声很爽朗，"我是你的班导生哦，我大三，是协助辅导员带你们新生的。"

"班导生？"我疑惑地重复了一句。

"对啊，咱们学校有个传统，就是到了大三可以作为班导生协助辅导员带大一新生，锻炼锻炼嘛。"

"哦哦，那很酷啊。"我点头道。

他又笑了："是吗？等你到了大三也可以哦。"

"那要竞选吧？"我问。

"嗯……"他思索了片刻，"所以你要好好努力啊！"他在前面拖着箱子，回过头看着我，"在大学里呢，遇到比你年级高的，男的要叫学长，女的要叫学姐，遇到老师要打招呼，课表和高中也不一样，你要按照课表的时间去上课，可以按照自己的兴趣选择参加一些社团活动，例如……"他开始跟我讲大学的事情，不一会儿，我们就到了宿舍。

梅园，3区，7号楼，315室。嗯，都是我喜欢的数字。宿舍是四人间的，一共有四张床，每张床的下面是书桌和柜子。宿舍外面有一个阳台，阳台上有洗漱池、晾衣架，阳台的另一侧是分开的浴室和厕所。

"热吗？"班导生路博学长问我。

"嗯，有点……"我擦了擦额头上的汗。

他在门口把房间顶上的两台电风扇打开了，老旧的电风扇瞬间响起"嗡嗡嗡"的声音。那时候的大学宿舍还都没有装空调，在福州夏天动辄40多度的天气里，我们四个人靠着顶上的这两台破旧的电风扇，依然可以赖床到中午。我找到了贴有我名字标签的那张床，是三号床，靠阳台的，宿舍里唯一一扇窗户就在我的书桌旁。阳光洒在书桌上，我幻想着自己未来四年在这个书桌上头悬梁锥刺股的刻苦努力，边给自己打气边开始收拾东西。

"你是这间宿舍第一个到的，你们班一共有5个男孩，还有一个和其他班同学一起住在隔壁，你们可以多沟通，我去接其他同学了，你先收拾吧。"路博学长边说边帮我把一叠衣服往柜子最上面一格放。

"好的。"我冲他比了个 OK 的手势。

东西要收拾得差不多的时候，我的舍友大栋、刘亚、赵伟和他们的父母都陆陆续续地到宿舍了。瞬间觉得自己很没面子，因为他们都是由父母陪着，有的还带着兄弟姐妹，一大家子人一起到学校来报到，而我，就是自己和两个行李箱。所以当舍友妈妈问起我怎么一个人来的时候，我跟她说我妈妈刚走。赵伟妈妈拿出了赵伟最爱的蓝色床单，里一层外一层地把他的床铺得平平软软，我这才意识到，我的床还是木板，而我没有带被褥。大栋妈妈帮他把牙刷整整齐齐地摆在洗漱台上的时候，我才想起来，我还一直用着酒店的洗漱用品。刘亚妈妈把刘亚拽到阳台，现场教他怎么洗衣服，他妈妈拿了一件刚发下来的军训 T 恤，放进水里，洗了一遍给他看，然后让他再洗一遍，他用力搓着衣服，然后把手搓破了，他妈妈心疼地给他贴上一个创可贴，跟其他几个家长提议在宿舍买台洗衣机。我坐在自己的椅子上，看着小小的宿舍这么多人走来走去，无所适从。

好像过了挺久，中午了，家长们各自带着自己的小孩去品尝学校的午餐，又剩下我一个人在宿舍了。我想起刚才班导生跟我说还有一个同学住在隔壁，正想去隔壁看看，就听到有人敲门。我打开门，一个高高瘦瘦的男孩出现在我眼前。

"Hello！"他跟我打了声招呼。

"额……Hello，你是？"我回应了一句。

"大树，同班同学。"他笑了笑，说道，"我早来了两天，就住在隔壁。"

"哦，我是杨刚。"我正想请他进来，他说要不要一起去吃饭，我说好。我们一起下楼，我问他学校有没有什么好吃的，他说他昨天在第三食堂的一个面馆吃面，还不错，我们说说笑笑地就去了第三食堂。

吃过午饭后，他带我去了商店，买了被褥和生活必需品，然后建议我多买一些水，还有卫生工具。聊天的过程中我得知，他是山东人，因为开学当天家里没空，所以早来了两天。印象里我回到宿舍以后，就开始收拾床铺，把自己的小窝弄好，柜子整理好，然后就开始和夏梦打电话，聊了好久好久的电话，我兴奋地告诉她今天第一天进到大学里遇到的一切新鲜事，她当时只是一个劲地撒娇问我，有没有碰到漂亮的女孩。后来我才知道，她其实对那些没兴趣，因为她早已经经历过了，在她眼里，我正傻傻地走着她当年走过的路，就像我们大四毕业的时候觉得大一的自己很傻一样，我那样的心潮澎湃，只是增加了她的不安全感。

第二天进行参观校园的活动，全校的大一新生，由自己的班导生带队，组织参观校园和熟悉校园。第二天楼下集合的时候我才知道，原来班里还有位女班导生，负责帮助我们班的女孩，也是那时候才知道，我们班有 10 个女孩。那天我们所有大一新生都很兴奋，就像参观旅游景点一样，到什么地方都要合影留念，拍了很多照，也只有大一入学的第一天和大四毕业的最后一天，我们才会这样吧。校园很大，很漂亮，相信我们每个人看到它的感觉虽具个人化，却又都如出一辙。无论是抱着什么样的心态来到大学，憧憬和期待都最能准确形容我们那时的感觉。

当天晚上，是我们班的第一次班会，班导生让我们逐个上讲台去做自我介绍，就这样，我第一次认识了我大学四年的同学们。当我走上讲台，其实也不知道自己该说些什么，我在黑板上写下了自己的名字，然后第一次说出了直到现在还是我座右铭的一句话：

"来到大学，我不想谈梦想，因为我觉得'梦'这个字虽然很美，但却遥不可及，我只想谈理想，因为我觉得，理想是一种目标，只要努力，就能实现。"

班会结束的时候已经很晚了，路博学长特地留下我，跟我聊天。他问我来大学的理想是什么，我告诉他，我想创业，想赚钱，我要回去娶我的女朋友。他用手拍着我肩膀时的感受我至今都记忆犹新，那是一种鼓励，在我踏上创业的征程之前，这是一种极大的精神支撑。

那天晚上，宿舍熄灯以后，我们宿舍四个人躺在床上聊到很晚，聊每个人的家乡，聊今天发生的一切，聊班里的女孩，那时候我在想，这就是我的大学生活了吧。

从无到有

大一上半学期的时光几乎就是燥热的军训、永远开不完的会、新鲜的课程以及每个夜晚在宿舍里讨论的漂亮女孩。对于我，还有每天睡觉前，在宿舍门口的走廊上和夏梦一起煲的电话粥。我被选作班级的班长，团支书是班里的一个河北女孩。就这样，我默默地过着新鲜无比的大学生活，筹划着我的创业想法。

其实第一次创业的想法来自大学入学前给夏梦过的一次生日，我是个特别注重仪式感的人，生日和一些特别的日子我一定要特别对待。她的生日是七月份，我费尽心思，想给她策划一个不一样的惊喜。我偷偷安排了玩偶人给她送花，让蛋糕从天而降，我点了蜡烛，为她唱了一首我为她写的生日歌：

"自从你闯入我的世界，走过幸福就未曾停歇，我看见，烛光里，眼神不再凛冽，我愿意，我愿意陪你面对一切。Happy birthday，you and me……"

那天，她很感动，我也很开心，我们一起过了一个别具一格的生日。后来我在想，其实随着生活水平的提高，人们除了会为自己的婚礼大操大办以外，一定也会为其他特别的日子精心操办，而且会越来越多，像是生日、结婚纪念日等。但不是所有人都有这么多时间为那些特别的日子进行策划并实施，婚礼策划实施行业已经完全成熟并且竞争激烈，但还没有人把生日等其他重要的日子策划操办得产品化、商业化，我觉得我还算是一个富有浪漫主义情怀的人，所以我决定把为特殊日子庆祝的策划实施，变成一个商业化的产品，来满足我认为还未被满足的市场需要。

创业首先要有人、有团队，我找到我一直觉得在大学里什么都懂的路博学长，他建议我可以成立一个社团组织，然后先以社团的名义进行一些活动。于是我就一股脑地开始投入创立社团的事业当中。那天，我想了一个晚上，这个社团该叫什么名字呢？我想，这是我从小孩迈向成熟的一扇门，是我从学生迈向创业者的一扇门，就叫"Door"吧。这就是我的第一个创业项目"哆哦文化"的前身。

成立社团要准备很多资料，那时候，我照猫画虎地写了进入社团的要求，阐明了我创立这个社团的目的，规划了这个社团将来要去做什么，什么时候在哪面试，等等，然后用我为数不多的生活费，到学校东门的打印店，让老板帮我打印到 A4 纸上。我站在学校的路边，逢人就发。1000 张纸发完后，只有 4 个人打了我留在 A4 纸上的电话，告诉我填好了表格。我郑重其事地在规定好的时间面试了这 4 个人，3 个男孩 1 个女孩。面试完成后又特地隔了两天，郑重其事地打电话告诉他们面试通过了，除了其中一个男孩在电话里回应我已经参加了太多社团，没有时间再参加我们这个社团了以外，其他 3 个人，都顺利地加入了我的"Door"社团，这是我的第一支团队。

有了人，该怎样去卖我的项目呢？我首先想到了互联网。那时候，大多数人的手机还是 2G 的，但是 3G 技术已经出现了，学校路边上到处都是 2G 换 3G 的广告标语。人们已经开始更多地依靠网络来获取新的信息了。"我得先建个网站！"这是那时我唯一的想法。咨询了市场上很多家网络公司以后，我发现出钱让别人帮我建网站基本不现实，因为那昂贵的价格对那时的我来讲，根本负担不起。小时候爸爸经常跟我说，请不起别人做的事情就自己做，于是我就开始上网搜罗建立网站的相关知识。我了解到，想要自己创建一个宣传型的网站，必须要先注册一个域名，单单这一步，因为以前从没接触过，就花了我一个多月的时间。要注册身份，还要到指定的地点上交材料，拍照片，对于对这个行业一窍不通的我来讲，奔波了一个月完成了这件事，真的还算幸运了。大学的时间真的很多，当我注册完域名以后，我一点儿都不觉得浪费时间，反而越来越有干劲，我租了一个空间，然后在网上购买了一套建站模板，在后台上传自己要的照片、各个导航栏的文字、联系方式等。

就这样，我又没日没夜地干了两个多月，我人生中第一个网站就这样亲自动手建成了。而当我兴奋地要打电话通知团队成员的时候，团队成员因为好几个月没联系，有的居然忘了我是谁，有的说大一太累了不想继续参加活动，结果我的团队里，仍然只剩下我一个人。好吧，那个下午，我给自己买了一瓶雪碧和一整只烤鸡，很正式地跟自己分享并庆祝了这个好消息。

从那以后，我每天在各种各样的贴吧、论坛、QQ 群里宣传自己的网站，在各种门户网站写故事，让别人知道还有人从事这个行业，然后期盼着有业务找上门来。一天、两天、三天、四天、五天、六天……一个月过去了，我从满怀热情地等，到每天一打开电脑就心灰意冷，我在网站上留的咨询 QQ，一次都没响过。我开始怀疑是不是自己选择的行业有问题，是不是这项服务根本就没有人需要。我每天在各种网站上发广告，写文章宣传自己的业务，从动力十足到心灰意冷，因为根本看不到结果。我每天都在想："算了吧，再想想别的。"也每天都宽慰自己："明天再坚持最后一天。"

直到那天，当我又百无聊赖地在论坛上写着，邋遢男生如何通过我们的业务逆袭追到心仪女神的故事的时候，我那个安静了一个多月的咨询 QQ，突然传出了一声咳嗽声，紧接着，一个小喇叭似的图标，开始在屏幕右下角闪烁。"一定又是腾讯的广告。"我心里想着，继续写着我的普通男生和女神的故事。可是，一闪一闪的小图标一直在扰乱我的心绪，写不下去，好烦，先关了它。当我把鼠标移动到小喇叭图标上面的时候，屏幕出现了一个对话框"XXX 想添加您为好友"，我吞了一口口水，怀着半信半疑的心态，点开了对话框，添加好友的备注信息是"咨询"。

"啊！"我几乎跳了起来，走到宿舍的镜子旁，激动地握紧拳头比画着，"耶！耶！耶！耶！耶！"然后突然想到什么，我立马回到自己的椅子上，在添加好友的对话框里点击了"添加"。

经过了解，这个客户是个男孩，二十多岁，正在追求一个心仪的女孩，他想策划一场告白，但不知道要怎么做，在网上搜索"告白该怎么做"的时候看到了我们的广告，想向我们求助。这简直就是我最拿手不过的了，经过询问了解，我知道了那个女孩喜欢迪士尼，有浪漫情怀。于是，我费尽心思策划了我人生中第一单业务的执行方案：

我们选择一个浪漫的日子，让男孩把女孩约出来，约到指定的地点后，男孩以去洗手间为理由离开，这时候，女孩会收到一只可爱的跳跳虎人偶蹦蹦跳跳着送来的玫瑰花，女孩一定会很惊讶地看着跳跳虎，这时候维尼熊会在她身后拍拍她的肩膀，然后又送给她一枝玫瑰花。在她惊讶和惊喜之余，她陆陆续续会收到米奇、唐老鸭、高飞、彭彭、小矮人以各种形式送来的一枝玫瑰，女孩把玫瑰花拿在手里的时候一定会有些不知所措，这时候坏蛋海格力斯人偶冲过来抢走了女孩手里的玫瑰花，女孩有点诧异和慌乱。这时候，重点来了！美女与野兽中的野兽亚当出现了，他和海格力斯殊死搏斗，海格力斯也毫不退让，在自己快要输了的时候，破坏了其他 7 朵玫瑰花。当野兽亚当终于把海格力斯打败后，抢回了最后一朵玫瑰花，交还到女孩手里，然后走开。走到不远处，他捧起一整束玫瑰花走回来，跟女孩说："你好，我想送给我最爱的女孩 100 朵玫瑰花，可我只有 99 朵，你手里那一朵，可以送给我吗？"这时候女孩一定想看好戏，然后把那一枝玫瑰花交到野兽亚当手里。这时候，野兽亚当摘下头上的人偶装扮，女孩会发现野兽亚当就是男孩，男孩单膝跪地，把100朵鲜花送给女孩，对她说："做我女朋友好吗？"然后迪士尼角色们大联欢，围着她们跳舞转圈。

"完美！"我把策划写在纸上的时候，自己都觉得很完美，男孩也觉得不错，同意了这种做法。

"那费用是多少呢？"男孩在 QQ 上问我。

对啊，费用是多少呢？我还从没想过这个问题，我要给自己的产品定个价，定多少合适呢？表白啊，人生大事，真的成功的话，多少钱都不过分啊。当时的我根本就没有考虑成本的意识。

"就一万吧！"我在 QQ 上发了一句，还正思索着有没有报高，怕把人吓跑呢，对方立马回了一句：

"好！"

我们定了两周后的一天，他也确定了那天已经约好女孩出来，这就意味着，我所有的准备工作要在两周内做完。人生中的第一笔生意，一万块，我就像打了鸡血一样，白天忙到精疲力竭，晚上兴奋得睡不着觉。

首先，我得有这些人偶服装，我几乎跑遍了福州城大大小小的服装租赁公司，只租到了米奇、维尼熊、跳跳虎、唐老鸭、高飞、彭彭和小矮人，死活租不到野兽和海格力斯。没办法，这两个人物太关键了，我只能去玩具厂定制。于是我紧急联系了玩具厂，两周的时间，刚好来得及，我下了个急单，然后在一个鲜花店订了玫瑰花。

至于人呢，我去拉我的舍友，有两个舍友觉得扮人偶很傻，实在拉不来，另外一个舍友勉强答应帮我，我又叫上了大树，然后在网络上发招聘贴，把人招募齐。算上人力费用和玩偶租赁、定制及鲜花等各项开支，不多不少，刚好一万二。"天哪，难道我的第一单生意就要亏吗？"我心里想。

我有一个特别强的能力，就是很善于说服自己，经过强烈的心理斗争，我默默地告诉自己：经验比任何东西都要值钱，况且我还赚了一个好口碑和两套玩偶衣服，不亏，不亏。活动要做完才能跟客户收钱，我必须要自己先垫，然后，我把大一应该交给学校的学费和我那个月的生活费拿出来，刚好够用。付了各项费用后，我就继续打了鸡血似的现场排练，策划，把一切都准备就绪……

约定的日子到来的前三天，我在 QQ 上把人偶衣服发给客户看，然后约他第二天过来跟大家一起排练打斗的时候，他一直没有回复我。直到第二天的中午，我又连续给他发了好几条信息，他才回了我一句：

"我已经给她发短信表白成功啦，恭喜我吧！"

我头脑里"嗡"了一声，然后赶忙整理思绪，手有些颤抖地在键盘上打字，给他回复："那到时候咱们的台词得改啦。"

又过了一会儿，他回了过来："后天我已经约好了和她去香港玩，要去 5 天，表白的事情，就不去了啊。"

然后他的 QQ 头像暗了。"可是我把一切都已经准备好了……"我连忙在屏幕这头打出这行字，而这行字就像一块大石头，扔进了平静的湖面，也狠狠地压在了我的心上。湖面依然平静，他再也没有回复。半小时后，我觉得我的咽喉好像被什么东西掐住一样，难以呼吸。我的学费怎么办？会被退学吗？我的生活怎么办？我不可能再跟家里开口，给我上学的钱被我赔进去，我觉得很对不起家人；已经租来的人偶服装，还有两件是买的，该怎么处理？一大堆事情困在我的脑子里，像是打了一个个死结，怎么也解不开。

一个小时后，我觉得头痛欲裂，开始恨那个逗我玩的人，我打开 QQ，想问问对方到底为什么，却发现对方已经把我删除好友了。

两个小时后，我没有接夏梦给我打来的电话，也拒绝了接所有人的电话。我一个人坐在椅子上想，可我怎么也想不明白。

三个小时后，我走出门，一个人走到学校南门附近的那条小河边，那是学校最安静的地方。

五个小时后，我回到宿舍，打开电脑，打开我最常发帖的几个论坛，继续发广告帖，并附上："希望大家可以关注我的业务，我的业务真的很好。"

八个小时后，我寻着 QQ 空间的访客记录找到了我业务没做成的那个男孩的 QQ 空间，在他 QQ 空间的留言板上写下了一句：祝福你获得真爱，愿你们相互珍惜，幸幸福福。

坐在那个小河边的时候，我想了很多事，那一切解不开的结，越想越乱。但当我把那些结抛到脑后开始享受河边的阵阵微风时，我突然发现，其实我不用去管那些结，我只要再努力接到下一单业务，眼前的那些死结就可以自然而然地全部解开了，不是吗？

就在第二天，准确地说应该是第三天的凌晨，我接到了一笔急单，他说刚过 00:00 点的时候，他女朋友问他有没有什么想对她说的，他说没有，结果他女朋友闹着要跟他分手，他才想起来今天是女朋友的生日，什么都没准备，太急了，所以在网上搜索"如何给女朋友过生日"，就搜到了我们的广告，很好奇点进来看看。我给对方发了之前的那个策划案，勉强算是我们的成功案例吧，对方问做到这份上要多少钱，我想了一下，要说多一点，才显得我们的服务有价值：

"5 万！"

没想到对方立马回了句："好！就这个！"

不会再骗我了吧，我心里想着。对了，就让他先付定金，也不至于亏。

"先付定金！"我 QQ 上跟他说。

他马上回了句："好的，明天你把合同带过来，我定金当场给你。"

合同？什么合同？以前只在电视上看过这个东西，还从没见过真的，我哪有这东西？但我不能跟他说我没有，那样显得我多不专业啊。好吧，那时候流行一句话，有问题问度娘。我百度到一份类似婚庆服务协议的合同，稍微修改了一下，找到学校旁的打印店打印出来。第二天，我带着合同就过去了，签好，按好手印，对方付了两万块定金给我。从那以后我才知道，原来做生意是需要签合同的，必要的时候也需要付定金。

庆生服务很顺利地完成，客户很开心，对方女朋友也很开心，我一共收到五万块的服务费，去掉成本，大约赚了2万多，这是我人生中赚的第一笔钱。有了第一次的经验，我更加热情地做这个事请，发展固定的团队，我给项目取了个品牌名，叫"哆哦文化"。

为了能让固定的团队活动起来，我大到各式活动，小到帮送鲜花都会接。后来，我开始发展跑腿业务，也是国内同城快送行业最早的雏形。我买了一辆小车，平时代步和做业务时用。过了将近一年的时间，也就是大二上半年，我已经有了一点小小的财富积累，有几十万的存款，团队成员的腰包也慢慢地鼓了起来。但我逐渐发现，其实这个项目只适合大学生创业，因为我们每天都在跑腿、策划，我们的业务做不大，也饿不死，我们被业务绑得死死的，完全没有思考的时间，我们的业务只靠人，也完全没有复制的可能，由于行业的特殊性，我们甚至无法进行公司化运营。

于是，在大二的那个寒假前，我把最核心的几个团队成员召集起来，跟他们说："对现在的我们来说，这业务是挺赚钱的，但你们想过如果等我们大学毕业，这业务还会存在吗？我们还会像现在一样，以这样的方式赚钱吗？"我向来是这支团队中的意见领袖，所以没人说话，也没人给我意见，这也是我最苦恼的一件事。当我让大家投票这个业务要不要继续做下去的时候，除了我以外，其他人都举了手。我把业务交给团队中我最信任的一个人，把大家伙分钱的规则定好，然后把网站送给了他们，就跟他们挥手道别了。其实后来很多人问过我，以这样的方式结束自己的第一次创业，后悔吗？我的答案很坚定：不会，因为我的脚步不会永远停留在那里。

那年寒假回家过年，我到一家高档的饰品店给妈妈买了个翡翠手镯，妈妈很开心，我也很开心，因为从那时开始，我可以用我自己的智慧和能力回报他们了。我也给夏梦买了礼物，告诉她那是用我自己赚的钱买的，她欣慰地抱了我。

一步之遥　千里之外

　　其实在创立哆哦的那段时间里，我的作息常常没日没夜的，我和夏梦每天一定会通的那通电话，也常常变得只有几分钟或几十秒。我越来越疏于向她汇报我的情况，她本来就很没有安全感，再加上因为要创立哆哦，我们的沟通越来越少，准备回家过年前的那段时间，我们常常吵架，为数不多的通话时间也大多在吵架中度过。

　　有时候我觉得她不能理解我，我放着好端端的大学生活不过，顶着艰辛没日没夜地努力，为的不就是那天临走时的那句"等我成功，回来娶你"。其实有时工作累的时候也很委屈，经常做完业务，顶着一身的疲惫，在午夜走回学校的路上，嗓子都是哑的。一身的汗流了又干，每抬起脚走一步都是对意志的一种挑战。每当我咬着牙鼓起力气从口袋翻出手机，看到十几个未接来电，我知道当我回电话过去，在电话那头等着我的，又是一场争吵，那样的孤独感，我无法用言语表达。

　　我们都在咬牙坚持着这段恋情，就像有时候一连几场活动，我累得快要站不起身的时候，咬牙坚持着扯动脸上的肌肉，让自己的嘴角上扬起来，继续为别人庆祝。支撑我的信念是：成功、回来、娶她。而在这段恋情里，支撑她的信念，我想应该就是爱我。她没理由爱我，像她妈妈说的，我还是个学生，什么都没有，也给不了她什么。她真的是一个很好的人，也是个很好的女人，真实、善良。其实直到现在，一个小小的十年过去了，我还会偶尔偷偷搜索她的微博，看看她这段时间的精彩生活。也直到现在我才明白，或许她想要的，不是我有多成功，能给她多好的生活，而是我的陪伴，长久的陪伴。当我身在1500公里外的南方的时候，对她来讲，何尝不是一种孤独呢？

有时我在想，如果我像其他人一样安安稳稳地过完大学生活，这四年我终日与她相伴，我们的结果会不会好一点？我也没有答案。

那一年，她变成了一家保险公司的后勤人员，负责整理报表和文件材料。我知道两年前在海边的那句"我想做老师"不是说说玩玩的，而骨感的现实，终究打败了理想。当我问她接下来怎么打算的时候，她说这样也挺好的，那年26岁的她，说自己上了年纪，也需要安稳。她让我陪她，整个寒假都陪她，我每天送她上班，接她下班，我为她准备早餐，中午到她公司陪她吃午餐，晚上下班我们会一起去超市买菜，由她为我们煮一顿简单但可口的晚餐。我们一起去散步，有时去看电影，或是躺在床上一块儿看书。我们每晚都紧紧地相拥入睡，她会紧紧地靠在我怀里，我也会紧紧地抱着她，有时她半夜惊醒，然后伸出手把我抱得更紧，我也意识模糊地拍拍她的肩膀，让她安心。有时睡前，她抱着我说很怕我走，我总是摸摸她的头，告诉她我无论去哪都会回来，因为我答应过要娶她。

寒假很快就结束了，转眼间又到了要去学校报到的日子。离开前的那个晚上，我们一起奢侈了一把，去了那间她一直想去但不舍得去的餐厅吃饭，然后我们一起来到一个慢递店里，分别寄了一封信给 30 年后的自己。我们约定好相互不看对方的信，我的信很短：

30 年后的我，你好。你已经成功了吧，也已经娶了她吧，你要记得对她好，不能出轨。

她的信很长，写了什么，我不知道。

要离开的那天早上，她拿出一条围巾，说是在家无聊的时候给我织的，我很感动，因为我以前一直说，男生最大的愿望就是收到喜欢的女孩送给自己亲手织的围巾。她说不知道在南方能不能戴得上，但起码在北方剩下的这几个小时里可以戴。她为我戴上，送我到机场，什么话都没说，我看得出她心里很乱。在安检口，她一直紧紧拉着我的手，直到机场广播叫出我的名字，她才抬起头，长舒了一口气。她摸摸我的脸，然后我很明显地看出她满含泪水的眼睛和强挤出的一抹笑容，她说："我们一起努力吧，好吗？"我说："好！"她说："我们都会过得更好，对吗？"我说："对！"她的眼泪一下子掉了下来，说："我不会再等你了，你会好好的吗？"我的眼泪也止不住地往下流，又好像早就猜到结局一样，我抱紧她，不肯松手。她把我的手从她身上拿下来，用两只手紧紧握住我的双手，然后松开，转身离去。我望着她的背影，哭成泪人。

时光恍惚，和两年前我第一次走的时候一模一样的机场、安检，也是候机厅喊着我的名字，一切却都已经物是人非。我转过身，走向安检通道，眼泪不受控制地向外涌，我知道我没有办法停下来，也知道，她向来说到做到。我不知道她是怀着怎样一种心绪离开，我只知道，她一定还爱着我。她在我的生命中，就像大海航行中遇到的一座美丽岛屿，我停不下，也带不走，她的美丽改变了我原本的航向，而我却因为被改变的航向，与她渐行渐远。但无论何时，当我回头眺望，她依然是那座美丽的岛屿，真实、美丽。

第一桶金

　　回到学校后的那一整段时间，我突然失去了方向，因为生命中少了那句"等我成功，回来娶你"，一切奋斗就似乎失去了意义。我不知道要去做什么，也不知道为什么而做。我开了个股票账户，把我第一段创业积累的钱投入股市。我开始睡懒觉、看综艺、玩游戏，继续和舍友探讨学校里的女孩，唯一多出来的一个爱好，就是写作。我常常拿着笔，带着一个厚厚的本子，到校园的某个角落，坐下来，静静写作。

　　其实虚度时光是件奢侈而可怕的事情，因为时光从来都毫不留情，一眨眼，一个月过去了。虚度时光也是件空洞而难受的事情，心里空空的，除了时间丢了、股票跌了、我们常常讨论的那个女孩和学长在一起了，其他没有任何收获。直到有一次，我第二天要去证券公司听一个讲座，因为股票一直在亏钱，那时我觉得是自己学习得不够，于是整日钟情于股票、投资的书籍和一些证券公司组织的讲座。那场讲座很重要，而且时间比较早，所以我必须早睡。夜里十一点，我就去洗漱，准备睡觉。舍友不让我睡，拉着我下床跟他们喝酒，喝完酒他们要在宿舍打牌，刚好四个人，看着他们扫兴的样子，我只能陪着他们打，几个回合下来，一下就到了夜里一点多。我实在熬不住了，因为学校离市区比较远，第二天早上我五点半就要起床，我说结束吧，舍友非要让我找人代替才能结束，幸好隔壁班有个爱玩牌的同学也还没睡，我拉他过来和室友打牌，我自己则爬到床上去睡觉。躺下来，满耳朵都是床下的"要不要？""要！"……嬉笑，怒骂，闲聊，我根本无法入睡，可我真的太困了，把头蒙在被子里，开始迷糊。也不知过了多久，突然，轰隆隆的爆炸声和枪响声把我惊醒，原来，他们开始打游戏，是那时候特别流行的一款枪战类游戏。随着他们的大喊大叫和游戏里的枪响声、爆炸声，我瞬间又清醒了，睁眼看看表，凌晨 3:30。是啊，这个时间对我的室友们来说，游戏时间才刚刚开始。看着他们开心地玩着游戏，我突然开始想自己的未来，我深知，我不能再这样下去，也深知自己必须脱离这种生活，以免越陷越深，我暗暗地告诉自己，一定要改变。

第一次创业积累下一些财富，那段时间，我给自己的车子做了一些改装和升级，也给自己添置了新电脑，补交了学校的学费。在股市亏了一些后，这笔钱就已经所剩无几了，我索性一次性从股市里全部取了出来，筹划着下一步的打算。

在那一整个月的时间里，我迷上了看动漫，经常下载很多动漫在手机和电脑上看。然而我发现大多数的动漫剧都是日本生产的，说着日语，传播着日本文化，少数有受欢迎的国产动漫。"中国文化一定是最值得传播的"，这是我一直深信不疑的一点，就

24 岁　若无其事

一个瞬间，应该是某个我写作完正在发呆冥想的午后，我突然做出了决定，做出了我下一步要做、应该做的事业的决定。

动漫行业，是我从未接触过的一个领域，决定深入这个行业的时候，我对动漫除了会看，其他的什么也不懂。甚至连"看"这件事我都不是很专业，因为我没有写过一篇动漫剧评，读不懂任何一篇动漫技术文章。虽然只是一个单纯的想法，但是我决心把这个想法作为我下一步的理想。

我把这个理想分成几个小目标，我总认为，人只要真的想去做一件事，就一定能做成。我拿出一张纸，计划着我实现每一个小目标需要的东西和应该做的事。我在纸的最上方写上"国产动漫"四个大字，然后开始一一罗列。

剧本，对！首先我需要一个剧本，这是我的国产动漫的根本。然后……然后我也不知道了，可能是画师吧，毕竟动漫要靠画的嘛，就在写下"剧本"两个字后，我写不下去了。剧本——嗯，那就先去解决剧本。

我在网上发了收剧本的帖子，本以为在网络上找剧本无异于大海捞针，没想到响应的程度远远超乎我的想象。几天的时间，就有十几个自称著名编剧、简历上有很多看起来很厉害的代表作的人来找我，表示对动画很感兴趣，愿意接这个本子。这可把我高兴坏了，我选了其中一个我认为简历看起来最厉害的，跟他聊了起来。短暂接触后，我觉得他很专业，于是决定把剧本交给他写。问他价格，他说 80 万，天哪，我哪有那么多钱，全部家当加起来也只有 15 万，我说：

"现在我还不具备买这么贵的剧本的能力，看来没缘分，等我有了实力，再跟您合作。"

我很客气地告诉了他我的情况，他说："你觉得贵，你能出多少？"

他好像也在表示理解，我实话实说："我全部家当就 15 万。"

他好像也不假思索，就回了句："那好吧，看你是年轻人想创业，我也支持，就亏本给你写一个吧。"

我总感觉他慷慨得有点怪怪的，但那时也没多想。我们签了一份合同，合同内容里有很多专业术语我看不懂，出于第一次合作我想对他表示信任，还是签了那份合同，并把 15 万的酬劳一次性打给他，然后就安安静静的，等待由我开发的第一部国产动画片的剧本问世。

一下子 15 万付出去，我身上就只剩下 100 多块钱，之前已经自己赚钱了，就没有问家里要过生活费，如果突然再跟家里开口要钱，很怕父母担心我。于是我卖掉了刚买来的电脑，卖了 1 万多，嗯，应该够了。剧本答应我 15 天后交，再加上制作，两个月，我觉得满打满算 1 万多应该够了。于是我信心满满，剧本解决了，接下来呢，动画嘛，有精通画画的人在团队里肯定没错，于是我找到了学校美术系的同学。美术系的同学告诉我，他们擅长画画没错，但和动画确实不是同一类专业。他们告诉我应该是软件或数字媒体技术相关的专业和动画有关系，但是不知道哪所大学有。

24 岁　若无其事

于是我就一所大学一所大学地去问，一个个去了解。同时，每日期待着剧本的问世。

终于，约定的时间到了，编剧也如约把剧本发给了我。一共26集，每集都有一个小故事，看着挺满意的，但是就是有点不像我概念里剧本的样子，因为我做练习生和艺考学表演的时候也接触过一些拍摄，这个剧本跟我以前看过剧本相比，简单了很多。于是我就问编剧：

"这个剧本就是这样的吗？我以前看过的剧本都比这个要详细很多啊。"

编剧不慌不忙地说："这个是分集梗概，是故事本，你从分集梗概里可以看出整个故事，当然如果你想把分集梗概细化成剧本，也是可以的。"

"嗯嗯，那好，那你帮我细化成剧本，这样我才能用。"我说。

编剧接着我的话："你看看合同，你给的钱，就只能给你写到分集梗概，如果你想要细化的剧本，还要再付一些酬劳啊。"

听到这话，我一下子慌了，我连忙到柜子里找出之前签的合同，里面确实有一条"分集梗概交付后，如甲方需要更细化的剧本，价格另行商议"。天哪，我之前居然没有看清楚就签了合同，谁知道他会在这里黑我一手，我有点气愤，但合同已经签了，只能怪自己，我问："那需要加多少？"

"嗯，年轻人做点事也不容易，就再加 15 万吧！"他轻描淡写地说。

第一桶金

顿时，一股怒火涌上我的心头，居然骗我，我想破口大骂，却没骂出来——我从小立志要当一个绅士。我删了他的联系方式，然后翻了翻钱包，已经不到1万块了。顿时，我觉得天好像都沉了下来，我的国产动画生涯，就要到此结束了吗？

　　那几天，我很是郁闷，因为我已经没有钱再把分集梗概细化成剧本了，而我也清楚地知道，只靠分集梗概，肯定没有办法完成动画片的制作。每一天，我想到这个问题就头痛，痛苦的时候会想，如果我没有决定做这个我完全不了解的行业就好了。望着自己口袋里的钱越来越少，我也越来越绝望，我深知，我已经没有经济来源，正在坐吃山空。

　　"人只要想干成一件事，就一定能干成。"在一个凌晨，我正坐在学校图书馆外的某个角落捂着头后悔不已的时候，这句话在我耳边响起，然后我停止了后悔，回到宿舍，踏踏实实地睡了个觉。因为我明白，要解决问题，首先要面对问题，剧本的事我不懂，那我就找专业的。没有钱，那我就求人帮忙。

　　我打听到附近的师范大学有编导专业，于是就莽莽撞撞地跑到这所学校去了。找到编导专业所在的传播学院大楼，在教室门口抄下了编导专业的上课时间，然后等到这个时间，我来到教室门口。等学生们下课，我在门口拦住两个看起来比较面善的同学。

　　"同学你好，请问你们是编导专业的吗？"

　　"对啊，怎么了？"

　　"是这样，能不能借一步说话？"

两个同学犹豫了一下，又相互看了一眼，然后说："哦，不了不了，我们还有事，得先走。"

很明显，他们信不过我，可能觉得我是什么骗子之类的。没办法，我只能等第二次编导班上课的时候再过来，又拦下一位同学，同样的被拒绝。那我再来……直到一个星期以后，这大概是我第五六次过来吧，我拦下一个戴着眼镜斯斯文文的同学。他愿意听我说，所以，我请他到附近的咖啡厅点了杯咖啡，准备仔细地跟他阐述我的国产动画大计。

咖啡厅里，我对他说："我们的国产动画流行的不多，我们的孩子从小看的几乎都是日本动画，受日本文化熏陶，这不是一个好现象，我要做国产动画片，发扬中国文化！"

他面无表情地看着我："哦哦，然后呢？"

我看了他一眼，继续说："然后，我们要做的比日本动画好，要让中国观众恢复对国产动画的信心和信任，要做出好的作品给观众看！"

他同样还是面无表情："哦哦，那然后呢？"

我继续我的慷慨激昂："然后我们要培养中国的动画市场，培养观众。培养中国动画的观众，就是培养中国文化的观众，这是一件非常有意义的事情！"

他面无表情的脸上终于露出了尴尬而疑惑的表情："不是不是，我是问你，你找我，然后呢？"

瞬间，滔滔不绝的我突然觉得尴尬无比，空气一瞬间安静了，我反应了一会儿，喝了口咖啡，重新调整一下状态，跟他说："是这样，我们要做国产动画片呢，首先，需要剧本对吗？嗯，现在我们需要一个剧本。"

他的脸恢复到面无表情的状态："那就是说，你说了这么多，现在还没有剧本？"

空气冷到了冰点，我连忙摆手："不是，我已经有了剧本，只是……只是不太详细。"

"什么不太详细，能给我看看吗？"他说。

我用手机翻出那个价值 15 万元的分集梗概的电子版，给他看。他把手机放在离眼睛很近的位置，仔细地看了好一会儿，开口说道：

"这不就是个梗概嘛，这个哪里拍得了？"

我连忙接话道："你看，专业就是专业，就是这个拍不了啊，所以，想找专业人士的你，帮我再完善完善，画龙点睛一下。"

他把手机交还给我，说："费用？"

天，难道这个行业的人只认钱吗？我心里想着，嘴上也只能诚实地告诉他："我没有钱了，但是我很想做成这件事，动画片一定可以卖到钱的，相信我，你帮我完善剧本，等我把动画片卖出去，我一定分一大笔钱给你！"

"有多少？"他面无表情地问。

对于动画片的价钱，我心里是没数的，于是硬着头皮跟他说："一定比你想象的多！"

然后又是一顿苦口婆心的劝说。他好几次想走，被我察觉到，我根本不给他说话的机会，一直滔滔不绝，下午上课的时间都要到了，我的肚子咕咕叫个不停，我看得出他很饿，也不耐烦了，冲我摆摆手，同样面无表情：

"好了好了，别说了别说了，就写一稿吧，我闲着也是闲着。"

我心里一阵欢喜，真没想过在没有钱的情况下会有人同意，他接着说道：

"但是你这个故事我不喜欢，我要重新写一个。"

人家都同意不拿钱工作了，我还能说什么呢，虽然超级惋惜我那价值 15 万元的故事梗概，但我还是一口答应下来："好！"

往后的大概一个星期里，我每天都会接到他的电话，电话一通就会聊到深夜，常常几个小时几个小时地打。他跟我探讨剧情，分析人物，商量故事，完全进入到一种创作状态。我也特别惊喜，斯斯文文的他，工作起来创意天马行空、自由不羁。同时他对动画片也有一定了解，告诉我福州的几个学校有类似的相关专业，让我去看看。其中有一所软件学院，是我以前做过活动的一个地方，里面有一个我以前的老客户，记得为他做活动的时候他已经大四了，现在可能已经毕业了，但我还是决定找他试试看。

我找到他跟他说明缘由后，他对我的想法倒是很感兴趣，也愿意帮我。他在校的时候在社联工作，虽然已经离校了，但社联的人还是比较熟悉，他通过学校社联，向我引荐了媒体、动画等相关专业的学长学姐，并且以社联的名义开了个会，召集了部分学动画相关专业的人，让我上台演讲。

那是我第一次关系理想的演讲，我特别紧张，准备了很久，直到上台前，手里都攥着一把汗。到了演讲那天，我穿好西装，走上台的那一刻，所有的紧张感全都消失了。我流利地完成整个演讲，说了所有我想说的话，开的每一个玩笑都有了效果，强调的每一件事大家都有认真在听。当我觉得我的演讲已经很成功了的时候，就在最后，我问了一句："有兴趣的同学可以留下来，没兴趣的同学可以先离开。"结果，50多个人的教室浩浩荡荡地走了一半，只剩下20多个人。我有点恍惚，不过也还好，本来也不需要那么多人。当我说出我没钱给大家，让大家跟我一起实现这个理想的时候，现场一片唏嘘声，又浩浩荡荡走了一大半。只留下零零星星的几个人坐在那里，我数了数，9个。我的心凉了一大截，因为这9个人，不是短裤拖鞋邋邋遢遢，就是不修边幅满脸胡茬儿，不知道我的项目还有没有进行的可能。但是他们能留下来，就是对我的一种信任，我们只要努力，肯定可以的。接着，我问出了一个让我非常后悔的问题，本来是在我演讲之前计划好的，但是在那种情况下问出口，着实让我很后悔，我说："感谢大家的信任，那我想了解一下，你们积极地想要参与这个项目，是怀着怎样一种初心呢？"本来想听到很多正能量的回答，以此来激励其他人，但没想到的是，没人响应我。为了避免尴尬，我又单独找了其中一个同学，问："你能说说吗？你为什么留下来参加这个项目呢？"

这是一位不修边幅的男孩，确切地说，要不是我知道这是一

24岁　若无其事

场面向学生的讲座，我真的会以为他是一位快四十岁的老师。他两只手分别搭在左右两侧的椅子背后，跷着二郎腿，我叫到他的时候，他可能觉得自己的姿势有点不对，就放下二郎腿，说："每天都真的很无聊啊，闲着也是闲着，就看你闹哪样呗。"当着这么多人的面，我尴尬到极点，坐在后排的一个戴眼镜的男孩，不知道是不是怕我听不到，喊了一句："还有吗？没有我们就走了。"我匆忙地跟大家约好明天下午2点到学校计算机实验室集合，就散会了。这个实验室是我那个老客户以学生实践实训的理由跟学校借的，真的感谢他前期帮了我这么多，不然的话，我还真没能力把动画机房建设起来。

第二天下午，在计算机实验室里，大家都到齐的时候已经是3点半了，通过大家的讲解，我第一次了解到动画片的详细制作过程。根据大家的建议，我们进行了分工，他们告诉我最好能有更多的人，于是我在最后等待剧本的同时，又用同样的方法，向低年级又招募了一些队员。

大约十几天后，剧本出来了，我第一次读完那个剧本的时候，激动得眼泪都快掉下来了。这就是我想要的故事，我狠狠地拥抱了他，并告诉他我一定会成功制作成动画片，不负他创作出这么好的故事。我把故事拿给大家看，他们都觉得人物、场景太多，制作起来很麻烦，为了平衡大家的想法，我召集了编剧、制作团队等，开了一次剧本研讨会。大家各抒己见，经过长达一个多星期的讨论以及我长时间的调解和平衡，终于，在十几天后，所有人通过了剧本的最后一稿，也是在未来带给了我无限希望、失望、痛苦、快乐的几个字——《勇者传说》。

动画片开工了，制作过程远比我想象的复杂，从人物场景的三维建模、布局、关键帧，到动作、特效、模拟等，有诸多我想都没想过的复杂技术，工程量浩大。我们一共 20 多个人，就这样投入工作中去了。其实开始是最困难的，因为团队成员，特别是低年级的同学，稳定性特别差，很多人怀着热情做了两天就再也不来了，这样，他做的东西就需要重新做。团队的人员一直来来去去、进进出出。而我作为一个门外汉，负责的只能是每天中午喊那几个关键人物起床，带他们去吃个午餐，然后开始工作。看着大家都很辛苦，我没有任何酬劳能给大家，只能每天给大家鼓舞，什么话都说了，有时候觉得自己特别像是在搞传销。另外就是我必须坚决负责好大家的后勤工作，每天买好、洗好水果放在实验室是最基础的，还有可乐、饮料，以及上课跑到教室去帮他们点名喊到，晚餐统一买回来给大家吃，等等。

那段时间我每天都心惊胆战，我不知道我的承诺可以让这支没有一分钱酬劳的团队行动多久，也不知道借来的实验室什么时候会把我们赶出去，最可怕的，是我日渐消瘦的钱包，每天的后勤工作用钱很快，钱包里最后的存款很快就见底了，我很快就迎来了创业过程中的又一次至暗时刻。

动画片开工的四十天后，团队里的人大多数都离开了，就连帮我启动这项工作的那个老客户，也在某一天告诉我自己还有别的工作要忙，离开了。翻翻钱包，只剩下 1000 多块钱。我知道要用这些钱熬到动画片创造出利润是不可能的，没有办法，我开始向关系比较要好的同学和朋友借一些，但大家都是学生，能借给我的真的不多，东拼西凑，我凑到了 2000 多块。我不敢跟团队成员说，因为怕他们对我失去信心。那一天，我一口气给自己买了 5 箱泡面，做好长期战斗的准备。车也不能再开了，因为加油太贵，我把车子停到宿舍楼后面一个比较空旷的地方，锁好，然后把钥匙放在自己的柜子里，改坐公交车过去。我依然给他们买好水果，洗好，放在实验室里。有天晚上，我跟团队成员们聊了很久，我告诉他们，我们就快要成功了。也是从那天起，我依然每天用美好的未来激励他们，依然每天安排好后勤工作，只是我故意避开饭点，因为我已经请不起他们吃饭了。

又过了几天，我慢慢减掉了饮料，只留下水果，因为我知道，我再也借不到钱了。我开始慢慢学会逛超市，找正在打折减价的水果，我开始知道每种水果的价钱，还有哪个超市在几点去买会比较便宜。我把自己的泡面从中午两包晚上一包减到了一天两包。又两个星期过去了，我们的国产动漫却还是在起步阶段，因为太多事情不懂，我们做了很多无用功。每次辛苦一阵子做的东西要被放弃掉，团队成员们就会很气馁，我也很气馁，但我只能让自己装出信心满满的样子，安慰和鼓励其他成员。很多个夜晚，我都睡不着觉，因为我不知道明天会发生什么；每一个清晨，在我去实验室的路上，我都在担心会不会今天一个人都没来，他们会不会就此放弃，实验室会不会不让进。

日子不争不抢地往前走，我觉得像是有块儿大石头，压在我的心上，也压在我的背上，让我不得不负重前行。又过了两个星期，泡面和钱包都逐渐见底，我给自己的泡面减量到每天一包，而他们的水果，也变成了单一的苹果。其实有时候我真的很饿，每次买去的苹果他们没吃完的，都会变成我的晚餐，我每天都盼望着有他们没吃的苹果。

直到有一天，我有点感冒生病，早上起来头一直晕晕的，当然，我没有钱买药，我给自己灌了一大杯白开水后，就踏上了去实验室的路。我提着昨天傍晚在一个水果摊买的打折的苹果，饥饿无比，但我知道自己不能吃，这是要留给他们的。到了实验室，我先洗好苹果，端进去，把大家集中过来，告诉大家我们的工程马上就要过半了，值得庆祝。然后鼓励大家坚持下去，继续加油。把苹果放在桌子上后，我就去帮其中一个成员点名了。从实验室到教室，要走很长的一段路，有校园公交可以坐，但我没坐。为了不迟到，我小跑着过去，坐在教室里的时候，我眼前就有点儿发黑了。点完名，我找机会从教室里跑出来，回到实验室，准备解决当天遇到的问题。其间一直有眼前发黑、要晕过去的感觉，但我一直硬挺着，怕被别人看出来。当我坐在一个成员旁边解决完他遇到的剧本分镜头的问题后，要站起来的那一刹那，我觉得自己的身体再也无法支撑头部，眼前完全黑了，我瞬间失去平衡，重重地倒了下去，印象里，我只记得其他人过来扶我。

再醒来的时候，我已经躺在医院了，手上挂着葡萄糖，有两个团队成员在旁边陪着我。我醒来看到他们，突然很慌，一边责怪自己怎么这么没用，一边又在想该怎么解释。可没想到他们俩什么都没说，看到我醒了，就跟我汇报了工作当中的问题，然后把早上那袋苹果拿了过来，放在我旁边。他们跟护士确认了什么后，就跟我说先去工作了，让我好好休息。他们走后，我知道自己没有钱交给医院，就连忙问护士我打的针要多少钱，护士说他们已经付过了。到了傍晚，我感觉自己休息得差不多了，就起身离开。去实验室的路上，我一直在担心，我的晕倒会不会影响到一些人的信心，导致谁离开。到了实验室，我完全放下心来，因为我看到大家还在一如既往地努力工作。晚餐时间，他们定了外卖，去取外卖的时候，一个成员跟我说，店家送了一份饭，多出来了，让我拿去吃。我把那盒盖浇饭拿到实验室外，坐在楼梯上，我已经很久没有吃到过米饭和蔬菜了，我打开盖子，香气扑鼻，我拿起筷子，眼泪瞬间流了下来，一直流，一直流……我用筷子大口大口地把饭送进嘴里，眼泪顺着脸颊流进饭里，被我吃进胃里。

　　从那以后，每天的中午和晚上，他们点外卖的时候，都会告诉我店家多送了一份饭，他们也总会吃剩一两个水果。我也依然总是信心满满地激励他们，告诉他们我们一定会成功，努力一定会有回报，我们已经看到胜利的曙光了。我从不过问为什么外卖的店家突然变得这么大方，他们也从来都没说过。

　　日子无比艰难地过着，时光也若无其事地往前走。一个月、两个月过去了，没有人离开，我的水果也没有断，就在我钱包里只剩下不到十块钱的时候，我们的动画片终于完成了 26 集的初步制作。在电脑最后渲染的时候，我们所有人坐在电脑前，就那样等着，谁都没有说话，一个小时……两个小时……三个小时，67%……78%……90%……当进度条终于走到 100% 的时候，我几乎哽咽着跟大家宣布，我们完成了！我们拥抱起来，一起庆祝，我看到其中两个成员也哭了。

没有钱做音乐，我们就在网上下载了一些音效和纯音乐作为动画片的配乐，然后由我们团队内部的成员，用了两个多星期的时间，给动画片完成了配音工作。也终于到了我的强项，我一个人配了 11 个人物。

接下来的几天，我们坐在一起，从第 1 集到第 26 集，逐一观看已经完成的动画片，虽然有很多瑕疵，但成员们很开心。看着我们经历无数苦难才完成的作品，我却怎么都开心不起来。动画片是做完了，可接下来呢？我该怎么去实现它的商业价值？一切的一切，我还都没有做好准备，只能用最快的速度去了解学习。

我拿着样片去敲电视台的大门，保安不让我进，我就在门口等，看到出来的人就拦下来问，几乎所有人都说自己不负责这一块，也不懂。然后我就去问自己的老师，老师说刚好有场活动是少儿频道的人在搞，我就跑到活动现场，拦住人家。被我拦住的也是一个年轻人，是少儿频道的一个节目编导，听了我前来的目的以后，让我第二天去台里找他。

第二天，我特地挑了最好看的几稿样片来到台里，给他看了样片以后，他先是提了很多问题，又问我，剧本制作许可证拿了吗？公司有广播电视经营许可证吗？我一听这话就蒙了，制作许可证是什么？广播电视经营许可证又是什么？我从没听过这些东西。他耐着性子跟我讲解，动画片在制作之前，剧本要去审核备案，而且必须要取得广电部门颁发的制作许可证，而制作公司也必须要有广播电视经营许可证。听到这儿，我虽然面不改色，但心里却像五雷轰顶一般。我们辛苦了这么长时间，经历了这么多，制作出来的作品，居然是个无证产物。我不知道该怎么跟团队成员们交代，我就这样因为自己不懂，莽莽撞撞地进入这个行业，口口声声说着美好的未来，却因为自己没有提前做好所有工作，导致大家这么久的辛苦白费，我给大家的关于美好未来的一切形容都变成了欺骗。

　　那一天，我感到无助，是真正的无助。我仿佛失去了所有的希望，也不知该怎样面对。下公交车的时候，我大脑里甚至在幻想，如果现在出一场车祸就好了，我不在这个世界上，也就不用面对这一切。

　　那个晚上，我坐在校园里那个我经常写作的小湖边，天上的月牙儿很亮，湖里的月牙儿也很亮。我回忆着第一次来这所学校的情形，回忆着第一次创业的画面，回忆着我去师范大学找剧本的画面，回忆着我在软件学院演讲的画面，回忆着第一次看到剧本，回忆着第一次开剧本研讨会，回忆着每天激励他们的话语，回忆着团队成员们每个人的脸，回忆着每天外卖店家都会多送过来的一份饭，我哭了，彻彻底底、歇斯底里地哭了。我哭得很大声，哭了很久，直到哭的再也流不出一滴眼泪。那一整夜我都坐在湖边，直到第二天天亮，我做了一个决定，我必须要告诉成员们实情，这也是他们辛苦付出的成果，他们有权知道。

　　我迈着沉重的步伐来到实验室，他们还在津津有味地看着第20集的成片。看到我来了，他们一直叫我过去坐，边看边跟我分享某个镜头制作过程中的趣事。我真的不知道该怎么开口，不知道该怎么说，不知道他们会不会理解。我一直在纠结，他们越是开心地跟我分享，我的压力感就越大。终于，我忍不住了，我按了暂停键，他们都看着我，我没敢看他们任何人，把事情的来龙去脉都说了一遍。听完我说的所有话，他们并不像我想象中反应那么激烈，他们没有理我，关掉暂停，继续看着动画片，只是没有人再说话了。我知道我骗了他们，我也知道他们一定有情绪，所以我也没敢多说什么，就离开了。离开后，我逐个给团队每个成员发了条短信："相信我，我一定会解决这个问题，我不会让大家的努力白费，我以前说的所有美好的未来，都没有骗你们。"短信发出后，没有人给我回复。

　　回去的路上，我心里一直在想，既然已经说出口要解决这个问题，那这一次，我绝对不能食言。我相信人只要真的想办成某件事就一定能办成，这次也不例外。我们没有广播电视经营许可证，那就去找有的，我们没有动画片制作许可证，那就去向主管部门申请，我拿出一张纸，把所有问题写在上面，尽可能地捋顺自己的思路。

一切问题的关键点在于这两个证件，我必须要找个专业的人。于是我又厚着脸皮去找了少儿频道的那个编导，他倒是也很乐意见我。那天，我来到他的办公室，坦诚地跟他说明了所有情况："我们确实没有那两个证件，我只是很想做国产动画片，就带着这支团队完成了这部动画片的制作……"我把事情详详细细地讲了一遍。第二次来寻求帮助，一点礼物都没带，我特别尴尬，于是我承诺未来一定会好好感谢他。他倒是也不在意，先是佩服我们能够完成这么大一件事，又开始着手帮我想办法，现场打电话。后来，他介绍我认识了一个人，后来这个人成了我第一家公司的合伙人，就暂且叫他水总吧。

　　水总是电视台记者出身，对电视台和广电系统都比较熟悉，也有做动画事业的想法。我们约好第二天在咖啡馆见面。去跟他见面前我很忐忑，一是如果谈失败了，我不知道我还有什么路可以走；二是我根本没有钱请他喝咖啡。不管怎样，先见面再说吧。那是一个天气阴沉的下午，到了咖啡馆，我见到了水总，这个水总和我想象中的不太一样，身材不高，瘦瘦小小的，正坐在咖啡馆等我。我跟他握了手，坐到他对面，看他没有招呼我，我就问他想喝些什么，他点了一杯咖啡，我也硬着头皮点了一杯最便宜的果汁。我们有一句没一句地聊着相互各自的情况，他对我的情况很了解，应该是少儿频道的编导跟他说了一些。我总感觉我们一直没有聊到正题，但是也不好说。过了一会儿，咖啡上来了。"还真有点渴了。"他嘀咕了一句，端起杯子，喝了一大口咖啡，然后把杯子放在桌子上，就像打开了开关一样，他开始了长达半小时的自我介绍和业务解说。水总的语速非常快，我奋力地听着，有点头晕。第一次见面，我见识到了一个比我还像是搞传销的人，好在沟通过后我确定了他是有经验申办那两个证件的。临走，他跟我说了一声，就走出咖啡厅了。我呆站了一会儿，又赶快坐下，不能一直站着，以免老板看到我要走了，再让我结账。这个水总，居然连客气一下都没有，我一边想着，一边翻着手机，想着还有没有谁可以借我些钱，最起码先把咖啡钱付了。后来我硬生生地在咖啡厅坐到晚上九点多，直到咖啡厅马上要关门，终于找来了我们班的团支书，让她过来帮我付了钱。

第二天，水总打电话来让我准备 10 万块钱用于注册公司，他占 55% 的股权，我占 45% 的股权。可我上哪儿准备那么多钱，正想跟他说我确实筹不到这么多钱，还没说出口，他就扔了一句准备不到钱这事情肯定干不成，我就再也没说话了。挂了电话，又是抱头苦想了一整天。现在的我，确实连坐公交车的钱都要没了，想来想去，我把目光投向了我的柜子。我打开柜子，伸手拿出了车钥匙，然后慢慢走下楼，来到车旁边，车上面已经有一层灰尘了，我用手把前挡风玻璃和后视镜上的灰尘一点点擦掉，然后坐进去。看着自己人生中的第一辆车，非常有仪式感地吻了一下方向盘，然后下决心把它卖掉。回到宿舍，我在网络上搜索了几家二手车公司，打电话过去，详细说明了车况后，无一例外地都给我报了 5 万左右的价格，这确实不够用，于是我决定自己卖。新车的价格也才9万多，我把车子的照片挂到网上，标价7万。

才过了几个小时，我就接到了好几通电话，一点儿惊喜都没有，因为给我打电话的，几乎都是我之前联系过的那几个车商。我很尴尬地告诉他们，我要自己卖，然后登录到网上，在自己的帖子开头加了"车商勿扰"四个大字。随后的两天，我的电话再也没有响过，我开始有些心灰意冷，但也不忘到网上更新我的帖子。第三天，终于等来了个电话，他是个人买家，就想要我这款车这个颜色，于是我跟他约在附近的医科大学门口见面看车。

当天我自己提了一桶水把车子里里外外擦洗干净，洗车的时候心里还挺不是滋味的，想到自己现在居然到了吃不上饭，要变卖家产的地步……买家是一对夫妻，从里到外仔细地看了一遍车子，然后又坐上去试驾了一下，非常喜欢，两人走到一边商量了一下，然后回来，问我6万块怎么样。经历了来来回回几个回合的砍价，我们最终以6.5万块的价格成交，我们当即签了合同，车子由他开走，他负责去完成过户手续，我则收到了6.5万块的转账。

收到钱后，我取了5000块现金放进柜子里原来放车钥匙的地方，当作自己接下来的生活和交通费用。然后给水总打了电话，跟他说我现在只有6万块钱，问他行不行，本来以为要恳求他一番，没想到他当即同意了，让我把钱打给他。虽然他的表现让我有些慌，但毕竟是朋友介绍的，我还是把钱打了过去。

接下来就又是痛苦的等待了，我一边和团队成员们保持着联系，一边时常询问水总进度情况。大约两个星期后，我们公司的营业执照批下来了，那是我人生中第一张由工商局颁发的营业执照，那时候还没有三证合一，税务登记证、组织机构代码证，还有银行开户许可证，一应俱全。我把证照放进宿舍的柜子里，放在钱的下面，然后锁起来。又过了大约半个多月，我们的电视广播经营许可证也下来了，看着胜利的曙光就在眼前，那段日子我过得很开心。接着没过多久，用剧本报备下来的动画片制作许可证就拿到手了。我跟团队成员报告着这些好消息，同时迎来了新的挑战，因为动画片要被电视台收购，还需要将成片报审，取得国家新闻出版广电总局颁发的播出许可。

而这一次，却没有想象中那么顺利。那天水总刚从外地回来，约我见面，告诉我动画片过不了审，质量上的问题比较大，还有音乐以及配音，我们的动画片制作得太粗糙了，作为学生作品还可以，但完全没有过审和公映的条件。这段时间，我承受的打击实在太多了，完全没力气再去心灰意冷了，只是一心想着该怎么解决问题。

"要重新调整制作，从第一集重来一遍。"水总说。我也开诚布公：

"可是我没有钱了。"

"那就去找！"水总接着说，"没钱很正常，我认识一些香港和大陆的投资方，我可以引荐，但是要你自己跟他们谈。"

有任何解决问题的办法我都会牢牢抓住，所以我当然愿意。

然后水总要我在三天之内给他一份关于动画片的商业计划书，他发给那些投资方，有兴趣的，会再跟我当面聊。我从来没做过商业计划书这东西，况且只有三天的时间，对我来说真的是难上加难。我一边上网下载了各种各样的商业计划作为参考，一边到图书馆借阅 PPT 制作的书籍和资料，然后每天晚上通宵达旦地制作，直到 3 天后，我终于拿出了一份长达 85 页的商业计划书，邮箱发给水总，显示发送成功的那一刻，我彻底昏倒在床上，昏天暗地地睡了一整天。

又是大约一个星期后，水总告诉我香港有个投资方有兴趣，让我去见他，我办理了港澳通行证，又用仅有的钱买了我和水总的机票，就踏上了去香港的路。

见面之前，我一直在幻想着投资方会问什么刁钻的问题，一直想象着和投资方谈判时的场景，会不会像电影里那样惊心动魄。在投资方公司楼下，水总交代我只要介绍我们的想法就行了，关于要多少钱什么的，由他来谈。和投资方的那次见面和我想象的完全不一样，与其说是谈判，不如说是闲聊，聊各种各样的情况，我把我们动画片的整个制作过程简便成几句话，跟他说了。聊了大约有 15分钟，我们就结束了整个会面，然后水总留在香港，我回到大陆。

回到学校的当天晚上，我还没有睡觉，就接到了水总的电话，对方决定投资了，我们可以重制我们的作品了。放下电话，我信誓旦旦地想，我要召集回我的团队，这次要给他们发工资，给他们酬劳。可没想到，等水总回来，他告诉我不要管了，他是公司的大股东，由他来负责。我没有任何经验，也拗不过他，只能听他的，就这样，我又再一次陷入了漫长的等待。

公司里加入了很多我不认识的人，但各个看起来都是专家。我们的机房还是在软件学院，但是已经引入了一批新的设备。看着我们辛苦完成的就像自己孩子一样的动画作品，现在正式交给那些专业人士、专业设备、专业配音和配乐，我们第一次感受到我们和专业团队间的差距，心里一股说不出的滋味。水总每周都会在公司举行例会，我了解项目的进展情况也只能通过例会，听着他们在例会上讨论的东西和一些专业性的进展，我心里也渐渐踏实。后来我明白，当专业的事情被交到专业的人手里，这件事情就会变得更加靠谱。

又过了一个半月左右的时间，重制的动画片，同样是 26 集，终于出炉了。看到新动画片的时候，我终于明白为什么我们的动画片没有通过播出审核和公映许可了，眼前的这部动画片，就像我们能够在电视上看到的那些，画面、音效、配乐、色彩、剪辑都相当完美。我兴致勃勃地把之前的团队约到一起，把新的动画片拿给大家看，本以为能激励到他们，没想到却起了反作用。他们看到眼前这部制作精良的动画片，看到了和专业团队之间的差距，突然就没了信心，这也是最终所有人都离开这个行业的原因之一吧。但当时的我没有多想，只想着往前走一步，再走一步。

其实接下来很多事情都是水总在操持，我完全插不上手。动画片的包装，和电视台的谈判，包括最终的销售。

24 岁　若无其事

后来有一天，水总突然告诉我动画片签掉了，卖给了一家卫视，叫我过去庆祝，我赶到的时候，大家已经喝得差不多了，整个团队都在庆祝。水总拿着酒杯，把手臂搭在我的肩膀上，半醉半醒地跟我说："片子卖啦，你们这些人啊，还真挺厉害，居然没用钱就做了一部动画片，所以咱们这部动画片的销售利润非常之高啊！要夸你！"还没等我说话，他接着说："明天到公司来，我们决算，分钱！"

那一天，我喝了很多酒，这么久的努力，终于熬到了回报的一天。那天晚上，我醉醺醺地回到学校，去到我常写文章的那个小湖边，坐下，顶着头疼，编辑了一条很长很长的短信，逐个发给我之前所有的团队成员，大意就是感谢他们一直以来对我的支持和帮助，我知道外卖从来不会多送一份饭给我们，我们熬了这么久，努力了这么久，终于得到了回报，我们已经卖了钱，我一定会对得起大家的。

第二天，我一大早就来到公司，水总应该是前一天晚上喝得太多了，没有到。公司里一片欢乐的氛围。我在办公室等到中午，水总终于到了。让财务拿来一叠数据，然后看了一会儿，跟我说：

"按照股权比例，你应该分到1200万，本来公司应该是年终才去决算分钱，但是介于你和公司之间的合作关系，怕后面的收入搞不清楚，还是提前说比较好。"

我听到1200万，脑子直接一片空白，后面他说什么，我几乎都没听进去。

"因为公司之前在香港的融资，你最开始 6 万块钱的初始资本在公司已经连 0.1% 的股权都不到了，你这 1200 万，你可以考虑一下，是放在公司作为你的股权，还是直接提走？"

我好像完全放空了，根本没有力气思考，直到他又重复了一句：

"你这 1200 万，是想放在公司作为你的股权，还是想直接提走？"我才反应过来：

"额……能不能给我一些时间考虑？"

"晚上必须给我答复！"水总斩钉截铁地说。

出了办公室，我觉得自己走路都要飘起来了，还在读大二的我，突然拥有了 1200 万，我自己都有点不敢相信，不过很快我就缓过神来，这 1200 万不应该只属于我，应该属于和我日日夜夜努力的所有成员。于是我打电话召集了所有成员，包括那个编剧在内，把大家召集到学校教学楼角落的一间教室里。我把门反锁上，先是跟大家分享了这个好消息，然后把水总跟我说的话跟大家也说了一遍，我说：

"这笔钱是大家的，大家一起来决定。如果继续留在这间公司，我们可能能创造出更多的财富，如果不想继续留下去，我们就一次性把钱提走。"

本来我以为会有很多意见，我们会像在修改剧本时那样讨论很久，但这次大伙的意见出奇地一致。

"在那间公司，我们根本帮不上什么忙，出不上力，我们是三流学校毕业的，我们太差了。"一个成员跟我说。

除了编剧以外，其他人都好像受到很大打击，不想在这个行业继续下去了。晚上回到宿舍，我翻来覆去地没有睡着，想着大家说的话。是啊，其实我在这家公司也根本帮不上什么忙，这家公司根本不需要我，我无法发挥自己的价值，无法掌握公司的未来，那这样的话，创业的意义是什么呢？辗转反侧后，我想我有答案了。

第二天一早，我又来到公司，当然，又是在办公室等水总等到中午。我问他：

"如果我留 200 万在公司，我会有多少股权？"

水总拿出计算器算了一下："以公司现在的价值来看，大约 2%。"

"那能不能分别放在我和另一个人名下。"我问。

"这个随你，但你真的不考虑多持一些公司的股权，公司接下来的项目也是很赚钱的！"说着，水总给我添了一点茶。

我摆摆手："不用了。"

就这样，半个月后，我的银行卡里有了 1000 万人民币，这是我人生中的第一桶金，我给我的动画团队成员，按照他们工作岗位的重要性和劳动的多少，按照最少的 80 万，最多的 160 万，逐个进行结算，发放酬劳。这对他们中即将毕业或马上大四的大学生来讲，也已经是一种不错的成功了。给他们汇钱的时候，我想着自己能带着这个团队一起成功，那种自豪感不言而喻。剩下的钱，我留到自己身上，筹划着下一项，能发挥我自身价值的事业。

团队成员一直跟我说，有其他创业项目可以喊他们一起做。后来，还没等我找到项目，团队里的成员，有的在福州买了自己的第一套房子，有的买了跑车，还有几个人合伙做了其他的创业项目，是一个外卖项目，虽然后来项目失败了，但我认为对他们来讲也是一个很宝贵的经历。

水总约我去公司，目的是告诉我这么多的存款放在手里会死掉，让我拿钱去做他的另一个项目，我告诉他我把大多数的钱都分给我们动画团队的最后那批成员了，他起初不相信，后来他说，真的又一次佩服我了。离开办公室的时候，我站在门口，望着那栋实验楼，从我在这里开讲座，人一拨一拨地离开，到最后组成了团队，人员进进出出，到每天外卖多送给我们的那一份饭，往日的身影历历在目。我拿出手机，为自己和大楼合了一张影，算是对我第二次创业的一种告别吧。

往日的痛苦，回忆起来就只是回忆；往日的艰辛，也早已不能像当时一样感同身受；往日的煎熬、欢乐和眼泪，全部都被我装进生命里，变成了最宝贵的回忆。

同样，我好像特别轻易地就放弃了我的第二次创业，虽然直到现在我依然很看好动画市场，我还持有这家公司为数不多的股权。很多人也会问我就这样告别第二次创业会不会后悔，我的答案是不会。因为命运永远只有掌握在自己手里的时候，才能迸发出灿烂的火花。

当时只道是寻常

　　为了奖励自己一整段时间的艰辛努力和最终取得的成功，我为自己买了一辆小跑车。我从小就喜欢车，小时候，爸妈的工资都不高，妈妈给表弟买了一辆最新款的遥控汽车，却没给我买，我跟妈妈赌气赌了很久。后来有一天，我哭闹着要妈妈也给我买一辆遥控汽车，妈妈被我逼得没办法，几乎带着哽咽跟我说："你以为我就想给别的孩子买，不给自己孩子买？"然后带我去了一家玩具超市，让我挑。那时我虽然不懂，但却隐隐觉得妈妈一定不是不想给我买，而是有别的困难，所以后来我在玩具超市待了很久，但最后也没有要遥控汽车，只是让妈妈给我在路边买了个包子就边吃边回家了。

　　开着自己的小跑车，也算是实现了自己在大学阶段的一个小小的愿望。我开始迷恋汽车改装，迷恋那多出 0.1 秒加速的快乐，甚至迷恋赛道。那段时间经常开着车去赛道跑，释放自己自由的情怀，也经常在网络上看改装车子的视频，买汽车改装的配件，然后去修理厂做汽车改装。有一次，我在网上加入了一个跑车俱乐部，里面有一位改装大神，很擅长改装我这款车，我想让他帮我出一个改装的整体方案。后来他出好方案发到我邮箱，其实我平时没有用邮箱的习惯，他把改装方案发到我的邮箱之前，我几乎从没打开过我的邮箱。那天，我兴致勃勃地打开邮箱，发现里面除了改装方案以外，还有两封其他邮件，两封邮件的标题是一样的，都引用了纳兰性德的一句诗："当时只道是寻常。"

我很好奇地点开邮件，里面写着这样一段话："整理邮箱时突然看到我们以前来往的邮件，好像记忆突然被打开了，初识、了解、谈天说地……在我眼里，20岁也还小。可看到邮件的时间，当时你15岁，我12岁，心里没来由感到幸福欣慰和时光之快。我打电话给你应该是在我上初二时吧，当时是夜里，你迷迷糊糊，我也不晓得在讲什么，你竟然连号码什么样都记得……到现在我邮箱里还是存着以前所有的邮件，好久没看过了，那时多小多小啊……很开心，还有一次通话就是我上完体育课说我头被同学扔的球砸到了，哈哈，真是好玩。你上高二后联系就慢慢少了，我也在经历着中考，认识新同学……"

我关掉第一封邮件，打开第二封："高一时，被高二的人跟着回家，把我吓得不轻，那叫一个紧张，慢慢地也认识了一些朋友。高二时还交了个男朋友，没到两个月就分手了，他爱玩，我要学习没空陪他，思想也有分歧，所以还是分了好。现在想起来还是没有后悔，这个人对我很好，让我高中有了美好回忆，这就够了吧……现在都要高考了，发现最后依旧会发短信加油的还是那些最初、相识时间最久的朋友。看你写了那么多故事，我的生活要平淡很多，你经历叛逆、反思、成熟，从一个小男孩成为如今的有上进心、有理想的年轻人，打心眼里为你高兴，别给自己太大压力。"

回忆好像一瞬间被打开，就像涨潮的海浪一样，一波接着一波地翻涌过来。那时的我才开始知道，人只有开始学会回忆，开始有故事可以回忆，才能真正体会生活的美。当下的生活总是五味杂陈，而经历过时间打磨的回忆，才是生活真正的美好所在。平时想破脑袋都可能想不出来的 15 岁那时的很多生活细节，都一个个自己蹿了出来，伴着一股股暖流，潺潺流淌在我的心头。我在邮件发件人的名字上备注了"魏文妮"三个字，然后按下回复键，开始给她回信：

"收到你的来信真是激动又惊讶，虽然在我的印象里你还是那个小不点儿女孩，但真的很高兴知道你也在长大。你也经历了中考，即将经历高考，你的生活里也发生了那么多有趣的事。我在想象你写信时的样子，你一定长高了吧，一定留起了长头发，你看起来是个大姑娘了吧，你一定遇到了很多有趣的人，过着很有趣的生活。只要你感到快乐，那就是生活最幸福的样子。你快高考了，不要有压力，相信我，无论考一个什么样的成绩，你都会得到一段无比珍贵的大学时光，你会遇到很多人，而这些人，会组成你另一段难忘的回忆。"

我一遍又一遍地检查着我的回信是否有错误的地方，然后点击发送，关掉网页。我不知道她会不会惊讶我给她回了信，但那

当时只道是寻常

段日子，我真切地期待着她给我的再次回复。

那段日子，我时时刻刻都关注着我的邮箱，就像儿时在期待自己的生日礼物一样。大约过了一个星期，在一个静谧的午后，我开着车回学校，等红灯的时候，我习惯性地用手机打开邮箱刷了一下，突然看到未读邮件后面的数字从 0 变成了 1，我心里咯噔一下，立马打开，是她的邮件！我把车子开过马路，缓缓停在路边，打开邮箱，仔细阅读：

"'如今的年轻人，夜里走千条路，白天还是走原路。'但你已经在努力了，而且逐步走上正轨，一定要继续努力。对了，别忘了给自己放假去旅游，放松心情。我也常常在想你现在的模样，肯定是平常脸上挂着一副有心思的深沉样……多笑笑嘛，生活乐趣多了去了。虽然不在一个地方，也没有参与你的生活，但你肯讲这么多，是对我的信任与真诚，以后有啥不顺心就发邮件给我吧，反正也没法泄漏你的工作机密，哈哈……"

关掉邮件，我不由感慨时间之快，从 15 岁到 20 岁，我们看似一直把时间握在手中，却总不能阻止时间不知不觉地从指缝流走。时间真的很公平，它不会为谁停下，就这样不停地一直走，带着一切的痛苦与美好，一直走。15 岁到 20 岁的五年是人生中特别奇妙的五年，时间带走了这五年我的一切苦难与快乐，留下了应该属于我的。她的时间也在走，通过一次次的书信往来，我知道了她也在经历着奇妙的青春，酸甜痛痒，她也将要经历高考，没变的是，她依然是个学霸。

在她高考的前几天，她告诉我她要把手机藏在柜子里，心无杂念地迎接这一切，但是想在放进柜子之前看到我的最后一次回信，我回信告诉她："用尽全力，张开怀抱去迎接接下来的那个与众不同的人生。"

我在她的城市订了一束百合花，地址写了她高考学校的地址，时间是她高考最后一门科目考试结束后。

我对高考没有信仰，却深知高考的重要性。就像我从来不信仰规则，我认为一切规则都是人们为当下的自己制定的，在拥有条件时就可以突破。我从来不认为人类社会定义出来的解决方案就是唯一的解决方案，森林的出口永远不止有你脚下这条清晰的路。但我却深知规则是一切运营的根本，只有规则才是一切机制的根本保障。高考，就是人类社会设计出来的一条重大规则。

她高考的那几天，我隐隐觉得紧张，自己的高考都谈笑应对，她的高考却使我紧张起来。我知道那些紧张的源头，就是在乎。直到日历翻到高考最后一天的下午五点半，我正在会议室开会，电话突然响了，江苏的号码，是文妮。我立马跟同事们请假，走出会议室，接起电话，一个熟悉又有点陌生但却充满惊喜的声音：

"喂……我收到花了……谢谢。"

"这个问题你在接下来的几天会被问烦，所以我就先不问你考得怎么样了，恭喜你，革命结束。"

她爽朗地大笑："现在是不是应该和你握手。不过，我现在打电话给你会不会打扰到你？"

当时只道是寻常

"不会，我正闲着呢！"

我走进会议室，用手势示意同事们继续开会，然后回到办公室把门反锁上……

那天，我们聊了很多，直到她家里组织的庆功晚宴客人全部到齐，她不得不上桌了，我们才挂了电话。这么多年来，我们第一次像这样通话，却像一对相知多年的朋友一样，毫无隔阂地谈天说地。那时的我，真的缺乏这样的感情。挂掉电话，我打开电脑，到了她的主页，寻找着和她有关的一切。我知道她也爱写文章，我一篇一篇地阅读她这些年写的文章，细细地品味着她的青春。我打开她的相册，旅游、动物、小物件……还有她分享的她生活的点点滴滴。"纳尼？"居然没有自拍照片？不会这么久过去，长歪了吧……我拍拍自己的脑袋，"乱想什么！"

我告诉她高考后的这个暑假是人生中最后一段年少无忧的时光，让她好好珍惜，我也深知，这个对未来充满已知和未知美好的夏天，是生命中少有的特别，所以我不想在这个阶段打扰她。她说她想去日本游学，我说好主意，我支持你。

很快，她大学开学了，她到了南京一所大学读书，她也经历了入学、军训和大学初时每个人都无法忘怀的一切。而我，也幸运地陪伴着她经历了这一切。很快就到了 11 月份，她入学已经有一阵子了，她说大学有很多惊喜，有时也很孤单，儿时的玩伴都去了全国各地读书，她很想念她们。

她的生日是 12 月 3 号，到了生日的前几天，我想："是时候了。"我计划好去南京的行程，准备给她个惊喜，我通过人人网联系到她经常提起的几个好朋友，她们一个在成都，一个在北京，一个在上海，还有一个在天津。我告诉她们我想给文妮一个惊喜，我想邀请她们在文妮生日那天一起到南京，我会安排好机票、住宿和行程，只希望她们能抽出时间。沟通没有遇到任何困难，她们也很愿意帮我，在南京一聚。就这样，我选礼物、订蛋糕、订餐厅，悄悄安排好了这次的生日宴。

12月1号，我提前去了南京，没有跟她打招呼，先落实好所有的一切，然后在南京近郊订了一栋别墅酒店。我在酒店的房间里铺满了鲜花和蜡烛，然后在蜡烛尽头，放了一对情侣对戒。

12月2号晚上，我穿好西装，开车到了她的学校，开始使用我的惯用"套路"。我准备了100枝红色的玫瑰花，把其中99枝包成一束，另外一枝单独一束。我到学校里，在路上找到一位看起来比较面善的同学帮忙，让那位同学打电话给她叫她去快递点拿快递。我来之前已经仔细研究了她们学校的地图，在她去快递点的必经之路，我让那位同学假装捡起一枝花，然后送给她。安排好一切后，我在快递点附近等她。远远地，我看到一个黑色长发、穿着橘色连衣裙的女孩快步走来，我打电话确认了一下，看她接起电话，确认是她。我示意那个同学行动。

"同学，你的花！"很顺利，她收下了那枝花。

当她快要走到快递点的时候，我抱着另外的99朵玫瑰，出现在她眼前。那是她第一次见到我，也是我第一次见到她。小时候，她12岁，我15岁的时候，我们视频过，可现在，她的变化真的好大，她变得很高挑，很纤细，紧身的橙色连衣裙完美地衬出她身体的曲线。确实是大姑娘了，毫不夸张。标准的瓜子脸上皮肤就像煮熟的蛋清一样嫩白，粉红的嘴唇像水分饱满的樱桃，一双清澈的眼睛像极了山间的小溪，干净、透亮……

她明显愣了一下，然后停下来，站在原地，我也愣愣地好像挪不动步子了，我尽量让自己保持镇定，回忆着自己的台词。我抬起早已不听使唤的腿走近她，几乎不敢看她的眼睛：

"同学，我想送给我喜欢的女孩100朵玫瑰花，可我只有99朵，少1朵不完美，你能把你手上的那朵送给我吗？"

她噗的一声笑了出来，那笑，真可爱。

她把手里的那枝玫瑰递给我，我接过来插在我那99朵玫瑰中间，然后说："完美了，送给你。"

她接过玫瑰花，转身背对我。我走到她身旁，她说："你是怎么认出我的？"

我也笑了："那你是怎么认出的我？"

她开玩笑似的打了我一下，然后往前走："我就知道这么晚了哪有快递，原来是你的阴谋！"

我跟上去："我想不到更好的出场方式了……"

我一站到她旁边，她就走得更快，我追上她，她又走得更快，让我看不到她。她让我跟在她身后，说：

"被你骗出来，都没有打扮。"

我抓住她的手，让她停下来，对她说："那也好看。"

就这样，我们俩在学校里走到很晚，我送她回宿舍睡觉，告诉她第二天我来帮她过生日。回到酒店，我们又通电话到很晚，就像刚在一起的恋人一样，依依不舍。

第二天，她还要上课，我按照计划好的时间去取蛋糕，去餐厅布置、点菜，又去机场接了她的几个好友，让好友们在餐厅里埋伏好，我则到学校去接她。来到已经订好的餐厅，她说已经很久没人这么正式地给她过生日了，菜品一道道地上来，她问我怎么点了这么多菜，我说送礼物的环节到了，让她闭上眼睛。她闭上眼睛，我示意让朋友们出来，当她再睁开眼睛的时候，她面前坐满了她超级想念的儿时好友们，还有一个点了 18 支蜡烛的生日蛋糕。

"我不是在做梦吧？"她说。

我看到她的眼泪已经充满了眼角。好友们让她赶快许愿，吹蜡烛，她迟迟不肯，说想再享受一会儿现在的快乐，直到蜡烛快烧完了，她许了愿，吹了蜡烛。

吃饭的过程很快乐，好友们说起很多她小时候的糗事。她的某一个好友说记得我，她 12 岁和我做网友的时候没少提我，我对她也印象深刻，不由也笑了。吃饭的时候，我拿出准备好的生日礼物，她很喜欢，我告诉她我还给她准备了一个惊喜，但只能带她去，好友们起哄猜是什么。那时的我们怎么会知道，人生中一段至关重要的感情经历，正在悄然开启。

晚饭后，天已经黑了，我送她的好友们回到酒店，车上只剩下我们两人，我告诉她惊喜就要来了。我们来到我先前布置好的别墅酒店，我告诉她在车里等我，我先去个洗手间，然后悄悄把房间里的蜡烛全部点起来。我到车里接她，故作神秘地让她闭上眼睛，拉着她的手，为她引路。当她闭着眼睛，将自己托付给我的时候，看着她可爱的小脸，心中涌起一种从未有过的冲动。我握紧她的手，直到她跟我说有点痛。我把她引到蜡烛前，当她睁开眼睛，看着一地的蜡烛和玫瑰，我看到她眼泛泪光。我告诉她顺着这条路一直走，她慢慢走到尽头，尽头是我早就布置好的玫瑰花丛，花丛中间，有一个小盒子。她拿起小盒子，打开，随着烛光的闪烁，里面一对闪闪发光的情侣对戒。我拿起其中一枚套在无名指上，然后单膝跪地，把另一枚递到她的面前：

　　"做我女朋友，好吗？"

　　说真的，等待回答的时候，我紧张到手心冒汗，因为我不知道如果被她拒绝我该怎么收场。我不敢抬头，直到听到她轻声的答复：

　　"嗯。"

　　就这样，从 12 岁到 17 岁，从 15 岁到 20 岁，她终于成了我真正的女朋友。

　　记得有个朋友曾问我："你年少立业，你经历过那些阳光灿烂的日子吗？"我是这样回答他的："我觉得，和相爱的人在一起，无论开心与争吵，都是阳光灿烂的日子。"

　　　　　　24 岁　若无其事

和魏文妮在一起的那些阳光灿烂的日子里，我们把南京和福州变成了邻居，不是我陪她在南京，就是她陪我在福州。我们去了很多地方游玩，一起经历了很多快乐。我们会在每个清晨醒来互相亲吻对方，会在每个即将睡去的夜晚把对方紧紧拥在怀里。她是个很有爱心的姑娘，喜欢小动物，喜欢参加公益活动，我也会陪她一起参加，我们都觉得很有意义。

　　有一次，我们在参加自闭症儿童公益服务的时候，我发现我的专业里的解放天性和语言训练这些课程好像对自闭症儿童会有一些帮助。在魏文妮的鼓励下，我决定去说服和我同专业或相近专业的一些大学生，成立一个专门用语言训练课程和解放天性课程服务自闭症儿童的公益组织。通过耗时长久的游说，终于有十几个播音主持专业、表演专业的大学生愿意加入我们。这个组织得有一个名字，我想了很久，思考了很多，我认为寓意太阳初升的"昕"字很合适，我们要在自闭症儿童的心里升起太阳，"自闭症儿童敞开心扉时的笑脸，像初升的太阳一样美丽"。自此，"昕丽"这个自发的公益组织，就这样成立了。

梦盛开的地方

　　"昕丽"公益组织时常在周末或是假期的时间去服务各个自闭症儿童公益机构，虽然很累，但当我们看到自闭症儿童们有些许进步，就觉得这件事充满意义。最开始，组织的各项活动经费完全是由我自己负担的，但随着组织人数扩充、活动次数增多，我个人无法再继续支撑这些活动的各项经费，于是我们开始联合慈善机构募捐。

　　募捐之初，学校里的同学、同学家长都非常支持我们的公益活动，纷纷积极捐助。有了经费，我们的公益活动也从纯粹的服务，升级到服务人群加关爱宣传。但一段时间过后，我们发现人们的捐助其实并不能像我们的公益行动一样源源不断，很快，募捐的善款就因为活动的进行逐渐消耗殆尽。那时的我才意识到，这个组织必须要有自己造血的能力，否则我们永远不可能源源不断地做下去。

　　我们的团队有什么，这支团队有一群热情洋溢、有情怀、有干劲、善良的播音主持和表演专业的大学生。想让这支团队可以自己造血，我首先想到了教育行业，因为这群大学生经历过数次

24 岁　若无其事

公益活动的磨炼，他们有经验、有耐心，而且教育事业也是一项能让人有成就感的事业，我想大家会喜欢。

我把整个转型思路规划好后，特地找了一个大晴天，把大家约到学校的篮球场。其实从昕丽诞生以来，我们就很少在室内开会，因为我觉得，我们就是这样一群热情洋溢的人，面对太阳，更能让我们的心紧紧联系在一起。那天，我带了一块白板到操场，有条不紊地跟大家阐述了昕丽当下面临的困境，以及我个人对昕丽实现造血功能转型的预期和规划。大伙儿听后都非常振奋，但也分成了支持和不支持两边。支持的人的理由让我意外：福建早就缺少这样的教育产品，市场上完全没有，学生们想要学习这类专业的时候，想找个老师都困难，我们这样做下去，以后学生们想学这类专业就方便了。不支持的人的理由，主要集中在我们没有办学经验和条件，是不是办得好这个学，要打个问号。我很快解决了这个问题，我提出收购一家成熟的培训学校，通过成熟的教育产品带入，就很容易解决我们没有经验的问题。

其实，"收购"是一件有趣而特别的事情，之前的创业给我留下的资本，让我在市场上有了发言权。提出这个想法后，不少培训学校纷纷找到我，要转让给我，有的说学校经营很好，但要去做别的事业；有的说学校很赚钱，但自己要离开这个城市。而当我主动去找别人谈的时候，真正经营得好的培训学校，都表达出谈都不想谈的态度。教育行业能做得好，大多是有情怀的人，他们乐于付出，当谈到商业性收购的时候，他们大多不愿理会。

缘分其实会发生在每一个瞬间，在一次和一个艺术培训学校谈判结束后，我刚走出门，看到一个矮个子、头有点秃还有点龅牙的中年人走过来，问我校长在哪。我刚跟校长谈完，他问到我，我刚好方便，就把他带去了校长室。到了校长室，校长跟我介绍他是奇点教育的老板。他说话倒也直接，跟校长说他想转型。校长说你文补做得好好的，为什么要转型呢？他说他的地理位置不好，接到的都是那几个较差中学的学生，学生们考不上大学他也很着急，想往艺术方面发展发展，才过来找校长取经。我一听来了兴致——这个人有教育情怀，有一所成熟的培训学校，唯一美中不足的是，这相貌有点……但这并不会影响我们的事业合作嘛。我跟他说了我们的想法，他也表示很感兴趣，当下就决定带我去他的学校逛逛。

　　他的学校在一栋老式的写字楼里，叫英惠大厦。楼下是一个综合性超市，学校就在超市上面的五楼。坐电梯上去，我们到了他的学校，门牌号 507，上面挂着"奇点教育"的牌匾。进门后，我发现他的学校比这座老式的大楼还要"老式"，前台有点像我们小时候上学时的木头讲台，座椅都是小学时的木制座椅，每间教室的墙壁都是下面绿色、上面白色，像极了 20 世纪 80 年代的古老学校，连黑板居然也还是老式的木制黑板，因为用得比较久已经开始泛白了。

　　"有点旧了。"他不好意思地说，"我们一直做教育，赚不到钱，没法更新设备，钱全用在请好老师上了，可现在好老师越来越贵……"

"挺好，"我点点头说，"这风格现在又流行回来了，我们做艺术教育的，就喜欢复古。"

他也笑了，他告诉我他渴望转型，因为这么多年了，在他学校培训的学生虽然成绩有所提升，但还是考不上理想的大学，现在很多学生都通过艺术考试升学，福建省又没有这类的培训学校，他也不懂，就想找个专家问问。

"我们就是专家。"我说。

我们一拍即合，他把他的学校连团队带资质和场地都转让给我们，我们买下后保留他一定的股权并负责学校的管理运营。我们草草签了个协议，他也很快交接了资料，完成了股权变更等。就这样，2008 年创立的"奇点教育"更名成了"昕丽教育"，我的第三次创业，也悄然萌生。

最开始，我们的第一个思路就是将奇点教育以前的业务稳定下来，并在艺术领域发展新的业务。但很快我们发现走不通了，因为，传统的文补培训如果不能做到培优，就会变成托管所。家长无暇管理孩子，就把孩子放过来做作业。我们花大量的心思进去，还是很难做出成绩。于是我们经过讨论，先启动了普通话培训的课程，不直接介入艺考教学。因为艺考教学太专业了，在毫无经验的情况下，我们很怕这件事情做不好，于是想通过一些其他培训先练练手。

但事情却不是我们想象的那样，因为福建艺考培训市场的产品缺失，我们推广出去的普通话培训，召集来的，却是一大批想参加播音主持专业艺考的学生。在他们眼里，播音主持只要是普通话好就能考上了。我们当然知道不是，因为学生的体量越来越大，而且大多都是渴望参加艺考的高中生，一段时间后，我们经过多次商议讨论，最终还是决定把艺考的学生单独分出来成立艺考班级。我们也感到压力巨大，因为他们要面临的是人生最重要的一次考试，我们不去成立艺考班级，他们很有可能学一段时间普通话就去考了，而我们很清楚，艺考远不止这些。

"这是我们的专业，我们必须告诉他们。"在一次开会时，我说，"成立艺考班级，我们必须竭尽全力把他们培养好，没有条件要创造条件，没有经验要四处取经。"

决定成立艺考班级的前一天，是一个周末，学生们都过来上课，我把学生们集中起来，告诉他们："你们要艺考，只学普通话是远远不够的，播音主持有五门课，少一门都不能通过这个考试。我们都是这个专业的大学生，都亲身经历过艺考，也具备应对艺考的能力。我们没有艺考教学经验，但可以教你们如何应对艺考。我们大家要一起努力、共同进步，才可能取得一个不错的成绩。"那些和我们年龄本身就差距不大的学生们，出乎意料地给了我们极大的支持与信赖，我们决心必须把这件事做好，不能辜负他们。

那段日子，我们兵分两路，一队人马回到自己以前的艺考老师那里取经，另一队人马开始仔细研究福建省的艺考形式、内容以及历年考题，制定最符合福建艺考风格的培养方案。学生们也很配合，看着他们孜孜不倦的努力，我们格外感动，也备受鼓舞。

24 岁　若无其事

一时间，昕丽的名字一下就传了出去，很多人开始知道福建有了传媒类的艺考培训学校，纷纷慕名而来。我们这才发现，原来福建的考生有这么巨大的需求量。应学生们的要求，我们同时又开设了表演专业的艺考班型。为了能够专心把艺考这件事做好，我们放弃了奇点教育原有的业务和普通话培训业务，开始全力服务艺考生。

昕丽的学生数量越来越多，我们邀请了福建省很多有名的行业专家前来授课，电台、电视台的主持人，话剧院的演员等，都对我们极力支持。很快，昕丽的场地就不够用了。为了保证我们的教学品质，我们决定限制招生，学生报名必须通过我们组织的入学测试才能入学。我们必须保证生源升学的可能性，确保条件合适后，才能培养学生往这条路上发展，很多条件不符合要求的学生，我们会直接劝他放弃进入这个专业。

一家民营培训学校居然有这么高的门槛，这在课外辅导行业简直是闻所未闻、见所未见的。一时间，市场更加"饥饿"，慕名而来的人更多了。昕丽在市场上的愈发火热，让我们每日忙得更不可开交，也为强化昕丽的自我造血功能走出了坚实的一步。

有一天，我在和伙伴们一起研究培养方案的时候，突然手机来了一通电话。因为我们对外留的都是自己的手机号，而咨询报名的人又很多，所以看到陌生号码，我第一反应是前来咨询报名的家长，我接起电话：

"喂，您好，昕丽教育。"

对方没有说话，我以为是自己信号不好，从办公室走了出来。

"喂，您好，能听到我说话吗？"我又问。

"你是杨刚吧？"对方听起来像是个 40 岁左右的中年男子。

"对的，请问有什么需要咨询的吗？"我答道。

"听说你最近做得不错啊！"那人的语气听起来有些嘲讽。

"不好意思，您是？"我有些摸不着头脑，就继续问。

"我是？我不是谁，我就是来提醒提醒你，最近小心一点。"嘟嘟嘟嘟嘟嘟……电话被挂断了。

我回到办公室，坐下来，心里很乱。到底是谁呢？脑子里开始疯狂回忆我有没有得罪什么人。"好像没有啊。"我想。然后我叫来了伙伴们，把刚才发生的事情告诉他们，他们建议我回电话过去问清楚，我把电话拨回去，结果提示空号。"是竞争对手吧？"一个伙伴说，"不然他为什么先说我们最近做得不错。"我想也是，可是，会是什么竞争对手呢？福建市场上，没有和我们同类型的培训学校啊。我想来想去，摸不着头脑。但对于一个刚上大学二年级的学生来说，受到一个社会人这样的威胁，我确实有点怕了。

那几天，我过得有点恍惚，总觉得有人在背后跟踪我，总时不时地回头看，总觉得有人对我的安全造成了威胁。我不敢跟家里说，因为一个人远在福建，就怕家里担心。

就这样大约过了一个星期，有一天，我工作到很晚，下楼准备开车回学校的时候，看到车子的前挡风玻璃上被人用发霉的蛋糕涂了个遍。我打开车门，坐上车，用喷淋头和雨刮器把车子的前挡风玻璃清理干净，开车回学校。从此，我再也不惧怕这个人的威胁了，像这种都来到我楼下了却还只会偷偷施以小伎俩的人，注定是个小人，一个永远不会成功的小人，没什么好怕的。

　　有些时候我在想，如果我那时候真的被吓退了，未来会是什么样子。但我又坚定地认为，这种事无论出现多少次我都不会被吓退，因为在这个弱肉强食的时代里，永远是弱者更弱，强者更强。我坚信一切事情都能和平解决，一切冲突都有条件和底线，我愿意柔软地解决一切，但没人能越过我的底线。

不可代替　身不由己

　　昕丽如火如荼运营的那段日子里，我深知责任重大，故几乎全身心地投入工作。而由于工作繁忙，我和魏文妮的联络渐渐少了，从一天要打几个小时的电话，变成了短短的十几分钟。我太累了，我们要为这么多的艺考生负责，我真的太累了。在交流中我感觉到，魏文妮能体会到我的辛苦，但她却不想理解。其实她是对的，她把人生最好的时光交给了我，而我却把这些时光交给了别人。自责和道歉多了就会显得无比廉价，渐渐地，我们之间的关怀越来越少，取而代之的，是越来越多的争吵。

　　从少年到大学，我们有特别好的感情基础，而我也知道，这段感情到现在，我们都在咬牙坚持。

　　那是大三那年的元旦前夕，她说元旦假期想和我见一面，但也想回家。我知道她这么说是怕我没时间见她，好有个"也想回家"的退路，因为元旦过后马上就要面临艺考，她知道我肯定很忙。她总是这样的善解人意……我思考了片刻，告诉她，她既能见到我，也可以回家。她家在江苏盐城，离南京大概有 300 公里远，我决定开车去南京，然后送她回家，这样在她回家的那段路上，我就能给她做伴了。我其实特别迫切地想补偿我对她陪伴的缺失。不一会儿，她回了电话过来，说她跟她妈妈说了，男朋友跟她一起回家。

"什么？真的假的？"我惊讶到不敢相信。

"是啊，我妈还问我怎么这么快就有男朋友了，对你很期待呢！"她说。

我还是有点蒙……

"那你要不要跟我一起回咯？"她话里带着点儿撒娇的语气。

"我没有见女朋友家长的经验啊，我紧张……"我有点犹豫地说。

"好，那你不要去了，我现在就跟我妈说。"我听得出，她有点不高兴了。

我立马说："我去，我去，我求之不得呢。只是幸福来得太突然了，我一时间没缓过来。"

"30 号下午，来接我。"

放下电话，我内心还是有点儿难以平静，毕竟是第一次要见女朋友的家长。想到我们最近的感情状况，我更加犹豫。但看她坚决的样子，我知道，她是想通过这样的方式，给我们的感情增加一些信心。在那个年纪，我知道，她爱我。

29 号的那天上午，我开车从福州出发。那个时候真的是不怕累的，因为乘飞机时间不好掌握而且也不方便，我经常开着车就直接杀去南京，路上也不休息。一口气开过去，到南京已经是深夜了，我在她学校附近找了个酒店休息。

第二天起来，我先去了南京市区的商场里，准备挑一件合适的西装，毕竟是第一次见女朋友家长，正式一点总是对的。然后我准备挑一些伴手礼，提点礼物过去，显得礼貌一些嘛。下午四点多，我打扮好自己，去学校接魏文妮。

"这么正式干吗？"她一看到我，就调侃我道。

"这不紧张嘛……"我不好意思地挠挠头。

她打开车门坐了进去，我也绕到驾驶位坐进去。

"不要紧张，把车开好！"她打趣道。

路上，我们聊了很多，关于她父母喜欢什么，喜欢什么样的男生，家庭氛围怎么样，应该注意些什么，等等。我知道她是家中的独女，掌上明珠，带男朋友见家长这件看似轻松的事儿她父母一定会特别重视，我不想在这上面做错任何一个细节，因为我知道，这是我们的感情中，最后一次相互给对方信心的机会。

300公里的高速公路，到她家的时候已经是下午四点半了。那时候北方已经开始下雪，一路奔波在高速路上，很多融雪造成的水渍溅到我的车上，导致车身看起来很脏。我怕她父母看到会觉得我是个不爱干净的孩子，就要她带我去附近的洗车店把车子洗刷干净。来到她家门口，我停下车，最后整理了一下自己的头发和西装，提着从南京带来的伴手礼，就跟着她一起上了楼。

敲门，没人应。她拨通了妈妈的电话，原来妈妈正在厨房煮菜，她让妈妈过来帮忙开门，妈妈过来，把安全锁一开，就回头继续

24 岁　若无其事

进厨房煮菜了。她先走进门，换了拖鞋就把箱子推回房间，我也走进门，礼貌性地问要不要换鞋，没人应我。我站在门口有些尴尬，不一会儿她出来了，我又问她，需要换鞋吗？她说换一下吧。可是门口也没有多余的拖鞋，她反应过来，到自己房间里找了一双可能是她夏天穿的拖鞋拿给我："先将就穿着吧！"然后就去厨房找她妈妈了。我换上那双不合脚的拖鞋，把伴手礼放在门口墙边，跟着她走进厨房。"阿姨好！"我大声打了个招呼。"欢迎呀，出去坐坐吧！"她妈妈很和蔼，让我去外面坐。我到客厅的沙发上坐了下来，她也跑出来跟我聊天，尴尬的气氛算是暂时得到了缓解。

不一会儿，听到有人开门的声音。"是我爸。"魏文妮说。我连忙站起来准备迎接。她父亲是一个身材比较高大的中年人，看到我放在门口墙边的伴手礼，他边换拖鞋边说："这是谁带的？"

她妈妈在厨房里应和了一句："什么东西？不知道啊。"

魏文妮连忙回应："是我男朋友带的。"

我也赶快接话："第一次来，不知道您喜欢什么，就按照自己想法拎了点……"

还没等我话说完，她父亲就说："哦，那谢谢啊！叔叔阿姨也不需要，你一会儿拎走吧！"他说着就走进客厅里，在沙发上坐了下来。

尴尬的气氛又开始笼罩整个屋子，我还站在门口，坐也不是，站也不是。魏文妮看到连忙去房间里拿了个凳子，叫我坐下来。

她父亲把电视打开，手里握着遥控器，开始看电视。我也应和地盯着电视看，感觉温度已经降到冰点。

"你父母是干什么的？"她父亲突然冷冰冰地问我。

"额……就是普通职员。"我惊了一下，然后回答。

"你在哪念书？"又是一句冰冷的发问。

"福州，我在福州念书。"我连忙回答。

魏文妮妈妈从厨房走出来招呼我们吃饭。那顿饭吃的，我紧张到根本尝不出饭菜的味道，桌上偶尔有一两句尴尬的对白，气氛尴尬到极点。

吃完饭，大概晚上八点多，她父亲说给我安排了地方住，让我先去住的地方。临走还让我一定要把带来的伴手礼提走。我第一次经历这样的事，整个人有些蒙。到了住的地方，我坐在床边缓了好一会儿，缓过来后才明白，她爸妈可能并不支持我们在一起。

那一整个晚上魏文妮都没有联系我，第二天，我早早就起来了，等着她的电话。她没有打给我，我打电话发信息也都没有回音。快到中午的时候，魏文妮突然给我来了电话，说她爸爸不让她出门，她也没办法来找我。

"那我怎么办？"我问。

"你先回家吧。"她说。

我愣了一下，然后整理了一下情绪，接着说："好吧。"

回去的路格外漫长，把南京和福州变成邻居的这场恋爱，我总能一口气开车到南京，然后再一口气开回福州。而现在，当我又一次开车在这条熟悉又漫长的高速公路上时，我突然觉得，这近半个中国的路程，遥远得可怕。

我开了很久，很久很久，看着高速公路旁的路牌从江苏的逐渐变为浙江的，最后变成福建的，我知道，我离她越来越远。1000公里，这个数字在我心里曾是那么近，现在却变得如此遥远。

回到福州后，我们联络了几次，再后来，就逐渐少了联络。我不知道她父亲跟她说了些什么，也不知道这到底是为什么，我们认识那么久，我们心里相互都很清楚，没有人支持的恋爱，我们很难走下去。

直到有一天，她突然跟我说，她要出国留学了，我说好，我要更加努力的创业了；她说她好像喜欢上托福班里的一个男孩子，我说好，我也好像喜欢上一起工作的一个女孩。我不知道她说的是真的还是只是想让我别等她，反正我说的是假的。我们的爱情好像静悄悄地来，又静悄悄地走，我们都很热情地面对这份感情，又都很体面地离开。直到现在，我依然觉得她是我人生中遇到的难得的好女孩，单纯、善良、知性、漂亮……形容她的时候，我总是想用更多有关美好的词，可是每个词我都不满意，因为那些美好，从来都无法代替。

初升的太阳

2013 年，昕丽的发展越来越好，我们彻底放弃了奇点原有的盈利体系，开始专心经营昕丽的特色核心业务。随着经营的扩大，原有的场地已经远远不足以支撑当下的规模，我把昕丽搬到市中心的位置，那是一栋位于市中心还未拆迁的老旧五层小楼，沿着街，一层被楼主租出店面，昕丽就迁到店面以上的其他四层。小楼每层面积有 200 多平方米，并不大，四层到五层之间有个大概 80 平方米的天台，小楼的楼梯扶手和天台围栏还保留着 20 世纪 80 年代的铁艺风格，看得出，当初建这栋楼的时候，主人花尽了心思。

小楼很老，没有平面图，我就请设计师帮我丈量各项尺寸，画出平面图。我按照自己心中想象的样子设计了整个空间，小楼的楼梯在中间偏右的地方，所以每层楼右边的面积比较小，左边的面积比较大。我把所有右边的房间规划成了宿舍，左边规划成了教室，楼梯中间做成了两个很大的形象墙，在四楼设置了前台。昕丽一直努力经营着艺术高考这个核心业务，所以我把这个业务板块命名为"昕丽艺术"。我们曾帮助很多学生实现自己的艺术梦想，那一年，我第一次提出"梦盛开的地方"这个品牌理念，时至今日，这句话已经被说了近十年，不断激励着每一代昕丽人。

随着昕丽艺术的扩招，我们的老师很快就不够了。我决定再引进一批外部的老师，于是就在网上发了招聘贴，不久，就有一些老师投了简历进来。有一封简历在众多简历中显得格外引人注目，是一个叫作陈甲的导演，简历上显示，他本科毕业于北京电影学院表演专业，后来又在阿根廷电影学院进修了导演，现在已经是有两个长片电影作品、一部电视剧和众多短片作品的导演了。"能把这样的人招募进我们的师资团队，对学生们的专业提升肯定有特别多的好处。"我心里一边想，一边掏出手机拨通了他的电话。电话这头，我了解了他的详细情况后，就邀他隔天下午到公司来面试，他很爽快地答应了。

面试当天，我特地多留了一些时间和他沟通。下午两点，他如约过来。第一次看到他，实在和我想象中的不大一样……他是个大胖子，怎么形容呢，就是侧面比正面还要宽的那种。我办公室的门是一扇单开门，他要挤一下才能进来。目测身高在 165cm 左右，先声明一下，他是男的。由于身高不高，再加上非常胖，所以看起来圆滚滚的。他的头上留了一撮黄色的头发，编成了一个小辫子，从头顶中间向后延伸，看起来有点滑稽。

他进来后，我先是邀请他坐在我办公桌前面的小椅子上，后来觉得椅子那么小他肯定会很不舒服，于是我又把我的老板椅让给他，我坐在小椅子上跟他聊天。

"陈老师，您教过表演专业的艺考生吗？"

"教过，我教的学生都考进电影学院了。"

"哦，那很厉害啊，那您教了多少学生呢？"

"很多，教了很多。"

"您教学主要都教哪几门课呢？"

"我什么都会教，你别看我胖，表演的声台形表四门课，形体课我都能把学生教得好好的！"

聊天当中听起来真的很不靠谱，但毕竟他是中国最好的电影学院的高才生，我不能这么轻易否定他。于是我们又开始聊起了电影。一提到电影话题，他从刚才的懒散一下子打起了精神，开始给我分析中国电影市场，讲他拍过的影片，讲他脑子中的故事，讲他的经历。激动的时候，他站起来手舞足蹈，我看着他，大概明白了他有着怎样的职业履历。

他是一个导演，曾经做过一些作品的执行导演，但没有遇到伯乐，没有人愿意投资他的电影，所以他就自己借钱、刷老婆的信用卡、拿出家里所有的钱拍了一部自己的长片。但是长片亏了，他还不上钱，老婆离他而去，也带走了孩子。他现在没钱吃饭，没法还钱，就想着找个教书的工作，好歹能生活下去。他越讲越激动，开始跟我讲他脑子里构思了很久的一个关于兄弟情谊的故事。故事听完我觉得挺有趣，他热爱电影的决心也特别打动我，我觉得这不就是在追梦吗？昕丽一直帮学生实现梦想，现在我面前就有一个舍弃一切追求梦想的人，这和以前的我，不是一样吗？

"他一定能成功！"我心里想，"有决心就一定能成功，只要他能坚持。"我的经历告诉我，其实世界上没有那么多的遥不可及，也没有所谓的美梦，只要勇敢去追，梦想终会变成理想，理想也终会变成现实。

"这部电影多少预算？"我一瞬间有了帮他完成这部电影的想法。他好像被问蒙了，缓了缓神，吞了吞口水，说：

"我想小成本制作这部影片，所以只要100万就能搞定。"

"那怎么收益呢？"我追问道。

"你知道院线票房分账吗？"他问我，我摇摇头，"电影制作完成后，我们一般会发行到院线，也就是各大电影院，然后院线会向观众售票，售票得来的总票房，我们制片方和院线一般是按照大约4∶6的比例来进行票房分账。"他解释道。

我想了想，然后看着他，他没有直视我的眼睛，我觉得失败已经把他的自信心打碎了，为了帮他重拾信心，我笃定地看着他说："我来投资，你有没有信心把这部电影拍好？"

我感觉他的眼眶都要红了，他愣了好一阵子，终于开口说话："有！"

昕丽的整个经营体系其实是以我为主的，如果我要去做电影，那昕丽的运营就会断节，我已深刻意识到这一点。这家公司的经营不能永远依赖我，我必须要抽出心思，才能带整个公司发展。可团队的其他成员大多都是专业型人才，他们课上得都很好，也很努力，但他们的兴趣在专业上，不想去做运营管理的工作。所以，我必须要在正式投入做电影之前，让昕丽能够独立运营起来。

我找团队的每一位成员谈过，不出所料，他们都不愿意接手管理和运营这两项工作。我开始在网上招聘职业经理人，也面试了很多职业经理人，我发现这根本不可行，昕丽是一家有着浓厚个人风格的企业，并且在这种个人风格下已经找到了比较成熟的商业模式和运营管理模式，外部的职业经理人进来，只会打乱这样的节奏，让昕丽面临风险。

我得培养一个有我个人风格的人，然后让他接手现有的业务。不能是成熟的经理人，也不能是职场老手。其实每个新人成长起来的时候，行事风格会有两种极端：一种是特别像自己的第一个领导，一种是特别有悖于自己的第一个领导。我必须要找个新人，要找个信得过并且知根知底的新人。怀着这样的想法，我回到了我的大学，我努力在脑子里检索我在大学里遇到的每一张面孔，我的要求不高，我只要这个人人品过关，懂得努力。

第一个浮现在我脑海里的，是我同届同院系另一个班级的班长。我大一的时候做班长，因为在同一个系部，所以工作中偶尔有交集。他叫赵超，安徽人，我觉得他人很实在、够直接，在学校里也听说他进行过一些创业，于是我找到他，把他约出来。

我开车到宿舍楼下去接他，然后把车子停到学校的小湖边，我们就这样坐在车里，聊了很久。他说他也进行过一些创业，但是没有我这么成功，我说我也称不上成功，只是目标坚定而已。我告诉他我的目标是什么，并且跟他说了我会怎样一步一步地把目标实现，我谈了很多我对这家公司未来的期望和对行业的看法。

24 岁　若无其事

最后，在我送他回宿舍，他要下车的时候，我简明扼要地告诉他我为什么需要他，然后邀请他加入我的团队。我没有说过多的话，因为我知道，面对直接的人就要直接一些，他说他考虑一下再答复我。

第二个浮现在我脑海里的，是同届历史系的一个班长，曾经组织过全校的班长们聚餐，相互认识。我觉得他应该是一个社交能力不错的人，短暂接触后觉得人品也不差。他的名字叫李万，内蒙古人，我觉得他够圆滑，会社交。我直接把他约到我公司的办公室，见面后我告诉他可以跟我一起干，我会带他一起赚钱，我告诉他公司的营收情况，也告诉他我会分享整个公司的利益给他，我从桌子的抽屉里拿出一万块钱，告诉他如果想干，就下定决心，这一万块就当作他进公司的第一份礼物。

他思考了片刻，答应了我的邀请，我立马到楼下给他安排了位置，在员工宿舍给他安排了一个房间，告诉他回学校收拾一下就可以过来。我把一万块现金给他，让他带回去买点必需品。然后我帮他叫了一辆车，把他送走。他走后不到十分钟，我收到了他发来的一条短信：

"谢谢你对我的赏识，我不会让你失望的，我第一次见到这么多现金，也是第一次赚这么多钱，我以后一定会好好跟你干，跟你一起赚更多的钱。"

我回了条信息给他："好。"

大概两天以后，李万就搬进了员工宿舍，我叫他先熟悉公司的环境，给他一周的时间来了解公司的产品和运行机制。大概过

初升的太阳

了一周，赵超回消息了，他说他愿意跟我一起创业，还想到公司来跟我聊聊，于是我们约了一个下午见面。

这次碰面，他沿着我上次对他说的我的目标和我实现目标的方式以及阶段，告诉我他能做些什么，并给我提了一些新的思路，虽然并不成熟，但我觉得，他是一个有自我驱动能力、有想法的人。能自我驱动和有想法这两件事，在事业中无比重要，这决定着在长此以往的工作当中，这个员工会成为一个"机器"，还是一个"人"。后来他跟我聊到待遇，我把我能给他的都跟他说了，他也把他能做的都跟我说了，我们很默契地握了握手，我告诉他明天就可以到公司来上班。

第二天，我分别跟他们签了份简单的合同，为了表示信任，这份合同做得很简单，更像是一个形式。李万表示很开心公司可以这样信任他，赵超表示自己喜欢把丑话说在前面。那时候，我心里其实是高兴的，两个性格如此不同，或者说有些互补的人，如果能贯彻我的经营理念，肯定能把这项事业运营得很好。

李万的头脑比较灵活，我把他放在招生办实习，负责招生办的外联与合作工作。赵超的性格比较沉稳，我把他放在总经办，协助做一些总经办的管理与运营工作。两个人进入角色都很快，虽然很多地方需要我的帮助，但整体上，我觉得自己没找错人。我定下来每隔一天，无论多晚，两人把工作处理完后都要和我在办公室碰头一下，总结一下近两天的工作，我就趁这个时候对他们进行辅导。

赵超总是善于思考，在工作中能举一反三，而李万总是遇到困难，就需要我出面解决。不过令人欣慰的是，两人都在进步。就这样，时间不停不歇地过了四个月左右，我觉得时机差不多了，我必须要给他们更核心的工作，让他们去犯错和进步。于是我在公司各部门的组织架构上，把各部门长集中起来设置了一个办公室，在这个办公室里设置了一个办公室主任的职位，我故意没有招人，然后对公司宣布由总经办来暂管这个办公室，接着让赵超暂时代理这个办公室主任。同时，我把招生办独立成一个单独的部门，让李万暂时代理部门长。就这样，两人都能到更核心的岗位上历练了。

执行和管理是两码事，对于两个刚走出大学校门的年轻人来说，一下子到了公司中高层管理的位置，确实有些难以适应。首先是赵超，他在这个岗位上，需要面对各个部门的部门长，协调工作。对于各个部门长来说，这又是刚刚成立的办公室，确实有些碰撞和需要磨合。其实我也知道，这对赵超的挑战是巨大的，但我没有过多地插手和协助，我觉得他必须经历这些。而李万在招生部部门长的位置上却是如鱼得水，和下面的同事混得很好，但却怎么也做不出成绩。那段时间，我们每两天一次的碰头也时常碰到深夜，我告诉他们该怎么做，同时激励他们。

赵超的驱动力很强，他越挫越勇，也总是虚心地向我请教一些问题，我虽然没有直接插手他的工作，却对他的工作了如指掌。李万则有些报喜不报忧，所以对于他的工作，我有些模糊，我知道这不是一件很好的事情。一次碰头结束后，我让赵超先回去，单独把李万留了下来，原因是他在一个重要时刻花钱赞助了一所学校的运动会，却没有争取到任何宣传权益，反而耽误了对其他学校的宣传，这个错误的决定也给公司带来了损失。我本想严肃地告诉他做决定的方式不对，可当赵超一走，门一关上的那一刻，李万突然低下头，好像在抽泣。我坐回自己的位置上，等了一会儿，他抽泣得越来越明显。

"怎么了？"我说。他抬起头，我看到他哭了，他在我桌子上抽了张纸巾，按在眼角。

"我觉得我什么都不会。"他把纸巾叠起来，又按在另一个眼角，"我们一般大，你能够把事业做得这么大，赵超也能顺利地处理很多事情，而我，却什么都不会。"他有些哭出声。

一个大男人，突然在我面前哭起来，我一时不知道该如何是好。我又抽了张纸巾给他，却又不知道该说什么。

他接过纸巾，接着说："我觉得我在拖你们后腿。"

听到这句话，我知道他可能真的压力太大了，他太想做好，急于求成，反而造成了巨大的心理压力。我其实特别能理解他的感受，创业初期的时候，我无数次因为巨大的压力一个人坐在马路边哭。我快速地整理了一下语言，又喝了口水，对他说：

"我其实特别能理解你现在的感受，但你一定要相信，我在创业初期的时候真的也会因为那么一点儿小事突破不了，坐在马路边哭一整夜。但换到现在来看，那些都是芝麻一样的小事，比

24岁　若无其事

你现在遇到的困难都要小。可在当时，那可是公司生死攸关的大事啊。"我顿了顿，"其实，每个人都在经历着从不会到会，从不懂到懂，从不行到行的过程，从工作时间上来讲，你已经进步得非常快了，我像你工作只有这么短时间的时候，处理事情的能力还不如现在的你。"

他抬起头，看着我。我也看着他：

"最近有什么问题没办法解决吗？我们来聊聊。你啊，跟我一样，就是喜欢把开心的事告诉别人，难事儿藏在肚子里。可这是公司啊，困难一定要说出来，我们一起解决，公司才能进步。"

他也喝了口水，终于敞开心扉，他说他压力真的很大，招生办并不像表面看起来那样风平浪静。他和赵超都是我直接带进公司的，又是我的同学，全公司上下都知道他俩接下来肯定会在高管的位置上，同事们都会拿他俩比较，而现在赵超已经是办公室主任了，他却还是个代理部门长，同事们开始怀疑他的能力，他也越来越觉得力不从心。他的最后一句话，让我格外重视，他说："可能，我真的不适合创业吧。"我望着他，他低着头。其实挫折已经严重打击到他的自信了，作为一个部门的管理者，越显得自卑就越难在岗位上处理好工作。我想了好一阵子，说：

"明天，给你放假，去挑几套适合自己的西装。后天，你开始穿西装上班。"

他抬起头，疑惑地看着我："可是，我从来没有穿过西装啊。"

"这是新规定，后天，你开始穿西装上班。"我带着一脸的严肃和认真对他说。

为什么要让他穿西装呢，其实，在我看来，体面的穿着和打扮，是给人带来自信的第一要素。

我开始由自己决定自己的穿着打扮应该是在初一的时候，从初一开始，母亲就停止了给我买衣服，而是给我预算让我自己去买。我还记得我给自己选的第一套衣服，就是一套完完整整的西装，衬衫、马夹、领带和单扣的西装外套。第一次看到镜子里一身西装的自己，我突然感到成年人的自信。这样的自信让我爱上这种正式的男士服装。

其实，我认为一个人的体面打扮，是其对这个由人与人组合构成的社会的基本敬畏，也是人生活在这个社会上的基本能力。赵超在这一点上做得比较好，虽然用他自己的话说还驾驭不了西装革履，但是他每天的穿着也非常板正干净。李万在这一点上做得就比较不好，经常一身松垮的衣服，搭配一双格格不入的鞋子，本身就有些自然卷的头发就显得更为凌乱。"我必须要教会他穿西装。"我心里想，这是我要培养他、改变他的第一步。

隔天再来上班的时候，我特地一早就去办公室检查李万的"作业"，他也确实完成了"作业"。那天，他穿了一件黑色的单排两粒扣西装外套，里面搭了件格子衬衫，黑色的套装西裤下是一双显眼的白色运动棉袜，脚下踩着一双红黑相间的运动鞋。穿着一身西装，他明显有些拘谨。我把他叫出办公室，边带他往我的办公室走边说：

24 岁 若无其事

"今天感觉怎么样？"

他跟在我后面："有点儿别扭。"

我笑了笑，他看我没说话，继续问我：

"怎么了？是不是挺奇怪的？"

我停下来，回头看着他，又故意用眼神打量了他一下："不错！"

到了办公室，我让他站在墙边，用手机给他拍了张照片，然后举着照片跟他说：

"你看，你穿了一套西装，却搭了双运动鞋袜，这有些格格不入。"

他看着照片点了点头，我继续说：

"你穿了纯黑色的西装套装，里面却搭了一件格子的衬衫，这其实不太搭，你看看。"

他认真地盯着屏幕看。

"如果是单色衬衫，可能会更好。"我说，"还有，你如果穿两粒扣子的西装，不要都扣上。"

他低头看了看扣子，我继续说：

"可以只扣上面一粒，不然会闹笑话的。"

他点点头。说罢，我让他回去整理一下，第二天重新穿给我看。

除了教他穿西装，我想，我必须要教他该怎样工作。其实很多时候我都有看到，李万的工作确实做得不太好，但我不能够直接插手帮他，因为这样，他就永远得不到进步，当我们大步向前走的时候，他会被落下。那一整段时间，我几乎放下了我手头的所有工作，近乎手把手地教他如何成为一位好的工作者、一位好的管理者和一位好的创业者。令人欣慰的是，李万的进步很快，我几乎把所有我能教的都教给了他，我经常对他说："希望你未来能独当一面。"他也总是很真诚地看着我，向我表达不会让我失望。

赵超在总经办的管理上越来越得心应手，往往能提出很多新的思路，这个同我一样年轻的人，我很看好他，我认为未来他很可能能撑起一片天地。渐渐地，赵超在总经办，李万在招生办，很多事情都开始不用我操心，我也逐渐把越来越多的事务授权给两人处理。赵超逐渐成为公司的信息集中点，并直接向我汇报公司情况，李万则向我汇报很多公司内部的小道消息，帮助我判断。

有一天，我觉得时间差不多了，就把他俩叫到办公室，分别泡了杯茶给两人，又泡了杯茶给自己，边喝茶边说：

"你们现在要准备独当一面了。"

赵超和李万相互看看，又看看我，没有说话。

"今年是 2013 年，你们可能觉得我疯了，但是我认为在接下来的几年中，电影行业会爆发式地蓬勃发展，我们很快就会进入电影元年，然后进入漫长的影视行业黄金 20 年。"

赵超把我的话听进去了，他吞了一口茶，很认真地问我："我以前也听说过电影行业，说是风险非常大，我必须要提醒你，这个行业可能并不是你想象的那样。"

李万看看赵超，又看看我："你要去拍电影？"

我接着他的话说道："是啊！这几个月我已经对这个行业进行了比较全面的考察和了解，我觉得，这是一次风口，难，但是有机会，我们迎难而上，我有把握。"

其实我是个特别谨小慎微的人，我的任何决定都要在头脑里反复思考。对于这个偶然间跑到我面前来的电影行业，我在私下里做了非常全面的市场考察和分析，我笃定电影行业一定会蓬勃发展起来，我深知每个人一生中遇到的机会并不多，这非常难得，况且又是我爱的行业。"我必须要赶上这趟车。"我又笃定地说道。

赵超和李万看我决心已定，便也没再说什么。

"你不能撒手昕丽太多，你继续发展事业我支持你，但昕丽是根基，你不能让昕丽面临风险。"一阵沉默后，赵超说。

"其实你们在事业上已经越来越成熟，我当然也会把昕丽的发展放在首要的位置。以前我一个人撑起昕丽，现在我们三个人，我们必须撑起更大的事业，我必须要找到更快的车道和更大的平台，必须要有更清晰的思路，才能为每个人的未来负责。"说完，我举起杯子。

"无论你做什么决定，我支持你。"李万说。

最后我们用一个以茶代酒的干杯，结束了这场对话。同时，这个干杯，也代表着他们要逐步从我的庇护中站出来，顶住昕丽的运营与发展。

初升的太阳

那些不知所措的降临

　　有些时候世界真的很奇妙，我们不知道是不是有一种无形的力量在刻意安排，因为当我们向前看时，我们感到对未来永远的未知，而当我们回头向后望时，一切却又那么像是冥冥注定。爱情也一样，我们永远不知道自己会爱上一个什么样的人，她何时出现，或是就在你的身边。

　　直到现在，无论我多忙，在多远的地方，手头有多重要的工作，昕丽的毕业晚会，我都一定会回来做一段演讲，而演讲的内容也几乎不会变，都是分享我在当时那个年龄，经历艺考这件事情的时候，我的想法和决定。回头看看，虽然一切没有对错，但某一个小小的决定对我未来的深远影响和每一个分岔路口为我人生带来的蝴蝶效应，我都分享给大家，为他们每个人接下来将要开始面对的种种选择提供一个参考。

　　失败的恋爱总是会让人更加多愁善感，和魏文妮的恋情结束后，我努力投入工作尽量不去想从前。那一年昕丽的毕业晚会，演讲时，我说了很多，看着比我小不了多少的他们，往事一幕幕都浮现在我的眼前。这些被我在演讲台上挖出来的刺痛青春，让我在演讲过后久久不能平静。我站在演讲台，整理着自己的情绪，直到老师们安排学生都散去，看到外场的灯光也暗了下来，我长长地舒了一口气，却发现麦克风还没关，我伸手关了麦克风，准备转身离开。在台下的某个角落里，突然传出一个声音："老师，我还有问题。"我抬头环视着台下的座位，尽力找着这个声音的来源。可是远处的角落都空荡荡的，没有人。这时，在我右手边的讲台正下方，突然举起一只手："老师，我在这儿。"

她是倪薇，是一个我们一直充满关注的学员，有着很好的外形条件和极高的双商。老师们都觉得她能考到一个很好的学校，她也能把老师和同学们的关系处理得井井有条。她同时也是"右手边女孩"，这个绰号是我给她取的，因为那一届，我还主要负责昕丽，和学生们的接触非常多，无论任何场合、任何时候，她总会出现在离我右手边最近的地方。我曾经问过她这个问题，为什么总是出现在我的右手边，她说："这样才会让我印象深刻。"

"你还没走啊？"我愣了一下，"不好意思，我不知道你还坐在这儿。"她就在我右手边，而我却没有看到她。

"你总是这样，忽略我。"她应该没有真的生气，像是少女的撒娇。

"哈哈，我来回答你的问题。"为了避免尴尬，我尽量把话题往问题上扯，"额……你刚才问什么来着？"

真正尴尬的事情现在才发生，我居然忘记她的提问，正在我尽力回想的时候，她说：

那些不知所措的降临   **233**

"我还没有问呢！"

我尴尬地笑了笑，她在这方面总是很厉害，总能在需要的时候很清晰地建立师生关系的界限，又能在必要的时候巧妙地模糊掉这种界限。一个偌大的演讲教室，台上、台下两个人，她又能很巧妙地制造和化解尴尬。

"我就想问，为什么我最敬爱的杨老师，总是注意不到他右手边这个离他最近的人呢？"她故意调高声调，半开玩笑地说，"难道因为这个人不够美？"她又调皮地白了我一眼，继续说："不过即使这样，我还是想请教我的杨老师，接下来的路，我该怎么走呢？"

我也配合她，装模作样地在讲台上问："那这位同学，请问这次你想要干货还是鸡汤呢？"

她也笑了："我来自一个南方小镇，吃不得太油腻，嗯……还是来点干货吧！"她学我一样装模作样。

我跳下讲台，走到她面前，对她说："干货的话，可能需要多一些时间啊。好吧，我正好一会儿没事，为了补偿刚才没看到你的过失，泡壶茶给你，边喝边说吧。"

已经毕业了，她们也都是大人了，我想，她们一定像我那时候一样，也都希望被当作大人一样对待吧。

她是一个给人感觉很特别的女孩，她有自己明确的底线，却又让人相处起来很舒服，她在处理事情方面很成熟，却又不失少女的可爱。她特别懂得别人需要什么，想听什么，高情商总让人觉得自然愉快。无论是我给她们开会，还是一起出去实践、演出，或是单纯的和同学们一起吃饭，她总是我右手边最近的那一个，她的存在是那么令人舒适，却又不可缺失。当她在的时候，我很容易投入一件事务而忘记她的存在，而当她不在的时候，我却能特别清晰地感受到她不在。她是一个特别懂事的女孩，很明确地知道什么该说，什么不该说。就像那天晚上，我们聊了很多，不知道她是不是能感受到我的情绪，平时总爱拿这个开玩笑的她，这次却对我的恋情只字未提。

那天我们聊到很晚，我说了很多自己不愿意在他人面前提及的事，想分享给她，让她可以在自己的人生路上作为参考。结束了聊天，我颇具仪式感地告诉她："你毕业了！"她说有点晚了，希望我送她回家。回家的路上，她却像一个人生导师一样告诉我，爱情没有对错，要向前看。到家了，她拿起包下了车，站在车边，她又敲开我的车窗："别看我小，我可是感情大师，以后你有什么感情问题，都可以请教我，不收费。"我冲她笑了笑。这小妮子还真厉害，居然那么早就看出我的情绪，我心想。

后面的日子，该过还是过，我继续着我的工作，一晃半年又过去了。

高考结束后，她向我申请到昕丽来实习，理由是要把交给昕丽的学费赚回去。本以为她只是一时兴起，坚持不了多久。她家离昕丽有些距离，大概要一个小时的车程，而她却坚持每天 7 点出门，8 点准时到岗。工作能力也无可非议，她的学习能力很强，又在昕丽读过书，她非常清楚昕丽的运营规则以及缺失点，她总能最快知道昕丽该怎样让学生们感觉更好。她很勤奋，经常做一些本来不属于自己的工作，我也很放心地把自己的办公室钥匙交给她。她才高中毕业啊，我经常告诉她，我很看好她的未来。

大概一个多月后，到了要填志愿的时候，她的成绩不错，综合成绩排名是全省第 11 名，有很多学校可以供她选择，她总是征求我的意见去哪所大学更好，我也中肯地为她分析：如果要考虑学校专业，能录取她的学校中最好的是云南那一所；而如果考虑大学所在的城市，当然北京更好，毕竟在这个行业，北京才拥有最多的机遇和资源。她也一直很纠结，我看得出，这是一个刚刚步入成年人世界的女孩为影响自己未来的选择而纠结。在她请教我的时候，我总是问她是更多考虑城市还是考虑专业，她也总是说这些都不重要，我问她重要的是什么，她总是不说。后来，填志愿的事情就再也没被提起，我以为她自己已经做了决定。

九月份，到了要报到的日子，我终于又想起我还不知道她去了哪所大学，要去哪里报到，几号报到。我把她叫到我的办公室，问她：

"几号去报到啊？"

她听到先是愣了一下，说："8 号报到。"

我笑笑："那要开始准备了啊，要去读大学了，期待吗？"

她看着我，点点头："期待。"

我有点尴尬，但还是开口问她："最后选择了哪所大学啊？"

24 岁　若无其事

她看着我，似乎在组织语言，我也看着她，满脸疑问。

"我选了福州的大学。"

"为什么？"我脱口而出，我知道，在福州她能选到的学校，远比北京和上海的差。"为什么最后报了福州的大学？你怎么考虑的？"我很奇怪为什么在这么重要的一次选择前，她不去选最好的。

她又看着我，没有说话，好一阵子，她说："你不是问我选大学最重要的考虑是什么吗？"

我看着她，疑问更深了。

"我最重要的考虑不是城市，也不是专业，我最重要的考虑是我想离你近一点，福州这所学校，离你很近，是最好的选择。"她说完，低下头，没有直视我。

我也沉默了……

她总会在合适的时机打破沉默，当我被这突然的情感碰得手足无措的时候，她又开心地笑了，对我说：

"你可要常去看我啊，不然我就白选择留下来了。"说完，她一蹦一跳地走了。

这下轮到我难受了，我知道她不是在开玩笑，也完全意识到了事情的严重性。"她喜欢我吗？那她到底喜欢我什么？"我心想。但很快这个想法就过去了，更多充斥在我脑子里的是我该如何面对她，然后就是无数的自我责问："我喜欢她吗？"

当你不愿意接受一个问题的答案的时候，这个问题就会变得没有答案。直到报到的前一天，9 月 7 号。当天下午，快到下班时间的时候，她来到我的办公室，敲门，进来：

"我就要结束我的暑期工作啦，老板还满意吗？"

那阵子我都有点怕见她，因为自己一直都没有找到答案，也很怕辜负她。

"满意。"我有些不知所措，但还是笑了笑。

"老板满意那就好，我明天就去报到啦。"

"和谁一起去？"我觉得我总该问点什么。

"自己去，"她看着我，笑靥如花，"怎么，你要送我去啊？"她突然往前走了一步，这让我内心的小鹿开始躁动不安，我有点想躲，又觉得不好意思，就硬着头皮正了正身子，正视着她：

"好，我送你去。"

9 月 8 号，我开车到她楼下，跟她一起拿行李，因为学校在郊区，开车过去还是有些距离，所以她带了很多吃的。到了车上，她开始逐一给我介绍每一件吃的以及她为什么要带，似乎每件都与我有关，不是我提过的，就是我爱吃的。我点下手机上的导航按钮，将车子掉了个头，我们行驶在两侧满是高大树木的小路上，伴着那条笔直的小路，一台车，两个人。阳光透过汽车的前挡风玻璃稀稀落落地洒进车里，洒在仪表台上，洒在门框边缘，洒在座位侧面，洒在她的脸上，17 岁的她清澈地笑着，伴着阳光，伴着道路两旁的绿，一种生机勃勃的美，扑面而来。我下意识地拉起她的手，她没有躲。我一只手开着车，我们都没有说话。

"重新规划路线中，请掉头。"

直到刺耳的手机导航声打断了温柔，温柔瞬间变成了尴尬，我一下子弹开了手，她又笑了。她总是能在合适的时候说出合适的话。

"我还有个秘密武器。"她眯起眼睛，神神秘秘的。

"什么？"我侧了一下头，早就注意到她脚边鼓鼓的背包。

"你等着啊……"说着她拉开背包的拉链，拿出超级大的一瓶冰糖雪梨饮料，是的，就是那款康师傅冰糖雪梨，真的超大瓶，能塞满整个背包的那种。"看你一路辛苦，奖励你，要喝完哦。"她两只手抱着那个超大瓶的冰糖雪梨，傲娇地说。

"噗！"我忍不住笑出了声。那时候我真的超爱那款饮料，每次午餐都能喝掉两瓶。红灯，我停下车，把手挡拨到 N 的位置，我又看了看她，她也看着我。"行，我喝！"

我把车子停到学校门口。"第一次到大学，要走着进去。"我说着，从后备厢拿出行李。她显得很兴奋，和其他从在学校门口陆陆续续进到他们崭新校园的大一新生们一样，脸上挂满了对未知的憧憬和期待。我突然有点患得患失，把她送进大学校门，我终于好像理解了 3 年前的那个早晨，夏梦把我送进机场的时候，那种患得患失的平静，还有那嘴角上扬的伤感。

往学校里走，伴着学校两侧的绿荫，伴着源源不断走进学校的年轻人们，伴着南国秋天带着凉风的炎热，我拉着行李箱，耳边满是欢声笑语，我却有点开心不起来。我把她在宿舍安顿好，她似乎看透了我的伤感，拉着我去吃饭。

"你有几天陪我？"她说。这个问题让我有点猝不及防。

"额……这周工作还好，我可以有 4 天自由活动。"

她扑过来抓住我的手臂："真的？"

我的脸又唰地一下红了起来。

"那你陪我玩！"她半撒娇地说。

"你不军训了？"我有点蒙，她说她自有办法。

当天，我陪她在学校里办理了报到手续，准备了生活的必需品，晚上送她回到寝室，我就在学校附近住下了。

第二天一早，我们约好吃早餐，我在宿舍楼下等她，学生们都齐刷刷地穿着军训服装下楼，不一会儿，绿色的人群里突然出现了一抹鲜艳，她向我跑来。

"你怎么没穿军训服？"我问。

她做了个"嘘"的手势，神神秘秘地拉着我，往另一个方向跑。我就这样被她拉着，一直跑，一直跑……直到我们两人都气喘吁吁，直不起腰。我大口喘着粗气：

"怎么了？这是去哪儿？"

"溜啊！"她说。

"溜去哪儿？"我有些疑惑。

"医院啊……"

我吓了一跳，赶忙到她身边，捧着她的脸上下左右地看了起来，边看边说：

"你怎么了？"

她的脸被我用力捧着，嘴巴被捧得嘟了起来：

"本来没怎么，你再这样捧下去就要怎么了！"

我连忙把手松开："那去医院干吗？"

她偷笑了一下："请假！"

原来学校军训请假必须要医院开证明，她这是让我带她逃课呢，我的态度一变，学着电视剧里特务秘密接头的样子：

"同志，这……行得通吗？"

她也马上故作神秘，把头侧到我身边："没问题！"

我们去了离学校最近的一家医院，在医院里，她娴熟地办卡，挂号，一点都不需要我帮忙。

"挺熟练的嘛！"我笑道。

"以前外公生病，我在医院照顾他。"她轻描淡写地说。

很快，她带我来到一间病房。

"要打针吗？"我问她。

她摇摇头。

"那做什么？"我又疑惑地问。

她笑嘻嘻地望着我："吸氧！"

一顿操作之后，我的鼻子上和她的鼻子上，就都挂上了输氧管。

那一整个中午，我们都坐在医院里吸氧，我们相互嘲笑，又相互拿手机拍照，最后变成了臭美的合照。那个场景在我的脑海里一直像一幅画：一个金黄的中午，一间白蓝相间的病房，两个满面笑容的少年……对，那是最后的少年。

金黄色的萌芽

那次会议之后，赵超变了很多，他变得更加努力，经常要加班到半夜才走；而李万穿起西装来也越来越自如。那一整段时间，我过得比自己创业初期时还谨小慎微。公司没有抵御错误的能力，我不能让他们在自己的位置上犯错。而我又不能直接指导他们，我必须要让他们放手去做，这样他们才能得到锻炼，才能在未来独当一面。我必须在背后全力地支持和保护他们，因为我知道，公司不能接受他们犯错，而他们自己，也不能接受。

电影的事情倒是推进得出奇顺利，胖子很快就给了剧本，而经过他绘声绘色地讲述，我觉得故事也很不错。我独立出一部分资金，以"昕"字命名，成立了"昕影影业"，对，就是现在你们所看到的昕影影业，我知道它来得这么随意可能会让很多关注者失望，但它就是这么来的。

电影开始筹备。这个行业的一切对我来说都是新的，完善剧本故事，选择适合的摄影、灯光、美术、道具等各部门团队，选择演员……我极力地摸索学习，又要稳住把影片做好，毕竟对于那时候的我，一部影片的投资是一笔不小的数目，我必须要对这笔投资负责。实践是最快的学习方式，我觉得每天都有极大的信息量涌入我的大脑，这让我觉得很充实。

影片开机，我坚持跟组，能到现场就到现场，把控每一个生产环节的同时又是个不错的学习机会。影片拍摄比我想象中顺利，我已经准备好应对各种可能发生的问题，但没有发生任何问题，大约25天后，影片顺利杀青了。杀青宴上，我好好敬了这个胖子一杯，整部电影他忙前忙后付出了很多，顺利杀青，我心中的一大块石头落下了。

第二天，胖子带着拍摄好的素材去北京进行后期制作，我则开始关注和了解影片的发行，院线电影如何发行，票房如何分账，我该卖到多少钱才能回本，要投入多少去做宣传，等等。这些数字在我的笔记本上一遍又一遍地推算着。我非常期待成片呈现出的效果，因为我觉得所有环节我都在严格把控，效果应该不错。

又过了一个多月的时间，所有的后期制作终于结束了。我迫不及待地去北京看成片。当胖子信心满满地给我播放成片的时候，我的信心却随着电影时间条的流逝而消失殆尽。成片效果实在太差了，我感到从未有过的打击。成片播完，走完字幕，我还呆呆地坐在椅子上，不知道说什么好，也不知道做什么好。这样的影片，我自己都不会买票去看，我觉得可能连2000块票房都卖不出去。"怎么会这样？"我脑子里一直回荡着这句话。虽然我是个新人，但我已经很努力了。我看得出，胖子也已经付出了全部的精力，我每天都待在剧组，剧组里每一个人的工作状态我都看在眼里，所有人这样用尽心力制作出来的一部电影，怎么会这么垃圾呢？那时的我不懂创作，也没经历过这些，我从小受到的教育和我的创业经历告诉我，这世间的任何事情，只要努力就会得到回报，做不好说明不够努力，再努力一些，然后再努力一些，就一定能做好。而这部电影，我们所有人几乎倾注了全部的心血，可它依然是个垃圾。那时的我，无论如何也想不通这是为什么。

回到福州以后，长时间的失措也让我有时间反思这部处女作的失败之处。我们确实努力了，而一些事情的成功，只靠努力是远远不够的。时机、资源、政策等这些外在因素在现代社会尤为重要，而电影市场，则把这些外在因素的重要性体现得淋漓尽致。或者说，在电影市场，这些不是外在因素，而是核心要素。反之放在现代社会也一样，有时候，"努力"这件事，反而成了外在因素，一个好的时机往往能胜过 70% 的努力。

我开始坐下来冷静分析接下来该怎么办，电影是拍烂了，但总要找到办法止损。那时候，各大网络视频平台已经开始崛起，很多人开始喜欢在网上看电影，也已经逐步兴起了网络点击付费这样一种新的电影发行方式。各大互联网平台为了争夺流量，四处收购片源。"这是个不错的时机！"我心想，既然在传统院线肯定要败，我不如换个战场，互联网电影市场虽然还不成熟，但只要有胜利的机会，哪怕只有一点点，也值得一搏。于是，我要求胖子把电影节奏处理得再快一些，从 90 分钟剪成 60 分钟的版本，然后向互联网渠道寻求发行。

事实证明，互联网的蓬勃发展给很多行业带来了机遇和挑战，我的烂片以1.5倍的价格卖给了互联网平台。互联网电影刚刚开始，还在求量不求质的阶段，我们的电影虽然放在传统院线属于质量很差的影片，却比很多网络大电影的质量要好得多，在网络平台播出的时候，也取得了不错的成绩。在当年互联网年度温情片的评选中，以最高票数夺冠，被评为"互联网年度温情片"，这也让我的投资起死回生，让昕影影业没有夭折，得以走出下一步。

　　那一年，昕丽的整体运营情况还不错，脱离了我的直接领导，赵超和李万都有了很大的改变。虽然整体业务成绩下滑了一些，但毕竟解放了我的时间，下滑也在能接受的范围之内，比我想象中最糟糕的情况要好得多。当年引进的师资力量也发挥了极大的作用，昕丽囊括了当年播音主持专业、表演专业的全省状元，全省前十名里，绝大多数考生都来自昕丽。这样的业务成绩和考试成绩，让我更加放心将昕丽交给他们，同时也为他们规划好了未来。我将昕丽20%的股权剥离出来，以限制性股权的形式给了他们，我告诉他们年终昕丽20%的分红是他们的，并在3年后，这20%的限制性股权就会转为他们的直接股权。虽然那时候昕丽的股权并不像现在一样值钱，但这也是对他们未来的一种许诺，对他们工作的一种认可。我想通过这样的方式，把这份事业真正地给他们。赵超和李万都很开心，我也希望我能带着他们，走向更好的成功。

　　赵超一直很想把业务拓展到少儿教育的领域，他认为儿童教育市场基数庞大，只要能分到一小块蛋糕，就能创造很大的利润空间。一直以来，我不把触角伸到少儿教育领域是因为我认为少儿教育市场已经成型，市场基数虽大，但已经被各个培训学校切割得小而散乱，家长们在选择学校的时候也深受地域、预算的限制。围绕着这件事我们讨论过很多次，我一直很想支持他去自己看好的市场中搏一搏，但我深知，在少儿教育领域，我们缺少的东西还太多。在一个成熟的市场中，想要从零创业并取得一定的市场地位，只有两种方式，第一种是有颠覆性的创新，第二种是有独立而排他的特色。

在互联网电影的大浪潮中实现了第一次盈利，我把昕影影业的核心业务瞄准到刚刚兴起的互联网影视当中。经过一段时间的学习和了解，我觉得网络电影在未来会发展出一个类似传统院线的票房分账模式，而网络剧一定是各大互联网平台吸引流量的重要手段，于是，我决心把下一次的目标放在网络剧上。

对于网络剧，我认为题材是最重要的，网络剧的题材一定是对传统电视剧题材的一种补充。我开始对网络剧题材进行进一步的挑选和探索，不久，我发现当下的网络影视作品大多都以玄幻、爱情或血腥暴力为主题，很多人使用网络平台看影视剧是因为网络观剧时间比较随意，可以随时随地观看。而现在中小学生的生活方式已经发生了很大改变，对于传统的下午 6:30 播出的儿童节目，他们在很大程度上是没有条件准时在电视机旁观看的。这些中小学生是有观看需求的，家长也愿意让孩子们看一些寓教于乐

　　　　　24 岁　若无其事

的影视剧，所以我计划生产一部面向中小学生群体的科学科幻系列剧，尝试赶上第一波网络剧的浪潮。于是，我提出了一个故事创意，叫《四小天王》。

我邀请了一支编剧团队，开始集中对《四小天王》进行创作，在创作过程中，我惊喜地发现，赵超一直跃跃欲试的少儿教育市场，我们已经有了自己的特色。如果把影视作品和少儿艺术培训捆绑在一起，会不会取得不错的效果？当天晚上，我就约赵超一起讨论，他很兴奋，他认为这是一个非常好的契机，我也认为，教育越来越偏向成果化，如果艺术教育能和影视作品相结合，一定能做出独一无二的少儿教育产品。

说干就干，我们开始针对《四小天王》在线下展开了一系列的少儿演员海选活动，每个角色我们都需要最合适的演员，而每个来参加海选的演员，都是少儿教育领域的潜在客户。我们联合了电视台少儿频道进行联合海选，报名人数一下子飙升到了 8000多人。于是，我们分区域、分年龄段地把海选选手分开，分成 20轮进行。同时，把对表演感兴趣的学生归集起来，进行少儿教育产品孵化和营销。

这个产品一经推出，一下子受到了极大的市场关注，因为我们有的别人没有，我们能做到的别人做不到，各个少儿培训学校也上门来寻求合作。这时，我和赵超的意见就又产生了分歧，赵超觉得自己组建团队，完成整个师资班底的搭建，自己来执行产品，才能获得最大的利润。而我认为，现在我们自己的团队还没成长起来，如果再贸然拆出一部分人来负责少儿教育事业，一定会出问题，我给的建议是和成熟的培训学校合作，我们来做教育产品的出品监制，由他们来执行产品。

《四小天王》为我们在少儿教育领域的发展开了个特别好的头，但我们的团队还很不成熟，我必须肩负昕影影业的作品创作任务，同时也要把刚刚开头的少儿教育扶持起来。最后我们决定先和成熟的培训学校合作，通过合作来不断优化产品，时机成熟后再慢慢组建自己的团队，但是产品设计远没有我们想象的那么简单。对于合作学校师资团队的培训，整个课程体系的建设，学生的培养方案，等等，本身就需要一支成熟团队来完成，我们必须要在保证其他项目正常运行和保证质量的情况下快速完成。

那段时间，我忙得不可开交，几乎连睡觉的时间都没有，更别提陪倪薇了。

至暗时刻

其实我一直觉得很愧对倪薇，直到现在也是。因为她在最好的年纪选择跟我在一起，而我却没能给她在这个年纪应该得到的浪漫、疯狂或甜蜜。有时我常常在想，如果她没有跟我在一起，会不会更快乐呢？她几乎把所有的时间都给了我，没有课的时候，她会在我身边，帮我打理好一切，甚至就算她要上课，也会早早起床，为我煮好早餐；晚上放学回来第一件事就是关心我有没有吃晚饭，如果我在办公室加班，她就到办公室陪我；有时候我出差，她会在学校请个假，陪我一起去。所以，我们一起去过很多地方，有昆明、大理、杭州、青岛、南京、北京等。可我那时都忙于工作，她想去玩，我也只能抽一点点时间陪她走走，我们甚至没有一张合影。我总认为，愧疚感是人们痛苦的最大源泉。

那时候，她几乎把自己给了我，她的生活也以我为核心，她把所有的时间都放在我身上，陪伴我，照顾我。长久以来，我甚至习惯了这样的陪伴，我觉得很幸福，并一直这样幸福着。直到有一天，我突然觉得她对我的态度好像发生了一些变化，她放学后不再匆匆忙忙地回到我身边，她主动跟我解释，放学后老师叫她和同学们帮忙处理事务，我不以为意。

　　而后的一段时间里，她常常放学后晚到家，有时会吃过饭或很晚才回来，她告诉我她交了几个好朋友，都是女孩，她们常常在一起玩。我其实挺为她开心的，因为我觉得这样她才拥有了她这个年纪该拥有的，我鼓励她多出去和朋友们玩，告诉她钱不够花可以跟我说。直到有一天，那天晚上我们一起去看她喜欢的新电影，回到家已经很晚了，我坚持想坐在沙发上跟她聊会儿天，因为我觉得我们好像很久没有好好聊天了。我们聊起很多以前的事情，她的手机突然响起来，她迅速按掉挂机键并关掉了声音，我们继续聊，她的手机又突然震动起来，她又按掉了。我感觉有点奇怪，因为她平常不会这样。我问她怎么了，她说可能是骚扰电话，我也没再追问。不一会儿，她的手机又开始震动，我觉得特别奇怪，便拿过她的手机，帮她接起来。我开着免提，电话那头是个男生，一个劲儿地质问她去哪儿了，为什么一直不接电话。我的大脑突然嗡了一声，然后迅速一片空白，好像无法思考，眼眶突然湿润起来，我觉得眼泪在我的泪腺里蠢蠢欲动，让我说不出话……我把免提关掉，把手机递给她，示意她去接电话，她拿过手机，摁掉电话，也没有说话。

　　时间好像过了很久很久……我和她都沉默着，眼泪不受控制地往下掉，我不知道该说什么，也说不出什么，我好像看不清任何东西，脑子里一片空白……直到现在我还记得那种感觉，就是一片空白……又不知过了多久，她突然长长地叹了口气，然后给我递了张纸巾，她握着我的手，我感觉到她在看着我，可我完全失去了反应。她就那样看着我，然后突然开口说话，语气淡淡的：

"我们分手吧！"

我记不清我当时是何反应，只记得眼泪早已模糊了视线，模糊中，我看到她站起身，开始收拾自己的东西，模糊中，我看到她拿着行李出了门。我就呆坐在那儿，也不知过了多久，也不知流了多少眼泪……突然，我感觉到心痛，是那种扎心的疼痛，越来越疼，越来越疼，疼到我无法忍受，疼得我无法呼吸，我从沙发上掉到地上，然后就这样躺在地上。我感觉我的眼泪改变了方向，那股热流开始顺着我的侧脸流到地上，时间好像过了好久，好久好久……我好像睡着了，又好像没睡着，我脑子里没有任何想法，我觉得我被击碎了，整个人都被击碎了，所有的情绪被击碎了，所有的信念也被击碎了，我甚至连站起来的信念都没有，就这样一直躺在地上。我只想快点结束，又不知道什么是结束，该怎么结束。天好像亮了，又突然黑了，后来好像又亮了……我感到干渴、饥饿，可我没有信念做任何事情，只有痛苦。我觉得全世界的痛苦都疯狂地向我袭来，我承受不了，可我什么也做不了。

我觉得我快死了，可在死之前我是不是该干点什么，我是不是该跟父母道个别，跟所有人道个别，这个信念终于可以支撑我拿起手机。已经有几十个未接来电了，我拨通了母亲的电话，听到母亲接起电话后，我突然什么都说不出来，她含辛茹苦地养育了这么多年的儿子，如果在这个时候跟她道别，对她来讲是不是太残忍。我放下电话，母亲又回了一个过来，她好像感觉到有什么事情，可我连跟她解释的力气都没有。

手机里赵超和李万的未接电话很多，估计是公司遇到什么棘手的问题了。未读消息也有很多，打开短信箱，突然看到倪薇发来的几条短信，还没来得及细看，泪水就涌出来了。我努力擦干眼泪想看清楚她发来的短信内容，可怎么也做不到，我只看到短信上写着"对不起……"，还写着"我背叛了你……"。眼泪越流越多，我号啕大哭，开始歇斯底里，我把手机往地上摔，捡起来又摔，直到它不像样子。心被撕扯着，太痛苦了，我无法控制自己的情绪，任由眼泪从眼眶流出。

直到母亲又一连给我打了好几个电话，她告诉我要来福州看我。直到母亲第二天真的来到福州，赶到我的住处。直到母亲真的出现在我的门口，开始敲门，我才真正反应过来。我不想让她看到我这么狼狈的样子，我把桌子扶起来，把沙发扶正，让房间看起来正常些，去给她开门……

有时我常常在想，如果在那至暗的时刻没有母亲陪着我，结果会是怎样。我重度抑郁，每天睡不着，吃不下，暴瘦60斤。不知道有没有人能理解那种痛苦，我必须要吃安眠药才能睡着，却会在药效过后两三个小时突然惊醒。妈妈不放心我，晚上要看着我吃药，看着我睡着。夜里，我突然惊醒，却看到她还是坐在一旁的沙发上，她常常整夜整夜地陪着我。我一醒来就痛苦地大哭，她总是说："你痛苦，妈妈也很痛苦。怪不了别人，要怪就怪妈

　　　24岁　若无其事

妈当初把你生下来，让你遭受这种痛苦。"我每天吃不下饭，她就给我下一小撮面，然后用我小时候最喜欢的方法给我煮一个荷包蛋，看着我吃完。我总在想，为什么我的眼泪流不干，为什么痛苦不能结束快点。我整日整夜地流泪，我痛苦每一个日出、每一个日落，我痛苦家里的每一样东西，我痛苦我所有的回忆。而这些痛苦最大的来源，是愧疚感，是直到现在还都无法磨灭的愧疚感。

这样的日子不知过了多久，妈妈每日每夜地陪着我，她鼓励我，努力帮我把情绪转移到别的地方。她鼓励我出门，告诉我没准在街上会遇到一个自己同样喜欢的女孩。她鼓励我去公司，让我把一部分心思放在工作上。突然有一天，我想出门了，我想去外面看看，我想知道我还能不能工作。那么多同事的电话没接，我不想公司因为我出什么大问题。于是我收拾好自己，在经历了这么长时间的痛苦后，第一次出了门。

那天的阳光格外明媚，我清楚地记得，我一个人开车在去公司的路上，阳光从车子的前挡风玻璃照进来，照到我的脸上，暖洋洋的。我突然觉得我应该放下了，我应该可以走出这痛苦了。可到了公司，一走进办公室，走进这个充满我们回忆的地方，我和她从相识到相爱、从相爱到分开的无数画面又猛地钻进我的脑海，历历在目，眼泪又一次决堤。

赵超和李万知道我来了，要上来见我，可我满脸泪水，根本没法见人，于是我告诉他们我在忙，又坐在办公室打电话给他们，问他们公司的情况。他们也很奇怪为什么我就在公司却要给他们打电话。我坐在办公室努力调整着自己的情绪，可怎么也调整不了。同事们好像知道我有什么事情，都过来敲门问候，我越不开门，他们就越担心我。我这么久没到公司了，来了后第一件事不是找他们了解工作情况，而是把自己关在办公室里，确实有些奇怪。可我实在没有办法控制自己，眼泪一直流。"我必须找人倾诉一下。"我心里想。于是我开始逐一考虑，赵超和李万是我的核心团队，我不能在他们面前展露脆弱，而其他同事看到我这个样子，指不定会怎么想。接着我想到了拍完电影正在楼下教室上表演课的胖子导演陈甲，他跟我的其他同事不熟，又不会大嘴巴，同时我作为他的伯乐，他应该会为我着想，而且他比较年长，说不定有什么经验可以传授给我。于是，我给胖子发了条信息，让他下课来找我。

不一会儿，胖子就过来敲门了，我稍微调整了一下自己的情绪，给他打开了门。胖子一进来，就盯着我看：

"你哭了。"

"啊？"我反应了一下，"我没有。"

他继续一动不动地盯着我："你哭了。"

看他一脸肯定的样子，我心想，反正我是找他倒垃圾的，承认也没什么："好吧，我哭了。"

胖子拉了个椅子，坐下来："是不是失恋了？"

"是。"我说。

胖子不紧不慢，自己给自己倒了杯水，一口喝掉了，然后又给自己倒了一杯，放在桌子上："失恋了找我啊，我可是情圣！"

　　我一脸怀疑地看着他，心想，就你这身材，还情圣？嘴上说："你果真这么厉害？"

　　"那当然了！"他马上接道，"我年轻没胖的时候，可帅了！"说着，他掏出手机，给我找了一张他年轻时候的照片。

　　我看了看照片，又看了看他："果然一胖毁所有啊！"

　　"去！去！去！"他一脸认真相，"来吧，告诉我，你是想走出来，还是想把她追回来？"

　　他这个问题一下子把我问懵了，这么久以来，我还没想过，我其实也是可以选择的。那枚一直钩在心脏上、拉着心脏隐隐作痛的铁钩子似乎松了一点。

　　"怎么了？这你都没主意？那我帮不了你了。"胖子见我愣着没有回答，就继续说："喜欢你就追回来啊，不喜欢你就走出来！"

　　对啊，胖子说的一点儿也没错，喜欢她，我应该把她追回来。我告诉胖子，我要考虑一下，明天给他答复，我拜托他明天下午再到我办公室来，还承诺给他增加酬劳，胖子一听这交易不错，就答应了我。

　　当得知自己还有选择权的时候，我心里好受了些，开始整理自己的思路。我约了赵超和李万到办公室来，向他们了解了公司的近况。他们做得很好，公司一直在平稳运行，我告诉他们后面该怎么做，并告诉他们我因为一些私人问题前段时间都没有出现，很感谢他们在此期间把公司维护平稳。赵超说我这么久没接电话，就知道我应该有什么事情，让我先把自己的事处理好，公司这边他们能顶住。我很感动，让他们继续加油。那时的我不知道，其实公司已经开始出现了一些问题，而我根本没有心思去深入了解，赵超和李万也因为经验不足，根本没有发现。因为我长时间不在，很多问题没人解决，公司表面上风平浪静，实际早已给未来埋下了巨大祸端。

回到家，我开始仔细地思考我该如何抉择。我满脑子都是对她的亏欠，满脑子都是她对我的付出，我实在找不出理由让自己走出来，我想弥补她，让她得到这个年龄应该得到的快乐，我想用尽自己的全力去补偿她，让她幸福。我想了一百种要追回她的理由，却想不到一个放弃她的理由，因为一想到我们要分开，我就无比痛苦。

第二天下午，胖子如约来到我的办公室，还没等我说话，他就说：

"你先别说话，先让我猜猜，你做的什么选择。"

我望着他，他做作地在脸上摆出思索的表情，然后说：

"你一定想把她追回来，对不对？"

"你怎么知道？"我说。

"嘿嘿！"他笑了笑，看着我："小朋友，我也年轻过，你经历的这些，我都经历过，要追就行动啊！"

"那你知道我经历了什么吗？"我无所触动，面无表情。

"啊？你经历了什么？"他的表情还是那么夸张，"难道她背叛你了？"

被他这么一问，我愣住了，思索了一下后，我淡淡地说："没有。"

"咿——那就对了嘛！"他走过来用手拍拍我的肩膀，"是不是想把她追回来，却不知道该怎么做？"

我点点头。

"交给我！"他拍拍胸脯："这个，我最拿手了，毕竟我是情圣！"

我看着他，一脸迷茫，他也看着我，一脸兴奋。

"我真的很爱她，我该怎么做？"我再也按捺不住内心的情绪，开始示弱。这句话一说出来，眼泪又夺眶而出。

胖子立马给我递来了纸巾："我要先了解你们的情况，我才好帮你啊，快跟我说说，你们为什么分开，她为什么提分手？"

我擦干眼泪，站起身给自己倒了杯水，又给胖子倒了一杯，开始慢慢跟他讲我们的故事。我告诉胖子，我们分手的原因是我没有时间陪她，没有给她应有的快乐和陪伴，我并没有说那个男孩的事情，也不知道自己在怕什么。我告诉胖子，我很痛苦，也很愧疚，我最大的遗憾就是我们一起去过那么多地方，而我却没有真正地陪陪她，没有真正地带她去玩，每次去一个地方，她想拍照，我就拿着手机匆匆忙忙地给她拍一张，我们甚至连一张合照都没有。

说完，我发现自己已经哭成了泪人儿，胖子没有再递纸巾给我，而是坐在一旁出神，像是在思考。

　　"我知道了！"他突然站起来拍了一下桌子。

　　我被吓了一跳，也从悲伤的情绪中反应过来。

　　"我知道了！"

　　我疑惑地望着他，等他继续说。

　　"我知道了！哈哈！"胖子看着我，表情更加兴奋。

　　我正过身，面对着他，示意让他说。

　　"嘿嘿——我！知！道！了！"胖子笑嘻嘻地继续对我说，我有些不耐烦：

　　"你到底知道什么了？"

　　"哈哈，走！"说完，胖子转身向门口走去。

　　"走？走去哪儿？"我有些疑惑。

　　胖子回过头，说："我还一直奇怪我为什么一点儿思路都没有，原来是到饭点儿了，思路肯定被饿回去了。你快请我吃个饭，我边吃边帮你想，肯定能想出来。"

　　"我……"我无言以对，只好拿起车钥匙，带他去吃饭。

　　吃饭的时候我们聊了很多，他也告诉了我他自己感情失败的经历。他说他有个五岁的孩子，而孩子的妈妈现在不要他，他连孩子都见不到，只好每天在想孩子的时候把手机拿出来看看孩子的照片，而手机里的照片，还是孩子两岁的时候照的，他不知道现在孩子长成什么样了，像不像自己。他想见孩子，而孩子妈妈让他出 10 万块抚养费，他出不起，孩子妈妈就连一张照片都不肯发给他。他很痛苦，就一直吃一直吃，靠吃来发泄痛苦，结果就从 120 多斤吃到了 120 多公斤。听他讲这段故事的时候，我很明显地看到，虽然他脸上强挤出一些自我嘲讽的笑容，但眼里却噙满了泪水。

想不到看起来乐天主义的胖子，也承受着这样大的情苦，原来这个世上的每个人都不是那么好过，而我们却依旧努力着体面地面对这个世界。每个人都会流泪吧！每个人都有那些不曾忘记的过往吧！每段青春都如此美丽而刺痛，对每个人来说，那些已经逝去的青春芳华，是否就像那首歌里唱的：从来不需要想起，永远也不会忘记。我想，这些只有经历后才会知道。那顿饭的最后，我点了一些酒，给他倒了一杯，给自己也倒了一杯，我没有跟他干杯，一饮而尽，我想用这杯酒告诉自己，勇敢去经历吧，青春芳华。

他看着我，不好意思地端起酒杯抿了一口，然后弱弱地说："我想到办法了……"

我又给自己倒满一杯酒："我该怎么做？"

他夹了一大块肉，塞进嘴里，边嚼边放下手中的筷子，对我说："你们分手的原因不是你没有花时间陪她吗？你最大的遗憾也是你们去过很多地方而你都没有带她到处去走走？"

"嗯，是啊！"我点点头。

"你要追回她，就一定要让她知道你改了，变得更好了，不会再这样了。"他边吞肉边接着说。

"嗯？那我该怎么做？"我追问。

胖子越说越有自信，又拿起酒杯，嘬了一小口酒："首先，你必须要感动她，让她觉得你在乎他，然后你要想办法告诉她你改了，你做到了为她花时间，为她花精力。"

我又把酒杯里的酒一饮而尽："说重点。"

他用桌上的餐巾纸擦擦嘴，又擦擦手，故作潇洒地把餐巾纸攥成一团，扔进隔壁桌的垃圾桶里："你和她都去过哪些地方？有哪些地方你们既有美好回忆又有遗憾的？一定要美好回忆和遗憾并存的，你列给我。"

我看着他，点点头……

他继续说："你不是说都是你给她拍照片，你们都没有合影吗？你把那些给她拍的照片都找出来，打印出来。"

"然后呢？"我急切地问。

"别着急。"他说："我找上一支电影团队，小团队，只要摄影、灯光就可以。我们去那些你们曾经既有快乐又有遗憾的地方，你带上那些照片，到照片上她在的位置，和照片里的她来一张合影，就当还给她一个愿望。每个地方你都走过去，花时间花精力把你认为亏欠她的愿望都还上，我带着电影团队，把这全过程都记录下来，剪辑成电影。"

我盯着他，示意他继续说。

"现在不是快过年了吗？年后就是情人节，你就选情人节那天，想办法把她骗到电影院，放这部电影给她，她一定会很感动的！"他说完，兴奋地看着我，就像当初他给我讲自己剧本中的故事一样。

我没有说话，他看我没有说话，便也不说话，看着我。

我又给自己倒了一杯酒，一口喝完："咱们什么时候出发？"

"你说什么时候出发？"

"明天。"我说。

他看到我表态了，马上说："快过年了，事不宜迟，我晚上就回去联系摄制团队，你想好咱们第一站去哪儿。你明天早上去打印好照片，我明天早上去准备好器材，咱们明天下午在火车站见，然后直接出发！"

"好！一言为定！"我激动地站起来，却发现自己因为喝了酒，有些晕。

他马上站起来扶了我一下："一言为定！"

当晚，我召集了赵超和李万到我的办公室，告诉他们我遇到了一个必须解决的问题，现在要去解决它，接下来的一段时间，我可能都不会在公司，请他们帮我打理好公司的事务，如果遇到什么问题也可以随时联系我，赵超和李万都表示支持。因为拍过电影，我知道拍电影无论大小都是一项很复杂的工作，而且很费钱。所以我在公司账上借了一笔钱，作为这次拍摄的经费。

旅途的意义

　　第二天下午，我拿着准备好的照片去火车站和胖子汇合，我事先在地图上排列组合了那些我认为我们有过回忆和遗憾的地方，然后决定第一站去杭州。当天下午4点多，刚好有去杭州的动车班次，也还有余票，我一到火车站就给胖子发了消息，告诉他我们是四点多的动车，让他快点到。见他没回我消息，我就打电话给他，发现电话也打不通。我一个人站在人头攒动的火车站，有点慌了。"这胖子不会坑我吧？"我心想。因为摄制团队的身份证号码我不知道，又怕过一会儿车票被卖完，于是我先买下了我和胖子两个人的票，站在火车站门口的广场上等他。

　　时间一分一秒地过去，还是迟迟不见胖子的踪影，电话也处于无法接通的状态，我来回踱步，着急又惆怅。眼看检票的时间就要到了，我跑到广场外围四处看，也不见他到。很快，检票时间到了，我赶到候车厅，候车厅里开始广播车次，通知检票。我又连续打了好几次他的电话，还是无法接通。时间每走一秒我都更加着急，伴随着怒火，心想如果那个胖子骗我，我就把他"掐死"。时间又过去大概五分钟，我开始心灰意冷。开车前五分钟就会停止检票，我知道能等到胖子的可能性已经很小了，可能冥冥之中注定我不能再和倪薇在一起了吧，心头的怒气也没了，我失落地走出候车厅，到了车站门口的广场上。

突然，我看到远处有个圆滚滚的东西在向我移动，再离近点一看，是胖子！手里拎着一个黑色的箱子。我连忙冲他喊：

"马上停止检票了，快！"

胖子边跑边喘粗气，说不上话。

"你怎么一个人来的？"我问。

胖子上气不接下气，还是说不出来。

"算了，快跑，到车上再说吧。"我带着胖子迅速过了安检，来到候车厅，还有不到一分钟就停止检票了，胖子看起来实在跑不动了，我拿过他的箱子，拽着他往检票口冲刺。

终于，几乎在停止检票的前一秒，我们进了站台。胖子满头大汗，脸色苍白，嘴唇干得已经起了皮。上车后，我们找到座位坐下。

"至于吗？"我问他。

胖子只是挥挥手，说不出话。

一直过了大约半个小时，胖子好像缓过来一些了。

"我们去哪儿？"他边喘边问。

"天哪，你也不怕我把你拐跑卖给养猪场啊，去哪儿都不知道就跟我上车。"我调侃道。

"我这不是着急嘛，看你那么急。"他还是大口地喘着粗气。

旅途的意义

"是啊！差点就赶不上车。"我说。"哎，对了，你怎么一个人来，我们的团队呢？"我奇怪地问。

"快过年了，大家要不就在组里，没在组里的也等着回家过年，都不出来干活了，找不到人。"

"那我们怎么拍？"我疑惑地看着他，胖子也看了我一眼：

"我带了摄像机和灯，我来给你拍。"

虽然有点不相信胖子能不能扛得动摄像机，但看他有心租了一整箱的镜头和机器，再看他满头大汗的样子，心里想着这样也好，还能省点预算。

"那你拍好一点啊。"我说。

"你想什么呢？我可是导演！"胖子仍然气喘吁吁，又有些生气地说。

"哟哟，还不允许别人怀疑你的水平了。"我笑了。

胖子夸张地皱着眉头："当然！"

到杭州的动车要五个多小时，一路上，只要有动车员过来卖东西，胖子就要买点吃的喝的，停不下来。我因为前一天晚上没怎么睡，就在动车上睡着了。迷迷糊糊中，我看到倪薇走进一个满是红色的电影院，墙壁是红色的，座椅是红色的，就连地毯也是红色的，然后她坐下来，电影屏幕上放映着我已经制作好的电影。倪薇看得泪流满面，电影放完，我捧着一束鲜花走出来，影厅后面的人在给我鼓掌打气，我向倪薇走去，越走越近，越走越近……就当我快要走到倪薇身旁的时候，突然听到影厅的音响里好像有

24 岁 若无其事

人在唱歌，声音特别大："慌慌张张，匆匆忙忙，为何生活总是这样？难道说我的理想，就是这样度过一生的时光……"唱歌的声音越来越大，越来越大，甚至有些刺耳。"不卑不亢，不慌不忙……"我努力地让自己不受这声音的干扰，努力地走向倪薇，却发现自己怎么也走不动，然后倪薇站起来，转身向后走，越走越远，我想追，想跑过去，可是无论怎么跑都在原地，我惊慌失措，两腿奋力地向前跑，可身体却像浮在半空中一样，无法前进，倪薇越走越远……"难道说，六十岁以后，再去寻找我想要的自由……"唱歌的声音也越来越大，越来越刺耳，倪薇越来越远……越来越模糊……我着急得眼泪都快流出来了……

突然，我猛地被惊醒，我摸了摸眼角的眼泪，呼了一口气。原来是一场梦。胖子正在旁边一手拿着薯片，一手动情地比比画画，嘴里正唱着郝云的那首《活着》。我生气地捶了他一下，他不为所动，继续动情地唱歌。我把头转过来，看着外面。不一会儿，动车的列车员走过来，打断了他的歌声，告诉他有乘客投诉他打扰别人休息，让他不要唱了。我看着他，"噗嗤"一下笑了，他又夸张地皱起眉头，盯着我。

"是不是你举报的？！"

"哎，你别冤枉我啊，我可一直都坐在你旁边。"我说。

胖子瞪了我一眼，"算你懂艺术！也不知道是哪个不懂艺术的投诉我！"

胖子表情夸张地往车厢四周看，然后又回过头来，继续动情地动嘴唱歌，但不发出声音，我看着他的样子，"噗嗤"一下又笑了。

列车到杭州的时候已经很晚了，其间胖子跟我解释说手机丢了，所以上车前没接到电话。我怕找不到他，就给了他一笔钱让他去买一台新手机，便于联系。因为第二天要去西湖拍摄，所以我们选择了西湖附近的一家酒店，安排住下。

"明天几点起？"胖子问我。

"我很难睡的，可能5点多就醒了，你多睡会，咱们7点30分出发。"

"行！"胖子说着，提起他的行李箱就回房间了。

第二天一早，我7点下楼吃早餐，没见胖子的踪影。吃完早餐大概7点20分，还是没见胖子下来。"这胖子不会是忘记起床时间了吧？"我上楼到胖子房间门口敲门，敲开了门，果然这死胖子还在呼呼大睡。我摇醒了他。

"不是说好7点30分出门吗？"我说。

"我闹钟响了，没听到。"胖子迷迷糊糊地边揉眼睛边说。

"你怎么睡得这么死？快起床！"说着，我掀掉了胖子的被子。

"我太困了，我昨晚太晚睡了，能不能再让我睡一会儿？"胖子紧紧拉着被子，眼睛睁不开。

"太晚睡了？我们昨天回房间也才十一点啊，你去哪了？"说着，我在胖子的房间里四处环视了一下，突然看到桌子上有张小票，于是我走到桌子旁边，拿起来看，是旁边一家夜店的酒水小票，消费了3000多块。

24 岁　若 无 其 事

"你昨天晚上去喝花酒了？"我拿着小票问。

"什么花酒？就只是在网上认识了一个姑娘，她约我去那家酒吧喝酒。"胖子睡眼惺忪地说。

"花的是我给你买手机的钱？"我有点生气。

"喝完才知道这么贵，没钱付，就用了那个钱。"胖子无辜的表情很夸张。我生气地把小票攥到手心，恨不得给这胖子一拳。

"快起床！！！"我猛地把小票扔到胖子身上。

为了便于联系，我还是在酒店附近的手机修理铺里花了150元钱给胖子买了部旧手机，是那种黑白屏幕的老式诺基亚。胖子握在手里，一脸委屈，跟在我后面。我们走在去西湖的路上。

"不是约得挺好的吗？昨天那姑娘呢？"我没回头，大声地问。

"在酒店的电脑上约的，这不当时没有手机，连电话都没留一个。"胖子嘟囔着说。

我继续往前走，边走边说："你现在有新手机了，可以再约了！"

"约什么？你买的这破手机，连QQ都没有。"

我和胖子两个人走在路上，路过的人总会转头看我们，胖子则会回过头盯着别人看。"看来我还没失去当年的风范啊！"胖子一边捋着自己头顶上的一撮头发一边说。

胖子的发型是把头两侧全部剃光，只留下头顶上的头发，留的长长的，然后扎成一个小辫子，从头顶垂到后脑勺，还染成了紫色。

"你当年是什么风范？我觉得如果你把这根儿小辫子剪了，回头率就更高了！"说着，我摸了摸他头顶的小辫子。

"干吗？别动我的小马尾！"胖子拍开我的手，做出夸张的生气表情。

其实我跟胖子走在路上我自己都觉得怪怪的，一个一米九〇，140斤；一个一米六〇，250斤。一个瘦高细长的，像个电线杆；一个矮胖圆滚的，像个大皮球。这一高一矮、一胖一瘦，想想那个画面，我自己都觉得怪，更别提路人那些异样的眼光了。

在西湖边上，我们边走边聊，我给胖子讲了很多我跟倪薇的故事——当时在这里发生的事。我拿着照片找到了当时我给倪薇拍照的地点，几年过去了，这些地方一点儿变化都没有，而这次，却是我一个人来。物是人非这个词来形容我这次的感受，应该无比贴切了吧！看着这些地方，想到那些回忆，我有时忍不住流泪，有时又笑出声来，我给胖子讲了很多故事，胖子拿着摄像机记录下一切，我对着摄像机说我想跟倪薇说的话。胖子也听到心里。

晚上一起吃饭的时候，胖子主动点了酒。他先是给我倒了一杯，然后给自己也倒了一杯。胖子拿起酒杯对我说：

"兄弟，我一直以为像你这样条件的人，说这些深情的玩意儿都是开玩笑的，我一直觉得你只是不甘心而已。这一路上，听你说了这么多，看你做了这么多，我才知道你是真的。在动车上，你睡着了，一直在喊倪薇的名字，我觉得有点儿丢人才想大声唱歌盖过你声音的……"

"说什么呢？你才丢人！"我打断了他的话，拿起酒杯，跟他干了一杯，然后一饮而尽。

他又给我倒了一杯，自己一饮而尽后，又给自己添满一杯。"兄弟，谁年轻时没谈过恋爱，谁没分过手，但即使再相爱，也没有人会因为一次分手而做这些，如果当时我也像你一样坚持，也许就不会落得这个结果了……你是真的很爱她，兄弟，我一定全力帮你！"说完，他又把自己的酒一口喝光。

我也拿起酒杯，和他的空杯子碰了一下，然后一口喝光。

我们在杭州一共待了5天，其间去了西湖，去了雷峰塔，去了灵隐寺，去了千岛湖，去了很多我和倪薇曾一起吃过的餐厅，虽然有好几家已经倒闭了。我找到了每一处在这个城市里我对倪薇的回忆，找到了每一个给她拍照片的地方，然后和照片里的她合影，还了自己的心愿。

第二站，我们去了南京，一到南京市区，胖子就说自己的手机丢了。

"怎么又丢了？"我问他。

"丢在动车上了！"胖子一脸不情愿，"你得再给我买一个！"胖子说。

"丢在动车上了？"我看了看他，"那么小的手机，你一直放在口袋里怎么会丢在动车上？"

胖子发觉我在看他，神情有点不对劲。"就是丢在动车上了！"

我更加疑惑地盯着他，说："你怎么确定丢在动车上了？你看见了？"

胖子突然夸张地直视我的眼睛，说："是啊！难道我会骗你吗？"

我被他吓了一跳。他接着说："下车后，我从车窗里看见手机丢在座位上了，刚想进去拿，就看到一个人把手机拿走了。"胖子一边说，一边用手比画，"我刚想叫他，他拿起手机就跑，我还没来得及追，动车就开了。"

我看着他，竟无言以对。

胖子接着说："这下完蛋了，没有手机，联系都是问题，怎么办呢？"

我都知道他接下来要说什么了，就看着他，没说话。胖子见我没说话，一脸认真地接着说：

"为了咱们的大计，你得再给我买一个！"

"行，咱们这就去买，现在那样的手机已经不好买了，咱们得找找。"我说。

"不能再给我买那种了！你得给我买个智能手机，我的手机是为了来找你才丢的，你得还我个智能手机。那手机什么都没有，晚上在房间无聊死了。"

我面无表情地看着胖子，胖子继续说："就买那个华为好了。华为刚出了一款新手机，4000多块钱，那个手机特别好，拍照也很清晰，有些地方摄像机进不去，我就用手机给你拍。"

"我就知道……"我心里想，"就知道他想换手机了。"不知道他把那台诺基亚故意扔到哪去了，但是看在他出来也是为了帮我，在杭州的时候因为走了太远的路还磨破了脚的份上，就给他买一部手机当作奖励吧。

于是我们到了华为的专卖店给他买了一部全新的华为手机，胖子开心得不得了。晚餐的时候，看着他满脸笑容地摆弄手机，长期吃不下太多东西的我竟然也多吃了半碗饭。如果我也可以这样简单的快乐，那该多好啊！

在南京，我们去了总统府，总统府不让拍，我们就偷偷从工作人员通道溜进去拍。我们去了夫子庙，找到了那家倪薇吃到后开心了好久的本地餐馆；我们去了秦淮河，倪薇一直想跟我在桥上合影，而我只是为她拍了一张照片，这次，我终于在秦淮河的桥上跟"她"合照；我们去了1912，那次我喝得烂醉，倪薇把我扛回房间，把我当死猪一样洗漱好，放进被子里睡觉。我还找到了那天早上我和倪薇连吃了7笼鸡肉灌汤包的店，找到了那家我们路过的有很多搞笑表情保安的交通银行，还有那家我们买了好多零食的零食店，它们都在，都还在……

在南京的最后一个晚上，我告诉胖子我很开心。胖子问我为什么，我说因为我觉得离她很近，我们去的每一个地方，我能清楚地看到那些年我和她的影子，我好像能听到我们开心地、肆无忌惮地笑，而那些美好的回忆，正是我的青春。在痛苦的日子里，这些回忆让我知道，我的青春，也藏有那么多美好的时刻。

第三站，我们来到青岛。当时来青岛是我专程带倪薇来的，这也是为数不多的我特地带她出来玩的地方，因为她说她想看看所有我生活过的地方，所以我选择带她到青岛。当时，我只挤出了一天的行程，所有的一切都显得那么匆忙。我匆忙地带她去看我曾经读书的学校，匆忙地带她去吃我当时最爱的小吃，匆忙地带她去青岛最著名的景点。倪薇说她想看看青岛的海上日出，而我没有时间带她去。我一直记得那时候，我们一大早离开青岛，上飞机的时候刚好日出，她那遗憾的表情，让我久久难忘。我只要再安排稍晚几个小时的航班就能带她去看她心心念念的海上日出了，可那时候的我并没有这么做。

这次来到青岛，除了去寻找当时我和倪薇走过的那些地方，还有一个特别重要的目的：虽然倪薇不在，但我还是想弥补那次海上日出的遗憾。通过打听，我们了解到，在青岛的很多海域看日出都有崂山挡着，太阳会从崂山上出来，不是真正的海上日出，只有登上崂山或者绕到崂山另一侧的海域，才能看到真正的青岛海上日出。

最开始，我们计划登上崂山。前一天上午，我们先到崂山上面去踩点，费了很大的力气，我们爬到崂山上面，找到最佳观测点的时候，已经是晚上了。从崂山上下来，一身疲惫的我们就直接回到酒店休息。第二天一早，我们早早地就赶去崂山，想要去前一天找好的观测点。可到了山脚下，发现上山的路大门紧闭。询问后才知道，原来崂山景区只有白天开放，夜里因为山路危险，是不开放的。我想找一条野路登上去，可绕着崂山找了半天，怎么也找不到其他上山的路。没办法，我们只好想办法到崂山的另一侧找一个观测点，来看海上日出。

　　24 岁　若 无 其 事

又是一整天地寻找，我们围着崂山山下的路一直走，一直看，直到很晚，才找到一个视线不会被遮挡的观测点。那是海边一个野生的小沙滩，没有经过开发，原始的景色美极了，我很满意。回到酒店也已经是夜里了，我们算好第二天的日出时间，推算起床时间应该在凌晨 3 点 20 分左右。回到房间，我洗漱好，定好闹钟，就躺在床上了。很久以来我都很难入睡，再加上今天过于疲惫，一躺下来，满脑子全是乱七八糟的事情，再睁开眼一看，已经凌晨 2 点了。没有办法，醒来还要长途跋涉去那个小沙滩，我必须得睡，于是我吃了一粒安眠药，睡了下去。

迷糊之中，突然感觉有强光照着我，有人在摇我，睁开眼看，原来是胖子，他正打好灯，架好机器叫我起床。

"为什么叫我起床也要拍？"我揉着眼睛问。

"你太累了，我想把这其中的艰辛记录下来。"胖子有条有理地说。

我拿起手机一看时间，已经过了 3 点 40 分，"天哪！你只知道拍不知道叫我吗？要赶不上日出了！"我连忙抓起衣服往身上套。

"我不得打好灯再叫你啊。"胖子边说边移动机器让镜头对着我。

"别拍了，赶快走，不然来不及了！"我用手挡着镜头，快速穿着衣服。

我们跑下楼的时候司机师傅已经在门口等了，胖子说饿，我就在楼下的便利店买了几个包子，边走边吃。为了让我们能顺利赶上日出，司机快马加鞭，车子开得飞快，再加上可能安眠药的劲儿还没过，快到观测点的时候，我突然觉得胃里强烈的不舒服，于是让司机把车停在路边吐了一会儿。真正到达观测点的时候，太阳马上就出来了，天边已经开始泛起金光。我连忙跑向海边，胖子也把机器拿出来，开始安装镜头。开始拍的时候，太阳已经露出了一半脑袋。

　　青岛的海上日出真的好美，怪不得倪薇一直心心念念地要去看。金色的朝晖逐渐变成橙黄色，再慢慢变成橙红色，直到太阳探出了头。海面也开始泛起粼粼的波光，像是在呼唤太阳。在千呼万唤中，像在举行世纪仪式那样，太阳缓缓上升，直到露出一半脑袋。海、大都是橙黄橙黄的。涌起的微微波浪泛着金光，金色的沙滩上也泛着金光，我站在沙滩中间抬头眺望，竟一点儿也不觉得刺眼。那个胖子正在我背后努力地准备机器，金光慢慢向我照射过来，太阳也一点点地升起来，直到那温柔的金光铺到我的脚上，太阳已经都露出来了，只留下一点儿小尾巴，与大海浑然一体。我不禁又向前走了一步，迫不及待地让这金光铺在我身上多一点，太阳好像也看懂了我的想法，开始快速上升，似乎想让它的光芒赶快铺满大地，海波上粼粼的金色也开始奋力闪烁，那金光从我的膝盖到我的腰，再到我的胸口、脖子……终于，金色的阳光缓缓铺在我的脸上，我面对着太阳，在这冬日的清晨，我感到一股强大的温暖，由面及心。太阳出来了，是否意味着一切的新生；太阳温暖着世界，是否意味着不再寒冷；我站在金色的阳光下，站在金色的沙滩上，站在泛着金色光芒的大海旁，我是如此渺小，那令人幸福的渺小。我享受着这温暖，享受着这渺小，久久不愿离去……

"我当时真的应该安排晚几小时的航班，带倪薇来看海上日出。"我淡淡地说。

胖子看了看我，没有说话。我望着大海，继续说：

"我要把这日出的美景带回去给倪薇！"

"我有拍下来，可是没拍全，因为我组好机器的时候，太阳已经出来了。"胖子也有些遗憾。

"明天再来，我一定要把这美景带回去！"我看着胖子，肯定地说。

"还要早起？再这么早起会死人的！"胖子的表情又变得夸张起来。

我笑道："这次我叫你！"

第三天凌晨，我两点多就把胖子拉了起来，我们赶到观测点的时候，还是深夜。月亮在天上若隐若现，胖子坐在沙滩上，趴在机器旁昏昏欲睡。我一边望着月亮，一边用一只手动不动就摇醒胖子，生怕他睡着了起不来，大冷的天，在海边睡也不安全。

天快亮的时候，我早早让胖子装好机器等着，我也站在海边，等海上日出。可是直到天完全亮起来，我们也只隐隐看到一点点日出，完全没有昨天的景象。原来，当天是阴天，日出被乌云遮住了。没办法，我们只能打道回府，等隔天再来。我查了一下天气，第二天是晴天，应该能看到日出。我提醒胖子要做好万全的准备，一定要拍摄成功。

第四天清晨，我和胖子依旧早早地来到观测点的沙滩上，架好机器。我和胖子分别坐在机器的两侧，胖子用手托着腮帮子昏昏沉沉。而我背靠着机器的三脚架，一张一张地翻看倪薇的照片，我们从相识，到在一起；从在一起，再到分开。回忆起我对她的种种亏欠，我抬头看看还高高悬在空中的月亮，泪水从眼角滑下来。

过了一会，我看到天空开始泛蓝，连忙摇醒胖子。胖子看看天，再看看时间：

"要日出了！"

他边说边麻利地扛起机器，开机，准备拍摄。我把倪薇的照片小心翼翼地放进背包里，望向天边。

突然，我看到海平面泛起金色的微光。

"日出啦！！"

我激动地对胖子大喊，然后跑向海边。看到太阳那样美丽地缓缓升起，我又折回来拿出照片。在海边，我激动地面朝金黄色的海平面，对着海、天、太阳相交的地方一次次地大喊："太阳！你快快升起来，我要把你带回去，送给倪薇……"我边喊边流泪，撕心裂肺……

其实我和倪薇在北京的时间最多，因为我常常去北京出差，每次去北京，她总是找一堆游玩的攻略，而我总是用闲暇的时间，匆忙带她去攻略中的其中一个景点玩。我们去过天坛、故宫、北海公园……游过王府井、后海、西单……吃过簋街、全聚德、东来顺……在北京我们去过很多很多地方，有过很多很多回忆，所以第四站，我们选择了北京。

　　我印象特别深的有一件事：我们第一次一起去北京的时候，倪薇很想去王府井看看，于是我利用午餐时间带她去王府井。到了王府井，到处都是新鲜玩意儿，到处都是新鲜的小吃。我陪倪薇买了点纪念品，然后到王府井的小吃街，看着种类丰富的美食，每一样都想尝试一下，可是几乎每家小吃店都在排队，我的时间有限，我告诉倪薇只能选其中一样，于是倪薇左逛逛右看看，把每一样小吃都研究得仔仔细细，最后她选择了王府井美食街巷尾的一家爆肚店，那家爆肚店的老板穿着长袍马褂，带着瓜皮帽，嘴里唱着小时候北京爆肚小贩推着三轮车走街串巷的吆喝。我跟倪薇过去排队，眼看着一碗碗的爆肚被盛出来，本来就没有吃早饭的我们，口水直流，相互望望对方狼狈的样子，又相互嘲笑对方。等终于买到爆肚，我们两个人端着两碗爆肚，从王府井小吃街的巷尾走出去，蹲在巷尾外的老墙边，大口大口地吃，边吃边嘲笑对方蠢蠢的样子。现在回忆起来，只剩遗憾。

　　这次，我又来到了王府井美食街，我想找到那家爆肚店，可是在王府井绕来绕去，始终找不到。"不可能记错路，这条美食街也不大啊……"我心想。胖子饿了，我们就先放弃寻找，到外面的餐厅吃饭。吃饭的时候，我打开手机搜索那家爆肚店，看看是不是我们找错了地方。最终搜到"冒牌老北京爆肚店被打掉"

的新闻，我打开一看，执法部门公布的照片上，爆肚店的老板穿着长袍马褂，带着瓜皮帽，张着嘴像是在吆喝着什么。仔细一看，还真是我们当时吃过的那家爆肚！

"原来是假的老北京爆肚……"我嘟囔着看看胖子。

胖子在啃自己手里的鸡腿，鸡腿的油沾了半张脸。

"路上跟你吹嘘那家爆肚店，现在想想还真有点尴尬。"我笑了笑，胖子没说话。我又突然大笑起来，"想想当时，我跟倪薇吃得确实很香啊！"

我和胖子到故宫的时候，才发现故宫不允许带摄像机进去。我正烦恼呢，胖子突然说："我有个办法，绝对可以解决这个问题！"

"胖子什么时候在故宫有熟人了？"我心想着，便问胖子："什么办法？你快说。"

胖子冲我挑了两下眉毛："我常年在外面拍戏，我知道有个地方也有个故宫，而且摄像机随便进去拍摄。"

"嗯？"我一张问号脸。

"去横店，那里我熟！那边的故宫，跟这里一模一样，随便拍！"胖子边说边掏出手机，"给你看看我当 B 组导演拍的《李卫当官》，就有在紫禁城的戏。"

"那能一样吗？"我打断了胖子的话，"横店那紫禁城，和故宫能一样吗？你也不想想。"

胖子脸上眉飞色舞的表情瞬间失落下来，"这不是这边不让进去拍吗？"

是啊，也不怪胖子，他也是想帮忙，我心想。

突然，我灵机一动："你记得吧，我们在总统府的时候，不是也不让进去拍吗？"

胖子摸摸我的额头，"你没发烧吧？在故宫你想偷溜进去？"胖子拉我转过身，指着故宫门口岗亭上的卫兵说："这和总统府能一样吗？你看看，他们带枪的！"

没办法，我和胖子在故宫附近的巷子里找了一个小卖部，给了店老板三块钱，让店老板帮我们看着机器。然后又给了店老板两块钱，拜托他让我们在他那里给手机充电。就这样，我们两个人蹲在小卖部角落的插座边，准备把手机充满电后进故宫用手机拍摄。

"你别玩儿游戏了，这样充电慢！"我拍了胖子一下，冲他说。

胖子抬起头，皱着眉头看着我："你以为你刷微博充电就快吗？"

我们在故宫拍，在天坛拍，在北海公园拍，在簋街拍。我和胖子在北京待了很久，拍了很多很多素材。在北京的时候，和胖子讨论到这部影片的音乐，我突然想为倪薇写首歌，我和倪薇总聊起音乐，她知道我之前做练习生的过去，一直想让我给她写首歌，可我知道长时间没创作的我想重新开始创作要花掉很长时间，我并没有那么多的时间，所以一直拖着。这次我有时间了，我想用所有我最爱的乐器，为倪薇写一首歌，也为这部影片写首歌。所以我一直寻找灵感，一直在手机里写，然后删掉，始终没有写出自己期待的东西。

离开北京的前一天晚上，我和胖子说想再去后海坐坐，让他陪我去。我选了一家比较安静的店，坐下来，开始和胖子聊这一路上的人和事。胖子问我：

　　"如果这部影片成功剪出来了，你也成功把她骗到电影院，看了这部电影，她还是没有原谅你，怎么办？"

　　我笑了笑，问："你有没有感觉我好多了？"

　　"别扯开话题，我问你如果还是追不回她怎么办呢？"胖子拍了下桌子，看着我。

　　我知道，他也没有信心，看我们一路上付出了这么多，万一失败，是他出的主意，他也有些心虚。我长长舒了一口气：

　　"我当然想过失败，你那会儿跟我说这个方案的时候，我就已经想过失败了，可一杯酒下肚，我给了自己勇气。我觉得我们这趟旅行，我除了想拯救我的爱情以外，还想拯救我自己。"我边说边把酒往自己嘴里倒，望着胖子，"你知道吗？愧疚感是人生最大的折磨，你知道我的愧疚感已经要把我折磨到快崩溃了吗？我欠倪薇的太多了，我的愧疚太多了，这趟旅行，我也想解开自己这个心结，给自己一个救赎。"

　　胖子望着我，什么也没说，只是静静地喝酒，我也一杯又一杯地喝。突然，胖子说：

　　"这次旅行，你想过怎么结尾吗？"他看着我，又继续追问："这部影片怎么结局，你想过吗？"

　　他这么一问，我被问懵了："我还真的没有想过。"我把酒杯拿起来，又放回桌子上。

胖子看着我，也把酒杯放回桌子上。"出来这么久了，那我们现在可以想想了。"胖子的手在桌子上一下一下地转着杯子。"你跟她在一起，有没有什么终极目标？"

"什么是终极目标？"

"就是你跟她在一起，最终想做什么？"

"当然是娶她了！"我说。

胖子停下手中转着的酒杯，说："好！那咱们就以婚礼来结束这次旅行，用婚礼来当作影片的结尾！"

"婚礼？什么婚礼？我跟谁结婚？"我惊愕地问。

胖子把杯子拿起来，喝下一口酒，说："不是让你跟谁结婚，你不是想娶她吗？反正你以后可能也没机会了，就在这部影片里告诉她。你订好婚纱，订好场地，订好戒指，给她看，让她知道你的真心！"

我又把杯子端了起来，喝光了里面的酒，说："反正我以后也可能都没机会了，好！"

离开北京的时候，我们就定好了 20 天后回来的机票，那时候就开始春运了，怕票不好定，而且我们一定要回来北京，我要到最好的地方订婚纱，到最浪漫的地方订场地。胖子也得回来，因为他负责这场旅行最后的拍摄，负责在情人节那天前帮我剪好这部电影。

还有三站，昆明、大理和厦门。因为福建是起点，我也想让它成为终点，所以我把厦门安排在了最后一站。接下来，我们要从北京，一路飞到昆明。胖子很反感坐飞机，我一直不知道为什么，但这次路途遥远，必须要坐飞机才行。因为我们走得太临时，买不到头等舱，只好买了两张经济舱的票。

那天早上出发，胖子就一脸不情愿，一个劲儿地重复要不是为了我他才不坐飞机，问他为什么也不肯说。上飞机的时候，胖子走在前，我走在后，一登上飞机，我就知道胖子为什么不喜欢坐飞机了。飞机经济舱的走廊，胖子是正着过不去，侧着也过不去。他一脸夸张的不情愿，转头让我帮他拿着箱子，然后抱起自己的肚子，吸了口气，努力地侧过来正过去、侧过来正过去地往前蹭，走到中间还要停下来休息一下，回头跟我说：

"叫你这么晚来！位置在这么后面！"

我忍不住脸上大笑的表情，又被他夸张地瞪了一眼。

"需不需要我帮你？"我假装关怀地说。

"不用！"说着，胖子又开始侧过来正过去地往前蹭。

终于到了我们的位置，胖子在最里面，我在中间，只见胖子奋力抱起自己的肚子就往下坐，好不容易坐下来，肚子刚好顶住前面椅子的靠背。而到我呢，轮到我哭的时候了。胖子坐下来后，两个椅子中间的扶手都被胖子的肉包进去了，而胖子的肉被挤出来还占了我大半个椅子。天哪！我吃惊地在旁边看着，直到空姐提醒我该入座了。"我应该听胖子的！不应该坐飞机！"我心想，然后一脸不情愿地坐在中间，整个半边都挤在胖子那一堆肥肉上。

空姐提醒系好安全带，但胖子这肚子怎么系安全带？正在我疑惑的时候，看到空姐拿来两条婴儿加长安全带，本来是婴儿安全带和妈妈系在一起的时候用的，遇到胖子这样的身材，也派上了大用场。一节不够，胖子居然加了两节。

"跟你在一起，长见识了啊！"我被挤得头都转不过去，一脸不情愿地说。

"让你坐飞机！"胖子的语气，比我还不情愿。

就这样，飞机上，一胖一瘦两个不情愿的人，带着两张不情愿的脸，起飞了。

在昆明，我又去品尝了和倪薇在一起时把我们辣到不行的"黯然销魂"烤翅。记得当时是下午，我们因为中午办事没有来得及吃午餐，办完事准备去吃饭的时候，很多餐厅已经打烊了，我们沿着昆明的马路逛来逛去，终于看到这家名叫"黯然销魂餐厅"的店，我和倪薇觉得餐厅的名字很有趣，就进去问问。他们还没打烊，于是我们坐下来准备在这里解决午餐。这是一家烧烤店，而这家烧烤店里只卖烤鸡翅和云南特有的芒果汁。于是，我们点了一些烤翅，两瓶芒果汁。结果，烤翅上来后，刚吃下去第一口，一股让人终生难忘的超级辣味就顺着我的牙齿和舌尖向身体各处散开，豆大的汗珠马上从额头、背上、腋下冒出来，太辣了！我反应得比倪薇快一些，马上咕咚咕咚一瓶芒果汁下去，还是被辣得舌头生疼。倪薇问我有这么夸张吗？我示意让她尝尝，结果她咬了一口下去，立马也是一瓶芒果汁。可是这烤翅又好吃到让我们欲罢不能，于是我们一口一瓶芒果汁、一口一瓶芒果汁地吃。就这样，两个人吃了四根烤翅，却一共喝了十几瓶芒果汁。吃完后，两个人的嘴都被辣肿了，就像刚学会化妆的小女孩在嘴上涂满了口红，于是我们就红着嘴巴、相互嘲笑着，去见了下午要见的人，办了下午要办的事。

又到了这家烤翅店，我点了一盘烤翅，坐在店里，回忆一点点地涌上心头。胖子看出我突然低落的情绪，在旁边默默地拍照也不说话。我拿起烤翅，一口一口地吃着，边吃边掉眼泪。等到我满头大汗的时候，我也分不清哪些是汗水，哪些是泪水。吃完后，我的嘴巴又被辣得又红又肿，胖子没有笑话我，我却拿出手机，照照镜子，哈哈大笑。

我和胖子去了那个像巨大菠萝一样的大树下，在那个树下，我和倪薇曾经因为一点小事相互笑得直不起腰。我们去了那条几乎没有什么人的商业街，逛这条商业街的时候，我和倪薇觉得每一家店都是为自己开的，就像在包场，而现在，这条商业街连店铺都几乎没有了；我们去了那个有位老阿姨在路边卖卤藕的汽车站，倪薇对那个卤藕赞不绝口，现在那个老阿姨还在卖着卤藕；我们去了那个叫南疆大饭店的老式酒楼，当时我和倪薇很爱玩一款叫作《诛仙》的游戏，里面有个地方叫南疆，所以我们特地来这个酒楼吃饭，现在的南疆大饭店，比以前更老旧了。在昆明，我找回了很多我自己都已经忘掉的记忆。历经这次旅途，那些美好的瞬间都种在了我的脑子里，永远不会忘记。

24 岁　若无其事

大概 5 天以后，我和胖子去了大理，那个倪薇最喜欢的地方。倪薇曾经说，如果有一天我不要她了，她就一个人去大理旅行。我当时说，不给你这个机会，想去大理，我带你去。于是我在那次到昆明出差的时候，就顺路带她去了大理。虽然时间很短，但倪薇很开心。我们买了当地的民族服饰，住在当地的民宿，倪薇扎起头发戴上民族头饰，我们就像两个当地人。我租了一辆电动小摩托车，载着倪薇在大理游玩。我们去了洱海、三塔寺、大理古城，品尝了洱海旁本地人生火烤的小鱼，领略了历经沧桑的三塔寺。在大理古城，我们在一家看起来很有当地特色的餐厅吃了饭，又去了一家有一位很棒的民谣歌手的酒吧喝了酒。我们遇到了很多人，有人以为我们是本地人向我们问路，有人推荐我们去尼泊尔度蜜月，也有人和我们一样来大理，却是一场分手旅行。

　　这次到大理，我第一时间找到了那家饶有风格的民宿，这家民宿由几个连体的院子组成，从大厅的天井走进去，每个院子都有一些房间。一进到民宿大门，浓浓的回忆扑面而来。和倪薇分手以后，我曾无数次梦到这个民宿，梦到这个院子，梦到我们在这里度过的那些快乐时光。有美梦，也有噩梦。在梦中，倪薇一转眼就消失不见了，我着急地四处寻找，翻箱倒柜，找了每一个地方，就是找不到倪薇。从梦中惊醒后，我才想起，现实世界中，我早就没有倪薇了。

　　民宿的前台没有人，我找出手机里当年存过的老板的电话，不知道这么久过去了，经营者有没有换人。电话打通了，老板还是那个中年男人，我跟老板说我来这里住宿。老板从楼上下来，给我们办理住宿手续的时候，盯着我看了一眼，问：

"你以前是不是来过我们这家店？"

我愣了一下，抬起头，挤出一脸笑容："是啊，几年前我在这住过几天。"

"哦——"老板停下自己手中正在做的事，语调上扬，"是不是你们？整天穿着本地人的衣服，打扮得像本地人的那对小情侣？"

被老板提起我们出双入对的时候，我竟有些难过，冲老板点点头，说："是啊，回去以后，很想念您这家店。"

老板拍了下手，"哎呀，我就说怎么这么眼熟呢，你好像瘦了些对吧？哎，你女朋友呢？"

好像被老板戳中了心窝，突然一阵心痛。"嗯嗯，我是瘦了一些……"我自动略过了关于女朋友的问题。

老板似乎反应过来，可能也觉得有些尴尬吧，就继续为我们办理入住手续，语调也恢复正常："嗯，凭印象，感觉你瘦了不少。"

办理完入住手续，老板从身后的冰箱里拿出两瓶我没见过的品牌的啤酒，说："私人珍藏，忘忧酒，送给你。"我接过酒，心里想：如果真的能忘忧就好了。我看看老板，对他说了声谢谢，就寻着房卡背后的位置，出了大厅。

来到院子里，胖子边左右观望着酒店里的景观边说："这个酒店还挺漂亮！"

"是啊，花草树木全是老板自己打理的，听说老板20多岁就来到这里开店了，直到现在。"

胖子立马放开了手里想要折下来的小树枝，然后盯着那个小树枝，"怪不得，这也是老板一生的心血啊。"

"你说，一个人要一辈子做一件事难不难？"我边走边跟胖子说。

"不难，我就可以，我就想当一辈子导演。"胖子答道。

这家民宿是两层的，从第二层的楼梯间可以走到天台上。因为一路奔波，晚饭后胖子就去房间睡了，我拎着老板给我的两瓶啤酒走上天台，一个人坐在天台上喝酒。过了一会儿，民宿老板从后面拍了拍我的肩膀。我回过头，老板举起他手中的酒瓶，示意干杯，我也举起手中的酒瓶，用瓶身碰了一下他的瓶身，然后咕咚咕咚喝了两口。老板轻轻地坐到我旁边，看了看我，又看了看远方，对我说：

"你知道我为什么一个人在这里开旅店吗？"

我看看他，虽然很惊讶他为什么这么问我，但我很想跟他聊聊："只听说你在这里开旅店十几年了，也没听说过为什么。"

老板举起酒瓶，咕咚咕咚，倒了半瓶进肚子里。"以前，我也有一个特别相爱的女朋友，我很爱她，她也很爱我。她是一个特别好的女人，是我见过最善良、最漂亮、最温柔的女人，我发誓我要娶她。"

"然后呢？"

"后来，我向她求婚，她答应了。我开心坏了，我们决定来一场婚前旅行。"

我默默听着，没有说话。

"因为我们都是 7 月份生的，所以，我们选择了 7 个我们最想去的城市，我们约定好，等旅行回来，我们就结婚。"

我看着老板，老板举起酒瓶，又把剩下的半瓶倒进肚子里。

"第一站她就选了大理，她喜欢大理，我问她为什么喜欢，她说不出来。其实我知道，她讨厌喧嚣，讨厌忙碌，她喜欢大理慢慢的生活节奏，喜欢大理多彩的人文气息。我们在大理的时候，是我看到她笑的最多的时候。"老板看着远方，红红的眼眶下，带着回忆的笑。

我伸手开了我的另一瓶酒，和自己手里的酒瓶碰了一下，交给他。

"后来，我们又去了其他的城市，而在去最后一个城市的途中，我们拼的车出了一场交通事故。"

我转头看看老板，他的脸上已经留下了两道泪痕。

"我有时候总在想，如果我们当时只选择去 6 个城市，是不是就不会发生这一切了？如果当时我不为了省那一点钱选择拼车，是不是她就不会离开了。"老板低下头，我分明能看到，眼泪一滴滴地落在地上。

我拍拍老板的肩膀，给自己灌了一口酒。良久，老板抬起头来，望着我。

"从你一进店我就感觉出你不开心，既然能再回来，跟我说

24 岁 若无其事

说你的故事？"

我也看着他，"我和我的女朋友分手了。"

"什么原因呢？"老板喝了一口酒，问。

"因为我没时间陪她。"我说。

"就这么简单？"老板斜着眼看着我。

我被问得突然愣了一下，然后点点头。

"太无聊了！你的故事太无聊了！"说着，老板站起身就要走。

"哎……"我抬起头看着他。

他回过头，淡淡地看着我，对我说："喜欢就再去追，不喜欢就找新的，这世间能过得去的事情，就让它过去。"说着，老板冲我比了个干杯的动作，然后转过身，边喝酒边离开。

在大理，我同样也租了一辆小电动摩托车，但这次不同的是，我载着机器，胖子走在一旁，因为如果胖子也坐在这辆电动摩托上，这辆电动摩托即使油门加到底也只能慢吞吞地往前挪。大理好像每天都在变化又似乎都没变，大理古城还是原来的样子，而街边卖编织草鞋的那个大叔，早就不见了。还有那个在墙根弹着吉他唱着民谣的歌手，也换了另一个人。洱海边，那个生火卖烤小鱼的本地人也不见了，却多了几个卖饵块、饵丝的小商贩。对大理，我既留恋也不留恋，我留恋和倪薇的那些美好回忆，那些现在只能出现在梦境中的朦胧的美，而我一点也不留恋梦醒后，发现倪薇不在身旁的痛苦，那种痛苦，让我备受折磨。

终于到了这次旅途的最后一站——厦门。厦门离我们生活的地方很近，从福州到厦门驾车就 3 个小时。我常常到厦门出差，所以倪薇也常常和我一起到厦门。倪薇是一个特别爱看旅行攻略也特别爱做旅行攻略的人。即使去厦门这么近的地方，她也要提前看看攻略，计算出我工作余下的时间，提前计划好路线，找好住的地方。她就是这么一个什么事都喜欢提前计划好的人，而我是个在私生活方面不喜欢计划的人，所以在这方面，比我年纪小的她照顾我很多。

以前，我只知道厦门国际中心、厦门海峡大厦那些工作要去的场所，从来没去过曾厝垵、中山路这些好玩的地方。倪薇则会主动掌管我工作之外的时间，带我去好玩的景点、吃好吃的餐厅。我们在一起那么久，她依然保持着总在我右手边的习惯，所以每次她陪我出差，我总是左手拎着公文包，右手牵着她。奔波在创业的路上，那种左手是工作，右手是生活的日子，虽然辛苦，却也是我青春中最幸福的时候。

倪薇有一张照片，是我给她拍的，在曾厝垵门口的大树旁，我记得当时她一进到曾厝垵，看到遍地的美食、美景激动得不行，那时候是晚上，这棵大树被装饰上彩色的灯，很是漂亮。倪薇拉着我要在这棵大树下合影，可那天是代表公司来工作的，我怕我们的合影被她发到朋友圈被同事或合作伙伴看到，觉得我跑去玩不太好，于是我推三阻四，给她自己在大树下照了一张。还记得她当时嘟着嘴，不开心地走到大树下，我喊 3、2、1 的时候，她又瞬间在脸上摆出笑的表情，拍完后又嘟着嘴不开心。当我再次拿着这张照片来到这棵大树下的时候，看着照片，我满怀愧疚又觉得她可爱。我在大树下和照片里的她合了张影，是笑着合影的。胖子问我为什么拍这张照片笑得那么开心，我没有说话。

还有厦门大学、中山路、鼓浪屿，这次，我又重新走过我们当时一起走过的路，去了我们当时一起去过的地方，心境完全不同。我觉得这一路走来，我还了自己内心的愿望；给了自己无法自拔的愧疚感一个解释，给了自己用三年青春经营的爱情一个结局。我弥补了自己心里的种种遗憾，慢慢解开自己心中的结。这次在厦门拍的不多，但我们去了很多地方，胖子坚持这部电影的格调要以悲情为主，而在厦门，我逐渐打开心结露出的笑容，胖子说他不想拍，那我就自己用手机拍。

我拍了厦门大学的美丽景色，拍了中山路的热闹繁华，拍了鼓浪屿的人文景观，也拍了曾厝垵与众不同的格调。然后拷进素材盘，警告胖子必须要剪进电影里。厦门之行要结束的时候，我和胖子两个人坐在环岛路的海边，望着厦门的海。

"北京那边都准备好了，我托人找了最好的婚纱店，就等你去挑了。"胖子说。

"嗯。"我点点头。

"也在北京找了一个特别浪漫的地方，等到北京了你去看看，肯定满意。"胖子看着大海，继续说。

"嗯。"我也看着大海，点点头。

良久，我们都没有说话。我捡起身旁的一颗小石子，用力扔到远方。"你说，最后的最后，我们真的可以结婚吗？"

胖子沉默了一会儿，说："不知道……"

"我也不知道，但以这段爱情最初的梦想结尾，怎么都值了。"我站起身，拍拍屁股上的沙，"晚上想吃什么？"

胖子突然变得兴奋起来，也快速站起身，追上我，说："上次去曾厝垵看到的那个烤腰子，我早就想吃了！"

从厦门到北京的飞机上，我想了很多。我尝试着问自己现在对倪薇到底是一种什么样的感情？这次旅途的目的到底是什么？我也尝试着回答了自己无数种答案，可每个答案，都不是我想要的。

到了北京，胖子第一时间带我去婚纱店挑婚纱。那些婚纱实在太美了，那天是个大晴天，暖暖的阳光从婚纱店的落地窗户照进来，铺在地上，铺在每一件洁白的婚纱上。当店员拿出那件精挑细选的婚纱的时候，我脑子里满是倪薇穿上它的样子，洁白的婚纱、金色的阳光、倪薇满是幸福笑容的脸，真的好美……现在想到倪薇，我不再是痛苦和难过，当我脑子里满是倪薇穿着面前这件婚纱转着圈给我看的情景时，我脸上浮现出的笑容，是发自内心的笑容。

我去戒指店买了那颗倪薇一直说很喜欢的寓意"纯洁爱情"的戒指。当胖子说场地布置好了邀请我去看的时候，我表示先不去看了，婚礼是这段爱情最初的梦想，也可能是这段爱情最后的结尾，我也想给自己一个惊喜。我回到房间开始整理我和倪薇的照片，还有这一段旅程中在那些熟悉的地方我和"倪薇"的合影。

24 岁　若 无 其 事

就在整理照片的时候，一段段旋律的碎片突然在我耳旁回荡，我
马上打开手机把它们记录下来，又拿起笔，在一张为数不多的我
和倪薇真正的合影背后，写下了这首歌：

细心整理我们的照片，才发现少得可怜

回忆还是留在起点，却丢掉了终点

空荡荡右手边，是谁落下誓言，闭上眼整理那碎片

我们走过那么多的路，还有那么多的爱和拥抱

我却总是后知后觉，后知后觉

才明白自己想要的

当一切都懂了，是否都已经晚了

拼命想去爱了，想去弥补了

我在爱情中丢掉你了

你曾是我的薇美人，我能否再叫一遍

我也曾是你的杨先生，那迎面心跳的感觉

那些只属于我的撒娇，我再到哪里去寻找

我曾丢过最真的爱情，还有那最温暖美好事情

右手边的体温，是我最疼的人

那个住在心底里的人

所以我痛苦自责后悔难过，永远无法原谅现在的我

虽听到伤人的话，受过伤心的事

也还想再次去拥抱你

RAP:

你坐在我的副驾驶　抱着超大瓶　我爱喝的饮料　阳光洒进车里　我觉得路途那样美好　我骗你说有好吃的骗你张开了嘴然后狠狠吻上去　看着你傻傻的笑

清晨的日光　洒在我们熟睡的脸上　我亲吻你的额头　然后摇醒你　我们无法迈出第一步你赖在我怀里　我们慵懒地嬉闹过后开始一整天的美好

房间的桌上　墙上　贴满的小纸条　提醒我抱着你睡觉　闭上眼睛再想体会你的美好　却一直做不到　回忆在萦绕　在灵魂深处萦绕

我看到路上我们的影子　最美的青春　走过的风雨飘雪　走过的浪漫安宁　我们一起走过的路　我是否明白旅行的意义　走我们走过的路　寻找旅行的意义

我到底错过了多少美好，你身上的美好
我收起背包去寻找，找回我真正的想要

我懂了爱情懂了家庭，我懂了如何去疼爱你
能不能让我再爱你，用力去爱你
我想牵你的手走向幸福

我想再当你的杨先生，请你再当我的薇美人

忘记那些不愉快，我会用疼爱帮你

这次我不会再搞砸了

一辈子就这样地爱一个人，就够了

第二天，我穿好西装，带好领结，精心打扮了自己，我抱起已经定好的那束玫瑰花，向胖子给我发的那个地方出发。到了地方，我看到一个庭院，虽然是冬天，但还是能看出庭院里别出心裁的草地。在庭院中间，有一个两层小楼，小楼的一侧，一整面墙壁都是玻璃窗户，玻璃耀着太阳，映着周围的花草树木，很是漂亮。胖子让我在庭院里等一会，他安排里面的人准备，就进了房子。我在庭院里散步，竟还觉得有一丝紧张。我顺着房子外墙的楼梯，走到天台上，俯视这个虽然在冬天却还是生机盎然的庭院，心里踏实了一点。

当我再次看到胖子出来叫我进去的时候，摄影机已经对着我了。胖子叫我下来，说里面准备好了，一股紧张感突然向我袭来。虽然没有来宾，没有亲人，没有祝福，甚至都没有新娘，但也是我第一次作为一场婚礼的主角，紧张油然而生。

我慢慢地走下楼梯，充满仪式感地站在小楼门口的正对面，我望着小楼的门口，最后整理我的头发、袖扣和领结。我走到门口，推门进去，一条洁白的丝质地毯从我的脚下一直延伸到婚礼的舞台上，地毯两侧灯光璀璨，让我看不清地毯以外的地方，甚至让我忘记没有来宾。远处的婚礼舞台上，用人形衣架架着那件我挑好的婚纱。我顺着白色的地毯，慢慢走向那件婚纱。那一路很长，

旅途的意义

又好像很短，一路上我脑子里浮现出我和倪薇从相识到分开的种种画面，那些画面像是一张张碎片，又像是一个个片段，我沉浸在那些碎片和片段中，有心酸，也有快乐。

　　我慢慢登上婚礼舞台，眼前，就是我最喜欢的婚纱，脚下，就是我梦想中的婚礼舞台，四周，就是我魂牵梦萦的婚礼现场。我走近婚纱，拿出那支我准备好的戒指，轻轻放在婚纱的手套上。我闭上眼睛，一切都结束了，我心想，这也许是我最真实的结束这三年感情，告别这三年青春，离开一个至爱的人最想要的仪式感。我睁开眼，站起身，在聚光灯下，跳下舞台，转身走向外面。胖子大喊："你怎么了？"我继续向前走，胖子追上我，说："还没有拍完，你就这么走了，这一切就都白费了。"

　　我回过头，淡淡地对他说："没有白费。"然后转身继续离开，胖子没有再拦我。

　　后期剪辑的时候，胖子问我那拍了一半的婚礼现场，要不要剪进去。我说已经不重要了。我录制好那首已经创作好的歌，给电影当作配乐。我告诉胖子在完全成片之前千万不要问我意见。我托胖子把成片放进一块漂亮的 U 盘里，然后包装起来当作礼物送给我。我想，这是我给自己青春的一份弥足珍贵的礼物吧。

　　那是当年腊月的最后几天，马上就要过情人节了，我如约收到一块包装精美的 U 盘，里面满载我对青春和爱情的记忆。

　　"不打开看看？"胖子问我。

　　"不了吧，但我会永远珍藏的。"

"也不给她看了？"胖子看着我说。

"我也还不知道。"我说。

胖子低头看了看地面，又抬起头："你还记得当初我们是为什么出发吗？这一路上咱们拍得很辛苦，每天流泪，为的不就是最后把这个影片给她看吗？"胖子见我没回答，又看着我，继续说："你不是也说了，给她看了这个片子，无论能不能追回她，都当给自己一个交代。"

我抬头看看天，又看看胖子，还是没有说话。

胖子有些急了："咱们做什么事，都要让自己以后没有遗憾、不会后悔，我是怕你以后想起来，辛苦这么久拍的影片，最后没有给她看到，你自己会后悔。"胖子走过来，一手扶着我的肩："给她看吧，无论结果如何，最起码以后咱们不会后悔，对吗？"

遗憾、后悔这些词汇在我心里可能已经留下了太多阴影，听到胖子这么说，我决定还是按照原有的计划，情人节让她闺蜜把她骗到电影院，把这部影片放给她看。

我跟倪薇的闺蜜说了我的想法，那时候正在热映徐静蕾的《有一个地方只有我们知道》，闺蜜说正好倪薇想去看这部电影，但不知道她会买哪家电影院，她可以情人节那天约倪薇去看电影，但到时候具体去哪家影院，只有前一天买票的时候才会知道。

等到情人节的前一天，闺蜜发来一条微信："星美影城，16点 45 分。"收到消息，我立马和星美影城取得联系，我拜托星美影城的影院经理帮我安排在她那一场播放我的电影，我愿意双倍退还卖出去的所有票。影院经理告诉我，很多网络售票是没办法联系到买家的，等人家到了再退票操作难度很大，风险也很大。于是，我和影院经理商量，两场电影之间有 20 分钟的间隔时间，放完正片后，马上放我的片子，再延长一点点间隔时间就可以，他同意了。

那天，我准备好花，打扮好自己，我穿着拍摄婚礼时的那套西装，带了同样的领结和袖扣。我早早就到了电影院放映厅后面的放映室里，时间一分一秒地过去，终于到了 16 点 40 分，这场电影的观众开始入场，一对对情侣走进来，坐到自己的位置上，可我一直没有看到倪薇走进来。眼看就要 16 点 45 分了，我开始有些着急了，就在这时，我看到倪薇闺蜜抱着一桶爆米花走进来，不一会儿，倪薇出现了，她穿着 件以前我从没见过的红色外套，一双红色的高跟鞋。我已近一年没有看到她了，尽管经过这一趟旅行心里已经平静，但远远看到她的那一刻，眼泪还是默默地从脸颊滑下。

影片开始放映，是一部悲伤的爱情片。观影厅里，我一直把手放在鼠标的按键上。等这部影片结束，我只要一按，我的影片就开始放映了。

时间滴滴答答地向前走，两个小时的电影，我心里既激动又紧张，放在鼠标上的手一刻也不敢拿开，因为我怕影片结束后，我还没有点击播放我的电影，倪薇就已经离开影厅。

终于，我看到影片的两个主人公要在一起了，我知道她们的故事要结束了，一分钟、两分钟……黑屏，在还没有出字幕前，我闭上眼，深吸了一口气，点下鼠标。屏幕上立刻开始播放我的

24 岁　若 无 其 事

影片，我跑到窗口看了看影厅的观众席，倪薇没有走，其他观众也陆续坐下。

影片一共 20 分钟，我也是第一次看这部影片。看着自己这一路的风景，我长长地舒了口气。影片最后，胖子还是把那段没拍完的婚礼剪进去了，同时响起了我为倪薇写的那首歌。

我捧起事先准备好的鲜花，充满仪式感地站在影厅门口的正对面，我望着影厅门口，最后整理着我的头发、袖扣和领结，然后走到门口，推门进去。影片中的我鲜活地出现在倪薇面前。我看着倪薇，她也看着我。这是时隔一年，我们的第一次对视，泪水一下子涌出来，我看到倪薇也哭花了脸。我走向倪薇，走近她，她站了起来，给了我一个大大的拥抱，我听见她趴在我肩头哭。这是我这一年来日思夜想的人啊，这是我青春中挥之不去的人啊，这是一年来令我饱受痛苦的人啊，这是我最需要和渴望的人啊，可这一刻，就在这一刻，当她在我怀里时，当她又回到我怀抱的时候，我竟手足无措。我的花掉在地上，我听见周围嘈杂的起哄声和怀里她分明的哭声，或许，是我没做好准备，又或许，是我从来就没有信心吧。我伸出双手，抱住了她。这一抱，把我已经放下的心中的重量，重新抱了回来。我紧紧抱住她，直到闺蜜拉着她的衣角提示我们该离开。那一整天，我们都紧紧拉着对方的手；那一整天，我的右手边，又重新有了倪薇；那一整天，我一直心不在焉，因为在飞机上我曾尝试着问自己，对倪薇到底是一种怎么样的感情，而我自己也答不出来。

原生的弱点

　　情人节过后，很快就要过春节了，我调整好自己的状态，去了一趟公司。许久没到公司，公司天台上种的花都和以前不一样了。我来到自己的办公室，在这南方的冬天，办公桌上居然落了一层尘土。其实在和胖子这一路的旅途中，赵超和李万能不给我打的电话就尽量不给我打，除非遇到什么大事情，他们才会打电话向我求助。那一整段时间以来，赵超一共打过 2 通电话给我，李万打过 5 通电话给我，都是因为他们在工作当中遇到的困难。而赵超和李万因为同一件事给我打电话只有一次，那次是他们第一次遇到外界的阻力。

　　就在我和胖子在北京的时候，有一天夜里，赵超突然给我来了电话，说遇到了没办法解决的困难。我问他遇到什么困难，他说遇到了竞争对手恶意竞争，竞争对手可能知道了我不在的事情，先是编出一些无中生有的言论，在他们组织的会议营销中和他们的学生里传播，蓄意抹黑我们，然后给我们长期合作的伙伴发消息，抹黑我们，最后，居然过分到在我们开新班迎新的当天，派人到我们楼下发宣传单，直接抢客户抢到我们楼下来了。赵超说不知道该如何应对，我告诉他我刚刚创业的时候也遇到过非常多这样的流氓，要想个办法，快准狠地解决问题，以免留下后患。我给了他一天的时间，让他考虑如何解决，然后给我一个解决方案。

过了不一会，李万也来了电话，也跟我说了同样的事情，因为他负责的招生工作也受到了很大的影响，我采取同样的态度，让他考虑过后给我方案。为什么不直接告诉他们该怎么解决，因为我知道在这样的社会环境下，我们想创造属于自己的一番事业，就一定会遇到各种各样的困难，他们除了必须具备强大的工作能力之外，解决困难的能力、迎难而上的决心，也至关重要。

第二天晚上，赵超如约给我来了电话，他说他想直接去竞争对手负责人的办公室敲门，找他谈谈，问问他到底有什么目的，如果想正常竞争，大家就正常竞争，如果不想正常竞争，他就把手边的工作交给李万，专心致志地陪他恶性竞争到底。我说可以，可以等后天周一去找他，趁他们所有员工都在，把话撂下。我其实很满意赵超的想法，大丈夫光明磊落，把事情谈开，谈不开就斗争到底，这样处理这件事，我觉得可以解决这个问题。而那天晚上，一直没有等到李万的电话，我也没有主动打电话给李万，我想，他可能已经跟赵超沟通过了，或者还需要多一些时间。

直到第三天的傍晚，李万才给我来了电话。他说他已经解决这个问题了，对方一定不敢再恶意竞争了。我很奇怪，问他怎么解决的，他说时间比较紧急，就没提前跟我说，因为他了解到，周日下午是竞争对手学校的年末家长会，几乎所有家长都会参加。

所以他连夜制作文案、排版、印制了抹黑竞争对手的宣传单，趁他们家长会，所有家长学生都在，安排人到他们楼下发。

"虽然不一定使家长们信，但在有更好的同类市场选择中，家长们宁可信其有。"李万说。

"为什么不跟我商量一下？"这样的解决方式让我有些不舒服。

"时间太紧了，对他们打击最大的时机就是家长会，错过这次，下次就是一年后了，而且对付这种流氓……"

"好了，先看看这两天他们的动静吧。"我想，李万也是想帮公司解决问题，既然已经做了，虽然不是公司历来的做事风格，但既然他在我的团队，我们就应该一起承担。"看看对方最近有什么动静，再及时向我汇报吧！"我在电话这头说。

其实我心里明白，赵超和李万都是刚刚开始当家，他们的个人背景我也了解，如果那个竞争对手真的和他们闹起来，我又远在北京，是这样的状态，他们肯定招架不住，所以我要求他们及时跟我汇报动态。如果事情闹大，我必须在必要的时候，出面解决这些问题。

晚上，我给赵超去了个电话，我告诉他周一不用再去竞争对手那边了，但是这两天要时刻关注对方的动静。赵超没多问，就说好吧。后来，他们俩都没再给我打电话，我想，事情一定顺利解决了。那是他们第一次处理这样的问题，我觉得他们又成长了。

其实不在公司的时候，我总是隐隐有些担心。因为赵超和李万一直都负责自己职责范围内的事，从来没有接触过成本，我一

24 岁　若无其事

下子离开这么久，我很怕他们因为对成本没有概念而出现问题，公司兜得住还好，如果公司兜不住，就很容易由此出现大问题。那次回来，我也第一时间约见了赵超，在他的汇报中，我知道了公司这一年的运营比较稳定，但业绩下滑得很厉害，因为我不在，没有人指导招生和续费，所以收入情况也不是很好。"能平稳运营就是件好事了！"我用这句话鼓励了赵超。随后我又约见了李万，他说，今年招生工作有进步，和很多学校建立了联系，学校都允许我们开展招生宣传工作，他陪学校和教育相关的很多领导喝了很多酒，现在他们都是朋友，但因为我不在，他公关的时候预算总是拨得有点慢，现在我回来了，一切都会更好。随后，我约见了公司财务，让她把财务报表拿给我看。果然，我担心的事情发生了。当年度的财务状况非常糟糕，收入情况很差，但费用相比去年却直线上升，完全入不敷出。账上的钱所剩无几，年底还要清掉一些应付款；大笔支出也还在等我回来签字，可如果这些钱付出去，不但不够付，公司的账面也就空了，年底那个月的工资都会发不出。一瞬间，我觉得困难像一块石头做的墙，已经开始倾斜，正慢慢向我倒来。

赵超和李万两个人刚刚当家，如果我把公司财务遇到问题的事情告诉他们，他们很可能会受到打击，再也没有魄力处理事情，所以我选择不告诉他们。看着他们每天认真工作，我觉得是我没有事先培养他们成本概念，是我的问题。财务的建议是有些应付款先不付，尽量拖到年后，这样有多一点的时间来想办法。可创业这么多年，我知道中国人的习惯就是春节前要清账，如果有些账目春节前不清，会对信誉造成很大影响。于是我先安排财务把能付清的账先结清，然后我一边找银行申请贷款，一边把我所有的信用卡都拿出来，算了算额度，加起来有 30 多万。我取出了信用卡里所有可提现的钱，加上自己剩下的，再把我之前在公司账上预支的年底分红还了进去，可即使加上这些，钱也刚刚够清账，接下来发工资、运营，还是不够，我不能让公司停下来，我是个不愿跟朋友张口借钱的人，但那一刻，我确实没别的办法了。

我仔细整理了自己所有的通讯录和微信好友，把有可能在困难关头帮助我的人一一列在纸上。当时我的通讯录有 1000 多人，微信好友有 700 多人，可我能列在纸上的，居然只有十几个。我逐一拨通了这十几个人的电话，把情况告诉他们，告诉他们我没有办法了，向他们求助。我组织了很久的语言，最后在临近中午的时候，我终于硬着头皮拨出了第一通电话……

打完最后一通电话的时候，已经是晚上了。最后，在这十几个人里，只有三个人愿意帮我。一个我刚创业那会儿在健身房认识、后来变成好朋友的林成，他自己没有钱，但他答应向他父亲借 4 万块钱，用来帮我；另一个是之前帮我兼职上过课，后来变成好朋友的翟英，她答应借给我 3000 块钱；还有一个是在我的第一部电影中出演，后来变成好朋友的李娜，她答应借给我 1600 块钱。我知道，这已经是他们能做到的极限了。

那一段时间，我整日奔波，为钱而愁。在公司里，我要做出

24 岁　若无其事

一副公司平安无事、来年大有发展的样子；公司外，我甚至连中午吃快餐也开始选择 12 块的而不是 15 块的。倪薇刚刚回到我身边，我必须要抽时间陪她，而在她面前，我更不能提我为了追回她付出的代价，我必须要装出一副一切安好的样子。和父母的几次通话，父母似乎听出了异常。就在临近新年前几天的晚上，父母打电话问我什么时候开始放假，我说要到除夕前一天吧，我跟父母相互问候了几句，聊了聊春节的安排，要挂电话的时候，妈妈突然说："我和你爸还有些积蓄，你缺钱的话，我明天给你打过去。"听到这话，我先是愣了一会儿，然后说："你们放心吧，我不缺钱。"没想到，第二天中午，妈妈来了一条短信："钱已经汇过去了，不够用再跟我说。"我查了银行卡，我知道父母其实没有很多积蓄，他们应该全都打给我了。那一刻，泪水在眼眶里直打转，但我知道我不能哭，如果我脆弱了，就没人能挺过这个难关了。如果这个难关我过不去，以后等我再想发展起来，可能会比这个难关还难。放下手机，我抬起头，让眼泪不要流下来，我又拿起手机，给公司财务发了条消息："我会再打几笔钱到账上，你再精算一下，节前要解决所有问题。"

到了春节前的最后一次会议，我来主持开会，我让赵超总结了当年全年的运营情况，让李万总结了当年全年的招生情况，我没有让财务发言，而是在会上要求财务单独向我汇报。我硬着头皮说今年赵超和李万做得很好，他们让公司度过了平稳的一年，虽然营业收入差了一些，但我们没有亏钱。我硬着头皮说这是我最想看到的，也是公司最大的进步，我相信明年一定会更好。散会后，我把赵超和李万叫到办公室，在我已经为 15 块钱便当发愁的时候，我还是硬着头皮跟他们说："今年我们赚得不多，但是大家还是可以分到钱。"我按照公司账目上仅剩的数额告诉他们分别能分到多少。我看得出，对于这个数字，赵超有些不满意。其实我能理解，从来没有接触过成本的他，就像刚刚创业时候的我，总觉得收进来的钱就是赚到的钱。那时的我，还没有成本概念，导致经常入不敷出，但那时候生意小，都能挺得过去。现在的赵超也是一样，看着账面上一千多万的收入，而我告诉他们利润只有几十万，和我当时一样没有成本概念的他，会质疑也很正常。

那个春节，是我过得最惨的一个春节，我甚至没有钱买机票回家。我跟父母解释说工作太忙了，可能来不及回去，父母虽然表示理解，但在电话里，我听得出他们的担心。

除夕当天，我早早起来，用信用卡里还余下的 2000 块额度，买了一些青菜、一盒肉和一瓶啤酒。年三十的晚上，我给自己煮了个火锅，伴着外面齐鸣的鞭炮声，我一个人一口火锅一口啤酒的就这么吃着，火锅冒着腾腾的热气，一直扑在我的脸上，但我并没有躲，因为这样，我就感受不到眼角流下的泪有多滚烫。我给父母打了通电话，告诉他们我吃了一顿很丰盛的年夜饭。也许从那一刻起，我学会了对全世界伪装。你们经历过那种感觉吗？一个人在房间里，不敢出门，不敢看手机，甚至不敢知道时间，因为一旦接触到外面来的任何信息，一旦触碰到空气中哪怕一丝的年味儿，孤独感就会迎面袭来，全世界的阖家团圆、欢声笑语，包裹着你的孤独，每一秒，都是对心灵的凌迟。

大年初一，我努力让自己多睡一会儿，这样这天就会过得快一点儿。可我还是不争气地在上午 10 点就醒来睡不着了。我坐到沙发上，若无其事地给倪薇打了通电话。倪薇告诉我，她每次过年从正月初三开始就没事做了，她想让我带她去玩，我就把手机的免提打开，边跟她说话边查询了一下信用卡的剩余额度，还剩1000 多块。于是，我们约定好初三出发去厦门。

这次短暂的厦门之行，让我觉得和以前一点也不一样。我们之间再也不像以前那样亲密，也不再互相粘着，我始终觉得有什么东西隔在我们中间，让我们再也拿不出曾经那样的热情。甚至，当我看到她像以前一样遇到美食蹦蹦跳跳的时候，内心深处，竟有一丝痛苦的波澜。

正月初七那天，我回到自己的办公室，初八就是公司开工的日子，我知道，天塌下来总要有人扛，只有勇敢地上去扛了，才知道自己扛不扛得住。昕影已经把流动资金全部投入《四小天王》项目，我本来计划，如果昕丽盈收正常，昕丽的分红足够我跟进《四小天王》的投资，只要项目成型，制作过程中就可以授权合作的培训学校开班，开始产生收益。而让我没想到的是，昕丽今年亏损，导致我无法跟进《四小天王》的投资，《四小天王》项目卡在那里，昕影的钱也就卡在了那里，而昕丽的亏损我必须通过负债来弥补，这样，《四小天王》项目就变得遥遥无期，等热度过了，它的商

原生的弱点

业价值就会减半。那段时间我的压力巨大，我感觉自己背上好像扛着一堵很重很重的石头墙，而我必须面带微笑地告诉所有人，这墙是棉花做的，我正取暖呢……

很快，借贷的钱就支撑不了运营了，银行的周期太久，朋友圈能帮我的全都帮了，父母也几乎把所有的积蓄都给了我。这样看起来，似乎已经没有机会了，但我心里清楚，我还有一线生机，如果能把握好，是可以渡过难关的。

教育行业有个最大的优点，就是永远都是先收钱，我们的客户永远是先交学费再上课，而我们成本是缓慢从学费中支出的。所以，在每个开课的节点，昕丽都会形成一个资金池，虽然规模不大，但渡过这个难关，足够了。这也有一个前提条件，就是今年的招生情况一定要好，而且学生一定要集中在第一季度入学。

针对这个目标，我制订了三项执行方案。第一：把今年所有的优惠活动，全部加大力度放在正月十五的后一周，并明确宣传这是今年唯一一次优惠。第二：排除掉潜在客户和C类客户，把意向比较高的B类和A类客户单独剥离出来，进行集中营销。第三：我们必须有强大的咨询团队，才能最终促成集中成交，我亲自挂帅上阵，兼任网络部和客服部顾问，给员工进行高强度培训的同时，直接到一线面对客户，促成成交。

正月初八公司开工，李万准时回来了，我告诉他今年我们一定要把收入提上来，并向他传达了第一季度的战略，让他来协助执行。赵超没有准时回来，到了初九、初十，也没见到他，给他打了几次电话，打不通。赵超不是一个容易迟到和失联的人啊，我心里隐隐有些担心。

正月十一、十二，赵超依然没有回来。现在是至关重要的时刻，正月十六就要开始为期一周的收费期了，我在一线面对客户，如果后勤上运营出了问题，那会造成严重的后果，赵超一直没有消息，让我很担心。

正月十三，我清楚地记得，那是一个周二，因为周一的例会赵超又缺席了。当天中午，我接到了赵超的电话，说想找我谈谈。我说你终于回来了，来我办公室吧，他说谈清楚之前，不愿意来公司。我被他说得有些摸不着头脑，就约他第二天上午到公司附近的咖啡厅里谈。

"我要提高两倍的底薪，明确把股权划到我的名下，监管财务账户。"赵超总是直截了当，"可以，我留下来和你一起打江山，不可以，我去上海。"我对他直截了当的性格又爱又恨。其实赵超在我眼里，是个非常值得培养的人，他有着很强的执行能力，在管理上也一丝不苟，他不太通人情，但就是因为这样，我们的团队更多靠着规则来维系，这是一种很健康的状态。对我来说，别说提高两倍底薪，就算提高五倍，我也愿意付出。股权本身就是我要给他们的，而且因为他们没有成本意识导致了这么严重的后果，我今年也一定会让他们接触成本、管理账目。可是，赵超不了解我，他不了解我当时的状况，也不了解我的处事风格。在我当时那样的状况下，我无法确定自己能不能承担得起下个月

原生的弱点

的工资，而更重要的，是我的原生弱点。

　　我是一个原生弱点很多的人，由于从小的成长经历、家庭情况等，造成了很多我直到现在都无法克服的原生弱点。赵超触碰到的，就是其中一项。我是一个很慷慨的人，也懂得分析价值，但我无法接受别人直接向我伸手。在我读小学的时候，学校里有六年级的学长经常欺负一个和我同级不同班的小男孩，有一次放学后，那个小男孩被六年级的学长欺负了，坐在操场上哭。我看到后，就把自己新买的游戏机借他玩，安慰他别哭了，他开心地拿着游戏机回家了。第二天，他把游戏机还给我，那几个六年级的学长就到班门口找我，威胁着伸手向我要游戏机，让我给他们玩。我其实是可以借给别人玩的，但是他们以这样的方式伸手向我要，我就是不想给，他们威胁要打我，我也不给。最后，在放学的路上，他们堵着我，要抢我的游戏机，他们都比我高很多，我知道自己打不过他们，于是我就放下书包，拿出游戏机，在路边找了块儿砖，把游戏机砸烂了。这种本能的反应有时候我无法控制，就像几年前我一直资助一个贫困家庭的小孩读书，每年负担他的学费、生活费等，我都会找他要费用清单，然后打钱给他家里，这是我愿意给的。可有一次，他家里用道德绑架的方式伸手向我要钱，我本来是要给他的，可当他家里这样向我伸手，企图道德绑架我的时候，我一下子就拒绝了，并且再也没有资助过他。我知道，这是我原生的缺点，可我就是改不掉。因为这个缺点，我吃了不少亏，在赵超的事情上也是这样。其实赵超在我心里，远超过这些价值，可当他这么直截了当不顾多年情谊威胁着伸手向我索取的时候，我没有答应。

当天晚上，我打了一通很长的电话跟李万商量，他跟我说，他和赵超早就有矛盾，但为了公司他一直没说。对于赵超的要求，我想征求李万的意见，李万在第一时间就说这种要求他不可能支持我的，他告诉我，以他对赵超的了解，如果我现在答应了这些条件，未来公司的某项业务交到赵超手里，被赵超控制了，他一定会提出更多的条件。李万的这句担心说到了我心坎里，我很怕未来会出现这样的问题，影响团队是一回事，如果闹得大家分开，那就真的是两败俱伤。我几乎一整夜没睡，翻来覆去地考虑这件事，而当下，我又多了一个担心，如果答应了赵超的条件，李万会不会心里不舒服，他们以后还能不能相处得来。

第二天早上，我一醒来，就接到了一条赵超的短信："到今天中午 12 点，如果没有回复，我就买下午去上海的车票。"我至今也不明白，他为什么那样逼我，而我又为什么刚好有这样的原生弱点。我放下手机，再也没有考虑这件事，直到中午 12 点，我也没回消息给他。时间一过 12 点，我拿起手机，就想着给赵超发一条信息，我编辑好，又删掉，编辑好，又删掉，实在不知道说什么好。直到我收到了他发来的最后一条短信："无论在哪，我一直挺你，我走了兄弟，安好。"我咬着牙，在手机屏幕上打出一行字，按下回复按钮："无论在哪，需要我就说句话，兄弟安好。"

关掉手机屏幕，我躺在办公椅上，久久无法平静。

原生的弱点

深渊的凝望

　　工作还是要继续，我一直相信，人和人之间只要有缘，就一定会再见，所以我要让昕丽更好，让昕丽更快地成长，这样在下次见面的时候，我们才能像现在这样谈笑风生。明天就进入整个年度招生收费的第一天了，也是我能不能冲破这个难关的关键时刻，我必须调整好状态，迎接这个挑战。我把李万叫到办公室，跟他说了赵超走的事情，我告诉他今年一定是艰难的一年，但艰难意味着挑战，机遇总是会和挑战并存的，所以这也正是我们发展的好时机。李万应该听明白了，他说赵超在的时候有点限制他的发展，现在赵超走了，他一定会更加努力。

　　赵超一走，运营总负责人的位置就空了，现在这种时候，我只能冲上来兼任，我告诉李万，让他兼任我的助理，跟着我学习，三个月以后，就让他来负责整体运营。其实我心里明白，安排一个人同时负责运营和招生是一件很危险的事，这就相当于把整个公司的核心命脉交给了他，但我觉得我和李万知根知底，赵超走后我把赵超的那份股权也给了李万，以他的品质来说，应该不会做背叛我或背叛公司的事情，而且，人与人之间，只有给足了信任，才能长久。李万也多次表示自己会努力，这让我更加放心。

那段时间，真的是在刀刃上行走的一段时间，我不允许我们有一点儿失误，我必须要把握住每一个客户、每一次机会，我必须要保证这个团队可以走出困境，我变成了一个在工作上极度苛刻的人，极度。

我们的运气很好，一周过后，整体的报名数量达到了我的预期，我们也迅速有了这么一个可以支配的资金池，但之前为了刺激报名，我们给出了很高的优惠力度，所以在数额上，比预期的要少一些。我利用几天的时间和财务部门快速做好了整年的预算，"不能再出问题了！"我对自己说。为了使资金能够安全地执行使用，我们设计了很多种预算方案，我也给赵超和李万预留出一部分比较丰厚的收益，严格来说，现在全是李万的。

我第一时间还清了朋友们借给我的钱。因为信用卡的额数比较大，为了资金平稳过渡，我没有一次性还清信用卡，而是用最低还款的分期方式慢慢过渡。第一个月，我多发了一些奖金给大家，鼓励大家继续努力，虽然不会再有新增，但我们要控制退费率和提高续费率。如果退费率高起来，资金上一定会出现很大的问题；如果续费率上不去，后半年我们的风险就变得非常大。

昕影那边，《四小天王》项目因为我个人的原因，时间周期拖了太久，热度几乎已经降到了零，它的商业意义已经变得没有那么大，项目风险也在不断增高。经过一系列的详细测算，我决定放弃昕影对《四小天王》项目的继续投资来止损，为了给当时参加海选的所有人一个交代，同时继续实现影视和教育相结合的战略思想，我决定重新启动一个题材更有意义的电影项目。

有了这个想法后，我第一时间找到了胖子，虽然上部电影他并没有拍出很好的效果，但我知道，他的梦想是当一个好导演，他也愿意为成为一个好导演而付出一切。我一直认为，人真的想做成的事，真的愿意付出一切做成的事，就一定能做成。另外在个人感情上，他也付出自己的时间帮了我，于是我愿意再给他一次机会，我相信他可以做得好。那天下午，我把胖子叫到办公室，我告诉他，我要做一部题材有意义的电影。胖子立马兴奋起来，他告诉我，他正做着一部题材很有意义的电影，已经找好了投资方。他说三坊七巷有一处林则徐故居，林则徐是福州人，也是我们的民族英雄，很多的影视作品里都有林则徐，他想把林则徐的成长经历和第一次面对鸦片的经历拍成电影。我觉得这个题材很棒，有一定的意义。他问我想不想参加，如果想参加的话愿意给我留出 50% 的投资份额。那个时候，我还不想当一个资本家，我的投资必须是由我来执行项目，我一直认为命运只有把握在自己手里，才能收获最好的结果，所以我的条件是虽然五比五对投，但是由我来主控。胖子答应了，随后，胖子找来一个制片人，叫姚林，他的要求是，五比五对投没问题，但如果我们要主控，那这个项目必须由我们来进行前期的启动投资。那时的我并没有经历过影视行业的大风大浪，还不知深浅，就一口答应了。

接下来的几天，我又仔细清算了昕丽账上我能灵活调用的资

24 岁　若无其事

金，要保证昕丽的平稳运营。同时，昕丽第一个月的表现非常好，开学一个月就有接近 12% 的老带新预约增长率，因为之前报名活动时对客户的承诺，我让客服部把所有的预约都约到了后半年。昕影全力投入的《四小天王》项目投资落水，我必须要用新项目让昕影继续运转起来，赶上电影行业蓬勃发展的这趟列车。对于昕影的新项目投资，我和财务进行了无数次的计算，为了规避风险，我们也提前对新电影项目进行了多种情况的预计，明确了公司有能力承担投资风险后，最终决定了对新电影项目的投资。而这一切的风险计算，都建立在一个前提下，就是我和财务以及整个昕丽团队都非常看好昕丽今年的状况，第一是因为我们的确开了个好头，第二是因为我回来了。

决定了对新电影项目的投资，正式签合同前，我想单独请胖子吃顿饭，鼓励他这次要好好创作，争取做出一个好作品。没承想胖子带上了那个所谓的姚制片一起过来。于是，我们三个人，在公司楼下的火锅店里，一起吃了顿火锅。这顿火锅吃了将近 5 个小时，因为那个姚制片，实在是太能说了，从影视行业的发展状况分析到中国经济的阶段历程，从民族英雄的电影题材分析到世界政治格局现状，从他有个跟张艺谋一起拍戏的拜把子兄弟到他家里有个在电影局当领导的远房表舅，直到我说我们已经决定投资了，他才停下来问明天能签合同吗？我说能，我们才结束了这场饭局。想说的话都没来得及跟胖子说，晚上开车回去的路上，我想，算了，他这么热爱这个行业，一定会努力的，我说了反而显得我小家子气了。

签好投资合同后，姚制片就找了一个编剧，到福州来闭关写剧本，那个编剧的名字很有意思，所以我印象很深刻，他姓马，给自己取了个笔名叫唐伯猫。编剧来的第一天，我请他到一家西北饭店吃烤羊腿，没想到午餐时间，他一个人喝了一整瓶白酒，然后就回去睡觉了，第二天早上才醒。第二天，他一见到我面就神秘兮兮地跟我说：

"杨总，有件事我不知道当讲不当讲。"他说话文绉绉的。

"既然你都问了我当讲不当讲，那就一定当讲。"

他贴得离我更近了，好像周围有人在偷听他说话似的："杨总，没来之前我不知道你这么豪爽，昨天见到你，看到你年轻有为，青年才俊，我必须要跟你说。姚林居然要潜规则我！"

"什么？"我瞪大了眼睛，一副无法相信的样子。

"这个天杀的，老子行走江湖这么多年，他居然要潜规则我，他让我剧本给你报价 20 万，给他回扣 5 万。老子剧本就是 20 万，想要我的回扣潜规则我，没门！天杀的东西……"

他骂起人来倒是一点儿也不介意周围是不是有人在听了，颇有点骂街的味道，吐沫横飞，我不禁稍微往后躲了一躲。骂完人，他气喘吁吁地看着我，继续说："杨总，你来评评理，你说我要不要被他潜规则？"

我看着他，先让他坐下，然后淡淡地跟他说："马老师，如果是我，我不接受这个圈子里的一切潜规则，你说呢？"

"嗯，对！我也是这么觉得！"他连忙点头。

当天下午，我就把胖子找来，让他坐到我对面："编剧找我了，说姚林要潜规则他。"

胖子一脸夸张不敢相信的样子："什么？居然要贪污？没想到姚林是这样的人！"然后气喘吁吁地做出一副生气的样子，他看看我，见我没有说话，就继续说："不过杨总，在这个圈子里，制片人拿一点回扣也是很正常的事情，毕竟也不多嘛……"

"你想说服我睁一只眼闭一只眼？"我打断他的话，说道。

胖子见我语气不对，立马解释："没没……这种事情怎么能睁一只眼闭一只眼呢？剧本就这样了，后面花钱的地方可多了，坚决不能容忍这种事情！"胖子义正词严得有点夸张。

"那咱们该怎么办呢？"我问胖子。

"15万这编剧肯定接，你就咬死给他15万！"胖子说。

我盯着胖子，慢悠悠地说道："你怎么知道是15万？"

胖子被我一下问得不知所措，连忙端起杯子大喝了几口水，然后打了个嗝，"嗯……编剧也跟我说了，我也反对潜规则，我支持你，就咬死给他15万！"

后来，编剧15万接了这个活儿，再也没来找过我。

大约两个星期后，编剧交了稿，剧本的第一稿叫作《少年林则徐》，我仔细阅读了几遍，总觉得故事平淡无奇，有点流水账，而且这个名字我很不喜欢，曾经也有一部老电影叫这个名字。我和胖子商量后，发回去让编剧重新改。大概又是一周，编剧又交

深渊的凝望

来了一稿，名字叫作《少年林则徐之初战毒魔》，这个名字我就更不喜欢了，网络大电影的基因太强了，我希望虽然是小制作，但也要大气一些，另外剧本故事主线基本没有修改，只是增加了几个故事点。于是，在和胖子商量后，我们又整理了意见发回去让编剧再次修改。

其实这段时间的工作生活，让我觉得很累，因为工作遇到的困难需要我付出比创业时更多的努力；而生活上，我必须要找出时间和倪薇在一起，我不能让她感到一点儿孤单，既然把她追回来了，我就不能对不起她。因为倪薇还在读大学，她的时间实在太多了，我总是要把 16 个小时的工作用 12 个小时做完，然后留出时间来陪她，我们一起吃饭，一起散步，一起逛街，一起去做倪薇喜欢的事情。但我们之间好像隔着什么的感觉也越来越深，我无数次检讨，也找不出原因。我就这样在倪薇、昕丽、电影三者之间徘徊，这几乎用了我所有的精力，我感到很疲惫，可这每一个对我来讲都至关重要，我不能停歇。

编剧发来的第三稿名字叫作《初战毒魔》，终于把故事线捋得比较清晰了，故事讲的是：林则徐从鳌峰书院回乡准备参加乡试考取功名，巧识了玉音坊的搴芳姑娘，心生情愫。搴芳手下有上百艘大船可从福州、泉州出航至南洋、阿拉伯甚至欧罗巴，林则徐结识了搴芳姑娘后，一系列古怪的事情发生了……故事增添了很多悬疑的成分，名字也比之前好，显得更大气。于是我就在收到第三稿后的一天，趁着倪薇来办公室找我，把剧本拿给她看，一是想听听她的意见，二是想趁倪薇看剧本的空子，多做一会儿工作。

倪薇看完剧本以后，把剧本合上卷握在手里，拿起刚烧开的水壶，给我倒了杯水，又给自己倒了杯水，然后坐在我旁边，又把剧本打开，再次仔细把剧本浏览了一遍。

"我第一次看电影剧本，挺有意思的，很有画面感。"倪薇又一次合上剧本，对我说。

"是啊，剧本这东西画面感很强，你也是学这个专业的，以后多看看剧本，对你以后有好处。"我放下手中的工作，看着她说道。

"你还知道我是学表演的？"倪薇故意做出骄横的表情，"那我演哪个角色？"

我看着她，试图从她的表情中分析她是认真的还是开玩笑的，"额……这可不是开玩笑的啊我的宝贝，这是咱们和其他公司对投的电影。"

倪薇看起来不像是在开玩笑，她把手抬起来，指着我的鼻尖，说："你不相信我的专业？我可是你学生！"

没办法，她看起来好像认真了，于是我想了想，对她说："你第一次演电影，女一号那个角色我怕你压力太大，这样，我让编剧再给你加一个角色，戏份跟女一号差不多的。再说，女一号那个角色又老，又是坏人，不适合你。"

倪薇用力把手放下，"这还差不多。"然后抱起我的手臂。

其实，能够步入电影行业，是我小时候的梦想，没想到，兜兜转转，我终于能在自己梦想的领域有所作为。反观剧本故事，

深渊的凝望

能够考取功名，为国为民做出贡献也是林则徐少年时的梦想，而他也在遇到祸国殃民的事情的时候，以命相抵抗。同样是梦想的故事，同样是少年的梦想。思来想去，我向主创团队提议，这部电影就叫《少年有梦》，既简单明了，又一语双关。胖子和编剧听了，也都赞同我的想法。于是就有了第四稿剧本：《少年有梦》。第四稿剧本增加了一个角色，是编剧应我的要求给倪薇定制的，这个角色贯穿始终，倪薇也很喜欢。

姚制片介绍了他另一半的投资方给我认识，是一个戴着墨镜、穿着西装的中年男子，大家都叫他亢导。姚制片介绍，他是一位获过"五个一"工程奖的导演兼演员。我们相互认识并一起研究了剧本后，亢导又带我到了广东汕头，和他们公司的老板签约。

《少年有梦》正式开机的时候，已经是剧本的第六稿了。虽然胖子再三表示剧本已经成型，但我还是要求编剧跟在组里，以免胖子在拍摄过程中出现什么问题。《少年有梦》的拍摄地点是山东东平的水浒影视城，我们剧组在原有场景的基础上置景拍摄。《少年有梦》的剧组人数比我的第一部作品《江湖之兄弟情》要多得多，这对我来说又是一个不小的挑战。我们举行了风风光光的开机仪式，邀请了众多影视艺术家参与。电影开机后，拍摄过程十分紧张，每天都有艰巨的拍摄任务，大家都很疲惫。我总觉得那个姚制片怪怪的，说不出哪里怪，最大的奇怪就是各种以电影行业和其他行业不同为由不配合我们财务部门的工作，我们的财务部门也是第一次跟电影剧组，被他闹得团团转。

剧组里，大家都知道倪薇是出品人的女朋友，对她尊敬有加。有一天晚上拍夜戏，因为前一天我早早出门办事，所以晚上没有跟在组里，而是在酒店休息。大半夜，一通接一通的电话铃声把我吵醒，接起电话，是制片主任打来的，说现场出事了，解决不了，要请我过去解决，我电话里问什么事，制片主任一直支支吾吾地说不出来，于是我爬起来，叫司机安排车到了拍摄现场。那天拍的是玉音坊的戏，在一栋我们已经置好景的古代建筑里，一进大门，我就听见吵架的声音，连忙跑到二楼去看。倪薇正指着胖子的鼻子臭骂呢，我连忙上去阻拦，询问情况，现场的人说：

"刚才拍一场薇姐的台词戏，薇姐说了好几遍，导演都不满意，要求 NG，拍多了几次，薇姐有点儿不高兴了，就开始骂导演……"旁边的人也说："是啊，我在剧组这么多年了，一般都是演员演不好导演骂演员，头一次见到演员因为自己演不好骂导演的……"大家你一嘴我一嘴地讨论起来……

"都别讨论了！"我大声说，现场鸦雀无声，"演员找不到感觉是很正常的事情，讨论什么？！"现场没人说话，我继续说："导演对作品负责，态度很好，也没什么好讨论的！大家都原地休息几分钟，调整好状态继续拍摄！"说完，我把倪薇带出了现场，带到车里，也吩咐制片主任把导演带去导演车休息休息。

在车里，倪薇跟我抱怨："这胖子会不会导戏，一直让我重来，也不告诉我怎么重来，我觉得他就是在针对我！"

我知道，倪薇来了脾气，我只能哄她。于是我摸摸她的头，说：

"是吗？这死胖子也真是的，一会儿我就过去骂他！"

"就是！"倪薇过来抱起我的手臂，"一定要好好骂他，不然影片都拍不好！"

我把她整个人都抱到怀里，慢慢地说："嗯，不过你也别跟他斗气，气坏了你我可心疼。以后要骂他你跟我说，我去骂他，你别亲自来做，别人看到也不好。"倪薇开心地笑了，点点头。

我又到了胖子的车里，胖子一个人坐在车里，一脸委屈的样子。

"啧啧啧……"我坐到胖子旁边，拍拍胖子的肩膀，说："大男人家家的，别和那些女人们计较。"

胖子没回头，还是一脸委屈相。

"我刚才已经跟倪薇说了，让她不要在现场直接顶撞导演。"

胖子回过头来，看看我，又低下头。我继续说：

"我知道是她做得不对，她也是第一次拍戏，也不懂剧组的规矩，你就别跟她计较了。"我安慰胖子。

胖子又抬起头，我看到他的眼眶竟然有些红红的。胖子委屈地说："做了这么多年导演，第一次这么委屈，被一个演员当着全剧组的面骂……"

我知道，胖子是真的委屈了，倪薇做得也确实不对，可我也不能当着那么多人的面不帮倪薇啊，我把手搭在胖子的背上，对他说："兄弟，我能理解你。可这世上，哪有那么多道理可讲？如果有，我也不用放弃所有东西，让你陪我走那一路，受那么多苦了。"我假装难过，抽泣了两声。

胖子看到，把手也搭过来，"是啊兄弟，别想了！"

我继续演戏："哎，倪薇这人，我也管不了她，我刚才已经冒着她又把我甩了的风险说她了，她肯定不会再这么过分了，兄弟。"

胖子拍拍我的肩，说："知道你尽力了，好兄弟！"

我立马抬起头，状态恢复正常。"行，那这事过去了，咱们休息一会儿，继续拍吧。"

这件事剧组议论了好几天，好不容易大家都快忘了，又有一天，那天是拍街道上的戏，为了表现街道的热闹繁华，副导演浩浩荡荡地找了一百多号群众演员。5月的山东，天气又燥又热，演员们穿着古代的长袍马褂，热得满头大汗。我跟在剧组的拍摄现场，现场给我准备了太阳伞和解暑的冷饮，我坐在太阳伞下，远远地看着剧组拍戏。不一会儿，我听到远处的拍摄现场又骂骂咧咧地吵了起来，我连忙问制片主任那边怎么了，制片主任又支支吾吾地说不出来。我当时心里就开始担心，是不是倪薇在那边又怎么样了。我赶紧连走带跑地过去，到现场一看，倪薇正指着男一号的鼻子骂。我打听了一下才知道，原来是男一号那个演员，因为夏天太热，每拍一条就要让服装组帮他把衣服脱下来，拍下一条时再穿上。倪薇看到，觉得这样太浪费时间了，每次其他演员和工作人员都要等他一个，她觉得他太矫情，于是就骂了他。但是服装组的负责人也说，"男一号的戏份重，压力非常大，夏天热，长时间闷在衣服里，确实容易中暑，而且其他人戏份没那么多，能坚持就坚持一下，可男一号一拍就是一整天的戏……"其实我能理解男一号，因为工作确实辛苦，但倪薇第一次跟剧组，她这么做也是为了能早点完成拍摄任务，也是为我好，这么多人面前，我必须站在倪薇这边。短暂的思考过后，我走过去，跟男一号说："想休息我就让你多休息一会儿，现在你去车里吹半小时空调，休息完后，就别再一条脱一次了。"

我让大家先拍，把倪薇带到角落，跟倪薇说："宝贝，你怎么只知道疼我不知道疼别人呢。"

倪薇眨巴眨巴眼睛看着我："我这不是想进度能再快一点嘛，你看剧组这一天天的，每天都花那么多钱，还不是为你着想！"倪薇嘴噘得老高，好像受了天大的委屈。

"好了宝贝，知道你是为我好，无论你是不是为我好，我都站在你这边，可如果太热了，两场戏间隔时间又长，就让他脱一两次，我每天跟导演组协调好时间，按时完成拍摄进度就好，好吗？"

倪薇点点头。其实，倪薇以前虽然也很直，讲话不给人留情面，但也不会这么霸道。我知道她是为我好，但我内心一直希望，她可以用另外的方式，所以我一直想找机会跟她谈谈。

男一号那件事过去以后，我终于成为剧组人们口中只帮女友不讲理的老板，而倪薇也成了剧组人们口中飞扬跋扈的女演员。剧组里只有财务部门是我自己公司的人，财务人员经常提醒我，制片人在用钱的时候大多都没有发票，也没有正规渠道，所以很多账目无从核查，让我多加注意。我多次找胖子沟通这件事，胖子表示姚制片是他多年的朋友，没问题的，让我别这么神经紧张。

终于，《少年有梦》的拍摄接近尾声，一天，姚制片来到我房间找我。一进门，他就神色慌张，表情和胖子平时一样夸张。

"杨总，不好了，有个事情我得跟你商量。"

我连忙请他坐下，给他倒了杯水："什么事？"

他没喝桌上的水，继续说："杨总，你也知道拍摄过程中大家很辛苦，已经以最快的速度在赶工了。"他顿了顿，"但是为了赶工，争取早日杀青，很多地方都超了预算，所以咱们拍到现在，剧组没钱了，最后几天没钱拍了，得增加点预算。"

我看着他，有点不敢相信："什么？不是之前给我的预算清单里，钱足够用吗？而且还预备了50万的机动资金，这50万机动资金也可以用啊！"

姚制片拿起水杯，喝了口水，"什么机动资金啊，超预算都超进去了！我算给你听啊……"这个姚制片又发挥他那马拉松式的说话能力，跟我一笔笔地凭空计算。

"不用跟我算了！"我打断了他的话，"财务上都有数据，我们去财务室对一对，看看怎么解决。"

一听要去财务室，姚制片连忙说道："不用去财务室，财务账上的都不准。"

"不准？为什么不准？"我有点着急。

姚制片看我急了，声音小了一些："财务又不是干这行的，她不懂这个。"

"无论财务懂不懂电影，她是专业财务吧？花多少钱花在哪里，她可以记清楚吧？我们先去财务室对账。"

于是，姚制片被我拉到财务室，我要求财务和他一笔笔地对，可他怎么对也对不清楚。

我还特别清楚地记得，那是一个下午，跟大多数剧组一样，财务室是由一间套房改成的，财务人员的办公和住宿都在里面。财务室有个大窗户，窗帘是开着的，夏季黄昏的阳光泛着一点暗暗的橙黄色，从财务室唯一的窗户照进来，让整个财务室也泛着暗黄色。床上铺满了开支的单据，财务在和姚制片对账，姚制片东一句西一句的解释，还不时地挠挠头。半个小时过去，又半个小时过去，姚制片还是没能把账捋清，我分明看到他没有头发的额头上，冒出一颗颗豆大的汗珠，映着暗黄色的黄昏阳光，闪亮亮的。汗珠慢慢地向下滑落，然后两颗汇聚成一颗，又迅速落下，掉在地上。姚制片用手抹了一下额头，那些亮闪闪的汗珠，瞬间被他那只粗糙的大手抹去，摔在地上，额头上只留下残存的汗渍和浅浅的水迹。

其实那时候，我心里已经明白是怎么回事了，难以接受的是胖子也有可能同流合污。我面临着两种选择：第一，追查到底，追究责任；第二，睁一只眼闭一只眼，小小地补进一点钱，让电影顺利拍完。短暂思考后，我告诉姚制片先不用对了，让他先回去想清楚，第二天上午再过来对，姚制片这才擦着汗出了门。

我找到了我们另一个投资方代表亢导，他作为联合出品人的同时，也在电影里扮演了反一号的角色，所以他也都跟在剧组里。

我跟他说明了情况，亢导用他那特有的不慌不忙的语气说："这种事情在剧组确实也很常见，我的建议是，一切以作品为主，清水里不养鱼，只要作品好，就是大家的成功。"亢导这句话在很大程度上影响了我的决定。因为我们和另一个投资方签署的协议里明确规定，一切的超支都由我们负责，这也是我们作为主控方的责任，于是我回到房间，给公司财务打了通电话，沟通我们还能支出多少钱。

第二天上午，姚制片给我来了电话，说自己拉肚子，想请个假，问我能不能下午再对账，我知道他这是想逃避问题。我告诉他不对账了，让他马上到我房间来。果然，姚制片拉肚子的毛病不出5分钟就好了，他出现在我房间。我直截了当地问他："再给你30万，能不能把影片给我拍完？"姚制片好像被我问懵了，看着我反应了好一下，然后马上应道："能……能……肯定能……"

其实电影最终前前后后不止超支了30万，因为那个姚制片压根没给后期留钱。好在，几个月后，《少年有梦》顺利成片了。

昕丽那边，因为当时《少年有梦》6月份开机，作为主控方负责人的我必须要去剧组监督制作。所以在6月份之前，我最大的任务就是把李万培养起来，让他能够担任运营的重任。其实运营和招生的负责人本来是可以一个人做的，要分配到两个人身上，是因为只有这样才能互相牵制，公司才不至于出现大的问题。现在我既然决定相信李万，那我就要把他培养得更强大，让他坐在我原来的位置上。我告诉李万，他必须快速成长。那几个月，我几乎是手把手地教他对接工作，一步一步带他认识合作伙伴，带他四处奔走，把各个口的平台资源给他，让他下命令，让他试错，出了问题我马上解决。值得欣慰的是，李万的成长速度也很快，我能看得出他的风格和赵超完全不同，我一直觉得，只有能接受各种风格的团队伙伴，才能广纳贤才。

去《少年有梦》剧组的前几天，我还在带着李万东奔西走，希望能把比较容易对接的资源都给他，让他能够更快地上手运营工作。在一次我带李万去合作伙伴星光学校对接工作的时候，星光学校的负责人很热情地接待了我们，把我们带到学校办公室喝茶：

"你们在我们学校附近开的分校，最近很受欢迎啊，很多学生都已经准备过去报名了，你们要加紧跟进，把报名工作做好！"

听他这么说，我有点懵，因为我们根本没有在星光学校附近开设分校，我问学校负责人："我们没有在附近开分校啊，您指的分校是在附近哪里啊？"

负责人说："我也是听学生们说的，好像就一站路，很多学生去看过了，都准备去报名了。"

我看着他，肯定地说："我确定我们没有在星光学校附近一站路的地方开设分校，是不是搞错了。"

负责人想了一下，接道："会不会有人冒用你们的牌子？这个你们可千万不能大意啊，不然学生全被他们骗走了。"

从星光学校出来后，天已经黑了，我们到学校门口的公交站牌看了看，这个地方，交通四通八达，一站路能到的地方太多了，还有一两天我就要进《少年有梦》剧组了，来不及去落实这件事，我交代李万，这件事一定要重视起来，把事情弄清楚，千万不能让那些不法分子冒充我们的名义在外面欺骗学生。

拍戏的过程中，李万向我来过电话反馈这个问题，他说他把那附近能到的地方都翻了个底朝天，没发现有冒充我们的，可能是那个负责人和太多家同类学校合作，记混了。听他这么说，我也就没再注意这件事。过了几天，昕丽的一个老员工给我来了电话，说李万要开除她，我很不解，就问她为什么，她说只是和李万拌了嘴，李万就当着全公司的面让她滚，让她再也不要来了。她说着说着委屈地哭了，我当下给李万打了个电话，李万说只是她做错了事情，骂了她，没那么严重。我告诉李万，公司的老员工都是公司最宝贵的财富，在关系的处理上，一定要格外重视。

电影杀青回来，这个老员工就向我提出了离职，我问她为什么，她说只是做得不开心，被领导排挤了，我知道她是在暗指李万。我尝试着留下她，可我发现她和李万的矛盾已经太深了，于是我批准了她的离职申请，并给了她一些离职补助。

那个时候，刚好是昕丽9月份第一波续费的时候，在我们年初的预计中，今年的续费情况应该是会不错的。可到了9月，续费率一直没有提高上去，甚至很多年初预约续费的，也没有按时来续费。"一定是哪里出了问题。"我心想。我和李万沟通过很多很多次，都找不到问题所在，于是我又和各部门沟通，和一线的老师们沟通，企图找到问题根源，可大家说什么话的都有，就是找不到病根。每年的 10 月份至 11 月份是昕丽陆续开始大规模集训的时间，眼看就要到 10 月了，续费率一直提不上去，这可把我急坏了。

我以指导工作的名义介入李万和各部门的工作中，发现一切确实都很正常。眼看 10 月份的脚步一天天逼近，更加离奇的事情发生了，居然接二连三地出现学生退费。年初的时候我跟财务就一起做过全年计划，只要不出现大面积退费，今年就能稳住，不会有大问题。但现在这些接二连三的退费情况，是种不好的征兆。我第一时间认为可能是我们产品上出了问题，导致口碑下降。我找了教学部、教研组和教务部分别了解情况，也多次试听了老师们的课程，觉得问题都不大。但在我的意识里，学生退费一定和我们的教学产品有直接关系，所以我在没有发现产品有任何问题的情况下，就强行推动产品更新。我要求每个专业的每门课，必须在 11 月份之前，拿出新一代产品的方案。后来的事实证明，这在当时是一个非常错误的决定。

我让李万来牵头进行改革，自己好腾出精力深入其他部门继续寻找问题。那一段时间，我每天都精神紧张，每一个退费的客户我都要亲自面谈，一方面争取把客户留下来，另一方面去了解退费原因，而每一个退费客户给我的原因都千奇百怪，我完全没办法找到问题的根源。

《少年有梦》后期制作的超支的情况远比我想象的要严重，前期拍摄的过程中，制片人为了节省开支，很多场景没有进行现场置景，都要靠后期特效进行制作。特别是拍摄时选择山东东平

24 岁　若无其事

的水浒影视城，水泊梁山的水面和海面还是有很大的差别的。这一切，都必须靠后期特效来弥补，而我们的姚制片，在影片杀青后，就再也没有出现过。听亢导说，他回老家盖房子去了。

《少年有梦》成片后，我邀请了行业内的一些专业人士，一起来帮我看片，我想通过专业影评人的评价，来决定这部影片的后期发行。说实话，当我看完电影的时候，我的心里毫无波澜，甚至有几分沮丧。因为影片并不出彩，但对于胖子来说，有进步。影评人可不像我这么温柔地看待自己的作品，评价中无一例外，都认为这部影片比网络大电影的质量要好，但是跟院线电影比，毫无竞争力，一致认为这部电影没必要再投资进行院线上映，应该卖去电影频道。其实最终卖给电影频道这个结果我们在项目初期曾经想过，因为我们这个项目放在当时应该算是一部低成本制作的影片，没请什么大腕，故事剧情也不够商业化，反而是电影频道喜欢的类型。而我们的整体投资额度，也是按照电影频道的收片标准来最终决定的，以保障项目最终的资金安全。与联合投资方商量后，他们也同意我们的方案，况且最开始和姚制片签约的时候，姚制片多次讲到他和电影频道的密切关系，也曾拍着胸脯保证这部影片由他负责卖进电影频道，当然，合同里也明确约定了他有把影片卖进电影频道的责任。所以，我们初步决定这部电影的最终发行方向，是以向电影频道发行为主。

有了这个发行方向，影片的后期剪辑就要按照这个方向需要的风格来，在影片后期制作和音乐上，胖子又修改了两稿，本想

深渊的凝望

让姚制片过来看看最终符不符合电影频道的收片标准再定稿，可一直联系不上姚制片，可能是在老家盖房子太忙吧。考虑到时间问题，我们决定先定稿，进行送审。

在这部电影项目初期的计划中，我们当年必须完成电影的发行工作，这样资金可以比较快速地回笼，故事和制作也不那么容易过时。可在电影的送审过程中，我们遇到了麻烦。首先遇到的，就是关于历史人物题材的麻烦，这个问题拍摄之前我就一直在担心，就是我们拍林则徐的故事，需不需要得到林则徐后人或林则徐相关组织机构的授权，姚制片一直拍着胸脯保证没问题，可到了影片送审的阶段，还真遇到了这个麻烦。这是个非常致命的问题，因为如果现在再去寻找授权人或者授权机构来申请授权，能不能找到是一回事，找到以后人家提什么条件是一回事，人家给不给授权又是另外一回事。还有最大的问题，就是时间问题，我们必须要在当年发行，不然故事和制作过时不说，对于那时候那个年轻的昕影影业来讲，资金回笼的时间就是生命的源泉。

所以，我第一时间否定了胖子提出的现在去找授权的方案。可是，那要怎么做呢？因为所有的拍摄都是以林则徐为原型来拍的，如果修改，那岂不是涉及林则徐的镜头都要重拍？那就意味着整部影片要重拍了。迫在眉睫的时候，后期制作的负责人提出了一个方案，如果把这部影片作为一个参考历史事件虚构的影片，把影片中的人物做成一个参考历史人物虚构的人物，是不是就可以弥补这个问题了？我第一时间打电话请教审片机构的负责人，得到认可以后，我让编剧先在剧本阶段做调整，让编剧看看作为一个参考历史虚构的人物，哪些地方需要调整。当天下午，编剧就把调整好的剧本发给我，并附了一句话："故事本来就是参考历史虚构的，只要调整名字就可以了，建议将男主角更名为林源甫。"

第一次送审影片的我没有想到，电影片报审是一项如此繁杂、耗时漫长的工作，由于历史人物题材问题被打回来的时候，已经是 10 月份了，而我们重新调整修改了配音，重新制作好影片再报上去，已经到了 11 月。我知道，按照电影审查机构的法定办结时间来讲，《少年有梦》项目当年回收成本，已经是不可能的事情了。

11 月份，昕丽教研组、教学部、教务部一起拿出了迭代产品方案。新的产品方案中，课程被拆分得更细，课量更多，而上课形式也更加多样化。我对这套产品迭代方案不是很满意，因为我一直觉得，在教育产品中，选择意味着风险，每一次的选择都在无形当中增加了流失率，我们仅仅将课程越来越多样化，看起来更眼花缭乱了，却没有实质性的提升，这无异于增加自己的风险。

10 月份、11 月份的集训班开课，情况不是很好，续费率一直没有上升，续费流失率高达 30%，而零零散散的退费还在继续，综合退费率居然达到了吓人的 15%。找不到原因的我只能把全部力气都花在了产品和服务上，因为我认为，无论是什么原因导致的流失和退费，只要把产品和服务品质提升起来，就可以对流失和退费做到有效的遏制和弥补。

自己人做不出来就请专家来做，我又拨出一笔预算，请国内知名的专家来做我们产品的研究顾问，帮助我们研究迭代产品。当时的我，一心想把产品做好。财务部门提醒我，如果再拨预算出来，当年的资金风险就会非常大，我说，如果再不做出更好的产品，再这么退费下去，我们的风险更大。于是，耗费人力、物力、财力的 X.L.6.1 教学系统的研究工程，就这样开始了。

招生方面，李万反馈过来的信息总是好的，建立了新的渠道，和学校沟通顺畅等，可是预约情况却总是不那么乐观。我和李万沟通过很多次，也尝试过给他增加预算、提高奖励等，却一直得不到好的反馈。我只能把重心放在网络部，提高网络部的广告预算，希望能通过被动招生的方式弥补主动招生的缺失。李万劝我说当年的考试时间比较晚，受大环境影响可能客户们都想春节后再来预约，建议我不要提高网络预算，以免广告投入产生亏损。

运营方面，李万常常和老员工起冲突，我一直认为是李万的管理风格和赵超不一样导致的。开发新产品的过程中，李万和教研部一个老员工吵得不可开交，那段时间我忙着在北京处理《少年有梦》的送审事宜，回来以后，李万已经把那位老员工开除了。11 月集训开始前，李万一直建议我开除另一位教学部的老员工，他认为退费率高和这位老员工的上课态度不好有关系，我不同意，要求李万去跟他沟通，让他更正态度。11 月份集训开始的时候，这位老员工向我提出辞职，原因是集训的生源情况不好，他很愧疚。

幡然如梦　山雨欲来

　　企业的现金流就是企业的生命,对于年轻的企业更是这样。《少年有梦》无法在当年回收, 昕影的运营又一下卡在那里。我的创业经历让我明白一个道理, 无论在任何情况下, 企业只要动起来, 就会有机会, 即使遇到十分的困难, 停下来的风险一定比动起来的风险更大。所以在昕丽突然吃紧的情况下, 昕影如果不动起来, 风险就会越来越大。我必须要在这最后的 12 月里, 想办法让昕影动起来。

　　昕影作为一家电影企业, 要动起来需要的能量可想而知。那一年是电影行业蓬勃发展的一年, 中国电影市场规模开始井喷式增长, 大批大批的热钱涌入电影行业, 很多影视行业的投资者找上门来, 而以我们当时的制作能力, 又一下子拿不出成熟的项目, 没有把握吸纳外部资金。于是, 快速地寻找成型项目, 成了那段时间的首要任务。恰逢其会, 就在我满世界寻找项目的时候, 胖子约我见面, 说有事请我帮忙。虽然发生了那么多事, 但他作为一个曾经帮过我的人, 我还是马上安排时间见了他。

　　那是一个嘈杂的傍晚, 正值下班高峰期, 公司在市中心, 每天的这个时候，都显得格外热闹嘈杂。窗外，形形色色的人来来往往，带着各种各样的情绪，奔向自己的目的地，伴着夜晚城市的霓虹，乌压压一片；窗内，我和胖子泡着茶，是他刚给我带来的大红袍。

"怎么，发迹了？今天突然这么大方给我送茶？"我边把泡好的茶加到胖子面前的茶杯里边说。

胖子笑笑："这不，要请你帮忙嘛。这茶不错，我一个朋友是茶农，专门给我留的。"

我又给自己倒了一杯，举起茶杯轻轻品了一品。"嗯，是不错。不过你也帮过我，你找我帮忙不用送茶。"我说。

胖子也喝了一口，还吧唧吧唧嘴："哎呀，是不错，我也是第一次喝。"

我放下茶杯，抬起头看着他："说吧，什么事？"

胖子也放下茶杯，一脸认真地看着我："我又要拍新片了，有个老板支持我，让我拍部喜剧片。"

"这是好事啊！终于有人和我眼光一样看上你了！好事啊！"我打趣道。

胖子笑笑，又挠了挠头，说："是个外行的老板，想趁这个机会进入电影行业，想做个稍微大点儿的制作，请几个明星，做个喜剧。"

"嗯嗯，那我能帮你什么呢？"我边点头边说。

"有个问题是，这个老板什么都不懂，投资又怕有风险，让我务必拉一个做过电影的人，一起来投资，保障资金安全。"

我听出胖子的意思，说："然后呢？"

胖子又把茶杯举起来，喝了一口茶，我又顺势给他添满。"然后……你也知道，其他人也不会投我的电影……我这不就想到你了吗？"胖子放下茶杯，把两只手扣在一起，放在桌子上，"这次对我来说是个挺好的机会，这个老板也愿意做大一点的制作，我不想丧失这个机会……"

看着胖子的样子，我想起刚刚创业时候的我，坚定、坚持，不放过任何一个机会，他也帮过我，我很想帮他，可我现在的情况，很难联合投资一部较大制作的电影，"兄弟，你也知道，《少年有梦》今年没办法回收，我的钱也卡在里面，如果要大规模的投资，我很困难啊……"我直截了当地跟胖子说。

胖子拿起茶壶，给自己倒了一杯茶，又喝下去。"嗯嗯，我知道，所以我跟那个老板说，让他投资制作，你投资宣发。宣发前期用钱比较少，后期才用得到大钱，而且这部电影年底开机，明年才能拍完，再加上后期制作、送审等，真正要宣发的时候，都到明年年底了，《少年有梦》项目那时候也该回收了，刚好衔接上。"胖子盯着我，一脸认真地说。

我也盯着胖子，心想：一部电影前期宣发，确实用不了什么大钱，明年《少年有梦》回款，刚好衔接投资这部电影宣发，只要拍摄不出大问题，又能快速回收，确实是现在能让昕影动起来的最好办法，看来胖子来之前已经考虑周全了。

"那项目谁来主控？"几十秒的冷场之后，我说。

胖子立马接话道："制作他投资，他来主控；宣发你投资，你来主控。"

我知道，这种方式对双方来讲是最公平的，毕竟对方投资制作。可对昕影这么年轻的电影企业来讲，怎么敢把命运交到别人手里？

看我迟疑了那么久，胖子说："如果让你来主控，对方肯定不同意。但是别担心，我会想办法让你来参与创作，这样你也可以监督制作了。"

我连喝了两口茶，想了想，对胖子说："第一，实质上我们是对投，因为这种类型的电影，制作和宣发的成本其实是差不多的，在很多时候，宣发费甚至会超过制作费。第二，我们必须在合同中明确，你的明星阵容和制作标准是什么样的，这样我们才能配套同等级的宣发。第三，这个是必须在合同里明确的，你必须全力以赴把这部电影拍好，如果电影拍烂了，我们有权拒绝投资宣发。"

胖子听后，又给自己倒了杯茶，然后举起茶杯："我们以茶代酒，干杯！"

我笑了笑，拿起茶杯跟他碰了一下，然后喝下去。

就这样，电影《疯狂的公牛》项目启动了。虽然对方主控制作，但由于对方是一家投资公司，所以电影立项报备以及后期的影片送审，都要由我们负责，对于这些，我们已经轻车熟路了。筹备组很快就建立起来。《疯狂的公牛》是一部港味很浓的影片，它主要讲述了：在创业浪潮的影响下，大学生元宝突发买头西班牙公牛做配种生意的奇想，他说服父亲牛长寿和父亲的相好周会巧凑钱成立配种公司，马经理也趁机接手了一家濒临倒闭的养牛公司，他们都自信有办法一夜暴富。香港富商之子华星受父亲所托到西班牙拍回国宝夜明珠捐给国家，华星不愿将价值两亿五千万美元的夜明珠捐赠出去，于是携宝私逃。路途中，夜明珠被元宝家的种牛误食。于是展开了一系列啼笑皆非的故事……我们选择了在繁华大都市香港和福建的小山村两地取景。也定在 12 月前，让电影开机。

项目筹备期间，胖子主要和制作投资方委托的制片人一起到香港谈演员，敲定了一票香港耳熟能详的黄金配角。眼看筹备顺利进行，各方面条件都趋于成熟，我也安心等待开机的时候，胖子突然来找我。这次，我们喝的还是胖子送给我的茶。

"不赶紧去筹备，来找我干吗？"我边喝茶边问。

胖子从包里拿出一本剧本递给我，说："这是你的剧本。"

我接过剧本，翻开看看，又抬头看看胖子："这和我们最终定稿的剧本有什么不同吗？"

"没什么不同……嗯……其实也确实不同。"胖子指着剧本封面上的"华星"这两个字说："这个是华星的剧本，你是华星。之前你拿到的是给出品方的剧本，这本是给演员的剧本。你看封面都不一样。"

我被他说懵了："我是华星？"

"是啊，"胖子说，"你是华星啊。"

我还是一头雾水："我怎么就是华星，华星不是故事里的人吗？"

胖子正端着杯子喝着茶，听我说完，他停下来，一本正经地说："是啊，你来演华星。"

"啊？"我瞪大眼睛，"你怎么都不跟我商量商量，我哪有时间？"我有些着急。

"你没时间也得有啊，你不是要求 12 月前开机，哪有时间再去找别的演员。再说，我不是答应你，让你参与创作吗？你演了并列男一号，也是主创之一，这样你不就可以全程监督制作了。"说着，胖子把手中的那半杯茶喝了下去，然后故作结巴，"再……再……再……再说，你不是学这个专业的吗？你不是喜欢表演吗？我感觉这个角色和你很像啊，很适合你，就你来！"

我听着胖子说，停下手里泡茶的动作，居然有点被他说动了。我心想：确实，如果要 12 月前开机，再找别的演员有些来不及；而且，一直以来我都是作为出品人、制片人的身份跟组，从来没有了解过剧组工作部门的创作和工作情况，这次如果做演员，刚好可以了解一下主创人员的工作过程，也可以在一定程度上监管创作。最重要的，是被胖子说到我心坎里的，我也是学这个专业的，表演是我最初的梦想，也是我出发的理由，这些年，我忙于创造自己的事业，最初的梦想离我越来越远……

"我考虑一下……"

"不能再考虑了，哪来得及？！"胖子打断了我的话。

　　"也不急这一个晚上了，明天早上你再来找我，咱们定一下。"

　　胖子拗不过我，舒了一口气："好吧。"

　　当天晚上，我早早结束了工作，回到家，我给自己煮了碗面。其实倒不是考虑演不演这个角色的问题，更多的，是因为胖子今天说了那番话以后，我才发现，我已经很长时间没和自己沟通过了。长久以来，我确信我做着自己热爱的事业，但就是因为这种坚定的确信，我从没停下来思考，我不知道我做的每一件事情，是否向着梦想的方向，我不知道我的每一次努力对自己来说意味着什么，我一直埋头奔走，从没问过自己的梦想还在不在，也从没问过自己有没有过上自己喜欢的生活。我一个劲地往前走，努力地往前走，顶着风浪往前走，披荆斩棘地往前走，我走得很快，坚持也很坚定，坚定到我甚至忘了停下来问问自己，往前走，是不是我想要的。我一直认为，一直支撑我向前走的是梦想，是梦想给了我克服所有困难的信念。和胖子沟通完后，我的心里乱糟糟的，无法聚精会神，因为我突然发现，在我曾经疯狂追求的梦想面前，我竟然犹豫了，那梦想，还在吗？而这个一直活在梦想中的我，又活在谁的梦里？

　　世界真的很奇妙，兜兜转转后，儿时的梦想，变得唾手可得。那就去尝试吧，就像儿时许愿一定要去一次迪士尼一样，这个花花世界，总在尝试中快乐。那个晚上我想得很明白，梦想其实一直都没走，我一直在进步，而梦想，也在进步。我依然在追求梦想的道路上前行，而梦想，也随着我的前行，变得更大、更远。后来我决定听胖子的，饰演那个角色，刚好 12 月份是昕丽所有课程结束、开始考试的日子，事情并不多，在这个五彩缤纷的世界中，体验多样的生活，没什么不好，理性地分析，由我来饰演这个角色，确实是快速推进这个项目以及监管电影制作过程最好的方式。深入创作团队工作，对我以后在这个行业的发展，也是好处多多。

　　12 月份的昕丽，已经接近年度集训的尾声，当年的集训情况并不好。续费情况不尽如人意，退费情况也比较严重。我们正竭尽全力地开发新的迭代产品，并投入了最多的人力、物力以及最后的财力。我召开了很多次会议，探讨今年出现这种问题的原因，也私下跟李万聊过很多次，李万一直坚持是由于当年期末考试时间比较晚，学生们预约课程也比较晚，应该会集中在春节后报名的观点。他多次强调，现有资源已经开发得差不多了，希望我可以给他更多资源，他好备战节后的招生。于是在去拍《疯狂的公牛》之前，我又重新整合了一下资源，带李万一个个地去，一家家地找，将资源全部对接给他，同时，我也彻底把昕丽运营的大旗交给了他。

　　当年的昕丽，面临着一个十分重大的问题，就是我们那栋小楼的场地，马上就要到期了。这栋小楼的场地固然好，阳光、天台、落地窗，很有味道，但是近几年问题也逐渐暴露出来。第一是这栋小楼比较老，教育部门多次提醒，场地虽然符合当时入驻时候教育部门的要求，但随着时间的推移，教育部门的要求也在逐渐提高，场地已经渐渐不符合规范了。第二是场地的空间，早就已经无法满足我们的学生数量，在集训期间，都必须要租借隔壁大楼的场地，才能勉强应付。第三就是因为在这里已经很久了，装修等都比较陈旧，随着市场上竞争对手的硬件设施都在完善，我们也必须提高自己的硬件配置，这样才能有更大的市场竞争力，这也是我们产品迭代中比较重要的一个环节。所以，寻找新的场地，也成了 12 月份昕丽的另一个工作重心。

去《疯狂的公牛》剧组之前，我约李万喝了一次茶。那天，李万穿着两年前我第一次送给他的西装，坐在我办公室落地窗边的藤条椅上，和我面对面。

"现在穿西装，越穿越有味道了啊。"我打趣地说。

"是啊，来见你，不穿西装反而觉着不舒服。"他也跟我开玩笑。

"我马上就要去剧组了，这次完全靠你一个人了，能行吗？"我边说边用手里的茶杯焐着手。

他也拿起茶杯，看了看里面的茶叶，笑道："有啥不行的，你拍《少年有梦》的时候我不是一个人也好好的。"

我也笑了，喝了一口手中的茶，对他说："这次不一样啊，那时候昕丽没什么事，还有那么多老员工帮你，这次，几个关键部门的人离职，全是新人，而且还有这么多重要的工作，你一个人行不行？"我看着他，观察他的反应，我只是怕他逞强。

他也喝了一口手中的茶，然后把脚跷到另一只腿上，说："没有他们，我工作得更顺畅，你放心吧，只要你给的资源够多够全，我肯定把昕丽运营清楚。"

我看着他，说："兄弟，我信任你，跟你说一个情况。"我一只手握着杯把，把杯子放在另一只手掌上，"昕丽因为今年集训出现的问题，资金出了一点状况，所以，我们一切事情必须要格外谨慎，一定要保证平稳，如果能提前把费用预收上来是最好的。"我看了看他，继续说，"费用收上来越早越好，一定不能出任何问题，不然我们会遇到大麻烦。"

他看着我，脑子里好像在想些什么，然后把跷起来的右脚放下来，再把左脚放到右腿上，说："嗯，我明白了，你放心吧，资金这块，我会注意的。"

我要求李万给我看了明年预约储备生源的名单，李万告诉我这些是肯定会过来报名的，明年的预约情况不错，这说明只要能顺利渡过这个年底，明年一定是平稳且进步的。于是，我在临走前托付给李万三件事：第一件事，我回来前，要选择几个场地的备选方案，我们春节前必须把场地的事定下来。第二件事，要继续牵头把产品迭代工作完成，我回来的时候给我新的产品方案。第三件事，把我对接给他的所有资源再重新捋清楚，年前要再重新开发一遍，保证把明年的预约生源和潜在客户名单都握在手里，预约生源能提前收费的，就提前把学费收上来。李万也表示，让我安心去处理另一边的事情，我交代的事情，他一定会处理好。

那段时间，应该是我全年来最忙的一段时间了。我努力地拼凑时间来陪倪薇，却还是让倪薇感觉到我陪她的时间变少了。我只能从其他方面补偿她，我特别希望她多花点钱或多提点要求，以这样的方式来降低我无法陪她的愧疚感。去剧组之前，我特意空出一整天的时间，带倪薇出去玩，因为进了剧组，又是一段时间见不到彼此。那天，我白天带她去逛街，晚上带她去吃她最爱吃的火锅。我印象很深刻，由于火锅店的人很多，我们排了很久的队才排到，被安排在一个靠墙的位置上。这个位置很特别，在餐厅的一个角落里，桌子的一面靠在墙上，另一面靠在玻璃上，所以我们只能坐在同一侧吃火锅。我和倪薇从情人节那天重新在一起，到现在，又快一年时间了。这一年，我们的感情虽然很稳定，但我总觉得我们之间的隔阂越来越大，没有以前那么亲密了。这让我很苦恼，我一直在想办法让我们能更亲密一点，但我们之间的共同话题好像少了很多，在一起的时候，倪薇总是在看手机，而我总是用各种办法，把她的注意力吸引到我身上。这次吃饭，倪薇还是一个劲地看手机，因为这次我们坐在同一侧，无意中，我看到倪薇还在和那个男孩联系，整个吃饭的过程中，一直在聊天。

晚上，我把倪薇送回家，一路上，倪薇好像看出我的不对劲，问我怎么了，我笑笑说没什么。我知道，我不应该就这么怀疑她，也许只是普通朋友聊聊天呢？也许只是同学之间相互沟通呢？我心里一直念叨着我不该怀疑倪薇，可我分明觉得心很痛，好像插了一把刀，怎么也拔不出来。

《疯狂的公牛》在香港开机，紧张的拍摄中，我依然保持着每天和李万打两通电话，了解公司的情况，帮他解决问题，也依然保持着每天和倪薇打三通电话。我想让自己更忙一点，这样就不会再想起那天晚上突然知道他们还在联络的事情。我好像又陷入了一种痛苦，就像一年前我们分手时的那种痛苦，而这次不同的是，这种痛苦，我无从发泄。我每天好像被抽掉了魂一样，没有力气做任何事情，而我必须咬着牙扛起这沉重的肉体，一步一步，把所有的事情做好。

《疯狂的公牛》前期宣传预算控制得很好，从发布会到媒体报道，再到跟组宣传、购买流量，一切都在掌控当中。前半段的拍摄也很顺利，导演和每个演员都发挥得很好，我计算着《少年有梦》的审查时间，计划着通过这个项目实现过渡并有机会得到很好的票房。可谁知道，电影拍到一半的时候，制作阶段的投资方和胖子的制作团队闹起了矛盾，因为在香港期间的拍摄超了预算，投资方认为是胖子的制作团队有人贪污。其实作为一个全程投资制作过两部电影的制片人，这次深入到创作部门里，我知道，贪污现象是存在的，所以当投资方让胖子的制作团队对账的时候，很多地方对不出来也是肯定的。

从香港转场回内地取景的时候，投资方要求胖子的制作团队把对不清楚的账补回来，否则就停止投资。在一个正在拍摄的剧组里，停止投资就意味着停止拍摄，剧组浩浩荡荡两百多号人，来自天南海北，因为这个项目聚在一起，演员们的档期更是卡得死死的，所以时间对剧组来说是最重要的，一旦停止拍摄，就几乎意味着项目烂尾。投资方第一次做电影，还意识不到这里的问题，逼着胖子的制作团队，寸步不让。对于我们而言，前期的宣发资金已经投入，虽然还不是大头，但也已经是一笔不小的数目，如果项目烂尾，对我们来说更是严重的损失。本来还计划着通过这个项目实现过渡，如果项目烂尾了，损失我们根本无法承担。所以，对于我们来说，这个项目坚决不能烂尾。

贪污现象本身就存在，账怎么可能捋得清楚。以胖子的经济能力，又怎么可能补得上差额。其他人都是剧组的临时人员，他们更不可能对胖子出手相助。所以，就在《疯狂的公牛》拍摄过半，从香港转场回内地的时候，项目停机了。

项目停机的第一天，胖子先是宣布全组放假，然后带着制作团队去和投资方沟通，投资方表示绝不会让步。午餐是我跟胖子一起吃的，我们两个都没什么心情，只是大口大口地往嘴里送饭。

我问胖子："你到底参没参与贪污？"

胖子刚夹起一团饭准备送进嘴里，听我问他话，停在嘴边，愣了一下，又把饭送进嘴里，看都没看我一眼，说："没有。"

我觉得他的反应有点怪，于是我放下手中的碗筷，语气加重，很认真地问了一句："你到底有没有贪污剧组的钱？"

胖子没看我，也没回答问题，反而吃得更快了。

我看着他，他没看我，空气似乎凝固了几分钟，我又问他："那《少年有梦》，你有没有贪污？"

胖子听到，又是愣了一下，然后继续更大口地往嘴里扒着饭菜……

项目停机的第二天，剧组已经开始出现各种风言风语了，说什么的都有，有人说胖子是个骗子，骗了剧组的钱；有人说投资方破产了，项目尾款出了问题；有人已经开始担心项目烂尾，自己领不到工资。一时间，人心惶惶。胖子出面安抚大家，说问题很快就能解决，但很多人不相信他，闹着要走人。晚上，剧组开了一个协调会，在协调会上，平时对胖子恭恭敬敬端茶送水的现场助理，居然对胖子破口大骂。协调会后，我本想留下胖子跟他说几句话，没想到一个女演员冲过来，让胖子还钱。原来，这个女演员想演这部戏，胖子就收了人家 30 万，让她演个角色。怪不得选角的时候胖子力挺她呢，我想，这胖子或许在哪里有资金上的窟窿，需要不少钱去补。

项目停机的第三天，我找投资方的老板了解情况，投资方开始表现出对整个项目的不信任，并开始质疑项目价值，计划止损。我立马找到胖子，告诉他无论如何项目不能烂尾，可看胖子耿得说不出话的样子，我知道他也没有什么好办法。他告诉我他也在四处借钱，制片团队的负责人也在四处筹款，正努力补齐账上的差款。可从他的语气中我能听出来，差款的数目，不是一点半点。看来钱是被挪到其他地方去了，虽然我知道这件事是胖子和制片团队的错，但无论如何，我必须得先帮他们扛过去，不然我们的投资也就打水漂了。

项目停机的第四天，我先回公司处理公司最近需要签字的一些文件，胖子打电话说想见我，放下电话，我就已经猜到胖子找我是什么事了。晚上回到剧组，胖子第一时间过来找我，我约他

24 岁　若 无 其 事

到酒店大堂的茶座。

"借我些钱！"胖子脸上挂着夸张的愁眉苦脸的表情，直截了当地说。

借钱还有借得这么理直气壮的？我装作不知道，脸上同样表现出夸张的关心，问："怎么了？遇到什么难事了吗？"

胖子看看我，脸上本就夸张的愁眉苦脸变得更夸张了。"是啊！你都看到了，剧组这个样子，投资方让我们把钱还进去，我们哪还得上。"胖子的语气很急，"现在团队已经稳不住了，再这样下去，剧组就要解散了。"

我看着胖子，故作着急地说："那还在这等什么，赶快去想办法啊！"

胖子还是不敢直视我的眼睛，语气放缓了一些："已经把能想的办法都想过了，实在没办法了，才想到找你借钱。"胖子见我没说话，就继续说，"你前期也投入了这么多宣传费用进去，项目折了，你的钱不也就折里面了，你不能见死不救啊兄弟！"

我知道，胖子早就想到我被套在里面也很难受，但我没有说话，一直盯着胖子。

胖子被我盯得表情都有些不自然了，语气也变得央求起来："兄弟，你还不放心我吗？拍完一个月之内，就一个月，我一定还！"

其实，这也是我能想到的最好的办法了，借钱给胖子，让项目继续，这样才有可能解决所有的问题。一旦项目停下来，投资的钱亏在里面，昕影也就停下来，昕丽就会面临更巨大的风险，一连串的连锁反应就会发生。我大口喝完自己杯子里剩下的咖啡，对胖子说："你需要多少钱？"

项目停机的第五天，我以联合出品方的身份给剧组开了个会，我告诉大家这几天是因为几个出品方之间沟通不畅产生了误会才导致项目停机，大家不必多虑，这部电影我们一定会拍下去，而且要拍出精品，希望大家能鼎力相助，努力工作。我也向大家宣布了第二天就要复工的消息，让大家做好准备，好从第二天开始把自己所有的热情拿出来，把这部电影拍好。

《疯狂的公牛》整个拍摄过程中，我一直想找倪薇沟通。那段日子对我来说，过得太煎熬了。我本以为，努力让自己全身心地投入工作，就会忘掉那些事情，可我怎么也忘不掉。我不想没经过沟通就误会倪薇，我也在自己心里为倪薇还在和他联络找了一百种理由，可我就是难过。那一段时间，每一天，我都强撑着笑脸面对所有人，晚上回到房间，就一个人坐在床的一个角落。即使倪薇来电话，接起电话前我依然努力挂上我的笑脸，可放下电话，却只能把最真实的痛苦展现给沉重压抑的漫漫长夜。我不知道该怎么处理这件事，不知是怕倪薇像上次一样转头离去，还是怕倪薇告诉我他们还在一起。你们曾经体会过害怕真相的感觉吗？是的，就如心灵遭受绞刑一般，太难熬了。

青春的末日

　　半个月后，《疯狂的公牛》拍摄结束，胖子带着素材去北京做后期制作，而我，终于可以回到自己日常的生活和工作当中，处理那些我心心念念的事情。

　　回到公司，我第一时间找到李万，他给我的汇报是一切正常，我走之前嘱咐的三件事也都办好了。关于场地的问题，李万说他走了很多地方，看了很多场地，都有这样或那样不合适的原因，最后他选了一个他认为最合适的，价格也很划算，要明天带我去。

　　"没多选几个备选吗？"我说。

　　"这个你肯定满意，不需要备选方案，而且找了那么多，都不好，也找不到备选。"李万接道。

　　我觉得有点怪怪的，因为年底了，要换场地的企业很多，怎么就找不到备选的？但既然他说合适，那就先去看看，于是我说："行，那你明天先带我去看看吧。"

　　第二天，李万带我来到市区的一个旧写字楼，叫嘉升大厦。在电梯里，他向我介绍说，这栋写字楼的四楼和五楼都是同一个老板的，这个老板本来计划在四楼做文化课培训学校，在五楼做艺术培训学校，都装修好了，但这个老板是做文化课学校出身的，艺术培训学校一直没做起来，所以现在计划着把五楼对外出租。到了五楼，我看到整个空间都已经装修好了，很符合艺术培训学校的使用要求，我们进去后只要在软装和整体装饰设计上稍微动一动，就成了，可以节省掉一大笔硬装费用。

"满意吧？"李万说，"装修的费用都省了，而且空间也够大，集训期间，场地不够还可以直接借楼下的。"

我边逛场地边说："确实还可以，费用怎么样？"

李万跟在我后面，说："费用非常划算啊，一平方米只要60块钱。"

当时，附近地段的写字楼均价都要每平方米90~120块钱，这里一平方米60块钱的价格，让我觉得怪怪的。"怎么这么便宜？"我问。

他顿了顿，说："这个老板跟我说，他租来后合同签了10年。我猜，他是装修好了自己又做不起来，就低价租出去止损了。"

说的也有道理，但我创业这么久以来，从来不相信可以什么都不做就占到便宜。

李万见我没说话，继续说："他们老板现在就在楼下，要不去见见？你跟他再谈谈价钱、租期什么的。"

"既然来了，不拜访一下也不礼貌。"我说。

他们的老板是一个中年男子，看起来40岁左右，穿着一身宽松的衣服，光头。见我们来了，连忙泡了茶给我们喝。

我直言不讳："老板，这附近均价都要 90 到 120 块钱的，刚才听李万说，你 60 块钱就愿意租给我们，你不亏吗？"

老板一听我这么问，愣了一下，然后慢慢泡起手中的茶，边泡边说："哎呀，这不是装修好了，学校又做不起来，这一天天的空着，着急啊，低价租出去，止损。"

听老板这么说，我隐隐觉得有什么问题，闲聊了几句后，就告辞了。

回去的路上，李万问我："场地不是着急吗？这个不错啊！"

"这个是不错，但是咱们那边 4 月份才到期，再看看有没有更好的。"我说。

"咱们不要，他肯定马上就能租出去，到时候咱们可就吃亏了啊。"李万话里有点威胁的意味。

"我再考虑考虑，如果这场地和咱们有缘分，最后肯定是我们的。"我思考了一下，慢慢地说。

第二天是个周一，每周一是公司例会的时间。这次例会上，我见到几个新人，是李万招来填补那几个离职老员工位置的，会上交流了几句，我就知道这几个人不是我喜欢的风格，但现在是李万负责运营，只要和他磨合得来就好。那段时间正值每年年底学生们到全国各地风风火火艺考的时间，李万提出想带团队出去送考，我嘱咐他说送考的事情教务部搞定就可以了，年前在招生上有那么多准备工作要做，没必要亲自去送考。李万说想趁送考带带新人，自己亲自来做也可以提高学生们的满意度，为明年的招生助势，而且现在明年的整个招生名额几乎都已经预约满了，名单他正在整理，现在就需要一些好口碑再助势一下，他好再增设几个班。看到他计划得这么好，我同意了他去送考的想法。于是，李万就开始计划带着他新招来的几个新人一起去送考。

本来就离出发去考试没几天了，送考还有大量的准备工作要做，李万说已经做好的新产品方案和明年预约报名的名单等送考回来再给我，我表示理解，并表示参加送考的同事，年底多发50%的奖金。送考出发的那一天，李万特地一大早就跑到我的办公室来，又一次问我他上次介绍的场地考虑得怎么样了，要不要定下来。我说："就考虑到你回来，等你回来，咱们再定。"

其实从《疯狂的公牛》剧组回来开始，我第一时间就想去找倪薇谈谈，因为想尽早结束这样备受折磨的日子，但是电话里，倪薇说年前和父母出去有些事情，暂时不方便，等回来再跟我见面。于是，我们还是保持着一天三个电话。通话的时候，倪薇也会常常关心我，也经常叮嘱我按时吃饭，按时睡觉。我一直在等她回来，因为我知道，等她回来，我只要跟她沟通清楚了，痛苦的日子就过去了。我的情绪一天不如一天，我的状态也一天不如一天。我开始从后半夜才能睡着变成整宿整宿地睡不着觉，无论白天多忙，到了夜里也睡不着觉。我的精神变得有些恍惚，经常不愿意回答别人的问题，接别人的话。李万去送考以后，有同事觉得我有些不正常，让我去医院看看，我告诉她没事，等过几天就好了。因为我一直觉得，等过几天倪薇回来了，我跟她沟通清楚了，一切就好了。

24 岁　若无其事

年前的工作和往年一样，昕丽的课程告一段落，昕影的项目也阶段性完成，剩下的就是总结、清账、财务决算和制定第二年的计划。其实在和财务部一起做全年决算前，我就已经做好心理准备了，虽然年初我们开了个好头，公司渡过了资金上的困难，我们也在全年计划上精打细算，把风险降到最低。但这一整年，我们遇到了太多意外，我心里很清楚，这个年底，资金一定会出现问题，甚至会比去年更加艰难。但能让我一直看起来镇定从容的是，我明白无论遇到多大的困难，我都得撑过去，无论有没有办法，我都得想到办法。经历过去年，让我知道，相比惊慌失措，镇定的态度往往才能让自己拥有克服困难的气场。而克服困难的气场，在那些天崩地裂、找不到任何救命稻草的困境中，显得尤为重要。

　　经过了为期一周的财务决算，我拿到了公司的全年财务数据，昕影两个项目的投资都死死卡在里面；昕丽这边，因为后半年续费出现的问题以及后半年的集中退费事件，几乎没有盈利。反观公司账面剩下的钱，也寥寥无几。我知道，最大的挑战要来了。

　　那天下午，我一个人坐在办公室。首先我要做的决定是，公司，救还是不救？这个问题我几乎没有考虑，因为如果自己的孩子病了，即使再穷，我们救还是不救？第二个问题是，我必须要考虑清楚以自己的力量救不救得活公司，会不会带来更严重的后果。我详细计算了《少年有梦》的回收时间、《疯狂的公牛》后续的投资及最终回收的时间、昕丽春节后第一季度的招生规模以及第一批收费的规模。为了最终得出精准的数据，我分别又向电影审片机构、在做后期的胖子和在外送考的李万分别确认了时间和进展。最为重要的是昕丽这边，我必须要确定第一季度有把握的收费规模。李万给我的答案是，名单全在手里了，已经约满了，达到预期没有问题。经过一系列详细地计算，我已经很确定，只要能撑到昕丽第一季度招生结束，公司运转有新的血液产生，就能顺利渡过这个难关，只要渡过这个难关，明年一定是丰收的一年。如果无法渡过这个难关，一切则可能会以失败告终。所以，不成功便成仁，我必须抱有必胜的决心。那么，第三个问题随之产生，我要怎么才能坚持到昕丽第一季度招生结束呢？我计算了昕丽年底需要支付的合作伙伴的费用，两个月的人员工资、物业、房租、常规广告等，再加上年底我想给李万多一些分红，当我看到最终得出的数字时，我瞬间觉得，渡过困难的信心好像又崩塌了……那几秒钟，脑子里出现了很多声音：

"要不就不做了，这困难过不去的！"

"太难了，再这样下去只会越陷越深……"

"算了吧，另起炉灶！"

"凑到这个数字，没有可能的……"

然后，就在恍惚了几秒钟后，一个坚定的信念，在所有声音中冒了出来：

"不去尝试，怎么就知道过不去呢？"

于是我开始重新整理思路，将所有费用拆解开。我想：如果把一个不可能克服的大困难，变成很多个小困难，然后再逐一击破，没准儿会有机会。

首先，我将昕丽年底需要支付的合作伙伴的费用逐一列在纸上，然后思考，哪些是有可能拖到明年付的，一些资金紧张的公司不可能，刚刚开始合作的公司不可能，今年收益不错又合作很久相互信任的公司才有可能。我把这样的几家公司挑出来，用笔打上钩，然后逐一打电话过去，跟对方讲明我们的难处，恳求对方的理解。第二步，因为我们的物业是春节后的4月份到期，已经跟房东协商好会搬走，在这里已经这么多年，而且还有半年的押金在房东那里，把实际情况告诉房东，看看房租能不能延付一个月。第三步，降低过年的广告预算，因为李万很明确地跟我说，明年第一季度开班已经预约满了，这样我们可以稍微降低一些广告预算，等困难渡过后，再把火力集中在第三季度。第四步，除了人员工资和李万的分红，其他的必要费用，只要没在前三步里的，逐个打电话过去，说明情况，争求理解，争取先付一半，年后再付一半。就这样，把这个难以克服的大困难拆解成很多个小困难后，我逐一沟通，逐一击破，渐渐地，看到了解决的可能。

我用了几天的时间打电话、计算，最终，很多合作伙伴表示理解，谁都有遇到难处的时候；也有一些合作伙伴，无论怎么说，都要求年前必须付清。于是，我有了年前的筹款目标。我清点了公司账面上所有的现金，以及年底能收回来的各项押金和还款，离过年还有一段时间，我向银行申请了一笔贷款，又向民间借贷机构申请了两笔借款，庆幸的是，虽然没有批到我想要的额数，但是都批下来了，这样就和我目标的额数差不多了。还了一年的信用卡，基本已经全部还清，再从信用卡里借一部分，突破这个难关，坚持到春节后的第一季度，应该可以了。那天下午，我坐在办公室的椅子上，长长地舒了口气。

我打电话告诉父母，今年回家过年，只是今年一整年出现了很多意外，借他们的钱，可能要再迟两个月还了。父母一直重复着："回来就好，回来就好……"

我又打了个电话给倪薇，倪薇说自己还跟着父母在外面，我终于鼓起勇气说出来："我想春节前和你谈谈，你回来告诉我。"倪薇迟疑了一下，说："好。"

我打了个电话给李万，李万说自己在外面送考，今年考试结束得比较晚，可能要临近春节，自己春节前如果回不来公司，节后他会早早回来跟我汇报。我让他自己路上注意安全，春节期间一定要跟紧节后预约报名的学生，这对我们很重要。

我带着公司其他部门的负责人，一起制订明年的计划，我们参考今年年初成功的案例，为春节后打一场硬仗做准备。这一整年，教学部的老师们都很辛苦，我们也逐渐和很多知名大学有了联合课程。学生们的成绩也很不错，口碑越来越好，再加上节后第一批学生已经预约满，我们很有信心，节后的第一季度，超过去年。

每年春节最后一个放假的都是我和财务部，春节的前几天，我让财务部把协商好年前必须付清的款项一笔笔付完，我也一通通打电话过去再次道谢，财务部把春节当月员工的工资绩效发完，每个人的年终奖发完，再按照我的要求把李万的分红汇过去，封账，关电脑，拉电闸，锁门。然后，整个公司，就只剩下我一个人了。在这个冬日的下午，我坐在办公室的窗边，望着这条已经张灯结彩充满年味的街道，我拿出手机，给自己订了张除夕早上飞回家的机票。

除夕前的那几天，我照常一个人到公司上班，我很喜欢这种一个人到公司上班的感觉，因为这常常会让我想起刚创业的时候，一个人，一支笔，一双鞋，就那样向自己的目标跑着。有时候，当我工作疲惫闭目养神的时候，我脑海中时常会浮现起零零碎碎的画面——那个还满脸稚气的我，穿着不合年龄的成熟西装，一直向前走……向前走……过了这个年，我就 24 岁了。这些年，我好像走得很快，获得了很多奖，我好像取得了挺不可思议的成功，但这一步步走来，我觉得每一步都很平常，就像已经跃过了马拉松的起跑线，一步步地往前跑，这好像是唯一能做的。这些年，我真的很累，在这个红纱帐下的青春年华，事业、爱情、生活，好像它们中的每一个都用那么极致的手段逼我成长，在刺痛中成长。看看身上的这身成熟的西装，已经越来越符合年龄了，我拿起那个几年前我精心挑选的水壶，仿佛看到了几年前的那个我——刚刚搬到这座小楼，发现了这个破烂不堪的天台，我决心把它打造成一个花园，于是我买了几包花的种子，然后精心挑选了这个水壶……我慢慢地给天台上的这些植物浇水，想帮它们也洗去这一年的疲惫，冬日的太阳毫不吝啬地把光洒到我们身上。我看到这些沐浴着绵绵细水的花上，好像出现了彩虹。

其实每年春节前一个人在公司的那几天，我大多时候都是在整理和思考，整理一整年的得失，思考第二年想要什么，怎样才会更好。而今年，当我一个人在公司的时候，我拿出纸笔想要总结一整年的得失，出现在我脑海里的，却是各式各样的回忆。我努力让自己的大脑切换到工作频道，去思考明年我想要什么，怎么样才会更好。我非常看好中国电影市场，这两年中国电影市场的蓬勃发展也印证了我的看好。我一直觉得，每个时代都会给年轻人一些机会，而我们这代人，教育行业和电影行业，就是时代给我们不可多得的机会。明年，我想再增加李万的股权，让他完全在昕丽独当一面。而我除了要落定《少年有梦》和《疯狂的公牛》这两个电影项目的发行和收益外，计划再生产两部精品电影，而这两部，我把目标瞄准到悬疑片领域。在教育事业上，明年我要完成儿童艺术教育项目的整体架构搭建，并做出可快速复制的商业模式。明年，我要开始着重探索教育事业向两个核心方向转型：一个是线上教育，一个是学历教育。

正想着，李万的电话进来了。

"怎么样？送考结束了吗？"我问。

"结束了。"李万在电话那头，信号不是很好。"我已经回到家了。"他说。

"好，那就好，好好过个年。明年，咱们再一起大步往前走。"我嘱咐道。

"好啊，明年肯定比今年好，一季度的招生我都跟着呢。"李万说着，然后顿了一下，接着说，"杨总，有件事我得求你，今年过年回来，家里出了些状况，急用钱，我想找你借点钱。"

　　我听到这话愣了一下，问："没事吧？还好吗？"

　　"还好，就是急用钱，你能不能先借我一些？"

　　我沉默了一会儿，说："需要多少？"

　　电话那头马上接话道："杨总，你看看能借我多少，尽量多，越多越好。"

　　放下电话，我思考了一下，公司账上和我自己账上的钱加起来吃顿饭都不够，回家订机票都是用信用卡订的，但李万都这么说了，作为他的领头人，我不借肯定是不行的。想来想去，我又把目标瞄准到信用卡上，本来想着过年回家用信用卡再取点钱，给长辈们包包红包，也想着给妈妈买个贵重点的礼物。但是现在李万家里遇到困难，我一咬牙，把信用卡里所有的剩余额度全部透支出来，给自己留了1000块钱回家过年，剩下的全都汇给了李万。除夕的前一天，我把钱汇给李万的时候，给他发了条短信："今年项目卡住了，比较困难，能拿出来的都已经汇过去了，你查收下。"李万没有回，但我真的拿不出更多的了。

　　除夕那天，我一大早起来赶飞机，中午到的家。一到家，妈妈就招呼我进餐厅吃饺子。小时候，家里每逢过年过节，妈妈就喜欢给家人包饺子。两年了，终于吃上热腾腾的饺子了，我眼泪忍不住地流。

不知道为什么，我跟倪薇的电话越来越少，从一天三通到一天一通，再到有时候一整天打电话都没有接。我们春节没办法一起过，但我们约好春节的零点我们一起跨年，除夕夜里的11点多，我打了通电话给倪薇，她没有接，我觉得她可能在忙；到了11点半，倪薇又没有接电话，我发了条信息给她，提醒她就快12点了；后来到了11点45分，我打电话过去依然没有人接，我觉得她可能过年忙忘了，于是又发了条信息，提醒她我们约好一起跨年；然后是11点50分、11点55分、11点58分……倪薇始终没有接电话。电视里春节联欢晚会的主持人开始倒计时："10、9、8、7……"我一通接一通地拨着倪薇的电话，直到主持人数到"1"，然后外面的鞭炮声就像约好了一样瞬间齐鸣，烟花烂漫着，似乎争抢着点亮天空，我挂掉正在拨打的电话，发了条信息给倪薇："春节太忙了你，都忘了和我一起跨年了，新年快乐！作为补偿，以后的每一个新年，我们都要一起过。"我从小就不敢点鞭炮，总是躲在窗户旁看，房间里关着灯，好像在我能望到的全世界的每一个角落，都灿烂着绚丽的烟花和新年的灯火，可为什么这些灿烂，就不能照进我心里？

　　直到现在，那条信息依然躺在我的旧手机里，那是我和倪薇的最后一条信息，从那一刻开始，她好像就从我的世界里消失了，就这么悄无声息地消失了，伴着我的期待，伴着我的痛苦，伴着我青春的爱情，消失了。

　　新年后，我回来的第一件事就是去找倪薇，可我怎么也找不到她。我一天打了几百通电话给她，从无人接听到被拉黑的状态。我通过各种渠道想要联系她，想要听她说清楚，但我发现我的微信、QQ、微博等各种能联络上她的工具全部被拉黑，我疯狂地想知道为什么，但都徒劳无功。

那是大年初八的早上，昕丽每年都是初八结束假期开始上班。那几个夜，我几乎没有睡觉，我实在想不通倪薇为什么突然消失。又是一个疲惫的早上，我拖着沉重的身体坐在床边，想睡睡不下，想起也无法起来。突然，手机铃响，手机就在离我不远处的桌子上，可我的精神像被掏空一样，就是没办法站起来去拿。算了，不接了，我心想。可过了一会儿，手机又响了，我依然没有去理，铃声停下后不到十秒，又响起来，然后开始接二连三地响。可能真的有急事吧，我边想边用尽全身力气，把身体挪到手机旁，接起来。是公司同事吴艳的电话。

"杨总，你快回来吧，公司出事了！"她显得很着急。

"怎么了？"我问。

吴艳急得舌头都快不管用了："你快回来看看吧！公司所有人的电脑都被打开过，里面的资料全被清空了！"

"什么？"我惊了一下，"公司电脑资料被清掉了？放假我看着财务部锁的门啊，你们谁进去过？你们电脑不是都有密码吗？"

吴艳急得快哭了，"我们已经报警了，放假没人进来过啊，怎么办啊？你快来吧杨总。"

"你先别着急，我这就过来。"放下电话，我抹了几把脸，立马穿好衣服出了门。

路上，我给李万打了个电话，没打通。因为他家在内蒙古自治区，每年过年，家离得比较远的同事都会晚回来两天，公司一般要求正月十二前返岗就可以，所以我也没在意。

到了公司，警察已经过来了，给我们做了笔录，告诉我们会查看监控，看看有没有人进来过，但是由于我们丢的是电脑里的数据，没办法证明这其中的价值，也没办法说清具体丢了什么，所以暂时没法立案。警察走后，我们坐下来，我问大家，到底谁的电脑丢了资料，具体丢了什么资料？每个人开始清点电脑里的文件，我们发现，除了财务的电脑没有被动过，其他各部门的电脑里，学生名单、客户资料、合作伙伴资料、预约学生资料、历史客户资料、课程方案、教案教程、广告投放方案、储备宣传文案等，重要的东西，全丢了。

"那我们还怎么继续下去，根本没有办法开展工作，我们连客户资料都没了，都没办法通知开班。"教学部的负责人说。

看到丢了这么多东西，我也有点慌了，我告诉自己，一定要镇定，如果我慌了，其他人就更慌了，事情就更严重了。

"大家先别慌，"我说，"你们电脑都有密码，难道这个人能黑掉所有电脑？或者你们把密码放在哪里了？是不是被找到了？"我努力让自己看起来镇定一些。

教务部的负责人说："春节放假之前，李万曾经让我们统一

　　　　　24 岁　若无其事

上交过所有人的电脑密码，说是清点公司的数据用。"

"对啊，"财务部负责人应和道，"之前也有到我们财务部统计过，但因为我们电脑里都是公司的账，所以我拒绝了，让他去找你。"

"所以财务部的电脑没被动……"一个教研部的同事在一边说。

"先不要胡乱猜疑，自己的同事，要相互信任。"那一刻，我的想法是先稳住局面再说。"被删掉的东西还有办法恢复吗？"我问。

一个坐在电脑旁一直在寻找资料的老师说："应该不是被删掉了，像是被拷走了。我电脑上有一个以我名字命名的文件夹，我打开后发现里面是空的，应该是有人把我们的电脑打开，把有用的资料都集中在这个文件夹里，然后一次性剪切走了。"

"我电脑里也有一个我名字的文件夹！"另一个同事说。

怪了，如果我们的资料是被拷走了，那说明我们的资料有用，我们的资料只会对竞争对手有用，会是谁呢？我心想，不能让大家再这么惊慌下去，得找到解决办法。

"吴艳，你先去联系一下，看有没有地方能做数据恢复的。"吴艳点点头，我继续说，"教学部的老师们，今年这届的学生，有一些你们上过课的，有私人联系方式的，先整理出来，那些你们没有联系方式的，通过她们的同学看看能不能找出来，今天就找，能找到多少明天汇报给我。"

"网络部和客服部的同事，你们通过公司对外的 QQ、微信等社交工具，在聊天记录里找找，看看已经预约的学生能找到多少，尽可能地找，能找到越多越好。网络部也从官网后台的浏览数据里面，看看能不能恢复一些预约的学生。"我顿了顿，继续说：

　　"其他同事，尽可能地联系上一届自己比较熟悉的学生，然后把上一届学生介绍的这届学生数据找出来，尽量深挖！"

　　"大家先不要慌，咱们几天后的元宵节一过，就要开课，现在数据资料全部没有，我们必须先把开课需要的资料、需要通知的预约学生和潜在客户资料先恢复出来，大家一定要尽可能地想办法去找，能找到多少算多少，然后向我汇报。"

　　遇到这样的事情，我说话都有点抖了，但看到大家都咬着牙按照我的部署去做，心里稍微宽慰了一些，"希望上天保佑吧！"我在心里默默地想。

　　回到办公室，我一直想不明白，怎么会这样。我从创业以来，一直靠着自己的努力，我想要什么，就努力去争取，我扛着一座座压力的大山，一步步地往前走，我从来没有想过要害谁，也从来没害过谁，到底这是谁干的？又为什么一定要置我于死地呢？那一刻，我心里是很慌的，不是因为我怕谁，而是因为，两家公司，这么多人，还有我，几乎所有的希望都压在了今年第一季度的招生上，而现在遇到这样的事情，几乎要把我们唯一的希望掐灭。我又连续给李万打了两通电话，还是没有人接。

　　第二天，大家向我汇报情况。首先是吴艳那边，她找了当地

　　　　　24 岁　若 无 其 事

几乎所有的电脑维修中心和科技城，只有一个人说也不知道能不能成功，但可以下午来试一下。教学部的同事联系上一小部分他们上过课的当届学生，正在想办法再向他们要其他同学的联系方式。其他部门的同事也逐渐联系上一些往届学生和合作伙伴，也正在想办法看能不能找回一些老带新的名单。正当大家都在为减少损失努力的时候，有个教学部的老师说：

"我联系上一个上过课，又预约了第一季度报名的学生，我跟他说我们的数据丢了，联系不上他们，让他看看能不能帮忙联系上谁。他说怎么可能啊，李万老师一直联系着他们呢，还通知他们昕丽换地方了，过几天要过去报道。"

"你有没有问他换到哪了？"网络部的一个同事问道。

"问了，但他也稀里糊涂的，说正在等通知。"那个教学部的同事说。

听了这一番话，我脑子里突然重重地"嗡"了一声，随之而来的就是剧烈的头痛，我觉得脑子里一片糊涂，无法思考。但那一刻的我，根本无法相信李万会这样，或许是不想也不敢相信，就像我不敢了解倪薇的真相一样。我努力使自己看起来正常，然后对大家说：

"别乱猜！咱们昕丽的物业是要到期了，准备换地方，李万这样跟学生说也没错。这个时候，他应该在内蒙古老家过年，不会出现这样的事情的。"说完，我让大家继续联系学生和合作伙伴，就上楼回自己的办公室了。

在办公室里，我坐在自己的椅子上，打开手机，发现李万还在公司的群里，他应该能看到群里的沟通，应该知道公司发生了什么，为什么就一点动静都没有呢？我想着又给李万打了通电话，依然没有人接。我开始有些担心，是不是出什么事了？李万不会遇到意外情况吧？之前他跟我说家里有事，现在又失联了，不会家里真出什么问题了吧？各种各样的想法从我脑子里蹦出来，我头痛欲裂。我拿起手机，给李万发了条短信："兄弟，没事吧？一直不接电话，很担心你，看到消息回个电话。"

第三天，已经是正月初十了，除了李万还没有返工外，和李万一起去送考的几个新同事、厦门分校的校长和一位跟随我多年的助理，也没有返工。我逐一打电话去问，那几个新同事的电话打通了，有的说家里有事，有的说换工作，有的说生病了，都不约而同地跟我提辞职；厦门分校的校长说亲哥哥结婚，要晚回岗几天；而那个跟了我多年的助理，给我发来一张老母亲住院打吊瓶的图片，说妈妈住院，也要晚回来。那段时间，我恨不得一天开 5 次会，因为公司正面临这样的困境，放在别人眼里就是一家得了绝症的企业，连我自己也几乎没了信心。我硬撑着自己让团队动起来，如果一不留神团队也失去信念，那这家公司就真的完了。所以我不断地激励大家，告诉大家我们还有办法，也不断地激励自己："一定要挺下去，看看到底是谁！"

中午的时间，我召集大家开会了解工作的推进情况，汇报完工作，教研部的一个同事说有件事必须要让大家知道，他说：

　　　24 岁　若无其事

"昨天我跟一个关系还不错的往届学生聊天，本来想通过他找到一些之前转介绍的学生名单，无意间提到李万，他说李万现在人就在福州，还约他们几个老学生，邀请他们去看昕丽的新场地，但他因为有事没去。"

　　听他说完，我反应了一下，"消息的准确度怎么样？"

　　他看着我，说："肯定准确的杨总，我和他关系很好……"

　　"那如果他得到的消息也不准确呢？"我打断了他的话，然后对大家说："现在一切的风言风语，都私下向我汇报，没有求证过真假的事情，都不要在会上说！"

　　其实那一刻，我想了很多，无论怎样，这样的风言风语都会影响士气，我不想在会上讨论，或者说，我在逃避讨论，因为我真的不敢相信，也不敢面对。我心里很乱，也很疼，我绝对不相信也不愿意接受，我付尽真心和成本培养出来的兄弟会以这样的方式背叛我。在那一刻，我还宁愿相信一切风言风语都是因为发生这样的事让大家着急，我宁愿相信正月十二李万就会出现在我们面前，和我一起共渡难关。

　　正月十二那天，我早早就来到公司，今天是公司要求返工的最后一天。风言风语愈演愈烈，我多希望李万能在今天出现，让大家看看我没信错人。这一天，我给李万打了几通电话，他都没有接，我也始终没能等到他。那个傍晚，下班时间，同事们都收拾东西准备回家，我知道，李万不会来了。我回到办公室，关好门，一股巨大的痛苦向我袭来，我的身体好像失去了支撑，差点坐在

青春的末日

地上。那种由心灵深处随着血液淌出的痛苦，又随着血液遍布全身。人的本能反应总是想让自己好过一点，于是我不断地在寻找别的理由："万一李万是遇到什么事情，还没处理完呢？""万一他已经在路上，飞机晚点了呢？"如果李万真的以这样的方式背叛我，还要置我于死地，我真的不知道该怎么面对，我觉得我脑子里有一根弦，一直被拉扯得生疼，而现在，它就快崩断了。

正月十三，厦门分校的校长跟我提出辞职，原因是老家哥哥的生意没人打理，他要帮哥哥打理生意。下午，跟随我多年的助理也跟我提出要请长假，原因是女朋友怀孕了，要回家筹办婚礼。而李万，依然没有消息。

正月十四，公司开会讨论第一季度开展报名的事，截至当天，我们只找回了大约 10% 的预约学员，大约 15% 的转介绍新生，恢复了一小部分往届学员的联络，年前开发出来的新产品，只通过老师们的手稿恢复了部分课件，而被拷走所有重要资料的电脑，也确定无法修复。会后，一位跟我关系比较亲近的老员工，也是倪薇当时的老师，私下找到我，问我：

"你和倪薇分手了吗？"

我很奇怪她为什么这么问，就说："没有。"

她听我这么说，就继续问："那你们最近见面了吗？"

本身状态就濒临崩溃的我有点着急，脱口而出："你问这个干什么？"

她没有说话，打开手机，翻开倪薇的朋友圈，点出一组照片，拿给我。是倪薇和那个男孩在一起的照片，甜甜蜜蜜的……脑子又是"嗡"的一声……送她出去后，我背靠着办公室的门，我觉得我的耳边到处都是从深渊发出的鸣响，让我头痛欲裂，我觉得我脑子里的那根弦被拉得更紧了，让我无比痛苦，我分明觉得，它就快断了……就快断了……

正月十五，公司第一季度招生报名周的第一天。前一天晚上，我待在办公室一夜都没回去，那一整夜，我觉得自己的身体好像很重，重到我拖不动它。我觉得我的信念垮了，我什么都不想做，我就那样坐在椅子上，坐着到深夜、到天明……冬天的夜很长，长到让我误以为痛苦好像没有止境；春天的夜又很短，短到让我几乎忘记了时间。7 点……8 点……8 点 30 分，我一分一秒地数着上班时间，我知道，一到 9 点，上班时间到了，我就又要开始笑了，可那笑，真的好累……

9 点准时上班，在会议室开早会。出办公室门之前，我用力在脸上码好笑容。走进会议室，我好像魂不附体。本是每年最忙碌的一天，要迎接新年度第一次报名周的到来，可我却始终无法让自己提起精神。在大家的汇报当中，我知道了更糟糕的情况，截止到今天，我们能够联系上的预约报名学生，还不足 15%，老带新的学生，也不到 20%。课程方面，这几天教研部教学部的老师们紧赶慢赶，也只完成了不到 10 次课的内容。以这样的情况，我心里明白，不需要再做什么精算，这个坎，我们一定过不去。会上，一个负责教务的同事说：

"有个关系比较好的学生给我发来了微信截图，李万通知他们昕丽搬了地方。李万跟他们说虽然老昕丽还在，但所有团队都搬到了新的地方，还诋毁老昕丽现在什么都没有了，根本无法进行教学。"

我听了她的话，沉默了一会："他通知学生搬去哪了？"

"两个地方，一个在星光学校附近，一个在市区的嘉升大厦。"那个负责教务的同事说。

我又沉默了，片刻，我对大家说："之前讲过了，无法证实的谣言不要在会上说，以后关于这种事情，就不要再讲了！"

说完，大家都沉默了。我脑子里一片空白，但还是强行让自己清醒着，我必须要再给大家一些鼓励，我想。

"我们已经在官网上更新了开课时间，自己比较关注的学生，虽然我们联系不到，说不定明天会自己来，这是个难关，也是对昕丽人的考验，我们一起扛过去，大家努力！"

会后，我一个人回到办公室，有位老员工敲门找我，可我好累，不想见人，但她坚持要见我，于是，我又摆好脸上的笑容，让她进来。

"杨总，这么多年了，你在我们心里一直是一个特别聪明、特别优秀的人，可为什么，你就在这个时候犯傻了呢？你这是在带着整个昕丽犯傻啊！"

听她这么说，我依然努力想撑住我脸上的笑容，可我怎么也撑不住，我看着她，没有说话，她继续说：

"杨总啊，现在都已经很清楚了，李万过年没有回家，他留在福州，趁我们都回家过年的时候把公司里所有的资料都拷走了。你还不明白吗？已经不止一个学生反映，从去年下半年开始，李万就疯狂地让学生们去新的地方，让学生退费或者不续费，我们一直在找原因，可谁能想到原因在他。当时学生们都在读，不敢说，现在毕业了，我们问起来才敢告诉我们。"

我看着她，脑子里嗡嗡作响，心里空洞得难受，好像有一个深渊，而我就快要被这个深渊吸进去撕碎了。

"我们联系到一些预约的学生，他们反映，去年李万就把他们的报名费收走了，今年要求他们去所谓的新昕丽上课。还有去年其实很多学生续费，费用都被李万收走，是他通知学生们不要来，年后再开课。你知道他去年为什么要去送考吗？他向每个学生都收了一万多的送考费，这是我们在找往届学生的时候，去年的学生们反映给我们的。送考的时候，他为什么戴上自己的人？那时候学生们去每个学校考试，他已经要求学生们拿着他所谓的"新昕丽"的招牌拍照宣传了，他对外宣布那些是他的学生，不是昕丽的。"

我望着她，脑子里一片混乱，我想说点什么，可我怎么也说不出话。

"你不是要求我们不允许给下游机构输送学生吗？李万把去年的每一个学生都送到了下游机构，然后收了每人一万多的回扣。厦门分校的校长就在配合他做这个事情，然后和他一起收回扣。你的那个助理，不知道被李万骗了还是怎么了，李万私下收钱家长们不相信，他就出面和李万一起骗学生家长，说是你的决定。网络部的同事联系了好几个合作伙伴，都说接到你助理的通知，让他们把资源推送给李万。"

看我不说话，她急得都快拍桌子了。

"你怎么还不明白呢，杨总？！直到现在，我们联系上的预约学生，李万还在威胁他们，要他们去他那里，不要来昕丽。很多想来昕丽的，年前被李万收走了学费，不还给他们。这个人从去年就计划着做这事了，一整年，我们都没有人发现他。我们全被他害了，他诈走了几乎所有能诈走的钱，拷走我们所有的资料，还把我们电脑里的资料全删了，他在外面疯狂地恶意攻击我们，他这是想置昕丽于死地啊！"

她急得站起来，说："杨总，我知道他是你一步步培养出来的人，我也知道你不愿意接受，但蛇就是蛇，农夫再好，也感化不了蛇。你想犯傻，别带着整个昕丽跟你一起犯傻，这么多年了，我们的青春也在这里，如果你还是这样让我们失望的话，那我走！"

说完，她转过身，摔门离去。

我一个人，望着她刚刚坐着的地方，一种巨大而空洞的痛楚，像巨浪般袭来。我发疯似的拿起手机，颤抖着手打开屏幕，我的浑身都在颤抖，我不知道自己要干什么，点亮屏幕，我拨出了倪薇的电话……电话里，一个刺耳的声音不断重复着："您拨打的电话暂时无法接通……"那声音不断重复，伴随着我头脑世界里的巨大的嗡响，越来越弱，直到我再也听不见声音，我觉得我和我的身体好像掉入了一个失重的深渊，紧接着一个巨大的黑洞向我袭来，我觉得那个黑洞顺着我的血管从心脏到大脑，然后遍及全身，疯狂地吸走我所有的精力、信念，疯狂地撕碎我整个身体，那一刻，我明确地感觉到，我脑子里的那根弦，崩断了。

那个晚上，我还是没有回家，从晚上到深夜，我坐在椅子上，一动没动……然后我好像睡着了，好像做了一个梦，在梦里，我好像看见李万穿着一件黑色单排两粒扣的西装外套，还有一件格子衬衫，黑色的套装西裤下面踩着一双红黑相间的运动鞋，他出现在我面前，告诉我完成任务了，西装买好了。我好像梦到他来到我的办公室，哭着跟我说，自己什么都做不好，拖了我们的后腿。我好像梦到他第一次在公司过生日，我送给他一支钢笔，他开心地说这么贵的钢笔他会用一辈子。我好像梦到他第一次领分红，我取了现金给他，他说他第一次见到这么多钱，他要打电话给妈妈说跟对了人。我好像梦到那一年年会，我喝多了，我抱着他们说，我一定带你们站上最高的山峰……在最高的山峰上，倪薇在我身旁，李万也在我身旁……直到天亮了，我再也看不到李万，也看不到倪薇，眼泪顺着脸颊不断滑落下来，直到春天的太阳照进来，直到门口的敲门声越来越频繁，直到放在桌子上的手机，突然亮起，显示有几十个未接来电。眼泪不断地流，我不知道它为什么而流，为这个过不去的难关？为那段找不回的爱情？为这几年付出真心的培养？为那些再也回不来的兄弟？还是，为现在还和我一起并肩奋斗的他们？为那些和我一起用青春构筑梦想的人？或是为我自己？

　　爱情、兄弟，众叛亲离，那天，是我青春的世界末日。

　　我脑海里一直回荡着"为什么？""为什么？""为什么？"我不知道这一切为什么发生？我不知道我是不是做错了什么？我不知道为什么会变成这样？无数个为什么，我没有答案。不知过了多久，在一个微微透亮的清晨，我踉踉跄跄地回到了家。在家里，我一待就是几天，还是那些"为什么"，无时无刻地困扰着我，我觉得这些解不开的问题像一块块大石头，从天而降，压在我身上，又压在我身上。石头越来越多，压在我的脚上、我的膝盖上、我的腰上、我的手上、我的胸口、我的咽喉、我的头上……我被石头压得喘不过气，也无法呼救。石头还在拼命地往下掉，直到压住最后一丝透进来的光。世界，空洞而黑暗。没有声音，静得可怕。又突然变得很嘈杂，无数个为什么又一次像冰雹一样砸下来，把我埋得严严实实，我觉得我的浑身都在痛，连血液在每条血管里流动都是一种痛楚。我撕心裂肺，又无能为力。我好像钻进一个"为什么"的牛角尖里，头卡在里面，进不去，出不来。终日，那些"为什么"疯狂地折磨着我，我好像睡着了，又好像一直醒着。直到世界没有了时间、直到我已经感受不到白天黑夜，直到那些青面獠牙的"为什么"在我的头脑里爆炸，又在这个房间爆炸。突然，在无数个"为什么"中，我看到了一个我唯一可以解得开的题：

　　"我为什么要知道为什么？"

　　直到现在，这是我噩梦中常常出现的一个场景。我蜷缩在床的一角，望着床上凌乱的被子、枕头和房间里的一片狼藉，我已经忘记这满屋子的狼藉是我第几次歇斯底里造成的，厚重的窗帘密不透风地隔绝着我和外面的世界，全部亮着的刺眼的灯，让我忘记了白天黑夜，忘记了时间。房间里很安静，而我的耳边却嘈杂无比，无数个为什么疯狂袭击着我，我又往床的角落缩了一缩。突然，我张开口，在无数个为什么的问题当中，我回答了其中一个问题："我没必要知道为什么。"我突然冒出的这么一句话，让我觉得我好像回答了这个问题，这个回答好像让这个深不见底的深渊清晰了一些。我坐在床上，盯着地上摔碎了的水杯。接着，我又尝试着用这个答案回答所有的问题，空洞的大脑里，才逐渐开始有了一点意识。是啊，我为什么要知道为什么？我为什么要知道坏人为什么是坏人、好人为什么是好人？我为什么要知道善良的人为什么善良、作恶的人为什么作恶？太多的为什么我们不知道，也不需要知道。至少我知道，还有人和我奋斗在一起；至少我知道，我为什么要带着大家走下去；至少我知道，能战胜我的，不是背叛和伤害。

那一刻，我第一次有了出门的欲望。我拿起手机，有无数的未接电话和信息，一看时间，已经是 2 月 25 号中午了，我在公司的群里发了一条信息："下午三点，会议室开会。"

当我来到会议室的时候，我能清楚地看到大家脸上的疲惫。

吴艳说："要不是了解你，我们还真以为你不回来了。"

我看看她，没有说话。大家也都很沉默，好像在等我宣布最

青春的末日

后的结果。我低着头，整理着自己的思绪，片刻后，我开口说话：

"这段时间我遇到了一些私人问题，现在我正式回岗，大家跟我汇报一下 2 月 16 号到 22 号的报名情况，以及近期的工作情况和遇到的问题。"

话音一落，大家好像变了个人，脸上的疲惫也变成了积极的神态，开始逐一汇报工作。在大家的汇报中，我知道，昕丽第一季度的招生情况十分不理想，我们已经在官网辟谣了昕丽搬家以及设立新昕丽的事，然后公布了李万的离职，避免更多学生上当受骗。但是太多的预约名单我们找不到，都在李万手里，他已经把学生们骗到那边，以昕丽团队的名义开始上课了。近期，有一些学生知道真相后，在他那边退费回到昕丽来，但是李万在外面编造的各种谣言，恶意攻击，也让我们受到了不小的损失。学生人数严重不足，学费收入还不足去年的 10%。课程材料全部被盗走，我们所有的课件都是临时做的，相比之前投入研发出来的新产品，确实显得有些粗糙，这也是李万在外面恶意攻击我们的弱点之一。但老师们更用心的教学，也得到了学生们的认可。广告投放方案也被李万偷走，我们的广告一下子运营不起来，没有新的血液流入；李万不断地在外面造谣我们，我们虽然在官方窗口辟谣解释，也有不少老学生站出来帮我们辟谣，但是昕丽内部出了这样的问题，也确实不是什么光彩的事，多年积攒下来的口碑受到影响。李万去年以各种名义收了学生们那么多钱，昕丽被怀疑乱收费；所有宣传素材被删掉，我们甚至无法更新自己的官网……会上，在汇报工作的时候，一位老员工委屈地哭了：

"他为什么这样？他背叛我们可以，可为什么要害我们？杨总，这段时间，我们真的太累了……我们什么都没有，真的快撑不下去了，就等着你回来。你能不能带着我们，把他打倒，不要让这样的恶人继续骗人。"

我从桌上抽了张纸巾给她，用近乎命令的口吻对她说："擦干眼泪！"

她接过纸巾，望着我，我又看看她：

"这段时间我明白了一件事，永远不要去想坏人为什么作恶，因为我们永远也想不通。人都是有感情的，但请把这些感情留给善意的人，无须浪费在恶人身上。我们不必打击谁，因为这个行业饿不死谁，也撑不死谁，我们好好地走下去，向着目标继续往前走，这就是对恶人最好的反击。"

大家看着我，没有说话，我顿了顿，继续说："还记得你们刚进公司的时候，我对你们说过的昕丽的目标吗？我们会成长成为一个庞大的综合型教育集团，我们有幼儿园、有小学、有中学、有大学、我们有高辅连锁、有艺术连锁，我们整合教育产业生态，引领教育行业走向。未来，在教育行业，我们每个人都会以自己在昕丽团队为荣。这个目标，没有变！"

"好！"所有人异口同声。

会后，我约财务部门的负责人到我办公室。

"账上的钱，我们能坚持多久？"我问。

"年初是成本消耗最大的时候，按照往年的情况，撑不了一个月。"财务负责人说。

我顿了顿，继续问："被李万拿走的钱，能算出来有多少吗？"

他看着我，说："算不出准确的，但光是已知的那些，数字就已经很大了，不知道还有多少未知的。"

我低下头，尽可能地让自己不要为这些事情难受。

财务负责人看我没说话，就继续说："你为什么不报警？他这明显是职务侵占，是犯罪啊，你应该报警的！"

我抬起头，看着他。

见我还没有说话，他的语速变得急起来："如果你不报警，是不是就意味着我也可以随便拿走公司的钱了？老师们也可以私自收学生们的费用了？杨总，我希望你能报警，遇到犯罪就要交给警察处理，我希望你能给大家一个交代……"

没等他说完，我伸出手，拍了拍他的肩膀，打断了他的话。"我知道你也是为公司负责，报警的事我会好好考虑的，你先去忙吧，帮我把这段时间的费用拆细一点，看看哪里还能省出钱来。"

他点了点头，转身离开我的办公室。

要不要报警这件事，一直在我头脑里萦绕。我知道，李万做的这些事，是刑事犯罪，如果看到他锒铛入狱，我不知道我心里又会是什么样的感受，可在这件事上，我确实欠全公司一个交代。我很纠结，迟迟不知道该怎么做决定。

第二天上午，我正在办公室处理各种各样的文件，突然有人

24 岁　若 无 其 事

敲门，打开门，是警察。我这才知道，财务部门的负责人以公司财务被侵占的名义报了警，警察过来了解情况。我把财务部门的负责人拉到一边。

"你搞什么？"

他看着我，眼神很坚定："我是财务部的负责人，我负责管理好公司财务，现在有人侵占公司财务，我必须站出来报警！"

"你应该和我商量一下。"我说。

"杨总，这是我的职责所在，而且我做的也没错，咱们配合警察，那人渣做错了事，应该接受法律的制裁！"财务部的负责人说着，走向警察那边，说："这位，是我们公司的总经理。"

警察了解完情况后，又找我和财务部负责人去警局了解情况，我把事情的经过逐一跟警察讲了一遍。经办警察在公安信息网上找到李万的户籍地电话，打过去，是李万家里，对方说李万不在家，把李万的电话给了经办警察。经办警察打过去，打通了，当经办警察说自己是警察的时候，李万一下就把电话挂断了。经办警察再次打过去，告诉他让他自己到警局来交代情况，李万谎称自己在内蒙古老家，没那么快过去，就又把电话挂掉了。经办警察转身过来，告诉我们，这个案件已经达到立案标准，而且嫌疑人肯定不会自己来警局交代，要立案后进行网上追逃和逮捕。但是这样的案件在他们这里立不了案，他要带我们去经侦大队立案，他让我们记一下要准备的材料，第二天带我们去经侦大队。

从警局回公司的路上，我心里一直乱糟糟的。李万、赵超、我、昕丽，那些青春的片段，不断地在我脑海中闪现。回到公司，我第一时间把公司的法律顾问约来，我请教他这样的案件李万会被判多少年，他说量刑还是要看检察院和法院，但是以这样的侵占数额，起点是 5 年以上，判到 10 年是有可能的。法律顾问走后，我坐在自己的办公椅上，喝着杯子里的热水，心情难以平静。

"他是犯了错，但他才 20 多岁，让他付出这样的代价，会毁了他的人生……"

"你念感情，他可一点都不念你的感情，他给公司造成了这么大的伤害，他是要害死你！"

"犯了错固然要接受惩罚，可谁不会犯错呢？我们现在去立案，就是亲手毁了他。"

"他亲手毁了公司对他的所有付出，亲手盗走公司所有的信息资料，亲手偷走公司的钱，亲手骗走我们的学生，亲手骗了所有人的时候，他怎么没像你这样犹豫呢？"

"他是我一手带出来的，我也有错。"

"对，他还一手毁了你们之间的感情，背叛感情，背叛信任的人，不配做人！"

"既然他不配做人，我们为什么还要追究他呢？"

……

我脑子里好像有两个人，一个支持去立案给公司一个交代，一个不忍心毁了那个如此伤害我们的人，他们吵了起来，越吵越凶。不知道什么时候开始，我患上了头疼的毛病，这一刻，我头痛欲裂。

也不知道什么时候开始，我逐渐难以入睡，那一晚，也不例外。

第二天，我以身体不适为由跟警察说晚几天再去经侦大队立案。财务负责人几乎生气地到我办公室来。

"杨总，你为什么没跟警察去经侦大队？"

我一下被问住了，不知道该怎么回答。

他走上前来"杨总，警察都说了，这案子已经达到立案标准了，很明确他这是犯罪，你为什么不跟警察去经侦大队？"

"我还没有考虑好……"我说。

他更急了。"你还在考虑什么？他都已经这样了，公司都已经这样了，你还在考虑什么？"他急得有些语无伦次了。

看他这样，我站起来，走得离他更近了："你再给我一天时间好不好？我要先过自己这关。"

晚上，公司群里发来消息，有部分从李万那边回来正在找李万退钱的学生反映，李万已经跑回内蒙古老家躲着，又失联了，他女朋友在帮他处理这些事情。第二天中午，财务负责人拿出一份证明，要我盖章：

"杨总，我不管你考虑得怎么样了，管理好公司财务是我的职责，跟警察去立案，你不去，我去！你给我盖一下章，证明我在公司负责这块儿，我跟警察去立案！"他目光坚定地望着我，我也望着他：

"不是说了，再给我一点儿时间吗？"

他又急了："杨总，两年前我进公司，从进公司的那一刻起，我觉得自己跟对了人。面对这样的事，你如果不给大家一个交代，大家也都会觉得看错你！如果你放不下面子，现在不用你出面，你给我盖章！我去！"他几乎用了威胁的语气。

最后，我还是没给他盖这个章，也没有去立案。他没有再提去经侦大队的事，我也没有。大约一周后，我把他约到我的办公室，沏了壶茶，我想告诉他我的理由。

"你知道吗？李万的事情，其实对我来说，一半是公事，还有一半是私事，因为我一直把他当兄弟，当家人。现在他背叛了团队，是他的错；他用犯罪的手段害了整个公司，是他的错；他不把我当兄弟，毁了我们的感情，也是他的错。现在他犯了这样的错，这个错已经上升到刑事犯罪的层面，于公，我要为这个公司、这个集体讨回一个公道。但这件事的另一半是我的私事，我的兄弟背叛了我的感情，骗了我的钱，害了我的生意，还要置我于死地。好，那你说，杨刚这个人，就真的不念曾经的兄弟感情，要让他付出毁了一生的代价吗？如果是你的亲兄弟犯了这样的错呢？兄弟，我也把你当兄弟，你们能看到我身上的优点，在自己的青春年华跟着我打拼，但你们眼前的这个我，就是我，我也是个活生生的人，我也有感情，我也需要感性地处理几次自己人生中的决定。无论你们觉得这是我的优点还是缺点，兄弟，我对你、对大家，也是一样的真心。从今天开始，李万不再是我兄弟，跟我不再有任何关系，未来的日子里，如果他有一点伤害到我的团队、我的公司、我们大家的事业，我一定追究到底，绝不放过。"

24 岁　若无其事

我不知道我有没有把我心里的痛苦表达清楚，他没有说话，只是看着我。

　　"这是我的决定，但我也一定会给大家一个交代，这个难关，我一定带着大家挺过去。"

　　我删掉了李万的微信，亲手把他移出公司所有的工作群，我让人事办理减员，屏蔽掉他所有的消息。我不知道他在内蒙古老家躲了多久，也不知道他是什么时候回来的。报警以后，他停止了在外面对昕丽的恶意攻击，消失在我的视线里。后来，听别人说，他是和当初带我去看的嘉升大厦那个场地的光头老板合作，骗取学生的学费后，把所有学生放在嘉升大厦光头老板那边上课。再后来，他也背叛了那个光头老板，走之前，诈光了所有当届学生的钱。

　　如果当时我听了李万的，举家搬到那个光头老板的场地，后果就不堪设想了吧。如果当时，我听到阳光学校附近有冒充昕丽的事情，派另一个人去调查，也许昕丽就不会受那么大的伤了吧。如果当时，在赵超的事情上，我没有听李万的建议……太多太多的如果时常出现在我的脑子里，可是生活，从来就没有如果。

　　后来，我又给倪薇去过几次电话，依然是拉黑，倪薇就那样在我生命中，彻底地消失了。我常常回忆我和倪薇的最后一次见面，那天，我和倪薇吃完火锅，我带她在江滨路上散步，走累了，我们就坐在江边的长椅上休息。我心里一直努力地安慰自己，他们只是普通朋友，倪薇依偎在我肩上，我看着远处。

"我要去拍戏了，你想我的话，随时到剧组来找我。"

"你新电影又没让我去演，我找你干吗？"

"那我不是想你嘛，拍戏也不是每天都忙的，你抽空到剧组陪陪我呗。"

"不去！"

"去呗——"

"不去！"

"去呗——"

"那好吧，我就勉强去吧！"

我们像往常一样拌着嘴开着玩笑，我也像往常一样开车送她到家门口，她开开心心地下了车，像往常一样绕到车子的这一侧来，吻了我一下，她像往常一样跟我说了再见，然后转身离开。我也像往常一样，看着她走进电梯，然后离开。一切就跟往常一模一样，可为什么那一面，就是最后一面？那个情景就像一个梦魇，时时刻刻地折磨着我；那个回忆又像一把尖刀，插在我心上，疼痛无比，可我却怎么也拔不下来。

在工作上，那段时间，我每天最重要的工作就是研究该怎么省钱，怎么在想到办法之前，让账上的钱可以坚持得更久一点。已经恢复的广告不能停，停了广告就相当于停了新鲜血液的流入，广告预算已经降到最低，运营成本也极尽可能地省，一滴水、一度电都要省下来。财务部门出了几套方案，让我们可以在教学教务上省出一些成本，虽然我们学生人数不多，但是我的想法是，再省也不能省教学，如果服务掉下来了，那无异于自断后路。除了教学上，那段时间，我们甚至连多余的 A4 纸都买不起，一张 A4 纸，恨不得掰成几瓣用。但即使这样，时间一天天地过，公司账上和我个人账上的现金，很快就所剩无几了。

又到了发工资的日子，财务算好工资表，拿给我，我知道现在所有的钱加起来，已经无力支撑这个月的工资了。"只能发一半的人。"我想。于是，我拿出纸笔把同事们的工资发放顺序列出了个优先级：要养家的和月光族，要优先发；不用养家的，又有固定生活保障的，延后发。我逐一找了需要延后发工资的同事，把实际情况告诉他们，争取他们的理解。可对于工作者来说，每个月按时领到工资是何等重要，跟他们谈工资延后发，延后到什么时间？我也不知道，让他们心甘情愿地延后领工资，这个难度确实很大。工作者很难理解公司的困境，但公司遇到这样的事大家也都看在眼里，于是最终，我承诺没发到工资的同事们，延后半个月发放。

公司的物业要到期了，员工们纷纷担心我们搬去哪儿。在一次会议上，一位没有发放到工资的员工问道：

"杨总，咱们公司的场地不是 4 月份到期吗？新的场地在哪里？离大家的家会不会远？"

我望了望他，我能听出他的意思：一是关心公司搬到哪，如果太远的话要提前做准备；另一层意思是，公司甚至都要延期发放员工工资了，还有没有能力找到新的物业，置办新的租赁场地、新的装修、新的设施设备。

我顿了顿，说："公司已经选好几个地址，正在做最后的决定。大家放心，公司选地方一定会考虑大家的便利的，这几个地方都是在市中心，交通很便利，离现在这个地方也不远。"

那位员工看着我，点点头："哦，离家不远就好。"

其实我心里知道，现在公司遇到一个非常大的困难，眼看着物业就要到期，而我们新的物业还没有着落，即使有着落，我们根本负担不起迁往新物业的所有费用，我们甚至交不起押金。而如果再想不出办法，这家公司就真的面临破产了。

企业的资金问题，往往像雪崩一样，起初微小如一片雪花滑落，然后发展成一小块区域的雪滑落，但是不久，铺天盖地的雪就会像多米诺骨牌一样，露出吞噬一切的真面目，灾难般地袭来，疯狂地想要埋没整个世界，让人无法挽回，也无处可躲。对于我来说，我早就清楚资金链对于一个企业来说意味着什么，当人们能预见雪崩时，似乎尽早逃离是最好的选择，而我选择了继续坚守住阵地，望着雪崩已不可挽回地向我扑来，我不知道我在等什么，也许，是在等雪崩扑到我身上时，与雪崩最后决战吧。

公司已经发不出当月的工资，广告费也无法维持到月底，公司业务遭遇重挫，营业成绩不如去年的十分之一，公司的物业马上到期，而当时的押金只能坚持到当月结束。我们根本没有找到新的地方，即使找到了，我们也无力支付押金和租金，更别提装修改造……本就已经千疮百孔，而这个时候，春节前我从信用卡里借出的钱，也过了还款的日子……

　　银行来电话，要求我第二天必须还上最低还款额，否则银行就要把逾期信息记录到我的个人征信上，然后停止我的信用卡并要求我全额还款。可我根本没有能力支付最低还款额，果然，几天之后，银行停了我的信用卡，给我发了律师函，并要求我全额还款。我无法跟银行解释，因为毕竟我借了银行的钱，还钱是天经地义的事情，逾期还款本身就是我的错。银行把催收我债务的事外包给了催收公司，然后，催收公司给我当时预留的家人、同事、朋友等所有社会关系联系人都打了电话，威胁要起诉我。

　　紧接着，我年前向银行申请的贷款，也过了还款日期，银行的人到公司上门催收。同事们虽然知道我遇到了什么事情，但发生这样的事，他们难免会对我产生看法。我很怕影响他们的工作热情，因为本身工资都还没有发完，他们又看到银行上门催收我的债务，我很怕他们对公司失去信心。于是我组织开会，向大家解释，并告诉同事们，我即使破产，也会安顿好所有人，不会欠大家的薪水。但从很多同事的表情中，我能看出他们的担心。

　　不知道从哪里听到的风声，年前欠着款项、承诺年后付清的几家合作伙伴，突然得到我资金链断掉的消息，怕我破产后自己的钱没着落，纷纷跑到公司来要债。有的甚至一反客气的模样，跟我撕破了脸。我一边安抚他们，一边承诺等企业渡过难关，一定额外计算利息，可谁会相信，一个连欠银行的钱都无力偿还的人，能够带领一个资金链断裂的企业渡过难关。

青春的末日

一个我们欠款的公司，安排人每天就坐在昕丽前台，声称要坐到我还钱为止。新的学生来咨询，看到这样的情况，纷纷走人，我们无法流入新的血液。而正在上课的学生和家长看到，也纷纷议论，虽然老师们极力地跟学生家长解释，但还是有家长担心昕丽破产倒闭，学费没着落，于是陆续有家长提出了退费。

　　老员工出于对我的信任，依然坚守在岗位上。很多来公司一年多或不足一年的同事，看到这样的情况，已经开始出现旷工、早退、提前去找新工作的现象。更有同事跑到我的办公室，态度强硬地跟我讨要工资。

　　公司物业的房东给我和财务部来过好几次电话，告诉我们之前的押金抵扣掉这个月的租金已经没了，而最后这几个月的物业费、水费、电费，我们必须要在搬走前付给他。眼看着就要到4月份了，我们还迟迟没有交物业费、水费、电费，这次房东来电话，言辞已经非常激烈了，他要求我们搬走前必须把物业费、水费、电费交上去，并在4月1号前必须全部搬走。4月2号他就会过来锁门，把楼里剩下的东西找人全部扔掉。

　　那天，是3月27号。

　　早上醒来，我就接到了银行催收债务的电话，言辞极其激烈。他们告诉我银行已经向法院申请立案，并告知了我立案号。

　　来到公司，我看到楼下的大门上被加了一把新锁，楼门口也已经贴上了"对外招租"的字样，房东已经下了逐客令。楼下的信箱里，我看到另一家银行发来的律师函，还有合作公司发来的债务催告函。

24 岁　若无其事

我走上楼，那几个人依然凶神恶煞地坐在公司前台，一见我到公司，便冲我大吼大叫，让我还钱，完全不顾及旁边的人。我听着他们的吼叫，直到物业、房东又给我来了一通电话，话说得很难听，又一次强调我们必须4月1号前走人。

　　回到办公室，我刚放下包，就有五六个同事敲门进来，集体向我讨要薪水，言辞异常激烈。他们刚走，紧接着就是银行追债的人上门催收。手机一个劲儿地响，是催债公司的电话轰炸，我又不能不接。

　　时间到了下午，教务部门汇报，申请退费的学生已经高达20%了，如果再不有效遏制，会出大问题。然后网络部负责人给我发来一条消息：广告费已经全部用完了，如果再不充钱，广告今天晚上就会停。我知道，广告停下来，就意味着公司不会再产生新的业务了。

　　傍晚，我看到同事们都走了，前台那几个凶神恶煞的人也走了，电话也稍微消停了一点。我起身离开办公室，锁好门。

　　回家的路上，妈妈给我来了条微信，是一个红包，上面写着"生日快乐"。我才突然意识到，今天是我的生日。我停下车，拿着妈妈给我发的那188块钱红包，买了一个生日蛋糕和一瓶啤酒。

　　回到家，妈妈来了电话：

　　"生日快乐，儿子，最近过得怎么样？"

　　"好着呢，妈！买了蛋糕，正过生日呢！"

　　放下电话，我换上一套平时不舍得穿的西装，在镜子前打上了领带，戴上那两颗我最喜欢的袖扣，对着镜子最后整理了自己的头发和衣服。

我打开蛋糕，给自己插上生日蜡烛。

我走到房间门口关了灯，屋子里一片黑暗。我望向窗外，冷清的月夜，我看到天上稀稀落落闪烁着的星星。我打开打火机，点燃了蜡烛……

我知道，过了这个生日，我就 24 岁了。

屋子的中间，闪烁着蜡烛的光，我坐在烛光前，脑子里回忆着妈妈小时候教我骑自行车的画面。我只会往前骑，不会起步，也不会停下来。起步的时候，我需要妈妈推着我走，然后我往前骑，围着广场绕一大圈儿，骑累了回来的时候，妈妈就在路旁等着我，边跑边帮我扶住自行车，我才能停下来。那次，我开心地骑着自行车又在广场上绕了一个大圈儿，骑累了回来的时候，我发现，路旁，没有了妈妈……我惊慌失措，恐惧无比，我咬着牙，使劲儿地蹬着自行车，一个劲儿地蹬，一个劲儿地往前骑……

往前骑……

……

写在最后

　　故事，就在这里告一段落吧。在这里停下来，不是想给故事留什么悬念，而是因为这就是 24 岁的我——伴着青春的刺痛，若无其事地成长着的我。我决定写这本书的时候，是 24 岁的那个年末，我虔诚地接受着青春带给我的这场惨烈洗礼，我依然穿着体面的西装，面带微笑，体面的西装下，对遍体红痕熟视无睹。我伸手打好领带，整理好自己的衣服和头发，若无其事地过着每一天。时光也若无其事地走着，带着它特有的残忍。我决心写下这本书，记录下残忍地温柔着我们的时光，也记录下刺痛地抚摸着我们的青春。

　　因为工作繁忙，完成这本书的时候，已经是我 28 岁生日前夕了。后来的我怎么样了？ 其实你们也都看得到，现在，昕丽已经成长为一家集大学、中学、小学、高辅连锁、艺术连锁、幼儿园以及教育后勤、教育科技为一体，整合教育产业生态，引领教育行业发展的集团公司；而昕影呢，已经连续多年成为福建电影产量最高的企业之一，昕影影业四个大字，也逐渐成为全国影视行业中不可或缺的一股年轻力量。这些年，伴着青春的余温，我过得很自我，我用更多的时间来做我自己喜欢的事情，我依然活在梦里，我依然奋力地奔跑着追逐梦想，而在追逐梦想的道路上，我总是停下来问问自己，你想要什么。这些年，我实现了创业初期的目标，也圆了很多儿时的梦，我参演了几部自己的电影，又为自己的电影做了编剧，也做了导演。我为自己的电影创作音乐，然后亲自到录音棚里录制，我用自己空余的时间写了很多文章，也写下了这本书。我给自己制定了新的目标，并期待着下一个 10 年。做这些我想做的事情，让我在追逐梦想的路途中感到快乐。

最近无意间看到一篇文章，是姜文的《狗日的中年》，不知道中年以后的我，又会是怎样的一番模样。突然很怕变老，很怕突然有一天我再也打不动球；很怕突然有一天，我再也理解不了年轻人的音乐；很怕突然有一天，我再也不能笔挺地穿上西装，春风得意、烟花烂漫。可时间就是这么走着，平淡如水、残忍冷酷。我开始珍惜起自己每一次打球的时光，珍惜自己每一次弹琴、创作的想法，珍惜每一次陪伴父母的机会，珍惜自己每一刻的心情。不知道等我中年的时候，还会不会写本书来记录自己的那段人生。

弹指红颜老，刹那芳华。青春就像杂草地中不断挥舞的镰刀，漫不经心却刀刀见血，还给你的是一亩良田；青春就像落基山脉不断怒号的寒风，平淡无奇却刺骨侵肌，还给你的是冬雪烂漫；青春就像每一个孤独的夜，我们嗅着满屋子平淡如水的味道，望着空空如也却能杀人的孤单，熬到天亮，等来的是温暖的朝阳。

青春就是你和我，毫不情愿地，被时代的巨浪推着向前走，我们无法反抗，又满眼迷茫，它把我们拍到礁石上，又溺在水中，我们大声呼救，又相互望着狼狈的你和我，捧腹大笑。一个大浪扑过，我们被拍在沙滩上，头破血流，浑身是伤。时光若无其事地继续向前走着，我们回头望望那个差点杀死我们的大海，平静得像什么都没发生过一样。回过头来，我们相互望望你和我，平静得也像什么都没发生过一样。我们用西装盖起各自不同的伤疤，别扭地学着时光的样子，若无其事地，继续向前走。

我们不再回头，身后曾肆虐过我们的大海，现在除了回忆，什么都没有。

那些红纱帐下刺痛的青春，那些绿草地上彷徨的青春，那些黑月夜里孤独的青春，就像那首歌里唱过的那样，从来不需要想起，永远也不会忘记。

杨　刚

2020.03.26

　　　　　24 岁　若 无 其 事

图书在版编目（CIP）数据

24 岁——若无其事 / 杨刚著 . —北京：新华出版社，2021.2

ISBN 978-7-5166-5656-3

Ⅰ . ① 2… Ⅱ . ①杨… Ⅲ . ①散文集—中国—当代 Ⅳ . ① I267

中国版本图书馆 CIP 数据核字（2021）第 033797 号

24 岁　若无其事

作　　者：杨　刚

责任编辑：蒋小云　　　　　　　　封面设计：郭萌萌

出版发行：新华出版社
地　　址：北京石景山区京原路 8 号　　邮　　编：100040
网　　址：http://www.xinhuapub.com
经　　销：新华书店
　　　　　新华出版社天猫旗舰店、京东旗舰店及各大网店
购书热线：010-63077122　　中国新闻书店购书热线：010-63072012

照　　排：天　一
印　　刷：河南省环发印务有限公司
成品尺寸：145mm×210mm　　1/32
印　　张：13　　　　　　　　　　字　　数：266 千字
版　　次：2021 年 2 月第一版　　印　　次：2021 年 2 月第一次印刷
书　　号：ISBN 978-7-5166-5656-3
定　　价：89.00 元